AMOS ARICHA
& ILI LANDAU

피 닉 스

에이모스 어리처 & 일라이 랜도 / 김성종 옮김

해문출판사

피닉스

차 례

1977년 5월 …………………………………… 5
1977년 6월 ……………………………………… 31
1977년 7월 ……………………………………… 75
1977년 8월 …………………………………… 174
1977년 9월 …………………………………… 236
에필로그 …………………………………… 301
■작가와 작품에 대하여 …………………… 303

1977년 5월

파리의 미국 대사관 정보담당관 존 파머는 50살로는 보이지 않는 싱싱한 얼굴을 가진 키가 큰 사나이였다. 그래서 아직까지도 많은 사람들이 악의 없는 그의 표정에 속기 일쑤이다. 하지만 그는 날카롭고 눈치빠른 CIA의 당당한 베테랑 요원이었다.

한스 키르셴베르크와 만났을 때 처음부터 그는 이 독일인의 내면적 혼란을 알아차리고 있었다. 이 사람과 만나도록 주선한 것은 대사관 직원인 낸시 키팅이었다. 그녀가 파머에게 그의 귀에만 넣어주고 싶은 중대한 정보를 가진 '친구'가 있다고 말했던 것이다.

파머는 이 키르셴베르크가 단순한 친구 이상일 거라고 생각하고 그를 자세히 살펴보았다. 이런 매력적인 사나이가 낸시 같은 여자의 어디가 좋아서 끌려갔을까 하는 이상한 생각이 들었다. 낸시는 정성들여 화장을 잘하는 것밖에는 어디 한군데도 상섬이라고는 없는 여자라고 생각하고 있었기 때문이다.

파머는 위스키병 쪽으로 손을 뻗쳤다. "마시겠소?" 키르셴베르크를 안심시키려고 물은 것이다. 그 독일인은 사양했다. "담배는 어떻소?" 그는 책상 위에 놓여 있는 담배상자를 열어 손님에게 한 대 권했다. 키르셴베르크는 역시 고개를 흔들었다.

"난 한 대 피워야겠군." 파머는 여송연의 끝을 정성껏 끊고 불을 붙이고 나서, 손님의 얼굴을 찬찬히 들여다보며 힘껏 연기를 내뿜었다. 키르셴베르크의 턱 근육이 끊임없이 실룩거리고 있었다. "그렇다면——" 파머는 웃는 얼굴로 말했다. "뭔가 재미있는 이야기를 들려줄 것 같은데."

"그렇소."

"확실히 말해서 뭐죠?"

"당신한테 이스라엘 대사관의 보안담당원과 나와의 연락업무를 좀 맡아달라는 거요." 물이 넘치듯 말이 흘러나왔다. "긴급한 용건이오."

존 파머는 놀랐다. 여송연의 연기를 구름처럼 내뿜으며 책상에 기댄 채 몸을 앞으로 내밀었다.

"그건 좀 이상한 부탁이군." 그는 약간 미소를 지었다. "설명해 줄 수 있겠소?"

"이스라엘의 어떤 요인(要人)의 생명에 관계되는 정보를 가지고 있소." 한스 키르센베르크는 속삭이는 듯한 목소리로 말했다. "이러한 정보는 당신에게도, 그리고 그와 같은 입장에 처해 있는 이스라엘 사람들에게도 마찬가지로 관심거리라는 것을 나는 알고 있소."

"설명치고는 꽤 재미있는 거로군요." 파머는 이 독일인을 진지하게 대해 주지 않으면 안되겠다는 생각이 들었다. 그래서 자세를 고쳐 팔걸이의자에 다시 몸을 기댔다. "왜 바로 이스라엘 대사관으로 가지 않았소?"

"이유는 두 가지." 독일인이 설명했다.

"첫째로는, 만일에 그쪽으로 가게 되면 내 자신이 위험하고……"

"미행당하고 있소?"

"그런 것 같소. 둘째로, 이스라엘 대사관에는 아는 사람이 없소. 상대방과 진지하게 이야기하고 싶소. 그래서 당신한테 중개를 부탁하는 거요."

파머는 초점을 좀더 확실하게 맞추려는 듯이 눈을 가늘게 떴다. 이 사나이가 진실을 말하고 있다는 데에는 의심을 하지 않았다.

"이런 일을 하는 당신의 동기는? 이데올로기인가, 아니면?"

"아니면 쪽이오." 의미는 확실해졌다.

"당신의 그 정보 말인데, 직접적인 것이오, 아니면 어디서 전해들은 것이오?"

존 파머는 이제 서두르지 않았다. 이 사나이가 어떤 압력을 받고 있는지를 알아내야만 했다.

"조사하는 데 두 시간쯤 걸리겠소." 대화를 끝내려는 듯이 그가 말했다. "오늘밤에 연락해 주시오. 7시경이면 어떻소?"

"지금 당장." 독일인은 쌀쌀하게 말했다. "그것도 이 자리에서. 당신 방에서요. 7시까지는 너무 늦소."

그의 몸을 덮쳐누르고 있는 긴장이 얼굴에 역력이 나타나 있다. 존 파머는 더 이상 테스트하는 것을 그만두어야겠다고 생각했다.

2

파머의 연락이 야키 스필만에게 전해졌을 때 스필만은 엘 아르 항공의 파리 경비담당자와 이야기하고 있는 중이었다. 두 사람은 보안경비국 경비부장 유리 코헨이 생각해 낸 새로운 보안절차를 검토하고 있었다. 스필만은 존 파머의 비서가, "야리 씨와 이야기하고 싶습니다." 라고 전화를 걸어왔기 때문에 이미 중대한 일임을 알아차릴 수 있었다. 이 미국인이 사용하는 암호명은 그의 판단으로 스필만이라는 본명을 쓰지 않는 편이 낫다고 생각했을 때에 사용하기로 되어 있었기 때문이다.

"이 이야기는 다음에 또 합시다." 스필만은 엘 아르 항공사 직원에게 말했다. "곧 나가봐야 합니다—— 갑자기 누구를 만나야 할 일이 생겨서."

스필만이 미국측 동료의 널찍한 방에 들어갔을 때, 알지 못하는 사나이가 거기에 앉아 있는 것을 보고 왜 파머가 암호명으로 전화했는지를 알 수 있었다.

"이분은 이스라엘 대사관의 야리 씨입니다." 야키 스필만이 방에 들어서자 파머가 말했다. 키르센베르크에 대한 소개는 하지 않았는데, 이것은 이 독일인의 정체에 의혹을 품고 있음을 나타내는 것이었다. 그 나름대로의 미묘한 방법이었다. "이분이 당신한테 넘길 정보를 가지고 있답니다."

"어떤 정보지요?" 스필만이 물었다. "그리고 그 대가로 무엇을 요구합니까?"

키르센베르크는 이 이스라엘 인을 불신하는 모습도 감추지 않은 채 바라보았다. 아무리 보아도 말단직원인 것 같았다. 독일인은 파머가 자기의 이름을 이 사나이에게 말하지 않은 것이 다행이라고 생각했다.

"중대한 정보……어떤 암살계획이오." 스필만과 파머의 눈길이 마주쳤다.

"나에게는 도망치게 해주면 좋겠소. 멀리에. 뭣하면 미국에라도. 그리고 돈도 필요하오. 10만 달러."

"그건 큰 돈인데." 스필만이 말했다.

"중요한 이야기라는 것부터 들어봅시다."

그러나 정작 키르센베르크가 이야기를 시작하자 스필만은 역시 그런 고액의 가치는 없다고 생각했다.

이 독일인의 말에 의하면 5월초에 브뤼셀에서 아딜 엘 마그라비라는 리비아 인이 그에게 접근해 왔다. 그 사람은 파리에서 암살객

소개를 전문으로 하는 '중개인'에게 키르셴베르크의 이름을 듣고 왔던 것이다. 키르셴베르크는 그 엘 마그라비를 40살 정도로 키는 보통이나, 배가 불룩하고 어깨가 딱 벌어진 남자라고 말했다. 그밖에 눈에 띄는 유일한 특징은 가운데가 이어질 듯 짙은 눈썹 아래에서 내쏘는 듯이 빛나는 검은 눈동자뿐이라고 했다. 키르셴베르크는 그때 상당한 목돈을 받고 리비아로 가서 엘 마그라비의 상사인 아담 아메드라는 사나이를 만났다. 이틀에 걸친 질문과 협의 끝에 독일인은 리비아에서 이스라엘의 유명한 지도자를 죽이려는 계획이 진행되고 있음을 알았다. 그에게는 그 목표인물의 이름은 알려주지 않았지만, 어쨌든 그것이 그가 할일임에는 틀림없었다. 파리로 돌아가서 지시가 있을 때까지 기다리라고 했다. 그러나 그 지령은 오지 않았다. 그 대신 엘 마그라비에게서 계획이 연기되었으며, 필요할 때에 다시 연락하겠다는 말을 들었다. 그래서 독일인은 돈이 필요해서 그들을 배신하고 파머에게 연락하기로 했던 것이다.

"일이 그렇다면 이쪽에서는 48시간의 여유가 필요하오." 스필만이 독일인의 말이 끝나자 이렇게 말했다.

"안돼! 많아야 24시간이오." 키르셴베르크가 대답했다. "위험에 처해 있는 것은 당신 목숨이 아니오. 한 시간 한 시간이 나에게 있어서는 목숨을 건 모험이란 말이오."

"좋소." 스필만은 동의했다. "내일 이 시간에 이 장소에서."

한스 키르셴베르크는 일어섰다. 그는 땀을 흘리고 있었다. 이 회견에서 지쳐 버렸던 것이다. 그는 문 앞에서 걸음을 멈추고 손가락 끝으로 주춤주춤 손잡이를 두드렸다. "내 이름은 한스 키르셴베르크요, 야리 씨. 내가 말하지 않아도 내가 나간 다음에 곧 파머 씨가 이야기할 테지만."

파머의 표정은 변하지 않았다. 이스라엘 인은 잔잔한 미소를 띠었다.

"알려주어서 고맙소. 그리고 미리 충고해 두지만, 만일에 누가 미행한다고 생각되면 집으로 가지 마시오. 그리고 더 보호가 필요하다면——장소라든가 어떤 형태의 감시가 필요하다면——이쪽에서 대비하겠소."

독일인의 손이 약간 떨렸다. "아니, 괜찮소. 한군데 안전한 데가 있으니까."

한스가 대사관을 나온 것은 6시 15분이었다. 조심스럽게 주위를 둘러보았지만 이상하다고 생각되는 것을 발견할 수 없었다. 그러나 왠지 마음이 불안했다. 그는 택시를 불러타고 시내 중심지로 들어갔다. 택시에서 내리자 서둘러서 골목길로 들어갔다. 몇 분 뒤에 다른 택시를 불러타고 운전사에게 낸시 키팅의 집 번지를 일러주었다.

8시 조금 지나서 집에 돌아온 그녀는 그녀의 인생에 그가 뛰어들어오기 전에는 언제나 혼자서 거기에 앉아서 몇 시간이고 텔레비전을 보며 지내던 자기의 팔걸이의자에 그가 푹 파묻혀 있는 것을 발견했다. 그는 다리를 앞으로 뻗은 채 팔을 의자 밖으로 드리우고 텔레비전을 보고 있었다. 문이 열리는 소리를 듣고 그는 벌떡 일어섰다.

"어머나, 당신!" 그녀는 행복스럽게 눈을 반짝이며 말을 건넸다. 그리고 작은 새처럼 재잘거리며 그에게로 다가갔다. 이제까지는 대사관에 연락을 취하기 위해서 그녀가 필요했고 지금은 몸을 숨기기 위해서 그녀가 필요했지만, 그렇다고는 하더라도 그는 갑자기 큰소리를 지르며 그녀의 가는 목에 양팔을 두른 뒤 목이 꺾어지도록 조르고 싶은 충동을 느꼈다. 그렇지만 지금의 입장으로서는 그러한 충동을 누르지 않으면 안되었기 때문에 그녀가 아낌없이 베풀어주는 호의에 잠자코 따를 뿐이었다.

"이봐요, 한스 씨." 그녀는 부엌에서 명랑하게 외쳤다. "먹음직스럽지 않아요?" 그녀는 크고 싱싱하면서도 잘 익은 복숭아를 담은 그릇을 들고 왔다. 그는 억지로 미소를 지으며 상냥하게 고개를 끄덕였다. 그리고 그녀가 끊임없이 떠들어대는 말들을 귀 너머로 듣고 있었다. 때때로 듣고 있다는 표시로 고개를 끄덕였으나 마음은 다른 곳에 가 있었다. 불안감이 강해진다. 마음속에 어떤 의혹이 감돌기 시작했다.

낸시는 넘쳐흐르는 듯한 정력으로 식탁 준비에 바빴다. 부모님이 물려준, 아주 특별한 경우에만 사용하는 은식기를 늘어놓았다. 식탁 중앙에는 골동품인 촛대를 세우고, 초에 불을 켠 다음 전등을 껐다. 스테레오 음악이 흘러나왔다.

"어머, 멋져!" 그녀는 잠시 선 채로 자신의 작품을 바라보았다. 부모님의 식탁도 이러했다. 이제 여기서는 한스와 함께 있다. 두 사람이 마주 바라보며 식탁 앞에 앉았을 때 그녀는 한없는 행복감을 느꼈다.

아파트의 문이 너무 갑자기 열렸기 때문에 한스 키르센베르크는 의자에서 일어설 틈도 없었다. 검은 피부의 젊고 건장한 두 사나이가 들어왔다. 둘 다 훌륭한 옷을 입고 있었다. 그 뒤를 이어 거구의 사나이가 나타났다.

그들에게 붙잡히기 전부터 키르센베르크는 어떻게 될 것인지를 알고 있었다. 모르는 것은 살인의 수단으로 선택될 방법뿐이었다. 낸시는 너무 놀라서 손발이 굳어진 채 눈이 휘둥그레져서 마치 의자에 뿌리가 박힌 것처럼 앉아 있었다. 그녀의 입은 비명을 지르려는 듯이 크게 벌어져 있었지만, 정작 아무 소리도 내지 못했다.

아딜 엘 마그라비는 두 사람에게 재빨리 눈짓을 했다. 두 사람은 어떻게 해야 할지를 알고 있었다. 가늘고 튼튼한 나일론 끈을 주머니에서 꺼내어 독일인 사나이와 미국인 여자의 손목과 발목을 묶어서는 침대 위에 나란히 쓰러뜨렸다. 접착 테이프로 입도 막아버렸다. 키르센베르크는 저항하려고도 하지 않았다. 이미 끝장이 났음을 깨달았기 때문이다. 얼굴은 잿빛으로 변했고, 눈에는 눈물이 괴어 흡사 막이라도 덮인 듯이 보였다. 운명을 받아들이고 있었던 것이다.

낸시 키팅이 느낀 공포는 전신이 마비되는 무서운 것이었다. 이렇게 무서운 사람들은 태어나서 지금까지 본 적이 없었다. 조금 전까지 한스가 앉아 있었던 의자에 지금은 자기들 둘을 마주 보고 앉아 있는 뚱뚱보의 넓은 얼굴을 그녀는 애원하는 눈길로 바라보았다. 낸시는 육지에 내동댕이쳐진 물고기처럼 빠른 숨을 몰아쉬고 심장은 미친 듯이 뛰고 있었다.

아딜 엘 마그라비는 묶여 있는 남녀를 차가운 눈길로 바라보았다. "무슈 키르센베르크, 자네한테는 알맞은 대접을 해주었군, 그렇지 않은가?" 그는 담담하게 말하고는 입을 막아놓은 사나이에게서 대답이라도 기다리는 듯이 잠시 사이를 떼었다. "자네에게는 별다른 생각이 없었어. 즉, 싫어하진 않았단 말이야. 사업의 거래였지. 서로 거래하는 단계에 있어서 지켜야 할 일이 있단 말이야. 이쪽은 지켰어. 그쪽은 지키지 않았고. 하지만 내가 여기에 온 것은 심판하기 위해서가 아닐세. 침묵을 지키지 않으면 어떻게 되는지 알고 있을 테니까."

리비아 인은 식탁 한가운데에 있는 그릇에서 커다란 복숭아를 골라잡았다. 그리고는 칼을 들어 보기좋게 복숭아를 몇 조각으로 잘라냈다. 마치 재미로 그러는 듯이 씨 주위에 복숭아 살이 두껍게 남아 있게끔 잘 깎아냈다. 그리고는 그것을 옆에 두었는데, 마치 오그라진 테니스 공처럼 보였다.

그는 깎아낸 싱싱한 복숭아를 천천히 먹었다. "이봐, 한스 키르센베르크, 우리들의 습관은 유럽의 자네들 습관과는 달라." 그는 복숭아를 먹으면서 말했다. "우리는 간악한 좀도둑을 잡으면 그의 오른팔을 잘라버리지. 거짓말쟁이는 혀를 잘라버리고. 그리고 만일 배신자를 발견하면 처형해 버린다네. 방법은 여러 가지가 있지. 그 배신의 성질에 따라 달라."

아딜 엘 마그라비는 서두르지 않았다. 당황하는 기색도 없고, 특히 지금 하고 있는 짓을 즐기고 있는 것 같지도 않았다. 다만 가만히 있을 수 없어 그 나름대로의 방법대로 움직이는 것뿐이었다. 식탁에서 내프킨을 집어들어 입가를 천천히 문질렀다. 그리고 나서 또 한 개의 잘 익은 복숭아를 들고 아까와 마찬가지로 깎아냈다. 두 사나이는 잠자코 그를 보고 있었다. 리비아 인은 또다시 잘라낸 과일을 입에 집어넣고 달콤한 과즙이 목구멍으로 넘어가는 맛을 음미하면서 천천히 씹어댔다.

"키팅 양——" 엘 마그라비가 낮은 목소리로 말했다. 상대방이 절망적으로 되어 있는 상황에서도 그는 예의를 지켰다. "이런 추태스러운 일에 관계되어 정말 안됐군요. 그러나 교통사고라든가, 때로는 죄없는 사람이 모진 놈 옆에 있다가 날벼락을 맞는 수도 더러 있다오." 한스 키르센베르크의 등에 경련이 일어났다. 리비아 인이 두껍게 복숭아 살을 남긴 채 놓아둔 씨를 집는 것을 보고 공포에 떨었다. 리비아 인은 두 개의 공 같은 씨를 장난삼아 쥐고 있는 양손을 번갈아 바라보았다. 키르센베르크는 다음에 올 일이 무엇인지를 깨달았다. 손목과 발목을 단단히 묶은 나일론 끈을 끊으려는 듯이 그는 몸을 비틀었다.

"쓸데없는 짓이야." 리비아 인은 재미없다는 듯이 독일인을 바라보았다. 그리고는 또 낸시 키팅 쪽을 향했다. "안됐지만, 마담, 당신도 이 불쾌한 사건에 가담시키지 않을 수 없소."

한스 키르센베르크의 눈은 금방이라도 튀어나오려 했다. 그는 남은 힘의 마지막까지를 다해 묶여 있는 끈을 끊으려고 부질없는 애를 썼다. 피부가 터져 피가 스며나오기 시작했다. 키팅은 앞으로 어떻게 될 것인지 아직 알지 못했지만, 호흡이 거칠어지고 심장이 마구 뛰었다. 점점 숨이 막히는 것 같아서 그녀는 숨쉬기마저도 곤란했다.

엘 마그라비의 부하 중 한 사람이 스테레오 곁으로 다가갔다. 음악이 실내를 거대한 망치로 두드리듯 뒤흔들어놓을 정도로 볼륨을 높였다. 다른 한 사람이 엘 마그라비가 던진 복숭아 씨를 받았다. 그 순간 재빨리 젊은 사나이는 한스 키르센베르크의 입에 붙인 테이프를 뜯어냈다. 독일인은 소리를 질렀으나 음악의 굉음이 그 목구멍에서 터져나오는 소리를 삼켜버렸다. 이때 복숭아 씨가 솜씨좋게 그의 목구멍으로 힘껏 밀어넣어졌다. 씨 주위에 복숭아 살이 두껍게 붙어 있었으므로 그것이 목구멍을 꽉 메워버렸고, 공기의 유통마저 막아버렸다.

한스 키르센베르크는 실룩실룩 경련을 일으키기 시작했다. 불과 몇 초 동안이 그에게 있어서는 무서운 고통의 영원 같았다. 낸시 키팅은 이제 공포로 인해 몸을 움직일 수조차 없었다. 눈앞이 흐려왔다. 방안의 사람들과 물건들이 무시무시하게 춤을 추며 그녀의 주위를 돌기 시작했다. 그녀의 목구멍은 젊은 사나이가 또 한 개의 복숭아 씨를 들고 곁으로 오기도 전에 이미 막혀 버렸다. 가슴의 고동이 점점 더해지더니 드디어 그녀는 정신을 잃고 말았다.

젊은 리비아 인은 갑자기 걸음을 멈추고 미국 여자가 꼼짝하지 않는 것을 보고는 그녀의 몸 위로 상체를 굽혔다. 그러더니 깜짝 놀란 표정으로 다시 몸을 일으켰다.

"죽었어!" 어처구니없다는 듯이 그는 중얼거렸다.

3

텔 아비브의 5월 후반은 이스라엘의 짧은 봄이 한창인 때로 알려져 있다. 여름의 더위는 아직 닥쳐오지 않았고 대기는 맑았다. 보안경비국 본부에서는 경비부장 유리 코헨이 파리에서 일어난 사건에 관해 부하들이 작성한 보고서를 훑어보고 있었다.

45살이지만 코헨은 늙어 보였다. 듬성듬성한 머리카락과 구부러진 등 때문에 더욱 불룩하게 튀어나온 듯한 배가 그를 한층 더 늙어 보이게 했다. 다만 그의 눈만이 젊고 맑은 그 무엇을 간직한 듯했다.

잠시 동안 꼼짝도 하지 않고 앉은 채로 그는 야키 스필만이 파리에서 부쳐온 보고서를 읽고 있었다. 조심스럽게 두 번 읽고는,

리비아 정보부의 해외특무활동을 담당한 기관에 관한 보고서가 든 두꺼운 서류철을 꺼냈다. 이스라엘과 이집트의 지도자를 암살하려는 계획은 그때까지 들어온 배경적인 정보와 잘 부합되었다. 리비아의 지배자 무하마르 카다피는 이스라엘이나 이집트와 손을 잡으려는 사람은 어떻게 해서라도 제거하며, 또 제거해 왔다고 공언하고 있었다. 이제 리비아는 중동 이외의 어느 곳에서라도 행동을 하기로 한 모양이다.

코헨은 부하들을 불러들였다. 들어와서 자리에 앉은 지친 듯한 세 사나이들은 오랫동안 함께 해온 일에서 자신들의 힘을 과시하고 있었다. 코헨의 왼쪽에는 이처크 골드버그가 앉아 있었는데, 그는 1950년대 초엽에는 골라니 부대에서 활동했었다. 그는 그 뒤에 여러 번 승진하여 코헨과 만났을 때에는 부(副)대대장이 되어 있었다. 두 사람은 나이가 같고 해서 좋은 친구가 되었다.

얼마 뒤에 코헨은 골드버그에게 군대생활을 그만두고 자기가 부장으로 있는 경비부로 와달라고 했었다.

코헨의 오른쪽에는 아브샬롬 케드미가 앉아 있었다. 37살인 케드미는 이미 선임 정보부원으로서도 고참이었다. 6년 전에 '파퓰러 프런트'의 패거리들이 그의 목숨을 노렸을 때 그는 중상을 입었다. 1년에 걸쳐서 그는 커다란 수술을 받았으며, 그 뒤 경비부장 밑에서 일을 하게 되었다.

케드미와 마주보고 앉아 있는 사람이 이르미 스펙터로서, 이들 가운데서는 30살로 가장 젊고 학구형이다. 그는 중동문제 연구에 있어서는 전문가로서, 박사 학위를 따려 하고 있다. 그는 낙하산 부대에서 병역을 마치고는 곧 이 부로 들어왔다. 부장으로서 코헨은 이 사람들의 지식과 판단과 충성에 의지하는 바 컸다.

"우선, 리비아의 계획에 관한 보고서 작성은 잘되었어." 코헨이 말했다. 지금까지 이런 상황은 몇 번이나 거쳤지만, 다행히도 실제로 시련에 직면한 적은 없었다. 그렇지만 언젠가는 싫든 좋든 그것이 닥쳐온다. 그는 침울한 웃음을 지었다. "이제까지의 경험으로써는 우리가 이 작전의 책임을 지고, 다른 모든 부서의 협력을 받아 왔던 것이 사실이다. 그런데 이번에는 진짜인지도 모르겠어."

탁자를 둘러싼 사나이들은 잠자코 있었다. 코헨은 이미 그들이 말해야 할 사실들을 지금 그의 눈앞에 있는 서류를 통해서 읽은 뒤였다.

"현재로서는 이쪽은 의문시되는 일뿐이고 해답은 하나도 없어." 유리 코헨이 말했다. "다만 현재의 국제정치 정세로 보아 특별히 한 가지 마음에 걸리는 의문이 있어. 리비아가 선택한 표적은 누구일까?"

한숨을 돌리고 나서 그는 혼잣말처럼 조용히 이야기를 계속했다. "그들에게도 표적이 있다는 것은 확실하다. 문제는 그것이 누구인가야. 새로운 정부의 요인일까? 아니면 전 정권의 인물일까? 단순한 우연인지는 모르지만, 베긴(1913~ , 이스라엘의 7대 수상으로 77년에 취임, 78년에 노벨 평화상 수상. 이 소설의 무대가 된 당시의 수상)을 노리고 있는 것이 아닌지 하는 것과, 이번 파리의 사건에서 알게 된 사실들이 부합되는 것 같네.

살해된 독일인이 전하려고 한 정보는 리비아 인들이 포기한 계획에 관한 것이었는지도 몰라. 혹은 반대로 계획이 아주 초기의 단계에 있었다고도 생각할 수 있지." 코헨은 자기 자신에게 질문하고 있는 듯했다. "현시점에서 리비아의 동기는 대체 무엇일까? 동기를 하나라도 알아낼 수 있다면 나도 그들이 노리는 사람이 누구인지를 알 수 있을 텐데."

이처크 골드버그가 입을 열 준비라도 하듯이 침묵을 깨뜨리고 헛기침을 했다. 그는 몸을 앞으로 내밀고 안경을 벗더니, 안경을 살펴본 뒤 다시 꼈다. 마치 강의를 시작하려는 교수 같았다. "상세한 것을 모르니까 표적은 새 정부의 한 사람이라고 생각해도 좋지 않을까요?" 그가 제안했다.

"이처크의 말에 동감합니다." 아브샬롬 케드미가 말했다. "계획이 중지되었다는 것을 확인할 수 있다면야 그것보다 좋은 것은 없겠지만, 우리들로서는 지금부터 그 계획이 실시단계에 들어갔다고 생각하지 않을 수 없지요. 그리고 정부 각료들 가운데서 물러난 사람은 목표가 되지 않을 테고. 논리적인 이야기는 아니지만."

"리비아 인들의 논리는 우리들과는 달라요." 이르미 스펙터가 조심스럽게 말했다. "그 점도 잊지 말아야 합니다."

"특히 카다피의 논리는 그렇지." 이처크 골드버그가 덧붙여 말했다.

"고전적인 수법이군." 아브샬롬 케드미가 말했다. "한 나라의 지도자를 없애고 다른 나라에 그 책임을 전가시키는 거지요."

유리 코헨은 세 사람의 대화 중 일부는 귀 너머로 흘려들었다.

그는 여태껏 파리에서 부쳐온 일련의 사실들을 분석하고 있었던 것이다.

"벌써 늦었군." 그가 말했다. "오늘밤은 이 정도로 해두지. 지금 단계로서는 사태가 좀더 확실해질 때까지 이 작은 팀을 확대하고 싶지 않아. 그때까지는 오늘밤에 한 이야기를 비밀로 해주기 바라네. 내일 아비틀과 상의한 뒤에 구체적인 방향을 결정할 테니까."

세 사람이 일어나서 밖으로 나가자 경비부장은 시계를 보았다. 2시 반이었다. 그는 여러 가지 서류철을 다시 집어들고 이번에는 종이쪽지에 메모를 하면서 열심히 자료를 읽기 시작했다. 그는 보안경비국의 아비틀 아는 국장에게 확실한 상황을 전달하고 싶었다.

4

파리의 샹젤리제 대로(大路)에 있는 향수 가게 주인인 52살의 피에르 드 말랭은 재미있는 과거를 가진 사람이었다. 마르세유 태생으로, 젊은 시절에는 불량배였으나 운이 좋아서 한 번도 경찰에 붙잡히지 않았다. 제2차 대전 때에 집을 나온 그는 전쟁 동안 샤를 드 골 장군의 지휘하에 있는 자유 프랑스 군의 군복을 입고 지냈다.

전후에는 좋지 못한 과거를 가졌던 사람들이 대담성과 임기응변의 재주로 건실한 사업에 손을 댈 수가 있었다. 피에르 드 말랭도 그 중의 한 사람이었다. 그의 향수 가게는 기틀이 단단히 잡힌 사업이 되었다. 그는 가게의 2층에서 살면서 아래층에서 일하는 직원들을 감시할 수 있도록 호화스런 사무실을 2층에 만들어 두었다.

그러나 이 향수 가게도 오래 전부터 수지가 맞는 다른 사업을 하기 위한 하나의 수단으로 쓰이게 되었다. 드 말랭은 팔고 싶어하는 값비싼 물건을 가지고 있는 암흑가의 사람들과, 그것을 사려고 하는 사람들을 중개시켜 주는 역할을 했다. 그는 또 누가 죽여 주기를 원하는 사람이 있다면 언제든지 그 일을 맡아 하겠다는 살인청부업자들과도 손을 잡고 있었다. 그는 배후에 숨어서 눈에 보이지 않는 유력자로 등장했지만, 그만큼 위험도 뒤따르고 있었다. 만일에 중개 역할에 실패하거나 그 어느쪽이 폭로되면, 그는 목숨으로 보상하지 않으면 안될지도 모른다. 중개자는 쌍방에 대하여 보험 역할을 한다. 고용하는 측과 고용당하여 일을 하는 측에 대해서 모두——이러한 이유에서 그는 거액의 돈을 요구했고, 따라서 그에게 배당되는 몫도 많았다.
 피에르 드 말랭의 5월 25일 밤은 기대에 가득차서 시작되었다. 며칠 전에 그는 오드리 퐁탱 부인과 만났던 것이다. 재산을 가진 남편을 찾고 있는 30대의 여자였다. 품위 있고 혈색도 좋으며 날씬하고 키도 큰데다, 단단하고 탄력 있어 보이는 엉덩이는 나중의 즐거움을 연상케 했다. 상당한 예의를 표시하며 교제하고, 그러면서 부자임을 자랑하면 잘 익은 과일처럼 그녀는 자기의 손에 들어오고 말 것이라고 그는 믿고 있었다.
 그날 저녁 6시에 피에르 드 말랭은 칼베르 가(街)에 있는 퐁탱 부인의 아파트로 갔다. 오페라좌 광장 근처에 있는 호화로운 레스토랑에서 두 사람은 저녁식사를 했다. 그는 그날 밤이 즐거웠다. 퐁탱 부인이 굉장한 유머 센스를 가진 발랄하면서도 지적인 이야기를 잘 끌고나가는 여자임을 알게 되었기 때문이다. 저녁을 먹은 뒤에 두 사람은 나이트 클럽인 올림피아에 가서 한밤중이 지나도록 놀았다. 몇 병이나 마신 샴페인 기운이 돌아 드 말랭은 기분이 매우 좋았다.
 퐁탱 부인을 아파트 입구까지 바래다 주고 세워둔 택시로 돌아왔다. 택시가 샹젤리제 대로로 들어가서 향수 가게 앞에 멈춘 것은 1시경이었다. 드 말랭이 문 앞으로 향해 가고 있을 때 갑자기 모르는 사나이들이 가까이 다가왔다. 그는 깜짝 놀라 뒤로 물러섰으나, 리비아 인의 어깨 넓은 모습을 보고는 정신을 가다듬었다.
 "무슈 엘 마그라비!" 그는 놀란 목소리로 외쳤다.
 이 리비아 인은 소중한 고객이었다. 그는 곧잘 피에르 드 말랭을 중개인으로 사업을 벌였다. 특히, 리비아 정보기관과의 관계가 일절 탄로나지 않을 유럽 인 살인자가 필요할 때이다. 그렇더라도 그의 출현은 좀 뜻밖이었으며, 특히 이런 시간에는 더욱 그러하다. 아딜 엘 마그라비가 손을 내밀자 프랑스 인이 그 손을 잡았다. 엘 마그라비의 부하 두 사람이 절반쯤 그늘에 숨어서 뒤로 약간 처져 있었다.
 "이런 시간에 찾아와서 방해가 안되었을는지요?" 리비아 인은 천천히 말했다. "당신한테 급한 일이 있어서. 특히 당신이 소개해 준 마지막 한 사람이 기대를 저버린 뒤여서……"
 리비아 인의 조용한 말투에 위협의 빛이 숨겨져 있는 것은 이번이 처음이었다. 프랑스 인은 확실한 것을 몰라서 듣고만 있었다.

"그 독일인이 말이오?" 그는 낮은 목소리로 물었다.
"그렇소." 리비아 인은 그를 흘겨봤다.
"그런데 길에 서서 이야기를 나눌 수는 없고."
드 말랭은 어떤 불안감에 사로잡혔다. 그가 권한 독일인이 실패했다면 리비아 인은 그에게 책임을 추궁할 것이 틀림없다. 그도 겁쟁이는 아니지만 인물 소개가 만족한 결과를 가져오지 못했을 경우에 중개인의 운명을 너무도 잘 알고 있었다.

문을 열고 두 사람은 안으로 들어갔다. 엘 마그라비의 두 부하는 밖에 남았다. 2층으로 통하는 계단 밑에서 걸음을 멈추고 드 말랭은 예절을 차려서 손님에게, "먼저 올라가시죠." 하고 손을 내밀었다. 리비아 인은 앞장서서 올라갔다. 말없이 계단을 따라 올라가면서 프랑스 인은 불안이 약간 가셔지는 듯함을 느꼈다. 만일에 리비아 인이 자기를 괴롭힐 심산이라면 순순히 자기보다 앞장서서 올라가지는 않겠지.

"파리에는 언제 오셨습니까?" 드 말랭의 거실의 푹신한 팔걸이의자에 손님이 앉자 그가 물었다.

"몇 시간 전. 오늘 한 가지 중대한 결정을 했소. 우리들 세계에서는 일이 일어나는 것도 빠르니까." 그는 웃었다. "하지만 오늘은 이미 늦었소. 이 밤의 남은 시간을 당신한테서 빼앗고 싶진 않군."

"그렇다면 다행이군요." 프랑스 인은 예절바르게 말하고 나서 자기의 팔걸이의자에 앉았다.

"드 말랭, 당신 덕분에 나는 녹초가 되었소." 리비아 인은 날카롭게 그를 쏘아보았다. "당신의 소개가 잘못되어서 아무 목적도 없이 비행기를 타고 왔다갔다 하는 것을 좋아하지 않는단 말이오. 당신이 나의 기대를 배신하게 되면 나도 나의 보스의 기대에 어긋나게 된단 말입니다. 연쇄반응이지요. 보스도 그의 상사의 기대를 저버리게 되고. 그래서 내가 왔다갔다, 마치 쥐처럼 맴돌게 된단 말이오." 그는 혀를 찼다. "당신도 같은 입장에 서게 되면 즐겁지는 않을 거요."

"여태까지 그쪽의 요구에는 신경을 써왔는데……"
"그 몫은 충분히 벌었잖소?"
"여태까지 기대를 배신한 적은 없어요. 이번에는 어떻게 된 겁니까?"
"그 독일인이 나를 배신했소."

피에르 드 말랭은 화가 나서 의자에서 일어섰다. "그 녀석, 처치해 버려야지!"

리비아 인은 그럴 필요 없다는 듯이 손을 흔들었다. 그답지 않게 웃음을 터뜨렸는데, 아마 지쳤기 때문인 것 같았다. "그럴 필요는 없소." 그는 깊이 숨을 들이마셨다. "죽은 사람을 처치할 수는 없잖소! 그리고 지금 한 말을 이런 일도 일어날 수도 있다는 뜻으로 받아들이지는 마시오!" 그가 위협하듯이 상대방을 노려보자 짙은 눈썹이 그의 콧대 위에서 마주 달라붙는 듯했다. "일이 이렇게 되었는데 발뺌을 할 셈이오?"

프랑스 인은 차츰 불안해지기 시작했다. 결국 이 리비아 인이 자기를 해칠지도 모른다는 생각이 들었다. "내가 하고 싶은 말은 상세한 내용을 듣지 않고는 잘못 생각할 수도 있다는 것이오." 그는 말을 멈추고 주의깊게 리비아 인의 표정을 살폈다. "미안합니다."

"우리 모두가 이대로 끝나지는 않을 거요."

"내 책임만은 아니오." 드 말랭은 변명하려 했다. "당신도 어떠한 작전을 생각하고 있는지 말해 주지 않았잖소……"

"그건 그렇소." 리비아 인은 인정했다. "이번 실패에는 나에게도 얼마간의 책임은 있지."

피에르 드 말랭은 약간 안심이 되었다. 분명히 눈앞에 있는 이 사나이는 새로운 거래를 하러 온 것이다.

"여태까지 그쪽은 내가 한 일에 만족해 왔어요." 그는 조용히 말했다.

"확실히 그랬었지."

"그쪽에서 필요한 것은 뛰어난 실력자라고 생각하고 있는데?"

리비아 인은 그렇다는 듯이 고개를 끄덕였다.

"무슈 엘 마그라비, 그렇다면 또 다른 성질의 일이란 말이오?"

"그렇소."

"한 가지만 물어보겠소." 프랑스 인이 말했다. "아랍끼리 결판을 짓는 데 무슨 관계가 있습니까?"

리비아 인은 망설였다.

"아니오." 그는 잘라 말했다. "세 명이 필요한데, 어떠한 사람을 원하는지 확실히 알려주기 위해서 대답하지 않을 수 없군."

"세 사람?"

"세 사람이오." 리비아 인은 차가운 눈길로 그를 바라보았다.

"최고급이어야 하오. 정치적 암살에 관계되어 있소."

피에르 드 말랭은 섬뜩해서 얼굴을 들었다. 불과 몇 초밖에 계속되지 않았지만, 그는 자기의 그 반응을 감출 수가 없었다. 눈이 휘둥그레졌다. 입을 벌렸다가 다시 다물었다.

"그런 일에는 내가 적합하지 않다고 생각하는데——" 그는 이 말의 의미를 생각해 볼 겨를도 없이 내뱉고 말았다. 어떤 일이 있어도 그는 외국의 정치적 모략에 끼어들고 싶지는 않았다. 만일에 이 사건이 국제문제로 된다면 그의 정체도 폭로되어 버린다. 그는 무슨 피할 방도가 없을까 하고 생각했다.

"아니, 무슈, 피할 길은 없소." 엘 마그라비가 그의 마음을 읽고 있기라도 하듯이 점잖게 말했다. "그런 것을 생각하기에는 이미 때가 늦었소. 단념하는 게 좋아요."

프랑스 인은 함정에 빠진 듯한 기분이 들었다. "그렇군." 하고 그는 말했다. 그 말은 자기로서도 놀랄 만한 것이었다. 마치 다른 사람이 말하고 있는 듯했다.

"일을 착수하는 게 좋을 게요." 리비아 인이 말했다. "세 사람이오. 최고의 프로들이라야 하오. 수백만 달러를 벌기 위해서는 위험쯤은 각오하는 사나이들 말이오. 당신 몫도 대단할 거요."

"시간은 어느 정도 여유가 있습니까?"

"하하하!" 아딜 엘 마그라비가 웃었다. 그는 피로에 지쳐 있었다. "어떨까, 48시간이면?"

피에르 드 말랭은 바로 대답하지 않았다. 리비아에서는 세 사람의 프로 살인자를 서둘러 필요로 하고 있다. 이 일을 위해서 수백만 달러의 비용도 각오하고 있다. 그렇다면 세계적으로 유명한 인물을 죽일 작정이다——하고 그는 생각했다.

"세 사람이 함께 일할 준비를 해야 한다면 그들을 구하는 데 시간이 걸리겠는데……" 이윽고 그는 대답했다.

"함께 일하는 게 아니오." 리비아 인은 쌀쌀하게 말했다. "48시간이오!"

"그건 무리입니다."

리바아 인은 팔걸이의자에서 일어나 계단 쪽을 향해 걸어갔다. 통통하고 짧은 손가락으로 난간을 잡은 다음에 그는 고개만을 약간 돌렸다. "드 말랭——" 낮은 목소리로 말했다. "만일에 그 시간이 인생의 마지막 이틀 동안임을 안다면 물불을 가리지 않고 마구 뛰게 되겠지?"
 위협이 이제 확실히 표면으로 나타났다.
 프랑스 인은 전신이 싸늘해졌다. 웃는 얼굴을 보이려 했지만 얼굴이 굳어져 버렸다. 그는 잠자코 손님을 입구까지 배웅해 주었다. 그리고 잠시 동안 얼어붙은 듯이 그 자리에 서서 천천히 걸어가는 리비아 인을 바라보고 있었다. 두 부하가 위협을 과시하는 그림자처럼 그의 옆에서 따르고 있었다.
 피에르 드 말랭은 문을 닫고 그 안쪽에 있는 쇠격자를 내렸다. 전기경보장치의 스위치를 넣은 다음 그는 천천히 2층으로 올라갔다. 아무리 생각해 보아도 그만한 프로급은 두 사람밖에는 더 마음에 짚이는 데가 없었다. 한 사람은 마담 자클린 샤를로트. 프랑스 사교계의 인물이다. 그 얼굴 덕분으로 그녀는 어느 곳에 가더라도 환영을 받는다. 인기 있는 모델 회사의 소유자인 동시에, 독살 전문의 냉혈적인 여자 살인청부업자이다. 또 한 사람은 테러 전문가인 저널리스트로, 이름은 요르크 깁스코프. 그의 수법은 저널리스트가 휴대하는 도구인 카메라와 테이프레코더에 시한폭탄을 장치하는 것이다. 이 두 사람이라면 일을 해낼 수 있으며, 리비아 인에게도 쓸모가 있을 것이라고 드 말랭은 생각했다. 그리고 이 두 사람이라면 리비아가 큰 돈을 치르는 것을 달갑게 받아들여 응낙할 것이다. 그렇지만 세 사람째는 어디서 찾아야 할까?
 긴장으로 인해 관자놀이의 맥박이 세게 뛰었다. 머리가 터질 듯하다. 빌어먹을, 이것이 마지막인가── 하고 그는 생각했다. 이젠 틀렸다. 만일에 이 일이 무사히 끝난다면 그는 파리에서 도망쳐야겠다고 마음먹었다. 모나코의 몬테 카를로 부근에서 새로운 생활을 시작해야지. 아무튼 바다와 태양이 그립다. 몬테 카를로에 가면 즐길 수 있겠지. 돈은 얼마든지 있다. 몇 년이고 즐기며 지낼 수 있을 만큼.
 몬테 카를로……
 갑자기 한 가지 생각이 떠올랐다. 그렇다! 본초가 몬테 카를로에 살고 있다. 친구인 본초 말이다. 그 친구라면 이 문제도 하루면 해결할 수 있다. 그 이탈리아 인도 그와 똑같은 사업에 손을 대고 있었는데, 훨씬 더 규모가 큰 방법으로 하고 있었다. 본초라면 곤경에 빠져 있는 친구를 모르는 체하지는 않겠지.
 기운을 얻은 듯한 기분으로 피에르 드 말랭은 바(bar)로 가서 마텔 브랜디를 잔에 넘치도록 따랐다. 한 모금 마시자 따뜻한 기운이 뱃속에까지 스며들어가는 듯했다. 또 한 모금 마시자 기운이 솟아올랐다. 그는 전화 있는 데로 가서 24시간 영업을 하고 있는 에르 프랑스의 본사에 전화를 걸었다. 여섯 시간 이내에 이륙할 예정인 비행기 편으로 몬테 카를로까지의 좌석을 예약했다. 이제는 좀 쉴 겨를이 생겼다.

5

목요일 아침 5시, 화물선 라 메르가 천천히 항구를 벗어나면서 이별의 기적을 울렸다. 몇 분 뒤에 이 배는 마르세유 항의 품에서 빠져나가게 된다. 이 배는 뉴욕으로 가는 여러 가지 짐을 싣기 위해 며칠 동안 정박해 있었던 것이다. 새로운 하루의 시작을 알리는 아침 해가 항구 위에 그 빛을 펼치기 시작했다. 사라져 가는 밤의 어둠에 잠겨 마법처럼 출렁거리던 더러워진 물도 이제 그 마력을 잃고 만다. 잔잔한 미풍이 해면을 스치고 지나간다.

부두에 선 젊은 남자는 라 메르가 최후의 기적을 울린 뒤에도 잠시 동안 그 선미를 바라보고 있었다. 선창에 실은 짐 가운데는 이 젊은 사나이가 뉴욕으로 발송한 귀중한 짐도 있었다. 그 가운데는 그리스와 터키의 국경에서 최근에 발굴된 고대 유적에서 훔쳐낸 골동품이 들어 있었다. 미국의 골동품상 알렉스 크래스킨이 몬테 카를로의 이탈리아 인을 통하여 요구해 왔었던 것이다.

그 이탈리아 인은 훔친 물건을 처분할 수 있는 적당한 인물을 꼭 찾아낼 수 있다고 보장했다. 골동품은 수백만 달러에 가까운 값어치를 가진 것이었다. 6주일 동안의 시일과 위험이 뒤따르는 가운데 진행된 그때까지의 노력에 대하여 그 젊은이는 20만 달러를 받게 되어 있었다. 그 이탈리아 인에게 중개수수료를 지불하고 자기가 쓴 경비를 빼면 13만 5천 달러가 스위스 은행의 그의 구좌에 남게 된다.

젊은 사나이는 이 1년 동안에 이탈리아 인이 그에게 시켜준 일에 대해 결코 만족하지는 않았다. 그는 앞으로 몇 년 뒤에는 이런 일에서 손을 떼고 싶었는데, 아무래도 그 이탈리아 인에게서는 막대한 이익을 올리게 될 큰 일거리를 기대할 수 없을 것 같았다. 그가 최후로 한 살인은 3년 전에 아프리카에서였다. 그가 쏜 단 한 발에 미쳐 날뛰던 독재자는 사라져 버리고, 혁명은 그 이상의 피를 흘리지 않고 진행되었다. 그때 그가 받은 대가는 60만 달러였다. 그러나 시대도 바뀌었다. 그는 이탈리아 인이 말한 액수보다도 훨씬 많은 액수가 아니면 기꺼이 자기의 목숨을 건 일은 하지 않겠다고 설득시켰다. 이탈리아 인이 그에게 커다란 기회를 줄 때를 기다리고 있었던 것이다.

화물선이 시야에서 멀어지자 그는 오른쪽으로 돌아서서 주차장으로 향했다. 녹색 알파 수드의 엔진을 점화시켜 천천히 항구의 게이트로 향했다. 그의 작은 아파트는 차를 타고 가면 잠깐인 거리에 있었다. 그 아파트로 가서 이탈리아 인에게서 올 연락을 기다릴 생각이었다.

6

같은 5월 26일의 아침 8시, 피에르 드 말랭은 몬테 카를로를 향해 떠났다. 네 시간 뒤에 엘 아르 항공의 보잉 707이 파리의 오를리 공항에 도착했다. 승객 가운데는 이스라엘의 경비부장 유리 코헨과 그의 한쪽 팔인 이처크 골드버그도 있었다. 두 사람은 비행기에서 내리자 곧 차를 타고 파리 쪽으로 향했다. 공항까지 마중나온 야키 스필만도 함께 있었다.

두 이스라엘 인은 보안경비국의 아비틀 아논 국장에게 명령을 받아 리비아의 계획이 아직 계속되고 있는지, 아니면 그 계획이 구정권에 관한 것이어서 메나헴 베긴이 수상으로 뽑힌 지금은 중지되었는지를 빨리 알아내기 위해 온 것이다.

표적으로 될 만한 인물은 네 사람이었다. 전 수상인 골다 메이어, 이처크 라빈과 메나헴 베긴, 그리고 모세 다얀이다. 이 네 사람은 이미 경비과에서 항상 경비하고 있으므로 그 경비를 더욱 강화한다는 것은 불필요한 주의를 끌게 할 따름이었다.

네 사람의 정계 거물들 개개인에 배치된 경비반은 이르미 스펙터가 직접 지휘하고 있다. 아브샬롬 케드미는 전반적인 보안 경비 작전과 협동하는 책임자였다. 미지의 암살자가 두 개 지구를 장악하고 있다는 사실에 대처하기 위해 특히 그의 과(課)가 신설되었다. 이 네 사람 중의 한 사람이 가까운 장래에 외국을 방문할 일이 있을 것 같으며, 또 이스라엘 국내에서도 대비해야 되기 때문이다. 상황이 더욱 확실해질 때까지 당면한 조치로서 보안경비망이 깨뜨려지는 것을 방지해야만 한다. 살인자가 이스라엘에 들어오는 것을 막거나, 적어도 들어오기 어렵게 만들기 위해서이다.

아브샬롬 케드미는 보안경비 관계 여러 부서의 대표자와 일련의 회담을 가졌다. 예루살렘에서 이스라엘 경찰의 특무과장과도 만났다. 이 회담에서 경찰이 공중이나 바다를 통해 입국해 오는 여행자의 검문을 늘려야 한다는 데에 의견이 일치되었다. 물론 아랍 여러 나라에서 이스라엘과 요르단을 잇는 다리를 통하여 이스라엘에 들어오는 것도 포함해서이다.

케드미가 연 또 다른 회의에서, 이 경우는 이스라엘 국방군 참모총장과의 회의였지만, 군에 의한 경비와 정찰도 강화한다는 데 동의를 얻었다. 연안 전역에 걸쳐서 해군에 의한 24시간의 해상경비도 발령되었다. 같은 명령이 국경경비의 공군부대에도 내려졌다. 언제라도 이상한 사람이 있으면 체포하여 곧 보고하라는 것이었다.

기독교도 세력의 지휘자들과 이스라엘 군의 지휘관들이 팔레스타인 게릴라의 공격에 대한 방어에 협력하기 위해 늘 만나고 있는, '굿 펜스'라 불리는 일대의 레바논—이스라엘 국경지대에서도 경비강화가 책임자들에게 지시되었다. 그 부근은 외국의 스파이들이 잠입하기 쉬운 곳이기 때문이다. 같은 명령이 가자 지구와 사마리아, 유데아에 군정을 펴고 있는 국방군의 지휘관에게도 내려졌다. 이것은 아랍권에 살고 있는 아랍인 속에서 활동중인 군정부 소속 관계자들에 대해서도 내려졌다.

이 모든 것을 오를리 공항에서 파리로 가는 사이에 이야기했는데, 스필만은 파리에서 아딜 엘 마그라비를 뒤쫓으려고 온갖 노력을 해봤지만 성공할 수 없었다고 보고했다.

"왜지?" 유리 코헨이 그를 노려보았다.

스필만은 쓴웃음을 지었다. "말하자면 간단한 이유에서죠. 프랑스의 각종 기관은 아직 우리 나라에게 협력하지 말라는 상부의 압력을 받고 있습니다." 그는 방향을 바꾸어 옆에 앉아 있는 코헨의 얼굴을 쳐다보았다. "그러나 아딜 엘 마그라비가 파리의 어디엔가 있다는 확실한 정보를 프랑스의 테러 방지과 앙드레 코르데유 경위에게서 얻었습니다."

"그 밖에는?"

"엘 마그라비는 해외 스파이를 조종하는 부서의 책임자 아담 아메드의 심복입니다." 스필만이 설명했다.

"지금으로서는 엘 마그라비가 우리의 수중에 있는 유일한 현실적인 단서야." 코헨이 조용히 말했다. "그 녀석의 목덜미를 잡아 등뼈를 부러뜨리기 위해서는 그 녀석의 꽁무니를 뒤따라야 해."

코헨에게는 무서운 압력이 가해져 있었다. 그와 아비틀 아논은 자신들의 행동을 정부 고위층에 보고하는 것을 일방적으로 늦추어 버리자고 결정했다. 계획적으로 모험을 하려는 것이다. 그 계획을 아는 사람들이 많아지면 자연히 비밀이 누설될 우려가 있기 때문이다. 반대로, 만일 일이 어설프게 된다면 값비싼 보상을 하지 않으면 안된다.

그날 밤에 코헨은 유럽을 기반으로 하는 이스라엘 정보부원들과 만나서 엘 마그라비에 관해 알고 있는 사실을 들어보려고 했다. 그의 이름을 들은 적이 있는 사람은 둘뿐인데, 그들은 지브 샤하르와 모티 클레인이다. 두 사람 다 현재까지 몇 번 만난 적이 있으며, 특히 샤하르는 얼마 전에 브뤼셀에서 그의 모습을 본 적이 있다고 했다.

"좋아——" 코헨이 말했다. "자네들 두 사람에게 임무를 부여한다. 엘 마그라비를 찾도록 해. 그가 지금 파리에 있다는 사실을 알고 있어. 빨리 찾을 수만 있다면 어떠한 수단을 사용해도 무방해 자네들에게는 한 가지 이점이 있다는 것을 잊어서는 안돼. 자네들은 그 녀석을 알고 있지만, 그 녀석은 자네들이 여기에 있다는 사실조차도 모른다는 거야."

이윽고 코헨은 골드버그와 스필만을 데리고 미국 대사관 근처 가브리엘 가(街)에 있는 존 파머의 집으로 찾아갔다. 이 미국인이 자신의 루트를 통해 무엇을 알아냈는지를 물어보기 위해서이다. 파머는 그들에게 중동의 여러 정치가들을 없애기 위해 만들어진 리비아의 특무반에 관해 설명해 주고는, 목표는 모두 카다피가 선택했다고 이야기했다.

"그들은 두 개의 그룹을 훈련시키고 있습니다." 미국인이 설명했다. "하나는 리젝쇼니스트 전선의 테러리스트 조직으로부터 온 것으로, 이집트 내에서 활약하고 있지요. 또 하나는 외국인들을 모은 집단인데, 아마 그 중의 한 사람은 당신네 나라의 누군가를 살해하기 위해서 선택되었을 겁니다. 외국인을 뽑은 이유는 아랍 테러리스트 조직의 그러한 움직임의 대부분이 당신들에게 알려지고 있다고 생각하기 때문이 아닐까요? 당신네들 쪽에서도 유럽 인이라면 알아내기 힘들고, 특히 그가 이스라엘의 국경 밖에서 일을 저

지른다면 대처하기 힘들지 않겠습니까?"

파머의 의견으로는 그 독일인도 그러한 암살계획을 수행하기 위해서 리비아 인들이 선택한 외국인 중 한 사람이었을 것이라는 이야기다. 그가 입수한 정보에 의하면, 카다피의 주된 목표는 리비아와 이집트의 험악한 긴장상태로 보아서 이집트의 지도자를 제거하는 일인 듯하다.

"만일, 그 목표가 이집트의 정치가라고 가정한다면——" 유리 코헨이 말했다.

"무엇 때문에 한스 키르센베르크는 야키 스필만에게 연락하기 위해서 당신네 쪽으로 갔을까요?"

"돈 때문이죠."

"그것뿐일까요?"

존 파머는 빙그레 웃었다. "똑같은 이유로 그는 이집트 대사관에도 연락하려 했을지도 모르지요. 돈에는 아무런 냄새도 묻어 있지 않으니까. 어디에서 들어오든, 이스라엘에서 온 것이든 이집트에서 온 것이든 문제될 게 없거든요. 그는 큰 돈이 필요했어요. 그것도 급하게."

"왜죠?"

"내가 수사를 하는 도중에——" 미국인은 끈기 있게 설명했다. "한스 키르센베르크가 미국 이민 비자를 신청중이었음을 알아내게 되었습니다. 실은 낸시 키팅이 그 일을 돕고 있었지요. 그는 금전면에서도 자립할 수 있음을 과시해야 했었던 겁니다. 그러므로 그런 이유에서도 그가 리비아 인들에게서 그 일을 받아들일 작정이었다고 생각해도 좋겠지요. 그런데 무엇이 잘못되어서 그는 죽게 되었어요. 그는 급하게 돈이 필요했던 겁니다. 그것도 큰 돈이. 그러니까 어쩔 수 없었지요."

"그래서 정보를 팔려고 했군요."

"바로 그렇소."

"그가 정말로 이집트 대사관으로 갔었는지를 조사할 방법이 있을까요?" 유리 코헨은 미국인의 상황분석을 듣고는 걱정되는 바가 있었다. "그러한 인물에게는 이중으로 팔 가능성도 있으니까요." 그는 약간 망설이다가 말을 계속했다. "알고 있겠지요? 그런 일은 우리하고는 관계가 없는 것인지도 모르지만."

"갔었는지도 모르지요." 미국인도 동의했다. "그러나 증거는 하나도 없습니다. 사실만을 확실한 증거로 받아들일 수밖에. 이집트 대사관에 관해서 조사해 볼 방법이 나에게는 없습니다. 그렇지만 리비아가 정말로 이집트의 지도자를 암살할 수는 있습니다."

"틀림없이 당신네 쪽에서도 이 정보를 확인하는 방법을 찾을 수 있을 겁니다." 파머는 덧붙여 말했다. "그때까지 나도 온 힘을 다해서 살펴보도록 하겠습니다."

"프랑스를 끌어들이는 방법은 없겠습니까?" 야키 스필만이 물었다. "프랑스는 이집트와 사이좋게 지내고 있는데……어떻게 생각하시죠?"

"좋은 생각입니다." 존 파머가 말했다. "그렇지만 나로서는 그런 일은 할 수 없습니다. 당신네 쪽에서 방법을 생각해 내야지."

"카이로에 있는 당신네들의 동지들은 어떨까요?" 이처크 골드버그가 한번 떠보았다.

"그건 좀 까다로운 점이 있어서." 미국인은 그 생각을 거절해 버렸다.

"우리들은 외국 영내에서 일하고 있어요." 골드버그가 물고 늘어졌다. "파머 씨, 용이하지 않습니다, 정말이에요."

"그건 확실히 알고 있습니다." 미국인은 수긍했다. "그렇지만 나에게도 한도가 있습니다. 나로서 말할 수 있는 것은 동기를 찾아보시라는 것 정도죠. 만일에 리비아 인들이 당신네 나라의 지도자 한 사람을 암살하려 한다면 그 배후의 동기가 무엇일까요?"

"파머가 말한 그대로야." 돌아오는 길에 코헨은 골드버그에게 말했다. "동기만 안다면 나도 그 독일인의 정보가 얼마나 중대한 것인지를 알 수 있을 텐데."

이처크 골드버그는 그의 얼굴을 쳐다보았다. "그 미국인은 우리들에 대해서도 용의주도하게 흥정을 하고 있어요." 그는 말했다.

"그것은 사실이지." 부장은 웃음을 띠었다. "그들은 우리들과 산유 제국 사이에서 줄타기 곡예를 하듯 왔다갔다 하고 있지. 그들을 나무랄 수도 없어. 그렇지만 결국 그도 한 가지 생각을 던져주었어. 우리는 방법을 찾아내지 않으면 안돼……"

코헨은 아까의 회담을 세세한 곳까지 검토해 보았다. 그 미국인은 경계하고 있는 것은 사실이다. 하지만 그것은 어쩔 도리가 없다. 그는 이집트 대사관에 접근하여 필요한 정보를 입수하는 방법을 찾아낼 작정이었다.
 이튿날 아침, 코헨이 텔 아비브로 돌아가기 전에 파리 대사관의 스필만에게서 연락이 왔다. 그는 프랑스의 테러 방지과에 있는 앙드레 코르데유 경위와 이야기를 나눠봤는데, 어젯밤에 독일에서 한스 키르셴베르크에 관한 정보가 들어왔음을 알아낼 수 있었다. 죽은 사나이는 과거에는 바데르 마인호프 갱의 일원으로서 몇 건의 살인을 저질러 수배당해 있는 하인리히 볼탄이라는 것을 지문으로 알아냈다는 것이다. 이로써 그가 독일에서 도망쳐 나와 살인자가 되었다는 것을 알게 되었다.
 "이것은 모두 그가 저에게 한 이야기를 뒷받침하는 것이 됩니다." 스필만이 코헨에게 말했다.
 코헨은 한숨을 쉬었다. 만일에 그들이 낯선 지방에서 이름도 모르는 살인자를 상대로 해야 한다면 피곤해지는 것은 틀림없는 일이다. 아주 작은 가능성에 대해서도 진지한 대응을 하여 필사의 방어망을 갖추어야 한다. 프로로 연륜을 쌓은 빈틈없고 대담한 살인자의 행위가, 그 살인자의 손으로부터 요인을 지키려는 쪽보다 유리하다는 것은 삼척동자도 다 아는 사실이다. 주된 목표가 아직 두 가지 남아 있다. 리비아의 음모를 찾아내는 것과, 리비아가 누구를 표적으로 선택했는가를 판단하는 것이다.
 코헨은 지금까지 입수한 정보가 리비아의 목적이 이집트에서 암살하는 것임을 시사해 준다면 좋겠다고 간절히 바랐다. 몇 분 동안은 그 가능성이 주는 위안을 즐길 수 있었으나, 제정신으로 돌아와 보니 그 불안으로부터의 도피는 아직 자기에게는 허용되지 않는 사치스러운 생각임을 깨달았다.

7

 토요일 아침에 우편배달부가 마르세유 항구 근처에 있는 낡은 회색 건물에 왔다. 그 2층에 사는 젊은 사나이는 배달부가 지나가는 것을 보고 아래로 내려왔다. 미국의 상인을 위해 골동품을 손에 넣는 긴 여행에서 돌아온 이래 그는 습관이라도 된 것처럼 매일 우편함을 들여다본다. 여름이 시작될 무렵에 일거리를 주겠다고 약속한 이탈리아 인에게서 올 연락을 기다리고 있었다. 오늘도 역시 우편함은 비어 있었다.
 젊은 사나이는 어깨를 으쓱하고는 자기의 작은 아파트로 들어갔다. 이 아파트는 여러 도시에서 그가 빌려쓰고 있는 몇 개의 작은 아파트 중 하나이다. 때때로 그는 다른 사람들이 옷을 갈아입듯이 아파트를 바꾸었다. 여기에는 낡은 침대와 테이블, 그리고 의자가 한 개 있을 뿐이었다.

그는 함부로 아파트에서 나가지 않았으며, 나간다고 하더라도 이른 아침에 그 튼튼한 몸에 독소처럼 괴어버린 긴장을 배출시키기 위해서 산책을 나갈 뿐이었다. 때로는 며칠분의 식료품을 사기 위해서 나가기도 했다. 그 밖에는 그는 몇 시간이고 계속 창가에 앉아서 바다를 바라보고 있는 것이었다.

그는 옷을 벗고 조그마한 샤워 룸으로 들어갔다. 유달리 결벽한 그는 몇 시간마다 샤워를 했다. 몸이 사업의 도구여서, 그는 레이서가 차를 손질하듯이 몸을 중요하게 다루었다. 건강 상태의 좋고 나쁨에 그의 목숨이 걸려 있는 것이다. 한참 지나서 수도꼭지를 잠그고는 큰 타월로 몸을 닦았다. 그리고는 옷을 입고 또 창가의 의자에 앉아서 이탈리아 인에게서 올 편지를 기다리는 것이었다.

8

같은 날 낮에 몬테 카를로를 출발한 에르 프랑스 여객기가 마음이 겨우 밝아진 피에르 드 말랭을 파리로 운반하고 있었다. 그의 옛 친구 본초——정확히 말해서 비토리오 안젤로 마지노——가 두 사람이 드 골 장군 휘하의 자유 프랑스 군에서 함께 일했을 때에 잘 해주었듯이 이번에도 도와주기로 했던 것이다. 믿을 수 없을 정도로 대담하고 난폭한 사나이 본초는 늘 농담처럼 전쟁이 끝나면 프로 살인자가 되겠다고 말했었는데, 정말로 그렇게 된 것이다. 처음에는 가장 비싼 값을 내는 사람을 위해서 일을 해주었으나, 몇 년이 지나는 동안에 사업범위를 넓혀 미술품 절도계획을 세우기도 하고, 살인자를 조달하여 거액의 수수료를 받게끔 되어버렸다. 지금은 중개전문인이 몇몇 있었으나, 이 영역에서도 드 말랭과는 격이 달랐다. 그래서 드 말랭은 필요한 세 사람째의 살인자를 구하는 최후의 수단으로써 그에게 부탁하러 갔었던 것이다. 드 말랭은 몬테 카를로에 도착하자 곧 항구로 향했다. 거기에는 본초의 요트인 파디아 호가 잔교에서 떨어져 닻을 내리고 있었다. 키가 큰 호남형의 얼굴에 나이를 나타내 주는 것이라고는 관자놀이에 약간 흰 머리카락이 나 있을 뿐, 활기에 넘치는 본초에게 그는 크게 환영을 받았다. 이 이탈리아 인은 무슨 일이 있다는 것을 재빨리 알아차리고는 드 말랭을 호화로운 선실로 안내하여 브랜디를 따라준 다음 의자에 손을 얹었다.

"자, 싹 털어버려." 그가 말했다.

드 말랭은 조금 망설인 뒤 한달음에 쏟아놓았다. "정말 곤란한 일이 있어. 어떤 일에 적합한 사람을 구하지 않으면 안돼. 최고의 프로라야 한단 말이야. 탁 털어놓고 말하면, 그러한 사람을 찾지 못하면, 그것도 빨리 발견하지 못하면 내 목이 달아난다고."

본초는 잔잔한 미소를 띠었다. 그것은 속으로 그를 경멸하고 있음을 감추기 위해서이다. 바보 같은 녀석이로군―― 하고 그는 생각했다. 그의 인생에서도 가장 재미있었던 시기에 동지로서 손을 잡고 싸웠던 튼튼하고도 대담한 젊은이였던 녀석이 언제 이처럼 패기없는 겁쟁이가 되어버렸는가 하는 생각이 들자 약간 기분이 좋지 않았다.

"정치에 관계되는 일인가?"

드 말랭은 주저했다. "그런 것 같아."

본초는 잠자코 있었다. 마르세유에서 새로운 일거리의 연락을 기다리고 있는 젊은 사나이를 생각했던 것이다. 필요한 자격을 갖추고 있는 자는 그가 알고 있는 한에서는 그 사나이뿐이었다.

"마음에 짚이는 녀석이 있기는 한데." 그는 조용히 말했다.

드 말랭의 눈이 반짝였다. "솜씨가 있는 녀석인가?"

"최고야." 이탈리아 인이 잘라 말했다. "게다가 내가 말하면 틀림없을 거야."

피에르 드 말랭은 천천히 숨을 내쉬더니 몇 초 뒤에는 갑자기 어깨의 무거운 짐을 벗어놓은 듯한 기분이 들었다.

"어떻게 하면 연락할 수 있지?" 그가 물었다.

"그렇게 간단하지는 않아."

"왜?"

"우선 첫째로――" 이탈리아 인은 힘주어 말했다. "그를 필요로 하고 있는 자가 누구인가를 나는 모르고 있어. 정치에 관계되는 일이란 것은 확실한가?"

"내 짐작으론 그래."

"돈이 많이 들 텐데."

"돈은 문제가 아닐세."

"이쪽 사나이는 꽤 많은 선금을 요구할 거야." 본초가 말했다. "자네가 짐작도 하지 못할 정도로 많은 액수일걸."

"얼마쯤?"

이탈리아 인은 천천히 대답했다. 마르세유의 사나이는 정치가의 암살에는 수백만 달러 이하로는 만족하지 않는다고 말했었다.

"50만 달러를 요구할 거야. 단지 계약금으로 말이지."

프랑스 인의 얼굴이 붉어졌다. 동시에 입을 딱 벌렸다. "그게 정말인가?"

"피에르, 이제 말한 그대로야."

"그거 큰 돈인데!"

"상대방은 풋내기가 아니야." 본초는 웃음을 띠었다. "성실한 사람을 구해야만 되겠지. 좋아, 그 사나이를 보내주지. 만일, 저쪽에서 그 조건에 응하지 않는다 하더라도 자네는 역할을 다한 셈이 되는 거야. 그 다음 책임은 그 패거리들에게 있지."

피에르 드 말랭도 이탈리아 인이 하는 말을 이해할 수 있었다. 정말 본초가 한 말 그대로다. 그는 그들에게 세 사람의 이름만 대주면 된다. 마담 자클린 샤를로트, 요르크 깁스코프, 그리고 이 세 번째 사나이. 그 뒤의 이야기는 엘 마그라비가 할 일이다.

"됐어. 그럼 어떻게 하지?" 그가 말했다.

"취리히의 어떤 은행구좌 번호를 가르쳐 주는 거지." 이탈리아 인은 설명했다. "만일, 그 패거리들이 그를 쓸 생각이 있어서 그만한 돈을 그 구좌에 불입하면 연락은 된 걸로 봐도 좋아."

"그건 너무 일방적이 아닐까?"

"달리 방법이 없어." 본초의 표정이 엄숙해졌다. "그리고, 피에르, 한 가지 충고를 해두겠네. 이번 일이 끝나면 손을 씻도록 해. 이런 사업은 그만두란 말이야."

"무슨 잘못될 일이라도 있단 말인가?"

"만사 잘 되어가고 있네." 이탈리아 인은 잔에 코냑을 따랐다. "다만, 이것은 위험한 게임일세. 이익은 많겠지. 하지만 나 같으면 벌써 손을 씻었어. 자네도 옛날처럼 젊지 않아. 그리고 분에 맞지 않은 일을 하고 있는 거야."

1977년 6월

6월 2일 목요일, 텔 아비브에 있는 보안경비국 본부의 경비부장 책상 위에 극비의 봉인된 봉투가 놓여졌다. 그 속에는 야키 스필만이 보낸 상세한 보고서가 들어 있었다. 처음 부분은 한스 키르센베르크와 낸시 키팅의 살해사건에 관해서 다시 수사하여 알아낸 결과에 대한 보고였다. 두 번째 부분은 모티 클레인과 지브 샤하르가 엘 마그라비를 찾는 데 노력한 내용의 보고. 두 사람은 확실히 그 발자취를 추적하여 그가 파리에서 트리폴리로 떠날 때까지 미행하는 데 성공한 것 같았다.

야키 스필만은 독일인이 살아 있었던 마지막 며칠 사이의 동정을 보다 상세하게 파악할 수 있었다. 범죄수사부의 형사들이 파리의 그의 아파트를 찾아내어 거기서 그의 여권을 발견했는데, 그것에 의하면 키르센베르크는 5월 11일에 트리폴리로 가서 2일간 머물러 있다가 파리로 돌아온 것으로 되어 있다. 이것은 그가 리비아인들과 직접 관계했다는 움직일 수 없는 증거이다. 이로써 그가 미국 대사관에서 가진 세 사람의 회담 때문에 살해되었다는 추측을 뒷받침하게 되었다. 만일, 이 추측이 맞는다고 하면 그가 팔려고 한 정보가 가치 있다는 것은 의문의 여지가 없다. 아딜 엘 마그라비에 관한 보고서에 의하면 모티 클레인과 지브 샤하르가 철저하게 일을 했음을 알 수 있다. 파리 중심가에서 멀지 않은 조그마한 호텔에서 그를 발견한 순간부터 두 사람은 상대방에게 눈치채이지 않고 그가 시내를 떠날 때까지 미행했다. 두 사람의 보고서에 여러 상대자와 만난 사실이 상세하게 기록되어 있고, 정확한 시일과 장소도 접촉한 상대방의 스케치와 더불어 기입되어 있었다.

유리 코헨은 보고서를 내려놓았다. 한번 훑어보아서는 언제나 두 사람의 부하를 데리고 다니는 것을 제외한다면, 이 리비아 인의 행동은 호주머니에 돈소리를 내면서 그 도시가 주는 쾌락을 맛보는 보통 관광객과 비슷했다. 이 엘 마그라비의 파리 방문에서 코헨이 밤에 잠을 이룰 수 없었던 사건과 결부시키는 점은 단 하나도 찾아내기가 어려웠다. 다시 한 번 그 보고서를 훑어본 뒤 그는 그것을 옆에다 밀어놓고는 남미의 각 이스라엘 대사관의 방위에 관한 월례보고서에 눈길을 돌렸다.

텔 아비브의 북쪽에 있는 조그마한 레스토랑에서 점심을 먹은 뒤 코헨은 자기 방으로 돌아와서 다시 한 번 스필만의 보고서를 읽어보았다. 엘 마그라비가 사람들과 만난 장면을 일일이 신중하게 읽어나갔다. 그런데 한 가지 다른 경우와 틀리는 데가 있었다. 토요일 한밤중이 지나서 이 리비아 인이 피에르 드 말랭이라는 사람이 소유하고 있는 샹젤리제 대로의 향수 가게를 찾아간 일이었다. 그의 부하 두 사람이 모두 오랫동안 밖에서 기다렸다고 한다. 특히 눈에 띄는 사실로는, 이 리비아 인이 사람들과 만나는 데 부하를 데리고 가지 않은 것은 이때뿐이었다. 갑자기 코헨은 그 시간이 꽤 밤 깊었다는 사실에도 신경이 쓰였다.

"토요일 밤이로군!" 그는 혀를 차면서 말했다. 이 방문 자체에는 수긍이 간다——관광객이라면 트리폴리의 아내에게 줄 선물을 사기 위해 파리의 화려한 향수 가게에도 들를 수 있겠지——그렇지만 그런 시간에 갈 필요는 없다.

즉시 그는 스필만에게 파리 시경 본부와 국제경찰에 가서 피에르 드 말랭이라는 사람에 대한 정보를 수집해 보라고 명령을 내렸다. 동시에 그는 그 향수 가게가 토요일 밤 늦게까지 문을 열어놓을 이유가 있는지의 여부도 전화로 대답해 달라고 했다.

그날 밤 6시에 잘못된 장난감의 조립 일부를 완성시키듯이 전모가 정리되었다. 그의 의혹은 맞아들어갔다. 향수 가게는 토요일 밤에는 7시에 문을 닫는다. 그렇다면 리비아 인은 그렇게 밤늦은 시간에 거기에서 무엇을 했을까?

유리 코헨이 라마트 하샬론에 있는 자기 집으로 돌아가 보니 군대에 입대해 있던 아들 가디가 와 있었다. 아들을 보자 그는 잠시 괴로움을 잊었다. 가디는 완전히 변해 있었다. 군대의 훈련으로 인해 어린 티가 없어졌다. 얼굴은 어른스럽고, 키도 커졌으며, 어깨도 더 넓어졌다. 부자가 함께 저녁식사를 했는데, 그것은 아내인 슐라가 특별히 맛있게 만든 요리였다. 가디는 여자 친구와 함께 텔아비브의 영화관에 가기 위해서 9시 조금 전에 나가고, 코헨은 뉴스를 들으려고 텔레비전 앞에 앉았다. 주요 뉴스는 메나헴 베긴이 내각을 구성하여 크네세트(의회)의 신임을 얻기 위해 그 명단을 제출할 거라는 것이었다. 거기에 잇따라서 리비아와 이집트의 긴장이 고조되고 있다는 뉴스. 외국 특파원들이 대규모의 부대가 국경의 양쪽에 집결해 있다고 보도했다.

10시에 파리의 스필만에게서 전화가 걸려왔다. 여러 경찰기구에 드 말랭이라는 프랑스 인에 관한 조사를 의뢰해 봤지만 아무런 수확도 없다는 보고였다. 코헨은 수고했다고 말하며 조사를 계속하라고 당부했다. 무엇인가 놓친 것은 아닌가 하는 생각이 들어 그의 머리가 복잡했다. 그는 스필만에게 미국측 동료인 존 파머도 포함해서 정보망의 다른 조직과도 부딪쳐보는 것이 어떻겠냐고 말했다.

"그 프랑스 인이 마음에 걸리는데요." 스필만이 말했다.

"자네는 어떻게 하면 좋겠다고 생각하는가?"

"잘 모르겠습니다." 스필만은 솔직히 말했다. "그러나 다시 한번 조사해 볼 가치는 있습니다."

"내 느낌으로는 그가 그 독일인과 관련이 있는 것 같아."

"중개인으로서 말입니까?"

"그럴지도 모르지." 그는 자기가 무슨 말을 하고 있는지를 생각해 보았다.

"그가 중개인이었다는 것도 있을 수 있는 일이야. 그렇다면 관계가 있다는 설명이 되지."

"새로운 살인자를 구하기 위해서인지도 모르죠." 스필만도 맞장구를 쳤다.

"아마 그런 것도 같아. 그러니까 조사를 계속하는 것이 중요해. 어떤 실마리라도 좋으니 꼭 찾아내란 말이야. 그 뒤에 어떻게 하는가는 그때의 일이야."

아직 그들에게는 확실한 사실이라고는 아무것도 없었다. 죽은 독일인과 리비아 인들 사이에 직접 관계가 있었다 하더라도, 코헨에게는 리비아 인들의 계획이 이스라엘에 대한 것인지, 이집트에 대한 것인지 알 방법이 없었다. 게다가, 진짜 증거가 하나도 없었으므로 손을 묶어 놓은 것처럼 자유롭게 활동할 수가 없었다.

2

리비아 측은 메나헴 베긴이 각료에 모세 다얀을 넣으려는 것을 알아차린 순간 이스라엘과 이집트의 비밀협정이 계속되리라는 확신을 가졌다. 아담 아메드 정보부장은 무하마르 카다피에게서 확실한 지령을 받았다. 즉각 행동에 옮기라는 것이었다. 그의 오른팔인 아딜 엘 마그라비는 이미 계획을 행동에 옮기는 데 필요한 정보를 가지고 돌아와 있다. 예산에는 제한이 없었다. 확실히 표적이 그것이라면 돈은 문제될 수 없었던 것이다.

리비아의 표적은 결정되어 있었다.

3

아딜 엘 마그라비와 마담 자클린 샤를로트와의 회담은 짧으면서도 요점을 다 말한 것이었다. 40대의 매력적인 여성인 마담 샤를로트는 컴퓨터와 같이 냉철하고 계산적이었다. 그녀는 그 이야기와 조건을 잘 생각해 본 뒤 이튿날에야 회답을 했다. 그리고 그날 안으로 그녀는 아담 아메드와 계약을 굳히기 위해 트리폴리로 향해 날아갔다.

저널리스트인 요르크 깁스코프도 큰 미끼를 거절하지 못했다. 엘 마그라비와의 최초의 상담에서 승낙해 버린 것이다. 마담 샤를로트가 트리폴리로 떠난 다음날 깁스코프가 리비아의 수도에 도착했다.

이번에는 엘 마그라비가 세 번째의 사나이를 상대하지 않으면 안되었다. 6월 9일 목요일에 그는 취리히에 도착했다. 그가 알고 있는 것은 은행 이름과 구좌번호뿐이었다. 얼마 뒤에 그는 도시의 중심지에 있는 호텔에 투숙했으며, 그 무렵에는 은행의 지배인 이름도 알고 있었다. 미셀 장 루이였다.

60살인 루이는 은행가로서 널리 존경받고 있었다. 그의 사업은 괴짜 같은 고객들로부터 특수한 거래를 요구받는 것으로서, 손님들의 정체를 대부분의 경우 은행 간부들에게도 알리지 않았다. 그러나 그의 방을 찾아온 엘 마그라비는 미셀 장 루이로서는 전혀 응해 줄 수 없는 용건으로 나타났음을 알 수 있었다. 확실히 말하면, 구좌 임자의 정체를 밝혀달라는 것이었다.

회견의 처음은 순조로웠다. 엘 마그라비는 루이의 비서에게 자기가 어떤 투자에 관심을 갖고 있다고 소개했다. 몇 분 뒤에 그는 검은 널빤지로 된 벽 위에 값비싼 그림을 붙여놓은 널찍한 지배인 방으로 안내되었다. 루이는 일어서서 골동품 같은 책상 너머로 손을 뻗었다. 웃는 얼굴이었지만 그의 눈길은 냉정함을 잃지 않았다.

"무슈, 만나게 되어서 기쁩니다." 그가 말했다.

"아딜 엘 마그라비입니다." 가죽으로 덮은 깊고 푹신한 의자에 엉덩이를 파묻으면서 풍채좋은 리비아 인이 자기의 이름을 댔다. 커피를 권했으나 시간이 없다고 거절했다.

"투자에 관해서 무슨 조언을 받으러 오신 듯합니다만……" 미셸 장 루이는 아랍계의 이 손님에게 대충 자기의 짐작을 말했다. 이 사람들이 투자하는 액수라면 성의껏 서비스할 가치가 있다. "틀림없이 우리가 가장 유능한 은행 중 하나라고 확인하고 찾아오신 줄로 압니다만."

"그건 그렇소." 리비아 인은 태연하게 말했다. "그리고 당신에게 손해나지 않는 이야기라면 응해 줄 것도 확신하고 있소. 요컨대 마음만 내키면 당신 개인에게 득이 되는 일이란 말입니다."

은행 지배인은 잠시 리비아 인의 얼굴을 바라보았다. "내 개인의 이해에 관한 것이라면 그것은 좀더 가까운 사이가 되고 나서 분명하게 하고 싶군요."

리비아 인은 얼굴에 웃음을 띠었다. "나는 댁의 고객 중 한 사람의 구좌에 50만 달러를 입금할 생각입니다. 그만한 액수의 돈을 넣는 것이니까 당연히 지배인이 직접 절차를 밟아주셔도 좋을 거라고 생각합니다만."

"그건 좀 곤란한 일입니다." 지배인은 의자 위에서 몸을 비틀었다. "이것은 규칙입니다만, 우리 은행에서는 고객의 구좌에 돈을 넣을 때는 그 고객의 확실한 양해를 얻어야 합니다."

리비아 인은 웃음을 띠었으나 아무 말도 하지 않았다.

"손님이 뭔가 오해를 하고 있는 것 같군요. 이 은행이 아닌지도 모르잖습니까?"

"틀림없습니다." 리비아 인이 대답했다. "그 사람의 구좌번호까지도 알고 있습니다."

"그것은 우리들에게는 아무 소용 없는 일입니다." 지배인은 안경을 벗더니 열심히 렌즈를 닦았다.

"당신 부탁은 들어줄 수 없군요. 어떤 일이 있어도."

엘 마그라비는 경험이 많은 사람이었다. "그쪽에서 문제삼고 있는 바를 알고 있습니다." 그는 가지고 온 서류가방을 무릎 위에 올려놓고 열었다. 달러 지폐뭉치가 넘치도록 가득차 있었다.

"100달러짜리 지폐로 55만 달러가 들어 있습니다. 이 서류가방을 당신한테 맡기고 가겠소. 만일, 당신이 그 고객이라고 생각되는 그의 구좌에 입금시키면 5만 달러가 당신 앞으로 남게 되지요. 아무쪼록 이것은 댁의 유능한 서비스에 대한 나의 감사의 표시라고 생각하고 받아주기 바라오."

은행 지배인은 점점 당황해졌다. 은행의 특수한 거래 도중에 때때로 그도 꽤 많은 액수의 돈을 손에 넣는 적은 있었지만, 이번의 것은 파격적으로 그 액수가 컸다. 그는 기침을 하여 갑자기 목이 쉬려는 것을 감추었다.

"그 구좌의 번호는?" 그가 물었다. "물론 나로서도 실제로 그 사람이 우리 은행 고객 중 한 사람이라고 단언할 수는 없지만 말입니다."

"여기에 있소." 엘 마그라비는 종이쪽지에 번호를 적어서 지배인 책상 위에 놓았다.

"지금 말한 바와 같이 5만 달러는 당신 몫이오. 물론 그전에 돈을 완전히 구좌에 넣어야 하겠지요. 그 뒤 구좌의 주인이 받았다고 확인했을 때, 그에게 어떻게 나한테 연락을 취해야 하는가를 전달해 줘야 합니다."

"그 일은 좀 연구해 봐야겠군요." 미셀 장 루이는 이렇게 신중하게 말하고는 언제나와 마찬가지로 예절바르게 손님을 문 앞까지 전송하며 거기서 악수하고 헤어졌다.

엘 마그라비는 취리히의 중심가에 예약한 호텔 꼭대기 방(스위트)으로 돌아갔다. 거기서 그는 연락을 기다리다가 오후 5시 반에 루이에게서 온 전화를 받았다.

"무슈——" 지배인은 말을 계속했다. "그 금액이 틀림없이 구좌에 입금되었음을 알려드릴 수 있어 다행으로 생각합니다."

"대단히 감사합니다."

"그 다음 일 말씀입니다만——" 지배인은 말을 계속했다. "그 고객으로부터 연락이 있는 즉시로 틀림없이 댁의 소재를 알려주겠습니다. 그렇지만 며칠 걸릴지도 모르겠군요."

"알고 있소."

"그렇다면 다시 한 번 인사를 드립니다." 지배인은 마지막으로 말했다. "앞으로도 도와드릴 수 있다면 영광이겠습니다."

리비아 인은 아담 아메드의 명령으로 세 사람째의 사나이를 채용할 채비를 하게 되어 있었다. 지금쯤 다른 두 사람은 서로 다른 사람이 있다는 사실도 모르고 각자의 계획을 펴나갈 것은 확실했다. 이 수수께끼의 사나이도 피에르 드 말랭이 그처럼 열심히 권한 사람이었고, 또 마찬가지로 일을 시작하게 될 것이다.

그 미지의 사나이가 자기가 없는 동안에 호텔에 연락해 올지도 모르므로 엘 마그라비는 이 도시의 환락가를 방문하는 것을 체념하지 않으면 안되었다. 이 묘한 상황이 그의 부하들에게는 고통스러운 일이 아닐 수 없었다. 튼튼한 체격을 가진 젊은 두 사람은 끊임없이 움직이며 돌아다니는 데 익숙해져 있어서, 지금은 하루 종일 기다리면서 억지로 시간을 보내야 하게 되자 안정되지 않은 기색을 보이기 시작했다. 그 때문에 낮에는 엘 마그라비가 둘 가운데 한 사람에게 취리히의 쾌락을 맛볼 수 있는 임무를 부여하고, 그 동안에 다른 한 사람은 자기 곁에 남아서 경계하도록 했다. 밤에는 두 사람 모두 경비를 하게 하여 낮까지 계속시켰다. 한 사람은 엘 마그라비의 방에 있었고 다른 한 사람은 복도를 지키는데, 맞은편 방에서 엘리베이터의 출입을 지켜보는 것이었다.

이렇게 기다리는 상태가 6월 17일 금요일까지 계속되었다. 미셸 장 루이의 방에서는 그날도 언제나와 마찬가지의 일과가 시작되었다. 9시에는 루이가 여러 가지 돈의 동향에 대한 파악을 하고 9시 반에는 우유를 넣고 설탕을 뺀 홍차를 마셨다. 그는 약간의 당뇨병 증세가 있기 때문에 주의를 기울이고 있었다. 다음 15분 동안에 그는 신문을 열심히 읽으며, 특히 경제란에 주의를 집중했다. 9시 45분에 비서가 벨을 눌렀다. 지배인은 인터폰의 스위치를 눌렀다.

"무슨 일인가?"

"울시타인 씨가 왔습니다. 만나뵙고자 하십니다."

"무슨 용건인가?"

"그분의 구좌에 입금된 돈 때문이라고 합니다."

미셸 장 루이는 가슴이 뛰기 시작했다. 그가 보낸 편지가 무기명 구좌의 소유자에게 닿았기 때문이다. 이 미지의 사나이, 울시타인이라고 하는 그의 구좌에 50만 달러의 예금이 불어난 사나이가 어떠한 인물인가 하는 생각이 들었다.

"들여보내요." 지배인은 들뜬 목소리로 말하며 조간신문을 내려놓았다.

몇 초 뒤에 튼튼한 나무 문이 열렸다. 들어온 사나이는 그가 머릿속으로 그리고 있었던 모습과는 전연 달랐다. 나이는 50살 정도였으며, 키는 보통 사람들보다 크고 등이 구부정했다. 낡은 윗도리를 여민 자락 사이로 배가 조금 튀어나온 것이 보였다. 모가 난 턱이 뺨이 움푹 들어간 것을 더욱더 강조해 주는 듯했다. 얼굴빛은 회색이며, 턱에는 아무렇게나 수염이 나 있어서 며칠 동안 면도도 하지 않은 것을 입증해 주었다. 긴 여행에서 돌아온 듯했다. 헐어빠진 모자를 벗자 반백이 된 머리카락이 헝클어져 있었다. 그의 눈은 굵은 테 안경의 검은 렌즈 뒤에 감춰져 있었다. 흡사 변두리 시골 마을에서 시내에 볼일이 있어서 온 농사꾼 같았다. 미셸 장 루이는 틀림없이 뭔가가 잘못되었다고 생각했다. 이 초라하고 보잘것없는 인간에게 누가 50만 달러를 처넣는단 말인가?

"울시타인 씨죠?" 무뚝뚝한 손님에게 그가 물었다.

"울시타인이오." 사나이가 대답했다. 어조가 난폭했다. 목쉰 소리여서 말끝이 희미했다. 그러나 지배인은 자신의 독일어에 관한 지식은 완벽하다고 믿고 있었다. 이것은 시골 농부의 독일어지만 독일어임에는 틀림없다.

사나이는 지친 듯이 다리를 끌면서 커다란 책상 앞에 다가섰다. 한 손으로는 낡은 여행가방의 손잡이를 잡고 있었다. 색깔은 바랬지만 처음에는 고운 청색의 가방이었겠지.

인상이 좋다고는 할 수 없는 사나이의 모습을 보자 지배인은 이 일에 대해서는 철저히 추궁해 봐야겠다고 생각했다. "울시타인 씨, 확실히 우리 은행에 구좌를 가지고 계십니까?"

"가지고 있소." 사나이는 좀 앞으로 숙여져 있는 머리를 치켜들려고 노력했다. "난 좀 피로해서." 그는 힘없이 말을 덧붙였다.

"실례했습니다." 은행 지배인은 아직 자기 앞에 서 있는 유령에 대한 놀라움에서 완전히 깨어나지 못했다. "아무튼 앉으시지요."

사나이는 주위의 호화로움에 약간 신경을 쓰는 듯이 천천히 팔걸이의자에 앉았다. 그는 숫자가 쓰여진 종이쪽지를 내밀었다.

"이것이 구좌번호요. 이 구좌에 얼마나 들어 있는지 확실히 알고 싶군요."

미셸 장 루이는 숫자를 조사하여 자기의 메모장에 기입해 둔 것과 비교해 보았다. 숫자가 똑같았다. 이건 정말 놀라운 일이다! 이 사나이가 그 구좌의 주인이었던 것이다.

"그렇지만 한 가지만은 확실히 해주셔야 되겠습니다. 은행의 규칙으로서, 당신의 신분을 확인해야 합니다. 구좌를 개설할 때에는 룩셈부르크에 있는 법률사무소를 통해서 했습니까?"

"서명을 한 편지를 보냈지요." 사나이는 지친 듯한 목소리로 중얼거렸다.

"그럼 죄송하지만, 이 종이에 서명을 좀 해주시겠습니까?" 지배인은 구좌의 내용증명서를 요구하는 용지를 내밀었다. 사나이는 거기에 구좌번호를 적고 그 밑에 빈틈없는 솜씨로 이름을 서명했다. 미셸 장 루이는 비서를 불러들여 그 서류의 서명을 이미 은행에 철해져 있는 것과 대조해 보라고 지시했다. 대답이 올 때까지 기다리는 동안에 그는 이 손님에게 커피와 홍차 어느 것을 들겠느냐고 물어보았다. 손님은 두 가지를 다 거절하고 침묵에 잠겨 있는 편을 택했다.

비서가 되돌아올 때 울시타인의 서명이 틀림없다는 대답과 함께 그 구좌에 입금된 돈의 상세한 명세서를 가지고 왔다. 명세서는 예금과 돈을 찾아간 것이 기묘한 관계를 나타내고 있음을 보여주었다. 구좌를 개설한 이래 지금까지 7년 동안에 1년에 한두 번씩 거액이 입금되었다. 그런 거액을 예금할 수 있는 사람은 자금주이거나 사업에 큰 성공을 거둔 사람들뿐이다. 그리고 거기에 따라서 찾아가는 것도 대규모였다. 분명히 이 구좌의 주인은 정기적으로 거액의 돈을 필요로 하는 듯했다. 미셸 장 루이는 명세서를 울시타인에게 건네주었다.

"이틀 전까지는 당신의 구좌에 21만 7천 달러가 들어 있었습니다. 거기에 50만 달러라는 거액이 더해진 것을 보고 얼마나 기뻐하셨습니까?" 지배인은 마치 자기가 만족스럽다는 듯이 웃는 표정을 지었다. "따라서 당신의 이 구좌의 예금은 71만 7천 달러가 되었습니다."

사나이는 명세서의 상세한 부분은 들여다보려고도 하지 않았다. 그의 표정은 여전히 냉랭했다.

"입금한 것이 누구요?" 그가 물었다.

"이름과 묵고 있는 호텔을 메모해 두었습니다." 지배인은 카드를 한 장 손님 앞으로 내밀면서 즉시 대답했다. 손님은 그것을 받아들고 몇 초 동안 자세히 보고는 그 자리에서 갈기갈기 찢어버렸다.

"대단히 만족하셨겠지요?" 미셸 장 루이가 물었다.

"나에게 필요없는 질문은 하지 마시오. 이쪽에서도 묻지 않을 테니까." 손님은 쌀쌀하게 대답했다.

지배인은 이 대답에 어안이 벙벙해졌다. "울시타인 씨, 무슨 특별한 지시라도?"

"그렇소." 온화한 대답으로 바뀌었다. "이 구좌를 폐지하겠소. 돈을 모두 현금으로 주시오. 달러로."

지배인에게는 괴로운 이야기였다. "우리 은행의 서비스가 불만이어서 그럽니까?"

"구좌를 폐지할 자신의 권리를 사용할 자격은 있을 테지." 사나이는 질문에는 대답하려고도 하지 않고 정나미가 떨어지게 말했다.

"그렇다고는 하더라도……" 지배인은 물고늘어졌다. "우리들에게는 상당한 이익을 올릴 수 있는 투자의 여러 가지 형태가 준비되어 있고……"

"그런 실없는 소리를 나한테는 하지 마시오." 사나이는 상대방의 말을 막아버렸다. "돈을 내주시오. 지금 당장. 알아들었소?"

미셸 장 루이는 더 이상 이야기해 보았자 소용없음을 깨달았다. 그는 명세서의 난 외에 표시되어 있는 숫자의 금액을 즉시 가지고 오라고 명령했다. 10분 뒤에 작은 금고가 차 나르는 웨곤과 같은 손수레에 실려서 그 방으로 운반되었다.

"이 돈을 어디에 넣지요?" 은행원이 물었다.

"이 여행가방에." 손님이 대답했다. 은행원은 지배인의 얼굴을 흘끗 바라보았지만 지배인은 모르는 체해 버렸다. 울시타인은 여행가방을 열고 은행원은 지폐 뭉치를 거기에 넣기 시작했다. "계산하고 있습니까?" 지배인이 물었다.

손님은 구부정한 어깨를 으쓱했다. "정확하게 하는 것은 그쪽의 일이오. 나에게는 그럴 틈이 없소."

돈을 여행가방에 옮겨넣는 데는 몇 분밖에 걸리지 않았다. 사나이는 딸깍 하고 가방의 뚜껑을 닫은 뒤 자물쇠를 채우려고도 하지 않았다. 그는 책상 위로 손을 뻗어 구좌의 명세서를 집어들었다.

"이것을 가지고 가겠소. 내 것이니까." 하고 그가 말했다.

지배인이 무슨 말을 하려 했으나 손님은 그것을 무시해 버렸다. 그는 정성껏 그 종이를 접어서 주머니에 넣어버렸다. 그리고는 돌아서서 커다란 여행가방의 손잡이를 잡았다. 그것을 들어올리는 데 힘이 드는 것 같았으나, 몸에 잔뜩 힘을 주고는 멍하니 바라보고 있는 지배인을 남겨두고 문 앞으로 향했다.

울시타인이 나가버리자 미셸 장 루이는 리비아 인에게 전화를 걸었다. 그는 미지의 이 사나이와 연락이 되자마자 그에게 통보해야만 한다고 생각했던 것이다. 엘 마그라비는 그 사나이가 구좌를 폐지하고 돈을 직접 가지고 갔다는 데에는 흥미가 없는 것 같았다. 그는 단지 울시타인이 어떤 인물인지를 알고 싶어 할 뿐이었다. 지배인은 그 사나이의 배가 튀어나온 모습을 조심스럽게 설명하고는, 그의 이른바 상당히 '야성적인 태도'도 설명해 주었다.

정오가 지난 몇 분 뒤에 아딜 엘 마그라비가 묵고 있는 호텔의 맨 위층 특별실의 거실 전화가 울렸다.

그는 수화기를 집어들었다. "엘 마그라비요."

"이쪽은 당신이 기다리고 있는 사람이오." 목소리는 남자답고 쾌활했다. 유창한 프랑스 어였다.

"언제 오겠소?"

"지금 로비에 있소. 올라가도 괜찮겠소?"

"물론."

아딜 엘 마그라비는 수화기를 내려놓았다. 부하들에게 옆방으로 가라고 일렀다. 미지의 이 사나이에게 부하들이 있다는 것을 알리고 싶지 않았다. 상대방이 기분좋게 둘이서만 이야기하고 있다고 생각하게끔 만들고 싶었다.

1분 뒤에 특별실의 문을 가볍게 두드리는 소리가 들려왔다. 잠시 뒤 문이 열렸을 때 그는 깜짝 놀라고 말았다. 지배인의 설명으로는 초라한 옷을 입은 50살 가량의 지쳐빠진 농부가 갈 것이라고 했다. 그러나 눈앞에 나타난 사람은 루이가 설명한 인물과는 정반대의 모습이었다. 키가 크고 훌륭한 용모를 갖추고 있었다.

"무슈 엘 마그라비?" 그는 리비아 인에게 손을 내밀었다.

"틀림없이 무슈 울시타인이죠?"

처음 대하는 이 사나이는 웃는 표정을 짓고 있었다. 방안으로 들어온 사나이는 보기보다는 나이가 더 들었는지도 모르겠지만, 키는 180cm 이상 되어보이고 이상하게도 등을 꼿꼿이 펴고 있었다. 그의 얼굴빛은 젊음이 넘쳐흘렀고, 피부 색깔도 육체적인 조건이 최고의 상태임을 나타내 주고 있었다. 깨끗이 다듬은 수염과 구레나룻에 보이는 약간의 회색 털이 나이를 말해 주는 유일한 표시일 뿐, 그밖에 나이든 흔적이라고는 전혀 찾아볼 수 없었다. 그는 또 이마에 흘러내린 약간의 머리카락을 제외하고는 정성껏 뒤로 빗어넘긴 옅은 색깔의 머리 모양에 잘 어울리게 멋진 금테 안경을 끼고 있었다. 옷도 최신 유행의 감각을 잘 살린 것이었다. 그가 걸을 때 무릎의 탄력성과, 꼿꼿이 뻗은 등은 군대경력을――그것도 고급장교였음이 틀림없다는 생각을 갖게 하기에 충분했다. 은으로 된 손잡이가 달린 검은 지팡이를 잡고 있는 모습도 명령하는 데 익숙해진 사람임을 은연중에 나타내고 있었다.

"미셸 장 루이는 내가 취리히에 온 것을 재빨리도 알렸군요, 그렇죠?" 손님은 웃으면서 말했다.

엘 마그라비도 웃었다. "정말이군요, 무슈 울시타인."

사나이는 안경 너머로 그를 바라보았다. 렌즈의 색깔이 회색이었으므로 리비아 인은 그의 눈빛을 알아내기가 곤란했다.

"나는 독일계의 이름을 그다지 대견하게 여기지 않아요." 그가 말했다. "서로 이야기할 때는 다른 이름으로 불러주시오. 그래, 다스탱이면 어떨까요? 좋지 않습니까?"

"아무튼 좋소, 무슈 다스탱."

리비아 인은 오히려 침착성을 잃은 듯한 느낌이었다. 이 처음 대하는 사나이의 행동에는 어딘지 모르게 상대방을 불안하게 만드는 것이 있었다. 이 사나이의 성격을 판단하기란 무척 어려웠다. 얼른 보아 경의를 표하고 있는 것 같기도 했지만, 또 한편으로는 상대방을 바보로 여기고 있는 것 같기도 했다.

"당신 은행 구좌의 금액에 만족하고 있을 줄로 압니다만." 엘 마그라비는 조심스럽게 상대방의 얼굴을 바라보며 말했다.

"이쪽 일에는 신경을 쓰지 말아줬으면 좋겠소." 사나이는 웃는 듯 마는 듯한 표정으로 말했다. "당신들의 재정상태에는 전혀 흥미가 없소. 내가 알고 있는 바는 피차 눈앞에 해치워야 할 일이 있다는 것뿐이오. 나는 최대의 경의를 표하여 댁의 상사의 지시에 의하여 그 금액이 나의 구좌에 들어온 것을 감사할 따름이오."

엘 마그라비는 그 말에 입을 딱 벌렸다. "무슈!"

"그렇게 놀라진 마시오." 사나이는 날카로운 눈길로 그를 쏘아보았다. "당신은 다만 심부름꾼에 지나지 않아. 당신은 내가 이 방에 들어온 순간부터 아무런 실수가 없었음을 자신에게 납득시키듯이 나를 지켜보았소."

"그건, 그러나 솔직히 말한다면……"

"솔직한 이야기는 당신 자신만을 위해서 간직해 두시오." 그는 날카로운 어조로 말했다.

"내가 당신이 상대하려는 사람이오. 그리고 이쪽에서 원하지 않는 일을 성급하게 하려는 행동은 삼가 주시오. 당신은 나하고 연락이 닿은 거요. 내가 여기에 와 있잖소. 만일에 당신 상사가 생각하고 있는 일에 나를 끌어들이는 게 탐탁지 않다면 그 다음 결정은 아담 아메드에게 맡겨두면 돼!"

리비아 인은 그 말에 아무런 저항도 하지 못했다. "아담 아메드를 알고 있소?"

"무슈 엘 마그라비, 나는 사업상 여러 가지 변화를 알고 있지 않으면 안돼요. 내 목숨은 여러 번 그러한 지식 덕분에 살아날 수 있었던 거요. 그렇지만 일에 대한 이야기로 옮겨갑시다." 그는 이 리비아 인의 성난 표정을 무시해 버렸다. "그쪽이 보여준 그 호기는 매력적인 것이었소. 하지만 이쪽은 아직 일에 착수하지 않았소. 나에게 무슨 일을 시킬 셈이오?"

"암살이오."

사나이는 웃으며 재미있다는 듯이 수염 끝을 어루만졌다. "당신한테는 놀라지 않을 수 없군. 제발 부탁이니 이쪽이 모르는 이야기를 해주시오."

"표적은 정치가요."

"선금의 액수를 보더라도 일이 이웃끼리의 분쟁에 관한 문제가 아니라는 것쯤은 짐작했소." 그는 손바닥으로 은으로 된 지팡이의 손잡이를 문질렀다. "상세한 이야기는 아담 아메드에게 들어야 한다 그 말이군?"

"그렇다고 할 수 있소." 엘 마그라비가 대답했다. 그는 어처구니가 없었다. 이 사나이는 그 태도와 위압적인 어조로 그의 발을 걸어 넘어뜨리려는 짓을 했기 때문이다. "당신은 트리폴리로 가야만 하오. 아담 아메드가 자세한 이야기와 모든 조건을 말해 줄 것이오."

사나이는 일어섰다. "그렇다면 피차 제1단계의 일은 끝난 것 같군."

"내주 초요."

그는 문 앞으로 다가갔다. "월요일이나 화요일쯤이군. 그리고 무슈 엘 마그라비, 한 가지 충고해 두겠는데, 사람을 외모로 판단하지 말란 말이오." 그의 손은 문의 놋쇠 손잡이를 잡고 있었는데, 그는 그저 재미로 그러는 듯이 별로 힘도 들이지 않고 손잡이를 떼어냈다. 그것을 리비아 인에게 던지자 리비아 인은 당황한 동작으로 그것을 받았다. "그리고 언제나 인간의 힘을 나이로만 판단해 버리지 않도록 주의하시오. 당신의 두 개에게도 안부 전해 주시오. 하나는 옆방에 있고, 또 하나는 맞은편 방에 있으니까." 그는 웃으면서 돌아서서 밖으로 나가버렸다.

엘 마그라비는 큰소리로 욕설을 퍼부었다. 그를 이렇게 바보 취급한 사람은 일찍이 없었다. 리비아 인은 이 회견을 마음속으로 다시 검토해 본 결과 이번에는 생각했었던 것보다 훨씬 더 프로다운 상대를 만났다고 생각했다. 분명히 이 정체불명의 사나이는 카멜레온이 색깔을 바꾸듯이 간단하게 외모를 바꿀 수 있는 듯하다. 은행의 지배인에게 돈을 찾으러 간 농부 영감과 방금 그의 방에 들어왔던 세련된 호남자와의 대조를 설명하는 데는 그 길밖에 없다.

리비아 인은 그 사나이가 공포라는 것을 모르는 위인이 아닌가 하는 생각이 들었다. 태도는 방자하기 이를 데 없고, 또한 화가 날 정도로 무례했다. 엘 마그라비는 다시 한 번 성을 내며 욕설을 퍼부었다. 그는 좀처럼 신경질을 내지 않았지만, 지금의 그 사나이는 그를 형편없는 졸때기 녀석으로 만들어놓았던 것이다. 틀림없이 그는 비록 심부름꾼이었지만, 자신을 그렇게 시시한 인간으로 생각하진 않았었다. 그에게는 지혜와 용기가 필요한 복잡한 임무를 처리할 재능이 있었으며, 사람을 불안하게 만드는 데에 익숙해 있었다. 그러다가 갑자기 이 초면의 사나이가 그의 가슴속에 불러일으킨 감정이 공포라는 것을 느끼고 그는 흠칫 놀랐다.

4

6월 20일 월요일 오후 4시에 의회의 의원 120명 전원이 예루살렘에 모였다. 2층의 방청석은 내빈과 저명인사들로 만원을 이루었다. 메나헴 베긴이 각료들을 소개하고 새로운 내각의 신임투표를 하려는 참이었다.

수상으로 선출된 메나헴 베긴이 토의를 시작했다. "우리들의 제일 관심사는 중동에 있어서 새로운 전쟁을 방지하는 데에 있습니다." 그는 장중한 목소리로 말했다. "나는 후세인 국왕과 사다트 대통령, 아사드 대통령에게 외치노니 우리들 수도의 어디서나 혹은 중립국에서, 공개석상에서나 비공개석상에서든 우리들 지역의 참된 항구적인 평화건설을 위해 대화를 갖기를 희망합니다. 이 지방에서는 많은 피가, 너무도 많은 유태인과 아랍 인의 피가 흘렀습니다. 우리들로서도 혐오해 마지않는 이 유혈에 종지부를 찍기 위해 다 함께 회의의 테이블로 나가자는 것입니다."

방청석에서 소란이 일기 시작했다. 참석자들 중에서는 이것이야말로 베긴과 다얀이 협력한다는 최초의 확실한 증거라고 말하는 이들도 있었다. 이 외상은 오랫동안 교전국간의 협의가 가능하다는 신념을 갖고 있었던 것으로 알려져 왔다. 그의 아랍에 관한 지식과 어릴 때부터 아랍과 친하게 지낸 사실이 그에게는 그러한 접촉을 용이하게, 그리고 자연스럽게 해주었다. 게다가 그의 측근은 다얀이 아랍 제국과 협의하고 싶어하므로 그를 새로운 내각에 입각시키게 되었다고도 했다.

여덟 시간의 토의를 겨우 끝낸 뒤에 신임투표를 하여 새로운 내각이 출현했다. 메나헴 베긴은 다시 단상으로 올라섰다. 검은 신사복을 입은 여윈 사나이가 천천히 걸어나오자 공기는 긴장되고, 마치 장내가 전기라도 띠고 있는 듯했다. 그의 얼굴에는 피로의 주름살이 져 있었으나 그의 의기는 매우 높았다. 그의 목소리는 그의 생애에서 가장 중요한 이 순간의 감정을 억제하고 있다는 듯이 차분하게 가라앉아 있었다.

"나, 지브와 하샤 베긴 부부의 아들 메나헴은——" 새 수상은 낭랑한 목소리로 충성의 맹세를 선언했다. "이스라엘 국가와 그 법률에 충실하고, 정부의 일원으로서 해야 할 임무를 성실히 수행하며, 의회의 모든 규칙을 지킬 것을 맹세합니다." 이 순간부터 노동당의 지배력이 막이 내리고 새로운 시대가 시작되었다. 텔레비전과 라디오 앞에 모여든 이스라엘 국민은 건국 이래 처음 있는 지배 정당의 전환에 관해 특별한 의미를 느끼고 있었다. 이 느낌에는 얼마간의 불안도 감돌고 있었다. 새로운 내각이 국가를 이끌어 나가는 데 있어 구 내각보다 조금이라도 나을지 어떨지는 아무도 모르기 때문이다.

5

바로 그 순간에 트리폴리의 중심부에서 한 타향 사람이 리비아 국민 이외의 손님을 위해 세워둔 호텔에서 편안히 쉬고 있었다. 그는 아직 자기의 운명이 지금 이스라엘 국가에 충성을 맹세한 사람의 운명과 관련을 갖게 된다는 사실을 모르고 있었다. 그는 한 시간 반쯤 전에 트리폴리에 도착하여 여권심사와 세관을 거쳐서 이곳에 온 것이다. 그의 룩셈부르크 여권에는 이름은 클로 보와이에, 나이는 52살, 직업은 사업가로 되어 있었다. 공항에서 보와이에는 메르세데스 220 택시를 잡아타고 이 리비아 수도의 번화가를 달려 한 시간도 채 되기 전에 호텔의 4층에 있는 커다란 특별실에 도착할 수 있었다.

샤워를 하고 옷을 갈아입고 나니 보이가 주문해 둔 코카콜라를 두 병 가지고 왔다. 리비아에서는 알콜 음료는 금지되어 있었다. 여행 가방의 비밀 칸막이에서 그는 좋아하는 납작한 바카르디 병을 꺼내어 잔에 조금 따른 다음 콜라로 잔을 채웠다. 그는 손가락으로 그것을 저은 뒤 깊숙한 팔걸이의자에 앉아서 몸을 뻗친 자세로 잔을 입에 갖다댔다.

그는 자기의 입장을 생각하는 데 몰두했다. 리비아 인들은 그를 확보하기 위해 거액의 돈을 지불했다. 맨 처음에 그는 표적이 가까운 어느 나라의 아랍 지도자일 것이라고 생각했다. 그러나 잠시 생각해 본 끝에 그 생각을 버렸다. 아랍 인을 죽이려 한다면 그의 손을 필요로 하지는 않는다. 대담하고, 또 어느 정도 유능하다면 같은 나라 사람으로서도 그런 일은 해낼 수 있다. 그는 다시 한 번 정세를 검토해 보았다. 몬테 카를로에 있는 이탈리아 인의 주문으로 그의 은행 구좌에 입금된 금액은 이 거래의 배후에 아마도 리비아 국가의 재무성이 도사리고 있음을 보여주는 것이었다. 그 이유는 카다피가 세계에 충격파를 던질 암살을 허가했음이 틀림없기 때문이다. 아무튼, 곧 이 사실이 분명해질 텐데 이제 새삼스럽게 억측을 해봤자 소용없는 짓이라고 그는 생각했다.

여태까지 그는 두 번이나 아프리카에서 뛰어난 인물을 암살하여 흔적도 없이 만들어버렸다. 그의 수법은 이미 실험단계를 거쳤으며, 저 이탈리아 인마저도 모르는 자기의 정체가 혹시 탄로나지 않을까 해서 그러한 단서는 조금도 남기지 않으려고 무척 신경을 썼다. 때로는 자기의 발자취를 없애기 위해 부득이 여러 사람을 파멸시켜 버린 일까지도 있었다. 그러한 살인은 그에게 있어서 금전적인 면에서는 아무런 소득도 없었지만 가면을 지키기 위해서는 필요했다.

그가 조그만 일에까지 세심하게 신경을 쓴 대가는 받고 있었다. 여러 나라의 경찰이나 정보기관이 그의 진짜 정체에 관해서는 낌새조차도 알아차리지 못하고 있다는 것은 의심할 여지도 없다고 그는 생각했다. 가명의 긴 리스트가 그에게는 충분히 쓸모가 있었으며, 그 리스트에 새로운 이름을 더하는 데 그는 대단한 노력을 기울였다. 그러한 일에는 많은 돈이 필요했다. 여러 나라에 그가 빌려쓰고 있는 아파트나 주택에도 많은 돈이 들어갔다. 어쨌든 그는 비밀을 지키기 위해 많은 돈이 필요했다. 그래서 그의 값은 비쌌다. 고용당한 암살자들 중에서도 그의 값이 최고였다.

그는 거울에 비친 자기 모습을 바라보았다. 수염은 완전히 깎아두었다. 얼굴의 살결은 매끈한 편이다. 또 수염을 붙일 수도 있다. 룩셈부르크에서 온 사업가 클로 보와이에의 멋진 수염을 말이다. 화장 세트가 그의 옆에 놓여 있었다. 재빠르고 익숙한 솜씨로 그는 수염을 붙였다. 다시 클로 보와이에가 탄생했다. 잠시 뒤 그는 화장 세트를 여행가방의 다른 비밀 칸막이 안에 숨겼다. 전화를 걸 시간이었다.

호텔의 교환대에서 외선에 연결해 주자 번호를 돌렸다. 1분 뒤에 졸리운 듯한 목소리가 들려왔다.

"여보세요."

"아담 아메드 씹니까?" 클로 보와이에가 물었다.

"그렇소만……누구시오?"

"클로 보와이에요."

"누구시라고요?"

"당신이 기다리고 있는 사람이오."

"아아! 도착했군!" 그가 놀라고 있는 것은 분명했다. "언제?"

전화 거는 사나이는 웃음을 억제했다. 아담 아메드는 그가 도착하자마자 찾아낼 수 있도록 공항에 부하들을 파견해 둔 것을 알고 있었다. "공항에서는 댁의 패거리를 빼돌려버려서 죄송하오." 그는 달래는 듯한 어조로 말했다. "이제부터는 그런 짓은 하지 말기 바라오. 우리가 만나는 시간은 이쪽에서 정하게 해주시오. 약속하면 나는 언제나 그것을 지킬 테니까."

아담 아메드가 지금 들은 이야기를 잠시 생각하느라고 침묵이 흘렀다.

"지금 어디에 있소?"

클로 보와이에는 호텔의 이름을 말했다.

"좋아요——" 하고 대답했다. "아침이 되면 사람을 보내겠소."

"안됐지만 아침이 되면 나는 여기에 없을 것이오." 사나이는 대답했다. "그쪽은 그쪽의 시간을 어떻게 사용해도 좋지만, 나는 나의 시간을 내 마음대로 사용할 권리가 있소. 최종적인 타협을 지금 해주기 바라오. 내일 나는 트리폴리를 떠나오."

"다루기 힘든 사람이로군!"

"나는 일을 하기 위해서 그쪽에서 필요로 하는 사람이오. 기분 나쁘더라도 그 점을 생각해 주시기 바라오."

"알았소." 아담 아메드가 굽혔다. "지금 당신을 맞으러 차를 보내겠소."

한 시간 뒤에 클로 보와이에는 리비아 정보부의 본부에 있는 널찍한 아담 아메드의 방에 와 있었다. 다른 네 사나이도 동석해 있었는데, 아딜 엘 마그라비도 거기에 끼어 있었다. 그는 클로 보와이에를 보더니 깜짝 놀랐다. 이 사나이는 그가 취리히에서 만난 군인티가 나던 사나이와는 전혀 딴 사람이었기 때문이다.

"당신의 정확한 모습은 영원히 알아내지 못하겠군." 그가 말했다.

"알 필요가 없으니까." 보와이에는 대답했다. "이쪽에서 노리는 바도 바로 거기에 있소. 당신들에게나 다른 그 누구에게도. 당면한 문제와 나의 정체와는 아무런 관계도 없소. 주된 목적은 임무를 수행하는 일이오."

아담 아메드는 웃음 띤 표정으로 방금 침대에서 흔들어 깨워 모인 듯한 다른 무리들을 소개했다. 유수프 가보는 외국인 스파이를 지원하는 책임자이고, 자밀 야이드는 외국에서의 각종 파괴공작의 입안자이며, 알리 엘 하미드는 자료수집실장이었다. 세 사람 모두 아담 아메드처럼 나이가 30대 후반이었다. 클로 보와이에는 이들과 악수할 때마다 머리를 숙였다. 그는 상대방의 능력을 재려는 듯이 그들을 지켜보았다. 그들도 또한 불안한 표정으로 그를 지켜보았다. 아딜 엘 마그라비와 처음으로 만났을 때의 그 보고서가 그들의 호기심을 끌었던 것이다. 여태까지 그들은 정체를 모르는 사나이를 상대한 적이 없었다. 자기가 누구인지를 아무에게도 알리지 않으려고 애쓰는 사람은 이번이 처음이었다. 그들은 한 대 얻어맞은 듯한 표정으로 그를 뚫어지게 바라보았다. 누구 한 사람도 이 눈앞에 서 있는 사나이, 룩셈부르크의 미지의 사업가가 나타나리라고는 상상조차도 못했던 것이다. 일동의 표정을 보고 수수께끼의 사나이는 그들의 낭패한 기색을 살필 수 있었다.

아담 아메드가 쿠션도 없는 나무 의자에 전원을 앉으라고 신호했다. 놀랍게도 그 의자는 보기보다는 훨씬 앉기에 편했다. 일동이 자리에 앉자 사환이 김이 모락모락 나는 블랙 커피 잔을 얹은 쟁반을 가지고 들어왔다.

아담 아메드는 날카로운 눈길로 보와이에를 쏘아보았다. 그의 정확한 나이를 판단하기는 어려웠다. 난폭한 살인업자로는 나이가 너무 든 것도 같으나, 동시에 공항에서 그가 배치해 둔 부하들을 감쪽같이 따돌린 수완은 부정할 수 없다. "그럼, 당신이 우리가 원하는 사람이오?"

"내가 바로 그 사람이오." 보와이에는 쾌활하게 말했다. "나의 나이나 건강, 기호는 내 자신의 문제요. 당신들이 믿지 않는다 하더라도 나는 이 직업에서는 최고이며, 그 면에서는 조금도 의심할 바가 없소. 그러한 내가 왔단 말이오. 그쪽의 50만 달러는 나의 구좌에 들어 있소. 나에 관해서 어떤 사항이라도 모색해 보려는 것은 정말 무리한 짓이오. 그렇지 않을까요?" 그는 조롱하듯이 말했다. "자밀 야이드가 철저한 조사를 했지만 아무것도 알아내지 못했소. 그걸 부정하지는 않겠지?"

그는 아담 아메드의 옆에 앉아 있는 사나이를 바라보았다. 야이드는 자기의 실패를 인정하듯이 눈을 내리깔았다.

"그리고 이번에는, 유수프 가보, 당신 차례요." 그는 말을 계속했다. "우리가 여기에 모이게 된 임무를 위하여 필요한 예산의 액수를 결정한 것은 당신이오. 알리 엘 하미드 씨는 표적에 관한 상세한 내용을 준비해 주겠지. 물론 표적이 누구인지 나는 아직 모르고 있지만 곧 알게 돼."

그들은 분명히 어안이벙벙했다. 보와이에에게는 그들이 그러한 반응을 감추려고 했으나, 그것을 곧 눈치채이고 말았다.

아담 아메드의 얼굴에는 핏기가 가셔졌다. "클로 보와이에 씨, 당신은 상당히 많이 알고 있군요. 지나치게 많이 알고 있는지도 모르지."

클로 보와이에는 커피잔에 입을 갖다댔다. "지나치게 안다고는 할 수 없소. 누구든지 자기 일에 관한 것은 모두 상세하게 파헤치지 않으면 안되니까. 나 역시 마찬가지요. 나의 일은 모든 점을 조사해야 하오. 내가 몇 년 동안 암살자 노릇을 하고도 지금 여기 이렇게 살아 있는 것은 아마 그러한 덕택인지도 모르지."

아담 아메드는 그가 한 말을 부정할 수는 없었다. 보와이에를 찬찬히 살펴보면서 그는 다른 두 사람, 마담 자클린 샤를로트와 요르크 깁스코프를 그와 비교해 보았다. 다른 두 사람에게는 어딘가 공통되는 점이 있었다. 두 사람 다 각자의 인생을 살아가며, 모두가 그 세계에서는 잘 알려져 있었다. 둘 다 프로 살인자라는 기묘한 별세계와 연관이 있으리라고는 상상조차 할 수 없다. 그러나 지금 눈앞에 있는 사나이는 어디서 왔는지도 모르게 뛰어들어온 것이다. 다른 두 사람처럼 세상에서 인정받고 있는 기반도 없이 자기가 만들어낸 무명의 베일 속에 단단히 갇혀 있는 것이다.

"왜 우리가 당신을 불렀는지 짐작은 가겠지요?" 자밀 야이드가 양손을 무릎 위에 얹으면서 묻고는 대답을 기다렸다.

"지극히 확실하지요." 사나이는 진지해졌다. "그쪽은 나에게 이 일을 리비아가 조종했다는 것을 일체 눈치채이지 않게 해치우려는 거요."

유수프 가보가 웃는 표정을 지었다.

"그 말은 맞다고 보고, 당신의 다음 추리는?"

"상대방이 정치가라는 사실이오."

"그쪽 생각으로는 어느 정도의 등급인 것 같소?"

클로 보와이에는 깊이 숨을 들이쉬었다. 리비아 인들은 필사적으로 프로인 것처럼 보이려 했으나, 실은 순 풋내기임을 노출하고 있었다. 이 질문에 그는 구역질을 느꼈다.

"피차 사정을 확실히 합시다." 그는 말했다. "표적이 누구이든간에 그쪽이 노리는 것은 세계적으로 이름난 인물이오. 무제한으로 돈을 집어넣는 걸 보면 카다피의 승인을 얻은 게 분명하오. 풋내기를 써서 그런 계획에 차질이 생길 위험은 범하지 않을 것이오. 이미 믿을 수 없는 후보자를 선택하여 불장난을 하다가 화상을 입었다는 것도 알고 있소. 내 눈이 틀림없다면, 그러한 후보자 한 사람을 이미 처치해 버리지 않을 수 없었겠지."

"무슨 소릴 하고 있소?" 아딜 엘 마그라비가 으르렁거리듯이 말했다.

클로 보와이에는 쌀쌀한 표정으로 그를 쳐다보았다. "한스 키르센베르크라는 사람 말이오. 그것만으로는 부족한가?"

그는 일부러 일동을 화나게 하고 있었다. 무엇이든 그들의 계획에 조금이라도 흠이 생긴다면 위험하다는 사실을 그들에게 확실히 증명해 줄 필요가 있었다. 결함이란 그 자신에게 있어서도 위험한 것이다. 만일, 진짜 프로가 리비아 인의 잘못으로 그의 발목이 잡히게 된다면 그는 아무 목적도 없이 자기의 몸을 위험에 내동댕이 치는 결과가 되는 것이다.

아담 아메드는 화제를 바꾸기로 했다.

"그렇다면 일에 관한 이야기로 돌아가지."

"잠깐!" 그가 한 손을 치켜들고 아담 아메드에게 기다리라는 명령을 했다. "상호간에 이야기의 모든 면이 결정될 때까지는 그 표적은 밝히지 말기를 바라오. 이쪽의 요구가 만족될 때까지 더 이상 상세한 것은 알고 싶지 않소."

"이야기를 결정할 용의는 되어 있소." 아담 아메드가 대답했다.

상대방 사나이는 웃는 얼굴로 말했다. "좋아, 나의 보수는 300만 달러요. 50만 달러는 이미 받았소. 임무를 수행하고 나면 250만 달러를 내 구좌에 입금시켜 줘야만 하오."

"농담이겠지!" 자밀 야이드가 입을 딱 벌렸다.

그때까지 신중하게 이야기를 듣고 있던 알리 엘 하미드가 딱한 듯이 고개를 흔들고 나서 조용히 말했다. "우리들과 거래하는 사람들은 누구라도 신의 황금 손가락이 자기 어깨에 닿았다고 믿어 버리기 일쑤거든……"

"그쪽에서 그렇게 나오다니 정말 유감이군." 클로 보와이에는 차분하고 냉정한 목소리로 말했다. "적어도 나는 그쪽의 지불능력을 확실히 파악한 셈이오. 빈의 OPEC(석유수출국기구) 회의에서 석유상들의 납치 게임에 카를로스가 200만 달러나 되는 사례금을 받았으니, 내게 시키려는 일이 무엇이건간에 그 몇 배의 가치가 있지 않겠소? 나의 요구에 신중하다고 감사하는 것이 당연할 텐데." 그가 꼬집는 말에는 가시가 돋쳐 있었다.

"그쪽도 그 요구를 재고할 수 있지 않소?" 알리 엘 하미드가 성난 듯이 말했다.

구릿빛으로 탄 얼굴의 사나이는 등을 꼿꼿이 세우고 고개를 흔들었다. "흥정할 시기는 이미 지났소. 만나기 전에 피차 계산은 하고 있었던 터요. 그쪽은 내게 극심한 추적의 대상이 되는 살인을 시키려 하고 있소. 내가 확실하게 살아남기 위해서는 돈을 그쪽이 아니라 내 금고 속에 넣어두지 않으면 안돼."

"그건 완전히 우리들의 예상을 넘어선 액수요." 아담 아메드가 열을 올리며 말했다. "거액의 돈이기도 하고……"

보와이에는 지갑을 꺼냈다. "당신들은 내 흥미를 끌려고 내 구좌에 50만 달러를 입금하라고 지시했을 때 퍽 친절하고 호기 있게 나왔소. 그러나 지금은 내가 요구하는 액수가 예상 밖이라고 하고 있소. 나의 결론은 상호간의 협력은 이미 존재하지 않는다 그 말이오. 실례지만 그쪽이 준 선금은 돌려 드리겠소." 그는 지갑에서 은행에서 발행한 수표를 꺼내어 테이블 위에 놓았다.

리비아 인들이 깜짝 놀라 멍하니 바라보고 있는 사이에 클로 보와이에는 일어서서 조용히 문 앞으로 향해 갔다.

"밤이 깊었군." 그는 예절바르게 웃는 표정을 지었다. "호텔로 돌아갈 택시를 잡기가 힘들겠군. 호텔까지 타고 갈 차를 좀 부탁하고 싶은데."

그는 대담한 도박사였으며, 일동은 그가 이겼다는 사실을 깨달았다. 그들의 예산은 분명히 무제한이었다. 목적은 아무리 많은 돈이 들더라도 표적을 거꾸러뜨리라는 것이었다.

아담 아메드가 일어섰다. "자, 한 번 더 앉아주시오."

"이야기는 기꺼이 듣겠소." 클로 보와이에는 선 채로 대답했다.

"한 가지만 강조해 두어야겠소." 아담 아메드가 설명했다. "만일에 어떠한 이유로 표적이 된 인물이 당신이 습격하기 전에 죽는다면 당신은 이미 받은 선금 이외에 1펜스도 더 받지 못하오."

클로 보와이에는 금테 안경 너머로 눈을 가늘게 떴다. 그는 말은 알아들었지만, 아무런 반응도 보이지 않고 기다리고만 있었다.

"한 가지 더 확실히 해둘 것이 있소." 아담 아메드는 말을 계속했다. "습격은 일정한 기간 내에 하지 않으면 안되오. 우리들의 견해로는 계획을 세워 실행하기까지는 몇 개월이 걸릴 것 같소. 이 두 가지 조건을 승낙한다면 이야기는 결정된 것이오."

클로 보와이에는 문 앞에서 다시 돌아섰다. 그리고 테이블 가까이로 걸어가서 수표를 집어들고는 갈기갈기 찢어버렸다.

아담 아메드는 한숨을 쉬었다. "그럼, 이것으로 결정되었소." 그가 말했다. 두 사람 다 자리에 앉았다.

"우리들로서는 성공을 바라고 있는 이 작전의 배경과, 그것에 의해서 파생되는 영향에 대해서는 그쪽이 알 필요가 없다고 생각하오." 아담 아메드가 말했다. "당신이 알아야만 할 것은 그 사람의 이름뿐이오."

"그 이름을 듣는다면——" 자밀 야이드가 설명했다. "우리가 당신한테 주는 원조에도 한도가 있음을 이해하게 될 거요."

"상황이 어떻든간에 정보부에 의한 정보는 필요하게 되겠지." 라는 대답이 나왔다.

"그 점은 이쪽도 할 수 있는 데까지는 하겠소." 야이드가 힘주어 말했다. "당신의 표적은 이스라엘의……"

그는 입을 다물었다. 갑자기 클로 보와이에의 눈이 전체의 외관보다도 몇 살이나 젊어 보였기 때문이다.

"이름은?" 클로 보와이에가 물었다. 자밀 야이드와 아담 아메드의 눈이 서로 마주쳤다.

"모세 다얀." 그가 말했다.

보와이에의 표정은 변하지 않았다. 그저 잔잔한 미소를 지었다. "그래도 또 이쪽의 보수를 깎으려 드오?" 그는 고개를 흔들었다. "그를 죽인 뒤 나는 일생 동안 이스라엘 비밀정보기관에게 쫓겨다녀야 할 신세가 될 것을 잘 알고 있을 텐데도 말이지." 그는 따끔하게 한마디 쏘아주기로 했다. "여러분도 아마 알고 있겠지만, 스파이 조직으로서는 최고거든. 여러분, 내가 그쪽에서 받는 돈은 최후의 1달러까지 그만한 가치가 있는 것이란 말이오."

일동의 얼굴에 분하다는 듯한 빛이 스치고 지나갔다. 아담 아메드가 천천히 숨을 내쉬었다. "두 가지 조건을 잊지 않도록 하시오." 그가 말했다. "당신이 습격하기 전에 상대방이 죽으면 이 이상 1펜스도 더 받지 못한다는 사실. 둘째로, 시간의 한계를 지키지 않으면 안된다는 것. 정확한 시일은 조만간 결정하겠소. 그것은 상호간에 만드는 연락 시스템에 의해서 알리겠소."

"어떻게?"

"모든 리비아 대사관에 당신에게 정보를 알려줄 연락담당관을 두게 될 것이오. 그 통신망은 언제나 움직일 수 있는 태세로 대기하게 되오. 당신이 트리폴리를 떠나기 전에 그 리스트를 준비하겠소. 그들의 이름을 기억해 주기 바라오."

"좋아요."

"그리고 그쪽도 그 연락원들에게 말해 둘 이름을 정해야만 하오." 아담 아메드는 대답을 기다렸다.

클로 보와이에는 깊은 생각에 잠겼다. 표적은 모세 다얀이었던 것이다. 세계에서 가장 엄중하게 지켜지고 있는 사나이 중 한 사람이다. 그 이름은 잠시 신문의 큰 타이틀로 나타났다가는 이내 사라져 버리고, 또 나타났다가는 곧 사라져 버린다. 신화에 나오는 죽음에 의한 재생을 상징하는 기적의 새, 전설의 피닉스를 닮았다. 고대 로마 인은 이 새가 스스로 불 속에 뛰어들어 몸을 불사른 다음에 그 재 속에서 다시 살아나서 날아간다고 믿었다.

클로 보와이에는 웃음을 띠었다. "피닉스──" 하고 말했다. "이 임무에서의 나의 이름은 피닉스로 합시다."

엘 마그라비는 소리를 높여 웃었다.

"그건 무슨 뜻입니까?"

클로 보와이에는 업신여기듯이 등줄기를 꼿꼿이 세웠다. "이봐요, 무슈 엘 마그라비, 이 세상에는 코란 이외에도 가치 있고 재미있는 책이 많이 있소. 이를테면 신약성서라든가 고전적인 신화 같은 것이오. 만일, 기회가 있다면 그러한 지식을 넓히도록 충고하는 바이오."

아담 아메드는 얼굴이 빨갛게 되어 의자 위에서 머뭇거리고 있는 아딜 엘 마그라비를 날카로운 눈길로 쏘아보았다.

"피닉스라고." 아담 아메드도 동의했다.

"좋아." 그는 빙그레 웃었다. "이제 결정되었소. 임무를 완료하면 잔금은 전부 내 마음대로 할 수 있소. 이것이 그 구좌번호요."

그가 조그마한 카드를 아담 아메드에게 건네주자 아메드는 그것을 받아들고 가만히 바라보았다.

"은행을 바꾸었군."

"여러 가지를 아주 잘 바꿉니다." 하고 그는 대답했다. "그것이 나의 방법이며, 나의 인생에 있어서 단 한 가지 변하지 않는 것이오."

아담 아메드가 클로 보와이에를 호텔로 데려다 준 것은 오전 4시였다. 호텔의 그의 방에 다다르자 리비아 인은 각 대사관의 연락 담당자 명단을 보와이에에게 건네주었다. 그는 그 이름들을 몇 번 훑어본 다음 리스트를 아메드에게 돌려주었다.

"그럼 헤어질 시간이군." 보와이에가 말했다. 그는 아메드를 문앞까지 전송해 주었다. "두 번 다시 만날 수 없으리라고 생각하오. 그쪽의 역할을 틀림없이 해주기 바라오. 나도 내가 할 일을 정신차려서 하겠소."

아담 아메드가 돌아가자 클로 보와이에는 옷을 갈아입었다. 따뜻한 밤이었다. 얼굴의 구슬 같은 땀이 마음에 걸려 그는 타월로 정성껏 닦아냈다. 그의 비행기는 아침 일찍 출발할 예정이었으므로 침대에 들어가도 의미가 없다. 그는 창가의 팔걸이의자에 앉아서 하늘 한 끝이 새빨개져 오고, 첨탑이 사라져 가는 밤의 어둠속에서 나타나기 시작할 때까지 시내를 굽어보고 있었다.

6시 반에 그는 파리행 비행기에 올라탔다. 그는 자기가 할일의 중요성을 예민하게 느끼고 있었다. 세계에서도 가장 유능한 방위조직의 하나에 침입하지 않으면 안되었기 때문이다. 이것은 그에게 사기를 높여주고 자극을 주는 하나의 도전이었다.

드 골 공항에 비행기가 도착하자 그는 화장실 앞에서 발을 멈추고 안으로 들어갔다. 사람들의 눈에 띄지 않는 칸막이 너머에 있는 한 세면대 앞으로 가서 그는 화장을 지우기 시작했다. 룩셈부르크의 클로 보와이에는 영원히 이 세상에서 사라져 버렸다. 그 대신 나타난 것은 몽파르나스의 드 랑베르 가(街)의 수수한 아파트에 사는 조용한 젊은이가 되었다.

6

목요일에 파리의 각 신문에 조그마한 광고가 났다. 샹젤리제 대로의 유명한 향수 가게를 팔려고 내놓은 것이다. 소유자가 그 사업에서 물러난다는 것이었다. 광고의 맨 밑에는 전화번호와 그 향수 가게의 소유자 이름이 적혀 있었다. 무슈 피에르 드 말랭.

그보다 하루 앞서 그가 거래하는 은행에서 25만 달러가 그의 명의로 입금되었다는 통지가 왔다. 이것은 아딜 엘 마그라비가 만일 세 사람의 거래가 끝나면 그에게 건네주겠다고 했었던 금액이다. 그는 리비아 인이 너무도 빨리 일을 진척시킨 데 놀랐다. 분명히 그가 추천한 세 사람을 모두 확보했다는 증거였다.

그날 아침에는 그에게 사업가들이 가게의 매상상태를 질문해 왔다. 조건은 둘뿐이었다. 확실한 가격을 정하고, 그 금액을 즉시 지불하는 것이었다. 전화를 한 사람은 가격은 타당하다고 동의했으나, 지불을 입주시에 할 수 없느냐고 말했다. 드 말랭은 그것을 거절하고 적당한 매수인이 나타날 때까지 광고를 계속 내기로 했다.

그는 본초에게 모습을 감추기로 약속했었다. 물론 그 이탈리아 인이 무엇 때문에 그렇게 빨리 행동에 옮기라고 하는지는 이해할 수 없었다. 틀림없이 그럴 만한 이유가 있는 것이 틀림없으리라. 그러나 드 말랭은 가게를 파는 일은 자신이 직접 하고 싶었다. 무엇보다도 그렇게 하면 수수료가 절약되기 때문이었다.

7

피에르 드 말랭이 파리로 돌아간 이래 본초의 마음은 편치 못했다. 그는 드 말랭에게 그가 돌아간 다음날에 전화를 했다.

드 말랭은 그의 목소리에 깜짝 놀랐다. "웬일이야? 피차 몇 년 동안이나 전화를 하지 않고 지내다가, 이번에는 서로 얼굴을 맞댄 지 며칠도 되지 않았는데 몬테 카를로에서 파리로 전화를 다 걸다니?"

본초는 짧은 웃음소리를 냈다. "피에르, 현세의 허식을 모두 버리겠다던 계획은 어떻게 되었나?"

"염려 말게, 본초." 프랑스 인은 떠맡기듯이 말했다. "이제 완전히 정리하고 있는 참이야. 큰 거래가 끝나는 즉시로 손을 떼겠어."

대화의 마지막은 이탈리아 인이 그 친구에게 될 수 있는 대로 빨리 모든 것을 팔고 파리를 떠나라고 권하는 말이었다. 본초를 괴롭히는 불안이 더해지고 있었던 것이다. 특히, 취리히의 비밀번호 구좌에 돈이 입금되었다는 사실을 마르세유에 알린 뒤부터는 더 심했다. 그러나 날짜가 경과되어도 아무 일도 일어나지 않자 그의 불안도 차츰 멀어져 갔다.

6월 26일 토요일 밤에 본초는 자기의 요트에서 하지제(夏至祭)의 파티를 열었다. 10시에는 파티가 최고조에 달했다. 모터보트 몇 척이 부두와 요트 사이를 손님을 가득 싣고 왕복했다. 산해진미와 진귀한 술을 가득 차려놓은 식탁을 둘러싸고 100명 가량의 손님이 모여 있었다. 오케스트라가 연주하는 배경음악이 수면에 흘러퍼졌다. 본초는 손님들 사이를 돌아다녔다. 목양신처럼 우아하고 거의 나체에 가까운 젊은 여자 두 사람이 그의 팔에 매달려 있었다. 그는 명사들이 와준 것을 기뻐하고 있었다. 그날 밤의 손님 중에는 외국에서 온 사람들도 몇 명 있었다. 미국의 상원의원 에드워드 클린버그, 영국의 의원 존 퀸 등이었다. 배우나 예술가, 예능인들이 모인 가운데 이 두 사람의 정치가가 들어 있다는 것은 파티의 격식을 높이게 되었다. 이처럼 다양한 교우관계는 본초의 사업에는 매우 쓸모있는 것이었다. 그러나 누구 한 사람도 그런 말을 실제로 입 밖에 내지 않았다.

한밤중이 조금 지났을 무렵에 본초는 요트의 쇠사다리를 기운차게 올라오고 있는 한 사나이를 발견했다. 나이는 35살 가량이었으며, 아주 원기왕성한 사나이였다. 가느다란 몸뚱이였지만 어깨가 넓고, 흰 디너 재킷에 근육의 윤곽이 드러나 보였다. 길고 야윈 얼굴은 햇볕에 그을려 있었다. 이마에 늘어진 갈색 머리카락이 어딘지 모르게 수도자 같은 얼굴에 젊음을 더해 주었다. 눈은 회색이었으나 검게 보이기도 했다. 속눈썹은 숱이 너무 적어서 얼른 보아서는 눈썹이 없는 것처럼 보였다.

본초는 이 젊은이가 요트에 올라온 순간 알아차렸다. 두 사람은 시선을 교환했으며, 지금 올라온 사나이는 익살스러운 미소를 지었다. 그것만으로 충분했다. 본초는 곧 자기가 두려워하고 있던 사나이가 요트에 올라왔다고 깨달았으며, 찾아온 사나이는 이 이탈리아 인이 곧 손님들에게 실례하겠다는 말을 하고 그에게로 올 것으로 확신하고 있었다.

몇 분 뒤에 본초는 핑계를 대고 손님들에게서 빠져나왔다. 그는 재빨리 선실로 통하는 사다리를 타고 내려갔다. 방에 닿기 전에 피아노 소리가 들려왔다. 문을 열자 손님이 등을 돌리고 앉아서 차분하게 피아노를 치고 있었다. 피아노 위에는 다갈색 액체가 들어 있는 운두가 높은 잔. 본초는 그 액체에 신경이 쓰였다. 바카르디와 콜라를 반반씩 섞은 것이었다.

손님은 그를 모른 체하고 피아노를 계속 쳤다. 본초는 말없이 소파에 앉아서 손님이 그 소곡을 다 칠 때까지 기다렸다. 손님의 긴 손가락이 재빨리 건반 위로 움직이다가 갑자기 멈추었다. 그 손이 잔으로 뻗었다. 한 모금 마신 뒤 손님은 주인 쪽으로 돌아앉았다.

"이봐, 본초."

본초는 빙그레 웃었다. "기다리고 있었소."

"당신 같은 사람이 그런 얼간이 짓을 하다니, 정말 놀랐소……"

젊은 사나이는 피아노 의자에서 일어서더니 날쌘 걸음걸이로 선실의 맞은편 쪽으로 갔다. 그 사나이의 손이 채찍처럼 그의 목덜미로 뻗쳐와도 본초는 계속 미소만 짓고 있었다. 긴 손가락이 셔츠의 깃을 잡고 마치 무게가 없는 것처럼 그를 소파 위로 치켜들어도 그는 여전히 웃고만 있었다.

"언젠가는 당신을 죽여버릴 거요." 손님은 본초를 내려놓으면서 말했다.

사나이는 그대로 돌아서서 피아노 앞으로 가서 걸음을 멈추고는 운두가 높은 그 잔을 들어 다시 한 모금 마셨다. "본초, 오늘까지 당신은 실수한 적이 없었어. 당신이 얼간이 짓을 하다니, 어이없는 일이야. 언젠가 다시 이곳으로 와서 끝장을 내주겠어."

"알겠소." 본초는 이 손님의 위협에 대해서는 의문을 갖지 않았다. "하지만 오늘은 그만두시오."

"분명히 말해 두지만." 젊은이는 중얼거렸다. "이 실수의 뒷수습은 할 수 있을지도 몰라. 그렇지만 내가 한 이야기는 분명히 잘 들었겠지?"

"미안하오. 그는 나의 좋은 친구였소." 이탈리아 인은 중얼거렸다.

"사람 울려주는군!" 젊은이는 비웃으면서 말했다.

본초는 자기의 실수를 피에르 드 말랭이 파리로 돌아간 다음날에 깨닫고, 따라서 이 사나이가 그에게로 책임을 추궁하러 올 것을 알고 있었다.

"상호간에 한 가지 약속이 있었는데, 당신은 그것을 깨뜨렸소." 손님이 피아노 의자에 앉자 그의 손가락이 건반 위를 달렸다. 귀에 거슬리는 소리가 흘러나왔다. "우리들의 일에서는 실수를 범한 사람은 누구든지 목숨으로 보상해야 돼. 나도 언젠가 실수하는 날에는 단단히 보상을 받게 되겠지." 그는 피아노를 계속 쳤다. 음악이 그의 격한 음성과 날카로운 대조를 이루었다. "당신과 다른 점은, 이쪽은 동맥경화가 되기 전에 손을 떼고 싶다는 거야. 실수를 범하기 전에 말이야. 조용히 한가롭게 지내고 싶어. 본초, 당신과는 다르게 말이야. 영원히 발자취를 감추기 위해서는 산처럼 많은 돈이 필요해. 나에 관해서 알고 있는 사람은 당신뿐이야. 본초, 그게 좋지 않단 말이야." 그는 고개만을 돌려 악의 없는 눈길로 이탈리아 인을 쳐다보았다. "용의주도한 당신이 사업의 연결에 다른 사람을 집어넣다니, 어떻게 된 일이지? 왜 그랬소?"

"실수였소."

"어리석은 실수였지."

"정말이오." 이탈리아 인은 동의했다. 그도 피아노를 치고 있는 사나이의 말대로라고 믿고 있었다. 분명히 이 사나이도 빈둥빈둥 놀고 있지는 않았다. 그렇지만 본초도 일의 사슬에 또 하나의 고리로 드 말랭이 존재하고 있다는 사실을 그가 알아내게 될 것이라는 것쯤은 알아차렸어야 했다.

"마르세유에 연락한 뒤 빈둥빈둥대며 시간만 보낸 것 같지는 않은데?"

"나에 관해서는 알고 있을 텐데?"

"그쪽이 나에 관해서 알고 있는 만큼은."

그가 드 말랭을 도와준, 즉 비밀보장에 실수를 범한 것은 단지 드 말랭이 그를 필요로 하고 있었기 때문이다. '전우'라는 말을 설명하기란 어려우며, 이 젊은이에게 드 말랭과 자기와의 연결관계를 이해시킬 수 없다는 것도 잘 알고 있었다. 그런 설명을 한다 해도 의미가 없다. 다른 방법으로 부딪쳐 봐야 한다. "큰 일거리를 달라고 귀찮게 굴었던 것을 잊지 말아요. 아무튼 이것은 좋은 기회였으며, 이것을 그 프랑스 인이 가지고 왔던 거요."

젊은이의 손가락은 보기좋게 건반 위를 계속 달리고 있었다.

"그에게 돈을 주어서 내쫓을 수도 있었소. 그 약한 심장이 얼토당토않은 차질을 빚게 된 거요."

"당신도 실수를 할 날이 있을 거요."

"아마 그렇겠지." 손님은 미소를 지었다. "하지만 이쪽은 그것을 피하려고 노력하지."

"어떻게 할 작정이오?"

"그 프랑스 인과 이야기해 보고 싶소." 하고 그는 대답했다. "그러고 나서 상태를 살펴봅시다."

"그를 해치지는 마시오!" 본초는 노기를 참으면서 말했다. "사슬의 고리를 끊는 데 있어 꼭 필요한 경우가 아니라면."

손님은 대답할 뜻이 없었다. 1분 가량 고개를 비스듬히 하고 눈을 감고는 열심히 피아노만 계속 쳤다. 무슨 생각에 잠겨 있는 듯 했다. 이윽고 그는 명상에서 깨어났다.

"본초, 당신은 바보요." 그는 조용히 말했다. "그렇지만 나는 당신을 존경하오. 드 말랭이 얼간이고 풋내기라는 것을 당신이 몰랐다는 것이 유감이오. 그는 뚱뚱보 리비아 인에게 협박을 당한 뒤 당신한테 도움을 청하러 날아온 것이오. 당신은 그가 옛날에 같은 동료였다는 이유만으로 맛있는 뼈다귀를 던져주고 말았소." 그는 피아노 의자에서 일어나서 출입문을 향해 돌아앉았다. "그를 해치지는 않겠어. 하지만 만일에 그가 나를 위험한 지경으로 몰아넣는

다면 내 나름대로의 방법으로 문제를 해결하겠소."
 그 말의 뜻은 분명했다. 본초는 이 손님이 나간 다음에도 잠시 동안 꼼짝도 하지 않았다. 그런 짓을 하면 자기의 생명이 위험하다는 것을 알지 못했다면 그는 프랑스 인에게 경고의 전화를 했을 것이다. 결국 공포가 그에게 침묵을 명령했다.

8

 화요일 오전 11시에 아무런 표지도 없는 파리 경찰의 차가 드 말랭의 향수 가게 앞에 멈추었다.
 쥘 구로 경위가 내리더니 혼잡한 큰 가게 안으로 들어갔다. 그는 점원 한 사람에게 무슈 드 말랭을 만나러 왔다고 했다. 이 며칠 동안에 경위는 인터폴(국제경찰)의 수사부에서 질문을 받아 매우 시달리고 있었다. 인터폴은 피에르 드 말랭에 대한 정보를 요구했다. 형식적인 조사에 의하면, 그는 건실한 시민이며 어느 정도 재산도 가지고 있는 것으로 나타났지만, 그것만으로 인터폴은 만족하지 않고 더욱 압력을 가하고 있는 것 같다고 퍼스킨 부장이 구로 경위에게 설명했다. 그는 경위에게 드 말랭이 향수 가게를 팔겠다고 하는 광고가 나 있는 신문을 보여주었다. 이것은 그를 만나서 그가 어떤 인물인지를 알아낼 수 있는 좋은 기회이며, 그렇게 된다면 인터폴과의 일도 해결된다.
 피에르 드 말랭은 경위를 만나기 위해 2층에서 내려왔다. 쥘 구로는 신분을 말한 다음 좀 시간을 내줄 수 있겠느냐고 물었다. 드 말랭은 2층에 있는 그의 사무실로 가자고 했다. 거기에 가서 구로는 단도직입적으로 말을 꺼냈다.
 "무슈, 탁 털어놓고 말하자면······"
 "무슨 법에 저촉되는 일이라도?" 드 말랭이 물었다. 그는 안정을 잃지 않기 위해서 무척 애를 쓰고 있었다.
 "이쪽에서 조사하고 싶은 것도 바로 그 점입니다." 경위는 미소를 짓듯이 입을 실룩거리며 말했다. 그날 아침에 치과의사가 그의 어금니를 한 개 뽑았기 때문에 그는 아직 입안이 얼얼했다. "이 부근의 약삭빠른 녀석들이 상점의 돈을 우려내려 하고 있다는 정보가 들어왔습니다. 당신이 가게를 팔려고 하는 것이 그 악당들과 무슨 관계가 있는 것이 아닌가 하는 생각이 들어서요. 무슈, 협박당한 적 있습니까?"

피에르 드 말랭은 한숨 돌리며 웃었다. "경위님, 물론 그런 일은 없습니다." 웃음을 그치고 그가 말했다. "내가 가게를 팔려는 것은 20년 동안이나 해와서 싫증이 났기 때문이죠." 그는 가슴을 치면서 의기양양하게 말했다. "이래봬도 나는 드 골 부하 중 한 사람이지요! 나 같은 사람을 위협하기란 그리 쉬운 일이 아닙니다. 나는 이제 인생을 좀 즐기고 싶을 뿐입니다."

쥘 구로는 이 사람의 설명에는 충분한 납득이 간다고 인정하지 않을 수 없었다. 그도 또한 빨리 은퇴하고 싶다는 생각을 곧잘 하고 있었다. 드 말랭의 행동에 아무런 이상도 없다고 확인하자 경위는 시간을 내주어서 고맙다는 인사를 하고 물러나왔다.

경위가 돌아가자 드 말랭은 깊은 한숨을 쉬며 비단 손수건으로 이마의 땀을 닦았다. 그는 긴장이 고조되고 있었다. 그 경위는 무척 호기심이 강하다. 이 가게만 처분해 버린다면! 그의 신경은 몇 년 만에 최종 한도까지 와 있었다.

그러므로 그는 그날 걸려온 전화를 기뻐했다. 아주 명랑한 목소리를 가진 사업가가 향수 가게를 사는 데 흥미가 있다고 했다. 현금 지불도 좋단다. 두 사람은 그날 밤 9시 반에 만나기로 했다. 드 말랭은 가게로 오는 길과, 어느 벨을 눌러야 하는지를 설명해 주었다.

9시 반이 되자 곧 드 말랭은 아래층의 초인종이 울리는 소리를 들었다. 그는 서둘러서 아래층으로 내려가 두 개의 안전 자물쇠를 끌렀다. 전등이 창백하고 긴 얼굴을 비추었다. 그가 고급으로 맞춘 멋진 하복을 입고 있지 않았다면 영락없이 말단 사무원으로밖에 볼 수 없는 그런 사나이였다.

"안녕하세요, 무슈?" 드 말랭은 손을 내밀었다.

사나이는 명랑하게 웃으며 밀짚모자를 벗고 힘없이 드 말랭과 악수를 나누었다.

"수시에, 자크 수시에올시다." 사나이는 이렇게 말하고 나서 향수 가게의 모든 아름다움을 비추기 위해서 커다란 샹들리에를 켜는 피에르 드 말랭의 뒤를 따라갔다. 면담장소도 멋진 곳이었다.

"훌륭한 가게로군요." 수시에는 조심스럽게 가게를 둘러보고는 말했다. 그의 말투에는 남부 프랑스의 사투리가 약간 섞여 있었다.

"최고의 점포에 속하지요!" 피에르 드 말랭이 설명했다. "최고급에 속한다니까요. 영업시간 중에 와서 마들린과 앙리에트, 프랑수아즈가 손님들 사이를 쉴새없이 쏘다니는 것을 보면 알 거예요. 어떠십니까!" 그는 양팔을 벌렸다. "이 얼마나 멋진 광경인가요!" 그는 웃었다. "무슈 수시에, 좋은 가게입니다. 파리에 와서 새 생활을 시작하려는 사람에게는 이것은 둘도 없는 좋은 기회입니다."

"뭐라고요!" 손님은 깜짝 놀라는 듯했다. "내가 이곳 사람이 아니라는 것을 알아차렸군요?"

"물론이죠." 피에르 드 말랭은 자랑스럽게 가슴을 폈다. "이래뵈도 귀는 밝습니다. 남프랑스 출신 사람을 만나면 당장 알아낼 수 있지요. 어디 내가 잘못 알았습니까?"

자크 수시에는 조심스럽게 웃었다. "바로 맞았습니다, 무슈 드 말랭. 내 사투리는 그다지 심하지 않다고 생각하고 있었는데." 그는 나무 계단 쪽을 바라보았다. "장부를 좀 보여주시겠습니까?"

"물론이죠." 드 말랭이 대답했다. "나 역시 실태를 알려주지 않고 팔고 싶지는 않습니다. 그럼, 2층으로 올라갑시다. 장부가 모두 거기에 있으니까요."

그는 서둘러서 커다란 샹들리에를 껐다. 전기료가 비쌌던 것이다. 그리고 나서 그는 천천히 계단을 오르고 있는 손님을 서둘러 쫓아갔다. 드 말랭은 매우 기분이 좋았다. 진짜로 살 사람이라는 확신이 섰다. 이 사나이는 가게를 볼 줄 알고, 결정하기 전에 알아두어야 할 예비지식도 갖추고 있다. 드 말랭은 책상 안쪽에 앉았다. 야위고 지친 듯한 얼굴을 한 손님은 그의 맞은편에 앉았다.

"우리 가게의 매상고와 순이익을 살펴보시겠습니까?"

"예!" 손님은 조용히 대답했다. "그러나 향수 가게의 매상고가 아닌 것을 말이오."

드 말랭의 얼굴에 핏기가 사라졌다. "그건 무슨 뜻이지요?"

그는 잠자코 쏘아보고 있는 그 사나이의 눈을 마주 쳐다볼 용기가 없다는 것을 깨달았다. 공포가 얼음덩어리처럼 목구멍을 메워오고, 얼굴에도 그러한 흔적이 나타났다. 그의 운명을 결정하는 요소는 그 표정이었다. 피에르 드 말랭의 무기력함이 드러나고 말았다. 그는 공포를 이길 수 없는 사나이였다. 이 순간 손님은 몬테 카를로의 이탈리아 인에게 아무런 의리도 없다고 마음속으로 결정했다. 드 말랭은 사슬의 약한 고리였다. 이 사람을 사슬에서 떼어내지 않으면 안된다. 이런 사나이를 다그쳐서 정보를 알아내기란 간단한 일이다.

"내가 한 말의 의미는 알고 있을 텐데." 그는 아무렇지도 않게 말했다. "취리히의 변변치 못한 무기명 구좌에 당신의 수고로 50만 달러의 예금을 받은 사나이가 바로 나요."
"당신이……?"
사나이는 고개를 끄덕였다.
"나더러 어떻게 하라는 거요?" 마치 무엇에 홀린 것처럼 말이 그의 목구멍에서 술술 쏟아져 나왔다. 사나이의 찌르는 듯한 시선 앞에 그는 몸을 꼼짝달싹 못했다.
"모두 말해야 해." 손님은 의자에 기대면서 말했다. "세세한 부분까지 하나도 숨김없이."
피에르 드 말랭은 한참 동안 열심히 지껄였다. 마치 지껄임으로써 이 정체를 알 수 없는 손님을 쫓아낼 수가 있다는 듯이. 자기를 위해 죽음이 준비되어 있는 듯한 느낌이 들었다. 마치 아주 세세한 부분까지 정확히 이야기함으로써 자기에게 내려질 판결을 피할 수 있을지도 모른다고 생각하고 있는 것처럼 그는 하나도 숨김없이 모두 말했다. 맞은편에 앉아 있는 사나이는 꼼짝도 하지 않았다. 그의 얼굴은 무표정했다. 드 말랭은 상대방의 반응을 헤아릴 수 없었다. 다만 드 말랭이 리비아 인에게서 자기가 추천한 세 사람에 대한 사례를 전부 받았다고 말했을 때 손님의 눈이 반짝였다.
"세 사람?"
"그렇소." 드 말랭은 말을 계속했다. "당신과 또 다른 두 사람이오. 한 사람이 실패하더라도 남은 두 사람이 일을 계속할 수 있도록 신중을 기한 것이오. 만일, 두 사람째가 실패하더라도 세 사람째가 있소. 이제 아셨겠지요? 그들은 삼중으로 확실한 손을 썼지요……" 갑자기 그는 입을 다물고 경계하듯이 사나이를 바라보았다. "그런데, 무슈, 내가 어쩌자고 이런 말을 당신한테 들려주고 있지요?" 드 말랭이 물었다. "아무래도 당신은 상세한 것을 알고 있는 듯하오. 각자가 자기의 역할을 수행하는 것이지요."
"그건 그렇소." 손님도 동의했다. "그렇지만 알고 있는 것은 다 말해 주시오. 이 일에 있어서의 당신의 역할을 확실히 알고 싶소."
"나는 단지 말을 전달했을 뿐……"
"계속하시오." 이 말은 명령과 위협의 중간 것이었다. 드 말랭의 공포감은 높아지고 말이 저절로 입에서 흘러나왔다.
드 말랭이 한 말이 이 손님을 크게 놀라게 했다. 문득 그는 본초가 리비아 인의 계획을 제대로 모르고 있었다는 것을 알아차렸으며, 만일에 그가 지금 드 말랭에게서 이 사실을 듣지 않았다면 그것을 몰랐기 때문에 자기의 생명을 잃게 되었을지도 모른다는 생각이 들었다. 살인자는 세 사람이었던 것이다──그와 다른 두 사람. 빈틈없는 리비아 새끼들 같으니라고! 상대방의 이야기를 들으면서 그는 이런 생각을 했다. 세 개의 계약. 세 살인자가 각자 같은 사명을 부여받았다. 공통된 표적이다. 그러면서도 서로가 자기 이외에 다른 사람이 있다는 것을 모르고 있다. 리비아의 일당들은 분명히 이스라엘의 정보기관이 도중의 어느 고비에 가서 그들의 계획을 알아차릴지도 모른다고 생각하고 있는 것이다. 아마 무슨 정보가 그쪽으로 이미 새어나갔는지도 모를 일이다. 독일인을 죽인 사건에서 어떤 낌새를 알아차렸는지도 모른다. 그래서 리비아 인은 세 살인자를 채용하는 계획을 진행시킨 것이다. 이스라엘이 그 중의 한 사람을 추적하여 그를 체포할지도 모르지만, 그래도 두 사람이 남아 있는 셈이며, 그 가운데의 한 사람이 표적을 암살할 기회를 포착할지도 모른다. 특히, 이스라엘측이 세 사람 중의 하나를 잡았다고 경계를 늦추기만 한다면.

"알아들었겠지요, 무슈?" 피에르 드 말랭은 호기 있게 말했다. "굉장한 계획이지요. 세 사람에요. 그 옛날 머리를 아홉 개 가진 뱀 히드라 같지요. 머리를 하나 잘라버리면 곧 다른 것이 생겨나는 겁니다……"

드 말랭이 이 계획에 있어서 자기의 역할을 상세하게 떠들어대고 있는 동안에 손님은 이 중개인이 사용한 참신한 표현에 관해 생각해 보았다. 히드라──그렇다──이 이상 적절한 표현은 없다. 그는 지금까지 업신여기고 있었던 리비아 인들에 대해 약간의 경의를 느꼈다. 갑자기 아담 아메드가 한 그 묘한 대사의 의미를 알게 되었다. 만일에 어떠한 이유로 인해 표적으로 삼았던 상대가 습격하기 전에 죽어버린다면 그는 이미 치른 선불 이외에 1펜스도 더 줄 수 없다고 했다. 이 계획은 실로 빈틈없었으며, 성공할 가망성도 매우 높았다.

갑자기 그는 침묵이 흐르고 있음을 알아차렸다. 피에르 드 말랭이 말을 마쳤던 것이다.

"그것뿐이오?" 손님이 물었다.

"성모님께 맹세하지만, 내가 당신에게 무엇을 숨기겠습니까?"

손님은 그를 조심스럽게 찬찬히 바라보았다. "코냑은 있겠지?"
그의 얼굴은 여전히 무표정했다.
 "물론 있지요."
 "가지고 오시오." 손님이 단도직입적으로 말했다. "그리고 잔은 한 개."
 프랑스 인은 코냑 병을 가지고 와서 탁자 위에 놓더니 떨리는 손으로 잔에 따랐다. 그것을 손님에게 권했다.
 "내가 아니오." 손님은 고개를 저었다. "당신이 들어. 앉아서."
 피에르 드 말랭은 시키는 대로 앉았다.
 "마셔요." 사나이가 말했다.
 피에르 드 말랭은 잔을 들었다. 술방울이 턱으로 떨어지고, 그 아래 처져 있는 군살덩어리 위로 흘러내리자 그는 떨리는 손을 원망했다. 그는 단숨에 마셔버렸다.
 "그럼, 다른 두 사람의 이야기를 들어봅시다."
 드 말랭은 마담 샤를로트와 요르크 깁스코프에 관해서 알고 있는 모든 것을 말했다. "두 사람 다 프로요. 대단한 사람들이지요." 라고 그는 말했다.
 사나이는 빙그레 웃었다. "드 말랭, 모두가 대단하고말고. 한 잔 더 하시오."
 그는 이 프랑스 인을 자비롭게 다룰 작정이었다. 결국 그가 준 정보는 요긴하고도 중대한 것이었다. 잠시 뒤에 드 말랭의 오감은 코냑으로 둔감해지고, 모든 것을 끝장내 버릴 날카로운 일격이 목덜미에 가해져 왔을 때에는 아무것도 느끼지 못하게 되어 있었다.

9

 이튿날 아침 9시 15분에 쥘 구로 경위는 지스카르 누아르 수사 부장의 방으로 불려갔다. 무슨 일로 이렇게 급하게 호출을 받게 되었는지 경위로서는 전혀 짐작할 수가 없었다. 언제나 그가 부장 앞으로 나가는 것은 심문하라는 명령을 받는다든가 잔소리를 듣기 위해서였으며, 칭찬을 받기 위해서 불려가는 적은 좀처럼 없었다. 쥘 구로는 싸늘한 눈빛으로 노려보는 이 부장을 만나는 것을 되도록이면 피하려 했다. 지스카르 누아르는 언제나 그로 하여금 자신이 아주 시시한 인간이라는 것을 느끼게 해주었다.
 서기가 구로를 위해 문을 열자 지스카르 누아르는 손에 들었던 서류를 놓고 얼굴을 치켜들었다. 그의 아랫입술은 불독처럼 양끝이 처져 있었다.
"들어와서 앉게, 구로."
"예."
문이 닫혔다. 그는 앉아서 부장이 서류를 다시 집어들 때까지 기다리고 있었다. 구로에게도 그 서류는 낯익은 것이었다.
"이것이 자네가 어제 올린 보고서야, 그렇지, 구로?"
"예."
그것은 샹젤리제 대로의 향수 가게 주인인 피에르 드 말랭이라는 사업가와 만나서 그가 작성한 보고서였다. 어떤 결함을 부장이 발견했는지 궁금했다.
"보고서에 무슨 미비한 점이라도 있는지요?"
"아마 그런 것 같아." 부장이 대답했다. "드 말랭에게는 확실히 이상한 점이 있어."
"원하신다면 한 번 더 조사해 보겠습니다만."
부장은 마치 어릿광대라도 보듯이 그를 바라보았다. "구로, 자네가 다시 드 말랭을 만나게 될지는 의심스러운걸." 부장은 조롱하듯이 말했다. "30분 전에 시체가 되어 발견되었어. 구로, 완전한 시체로 말이야."
"어떻게 그럴 수가?"
"현장에 처음으로 간 몽티에 경위의 보고에 의하면, 그는 좀 과음을 한 모양이야. 2층에서 아래층 가게로 내려오다가 계단에서 발이 미끄러져 목이 부러졌어." 부장은 서류를 내려놓았다. "구로, 자네도 거기에 가는 것이 좋겠어. 전에 가본 적이 있으니까 몽티에에게 협력할 수 있겠지. 자네가 알아낸 것을 알고 싶어. 병리전문가에게도 연락해 봐. 될 수 있는 대로 점심때까지는 보고서를 작성해서 나에게 보내줘. 이렇게 되면 드 말랭에게 관심을 갖고 있는 녀석들이 우리들에게 압력을 가해 올 것이 뻔하단 말이야."
"곧 다녀오겠습니다." 경위는 일어섰다. "그 밖에 다른 일은?"
"그것뿐일세, 구로."
그날 낮에 보고서가 도착했다. 병리전문가의 협력을 얻은 구로의 결론은 드 말랭의 죽음이 사고사였다고 한다. 빈 코냑 병이 그의 사무실에서 발견되었다. 드 말랭은 분명히 계단의 꼭대기에서 넘어져 발을 헛디뎌 아래층 마루에 머리를 부딪치기까지 몇 바퀴나 뒹굴었다. 떨어지는 도중에 목이 부러지고. 지금 시체는 해부중.

오후에는 이 사업가의 사고사에 대한 뉴스가 신문에도 발표되었다. 동시에 일주일 이상이나 드 말랭에 관한 정보를 요청해 온 여러 정보기관에도 이 사실을 알렸다. 인터폴의 연락담당관이 그날 밤에 미국 대사관의 존 파머에게 연락했다.

"그 사람도 운이 나빴군." 그는 말했다. "술꾼은 주의를 해야지." 존 파머는 연락담당관에게 정중하게 인사를 하고, 곧 야키 스필만에게 전화를 걸어 드 말랭이 죽은 사실을 알렸다. 스필만은 두 가지 일을 했다. 첫째로는 피에르 드 말랭의 죽음에 관한 사실을 포함한 보고서를 작성하는 일이었다. 그날 밤에 보고서는 텔 아비브의 보안경비국 본부에 보내졌다. 이어서 그는 모티 클레인과 지브 샤하르에게 전화를 해서 드 말랭이 죽기까지의 일련의 사실들에 관하여 조사할 수 있는 데까지 조사해 보라고 명령했다.

그리고 나서 스필만은 프랑스의 방첩기관 DST의 테러방지과에 있는 친구 앙드레 코르데유 경위에게 연락을 해서 좀더 새로운 사실들이 나타나지 않았는지 파리 시경의 월례수사를 점검해 봐 달라고 부탁했다.

10

6월 30일 목요일 낮에 유리 코헨은 텔 아비브에 있는 미국 대사관의 법무참사관인 딕 콜먼의 초대를 받았다. 회담은 하야콘 가(街)에 있는 대사관 빌딩 3층에 있는 콜먼의 방에서 했다. 표면적인 지위는 '법무참사관'이었지만 실은 이 사람은 FBI의 상급수사관으로서, 미국의 경찰이나 스파이 조직과 이스라엘의 그와 대응하는 기관과의 협조임무를 숨기기 위한 것이었다.

이제 곧 50살이 되는 콜먼은 오랜 경력을 갖고 있었다. 지금까지 8년 동안에 그는 여러 대사관의 법무참사관으로 일해 왔다. 이스라엘에는 1976년 초에 와서 이스라엘 보안기관의 직원들과 우호관계를 맺는 데 성공을 거두었다. 이스라엘측의 동료들은 그에게 호의와 신뢰를 보내고 있었다. 콜먼은 유리 코헨을 따뜻하게 맞이했다. 두 사람은 베긴 수상의 미국방문시 경비수배에 관해 상의했다. 수상은 7월 14일에 미국으로 가서 카터 대통령, 그리고 행정부의 여러 각료들과 회담을 할 예정이었다. 이스라엘측이나 미국측에도 정해진 형식이 있어서, 서로가 미국을 방문하는 이스라엘 고관이나 이스라엘을 방문하는 미국 사람들을 위한 경비조치에 관한 피차의 역할을 알고 있었다.

"그러니까——" 딕 콜먼이 말했다. "경비배치는 여느 때와 같습니다. 얼굴만이 다를 뿐이지. 전에는 라빈이었고, 이번에는 베긴이오."

"얼굴뿐만이 아니오." 코헨이 대답했다. "카터는 포드와 다르며, 베긴도 분명히 라빈은 아니오."

딕 콜먼은 웃었다. "확실히 그렇군." 그도 동의했다. "그렇지만 경비면에 있어서는 언제나 변함없다고 생각하는데요."

유리 코헨은 생각하는 체하며 턱을 어루만지고 있을 뿐 곧 대답하지는 않았다.

"딕——" 그는 마지막으로 말했다. "우리는 지금까지 서로 여러 차례 함께 일을 해왔어요. 한 가지 물어볼 말이 있는데."

"물론, 무엇이든." 콜먼이 대답했다.

"나의 동료들 중에서는 내가 하찮은 일을 가지고 너무 크게 떠벌린다고 말하는 사람도 있지요. 즉, 그림자를 만들 만한 물건이 아무것도 없는데도 내가 벽에서 그림자를 본다는 겁니다. 당신도 나를 그렇게 생각하고 있소?"

미국인은 미소를 지었다. "실은 그렇소. 그러나 사태를 바로 봅시다——그림자에 대하여 장님이 되기보다는 그림자를 보는—— 것이 낫지요."

"마음에 드는 말이오." 코헨은 웃으며 듬성듬성한 머리카락을 손가락으로 쓸어넘겼다. "그림자를 못 보는 장님이라고?" 그는 질문하듯이 상대방을 쳐다보았다. "그렇다면 당신한테 긴 그림자를 던져주고 싶소. 우리 수상에 대한 통상 경비계획 위에 덮어씌워 있는 그림자요."

"코헨, 이번에는 무슨 이야기요?"

"나는 그림자를 보고 있는데 그 정체를 잡을 수가 없단 말이오." 그는 화가 나는 듯이 손바닥을 문질렀다. "아직 확증은 잡을 수 없지만, 어떤 아랍 국가가 우리 나라의 고관 한 사람을 암살할 계획을 세우고 있다는 정보가 들어왔습니다. 베긴인지도 모르죠. 다른 누구인지도 모르고. 현재로서 우리는 베긴의 여행을 눈앞에 두고 있소. 나는 안심하고 잠을 자고 싶으며, 그러기에 누구에게든 모든 가능성을 고려하여 손을 써야 한다고 납득시키고 싶군요."

딕 콜먼의 얼굴에서 웃음이 사라졌다. 암살계획의 가능성이 있다면 진지하게 다루지 않으면 안된다.

"좀더 자세하게 이야기해 줄 수 없소?"

"물론." 코헨은 의자에서 일어나 해수욕 인파로 붐비는 해변을 내다볼 수 있는 커다란 창문 쪽으로 돌아앉았다. 해변에서 그리 멀지 않은 푸른 해면 위에 요트가 흔들리고 있었다. 색채는 뚜렷하고 너무 선명했다. 이윽고 그는 콜먼 쪽으로 다시 얼굴을 돌렸다. "딕, 당신을 이 일에 가담시키는 것이 당연한 일인 것 같소. 미국에서의 경비배치 점검에 당신의 협력이 필요하오. 우리는 암살계획으로부터 사람을 지키는 데는 별로 경험이 없습니다. 그것은 사실이오."

딕 콜먼은 곧 코헨이 바라는 바를 알 수 있었다. 이스라엘의 보안경비직원에다 미국의 특별반을 더한 통상적인 배치로서는 부족하다는 것이다. 좀더 강력한 안전조치를 원하고 있었다.

유리 코헨의 방문은 여느 때보다도 길었다. 1시 30분에 두 사람은 대사관 식당에서 함께 식사를 한 뒤 다시 콜먼의 방으로 가서 이야기를 계속하기로 했다.

이번에는 미국인도, 가령 확실한 사실이 아무것도 없다 하더라도 이 이스라엘 동료의 근심거리를 진지하게 받아들였다. 정치적인 암살은 미국 역사에서도 어두운 장을 만들어냈었다. 정보관계의 일에서 원칙론 중 한 가지는 어떤 고립된 사실이나 소문이라 하더라도, 또 아무리 근거 없는 것으로 보이더라도 조사하지 않고 지나쳐 버리지는 않는다는 사실이다.

"실제적인 문제로 들어가서, 암살자가 단독범인 경우 그 암살자를 제거할 가능성은 아주 적은 것이오." 커피를 마시면서 딕이 말했다. "나의 오랜 경험에 비추어볼때 그런 일은 어떻게 해서든지 계획의 초기단계에서 방지해야만 한다는 겁니다."

"나의 생각도 그러하오." 코헨은 동의했다. "납득할 만한 수단 방법이 달리 없는 것 같은데."

두 사람은 오후 3시까지 여러 가지 세밀한 부분에까지 걸쳐서 이야기를 계속하고 내일 다시 만나기로 했다. 냉방이 잘된 대사관에서 나오자 코헨 경비부장은 밀어닥치는 오후의 열기에 휩싸이고 말았다. 이미 여름에 접어들었다. 오늘은 이상하게도 무더워서 그는 이내 땀을 흘리기 시작했다. 텔 아비브는 죄어드는 열기로 둘러싸여 있었다. 돌과 아스팔트의 도시는 여름에는 문자 그대로 온실이었다. 코헨의 차는 혼잡한 거리 속을 누비며 조금씩 나아갔다. 북쪽으로 돌아서 벤 예후다 거리로 접어들어서야 비로소 액셀러레이터를 밟아서 소형차의 속력을 낼 수 있었다. 미풍이 땀을 씻어 주었지만 아직 무더위는 압도적이었다.

유리 코헨이 자기 방에 도착하자, 그가 당장 훑어봐야 할 서류와 서류철의 무더기 속에 파리의 야키 스필만이 보낸 보고서가 들어 있었다. 그는 그 봉투를 찢고 급히 내용을 읽어보았다. 그는 화가 나서 이빨을 갈며 주먹으로 책상을 두들겼다.

이윽고 그는 아비틀 아논 국장의 방으로 가서 안내도 기다리지 않고 뛰어들어갔다. 상급 간부 두 사람과 이야기를 나누고 있던 아비틀은 깜짝 놀라서 유리 코헨을 바라보았다.

"유리, 곧 끝나네."

"국장님!"

그 목소리는 조용했으나 말투는 테이블 맞은편에 앉아 있는 남자들에게도 어김없이 전달되었다. 아비틀 아논은 코헨이 화를 억제하느라고 애쓰는 모습을 알아차렸다. 이런 때에 이 사나이의 인내심 테스트는 하지 않는 게 좋다.

"무슨 급한 용무가 있는 것 같은데?" 그가 말했다.

"그렇습니다."

"좋아." 국장은 침착하게 말했다. 그는 두 남자를 돌아보며 물러가 달라고 했다. 두 사람이 물러갈 때까지 그는 이처럼 억제할 수 없을 정도로 화가 나 있는 이 사나이를 어떻게 처리하는 것이 최선의 방법인가를 생각했다.

두 사람 사이에 불화가 생긴 지는 오래 되었다. 유리 코헨은 정보분야에서 잔뼈가 굵은 사람이었다. 그러나 아비틀 아논은 자신이 최고 지위에까지 올랐던 이스라엘 국방군에서 남긴 빛나는 경력 때문에 현재의 지위가 주어진 것이었다.

스파이들과 싸우는 데 있어서, 경험이 풍부한 아비틀 아논은 일을 하는 데 냉정하고 억제할 수 있는, 외과의사와 같은 방법을 취했다. 그는 자기 부하들에게는 사실만을 근거로 하고 억측을 피해서 행동하도록 요구했다. 억측은 그의 생각으로는 오류와 연결되지 않을 수 없다고 여겨졌다. 반대로 코헨은 직관을 굳게 믿고 있는 사람이었다. 사실을 조사하는 것을 일의 토대로 삼고는 있었지만, 그의 경험은 사실을 정리하여 한 장의 그림으로 만드는 것을 직관이라고 가르치고 있었다. 그래서 두 사람의 성격은 물론 일에 접근해 가는 방법, 또 일을 파악하는 방법에 이르기까지 완전히 대립하는 입장을 취했다. 그러면서도 두 사람은 그 일을 위기에 빠뜨리지 않도록 개인적인 대립을 늘 피하려고 하면서 오랫동안 어깨를 나란히 하여 일해 왔다.

"무엇 때문에 그렇게 당황하고 있나?" 아논 국장이 물었다.

유리 코헨은 회의 테이블에 보고서를 내려놓으면서 말했다. "이것을 좀 읽어보십시오. 스필만이 보낸 겁니다."

아논은 침착하게 보고서를 마지막까지 읽었다. 그리고 나서 유리를 쳐다보았을 때, 그의 표정은 조금도 변하지 않았다. "읽어보았네." 그가 말했다.

"말씀은 그것뿐입니까?"

"무엇을 기대하고 있었나?"

코헨은 보고서를 흔들어댔다. "이것이 무슨 뜻인지 모르는 것 같군요." 신음하듯이 그가 말했다. "국장님은 언제나 사실만을 요구합니다. 좋아요. 그런데 여기에 그 사실이 있습니다. 아딜 엘 마그라비와 연락이 있었다고 우리들도 알고 있는 두 사나이가 죽었습니다. 한스 키르센베르크도, 피에르 드 말랭도 이젠 없습니다. 농담이 절대 아닙니다. 그런데도 내가 무엇을 기대하고 있느냐고 말씀하시렵니까?" 그는 양쪽 손으로 책상을 짚으며 분노로 눈을 번쩍였다. "당신의 이러한 태도에서 무엇을 기대할 수 있느냐고 이쪽에서 물어야만 됩니까?"

아비틀 아논은 천천히 대답했다. 그는 이 상황을 다시 생각해 보았던 것이다. 코헨이 말한 대로인지도 모른다. 확실히 그는 사실을 파헤쳤다. 지금까지 아논은 코헨에게 브레이크를 걸려고만 했었다. 그러나 이제는 코헨이 무엇을 포착했는지도 모른다는 사실을 인정하지 않으면 안된다. 아논은 담배를 꺼내어 손가락 사이에서 굴렸다.

"자네의 결론은?" 두 사람 사이에 어떤 긴장이 더해 갈지도 모르는 반대의 입장을 취하기보다도 질문을 하려는 의도가 확실해졌다.

"결론은 하나밖에 없습니다." 유리 코헨이 대답했다. "행동으로 옮길 때입니다. 당신이 상태를 봐가면서 기다리려는 입장을 취하고 싶어하는 것도 잘 알고 있습니다. 그러나 나는 이쪽에서도 행동으로 나갈 때가 되었다고 확신합니다. 내가 보는 바로는 리비아는 이미 계획을 상당히 진행시켰습니다."

"그렇다고는 하더라도 관계가 있는 것은 이집트이지 우리가 아닐지도 모르잖나?"

"그것을 증명할 수 있습니까?"

"아니——" 억제하는 듯한 대답이었다. "그렇다면 자네는 그 생각을 증명할 수 있겠나?"

"어떤 의미에서는 할 수 있습니다." 코헨은 의자에 앉았다. "그 독일인은 우리들 편으로 왔었습니다. 그가 죽은 것은 그날 밤이지요. 우리가 발자취를 추적하던 중개인도 죽었습니다……"

"자네가 말하는 것은 한 가지밖에 증명할 수 없어. 리비아가 암살을 계획하고 있다는 사실 말일세. 그것이 우리 쪽을 노리고 있다는 참다운 증거는 없잖나?"

"이 단계에서 나는 증거를 찾을 생각은 없습니다." 코헨이 날카롭게 말했다. "나의 직감은 이것이 우리들에게 향해 있다고 알리고 있습니다. 머뭇거리다가 때를 늦추게 되면 증거로 손에 들어오는 것은 표적으로 된 사람의 시체일지도 모릅니다. 그때까지 기다리려는 겁니까?"

아비를 아논은 화를 억누르면서 말했다. "흥분하지 말게. 그리고 너무 크게 떠벌려 말하지도 말고." 그는 조용히 말했다.

"좋을 대로 하십시오!" 코헨은 주먹으로 테이블을 내리쳤. "국장님, 이렇게 되면 국장님과 나의 토론 같은 건 문제가 아닙니다!"

그의 심장은 마구 뛰었다. 그는 심호흡을 하고 이야기를 계속하기 전에 마음을 진정시키려 했다. 경비부의 책임자로 있는 한 이 경우에는 조금도 양보하지 않으리라 생각했다.

"피차 정치적인 암살에 대해서는 경험이 없는 터입니다. 서로가 배워야 할 것도 많습니다. 그런 이유로도 우리는 기다리고 있을 수만은 없습니다. 사실을 내세우란 말입니까? 그런 것은 아무래도 좋습니다. 무엇보다도 내가 행동으로 나가려는 데는 그럴 만한 충분한 이유가 있습니다. 이 이상 사실을 파헤칠 수 있을지도 모릅니다. 하지만 만일 행동으로 나가지 않으면 아무도 우리를 위해서 그런 것을 찾아다 주지는 않습니다."

코헨은 입을 다물었다. 폭풍이 지나간 뒤의 고요함이었다. 놀랍게도 아논은 급하게 대답하려 들지 않았다. 그는 담배에 천천히 불을 붙이고 재떨이에 성냥을 내던졌다. 담배 연기를 내뿜으면서 그는 한참 동안 생각에 잠겼다. 코헨은 눈을 가늘게 뜨고 그를 보고 있었다. 지난번 전쟁을 치른 이래 우리가 모두 어떻게 되어버린 게 아닌가 하는 생각을 그는 하고 있었다. 모두가 조심스러워졌다. 책임을 질 일은 주저하고, 갑자기 뛰어들었을 때 키가 미치지 못할 정도로 깊다고 여겨지는 일을 두려워한다.

"자네는 어떻게 하겠다는 생각인가?" 이윽고 아논이 물었다.

"우선 내 생각대로 자유로이 일을 할 수 있도록 해주십시오. 둘째로는 트리폴리에 우리 쪽 사람이 잠입해 있는데——그를 활약시켜야 합니다."

"무리한 주문이야." 아논이 조용히 말했다. "그것은 불가능해."

"왜지요?"

"그를 불러들이도록 결정되어 있네. 그런 곳에서 오랫동안 일을 시켜놓고 또 잡아둘 수는 없지 않겠나?"

"상황으로 봐서는 달리 방법이 없습니다."

"그럴지도 모르지."

"아비틀 국장님——" 코헨은 국장을 잠시 바라보았다. "믿어주십시오. 나 역시 스파이를 오랫동안 침투시켜 둔다는 것이 얼마나 위험하다는 것쯤은 알고 있습니다. 필요 이상의 한 시간 한 시간이 어떠한 의미를 갖는 가도 잘 알고 있습니다. 그러나 이쪽에서는 달리 방법이 없습니다."

"그 이야기는 이 정도로 해두세." 아논이 말했다. "사정을 내가 조사해 보겠네. 그리고 달리 할 말은?"

"정보기관답게 신속하게 움직이지 않으면 안됩니다." 코헨이 설명했다. "우리가 아딜 엘 마그라비에 관해서 알아낼 수 있는 방법이 한 가지 더 있습니다. 공교롭게도 이쪽은 그가 무엇을 알고 있는지 정확한 것은 짐작도 할 수 없습니다. 나머지 정보원은 전부 피살되고 말았습니다. 자유롭게 행동하게 해주십시오."

"자유로운 행동이란 무엇을 뜻하는 건가?"

"한 가지 생각이 있습니다." 코헨은 흥분을 억제하면서 대답했다. "그것을 실천해 보고 싶습니다."

"그게 뭔가?"

"국장님은 거기에 관계되지 않는 편이 좋을 것 같습니다."

아비틀 아논의 얼굴에 놀랍다는 빛이 퍼졌다.
"그렇다면?"
"이 일이 잘되지 않았을 경우에는 나의 실수로 돌리는 겁니다." 코헨이 설명했다. "내가 책임을 지고, 그 보상도 내가 받게 됩니다."
아비틀 아논은 미소를 지었다.
"자네의 생각이 깊다는 것은 인정할 수 있네. 그렇지만 그렇게는 할 수 없어. 이 분야에서 내가 제일 높은 위치에 앉아 있는 이상 책임은 반드시 내가 져야 해."
"우리들의 책임입니다!"
아논은 이 순간 두 사람 사이의 긴장이 해소되었음을 깨달았다.
"자네의 그 해석은 순수하게 받아들이겠네." 그는 말을 계속했다. "무슨 생각을 하고 있는지 말해 보게."
코헨이 생각해 낸 계획은 이례적이며 참신하고도 대담한 것이었다. 그가 이야기하는 것을 국장은 진지하게 들었다.
코헨은 이야기를 끝내고 아비틀 아논의 얼굴을 유심히 바라보았다. "이것을 어떻게 생각하십니까?"
"문서로 적어주게. 나도 찬성하네."
그날 밤에 코헨은 이처크 골드버그, 아브샬롬 케드미, 이르미 스펙터와 만나서 그들에게 그 계획의 윤곽을 설명했다. 회의가 끝나고 따로따로 주차장으로 향했을 때 그들은 이제까지 관계했던 어떤 일과도 닮지 않은 한 작전의 일익을 담당하게 되었다는 것을 느꼈다. 케드미의 차가 이미 주차장 출입구를 향해 움직이고 있을 때 이르미 스펙터는 자기 차에 올라타서 라이트를 켰다. 그는 몹시 지쳐 있었지만 묘하게도 흥분된 기분이었다. 아브샬롬 케드미를 통해서 이집트 정보부가 이스라엘을 위해 일하게 만든다는 코헨의 계획은 대담함과 동시에 무서운 것이었다.

1977년 7월

아브샬롬 케드미는 7월 2일 토요일 밤에 파리에 도착했다. 이스라엘의 비밀정보기관에서도 최고의 베테랑 중 한 사람으로 오랫동안 인정받아 온 그는 다년간 유럽에서 활약했으며, 유럽의 여러 도시에 본거지를 만들고 있는 아랍 테러리스트 지도자들을 추적해 왔다. 그는 유태인과 아랍 인이 섞여서 사는 타이베리아스의 도시에서 자라났으므로 아랍 어를 유창하게 했으며, 아랍의 습관도 잘 알고 있었다. 케드미는 언제나 혼자서 일을 했다. 때로는 본부와의 연락을 일체 끊고 몇 달씩이나 모습을 감추었다가 임무를 끝낸 뒤에야 비로소 나타나는 경우도 더러 있었다.

지난번에 유럽에서 일을 하다가 중상을 입어 오랫동안 휴가를 받아 쉬던 끝에 텔 아비브에서 유리 코헨의 상급고문으로 전속되어 온 것이다. 이 지위는 그를 안달나게 만들어 더욱 활동적인 임무를 부여받을 날을 초조하게 기다리고 있었다. 혼자서 일을 하고 있는 스파이를 둘러싼 특수한 분위기, 한 마리 이리의 분위기가 그에게는 잊혀지지 않았다. 그런데 지금 가까스로 그러한 일을 잡을 수 있었던 것이다. 일에 제한은 있다 하더라도 이번의 일에는 그가 애타게 바라고 있었던 요소가 모두 들어 있었다.

오를리 공항에 도착했을 때 아무도 마중나오지 않았다. 그가 오는 것은 아무도 모른다. 그 순간부터 만일 도움이 필요해서 비밀정보기관의 누구에게 연락을 하더라도 언제 어떻게 하는가 하는 것은 그가 결정해야 한다. 이 임무에는 무서울 정도의 대담성이 필요했으며, 또 위험하기 짝이 없는 것이었다. 이 사명을 위해서 그는 값비싼 대가를 치르게 될지도 모를 일이다. 그러나 그의 장래에 두 번 다시 이러한 기회가 주어지지 않을지도 모른다.

2

필립 다스탱은 몽파르나스의 드 랑베르 가에 있는 조그마한 아파트를 파리에서의 주거로 삼고 있었다. 초라한 회색 아파트의 한 구석에 사는 다른 사람들은 이 젊은 이웃 사람이 몇 달씩이나 집을 비우는 것도 모르고 있었으며, 또한 좁은 통로를 낀 이 4층의 조그마한 방에 살고 있는 사람이 돌아온 것에 대해서도 그 누구도 신경을 쓰지 않았다.

다스탱은 이 아파트를 몇 년 전부터 빌려쓰고 있었다. 편리한 장소였으며, 이웃끼리 이름도 통하지 않고 지낼 수 있었다. 이웃 사람들은 주제넘게 남의 일에 참견하지 않았다. 이곳에서 죽더라도 악취가 나기 시작하기 전까지는 아무에게도 발견되지 않을 것이다. 다스탱은 파리에서 편리하고 눈에 띄지 않는 기지가 필요한 때는 언제나 이 아파트로 왔다. 화려한 도시의 밤을 즐기고 싶으면 비탈길을 내려가서 길 모퉁이를 돌기만 해도 거짓과 허식의 분위기를 발산하는 카페와 작은 나이트 클럽을 찾아갈 수 있다.

이번에 그는 처음 며칠 동안은 피에르 드 말랭에게서 입수한 정보를 분석하기 위해 완전히 혼자서 아파트에 틀어박혀 있었다. 리비아 인들을 풋내기이며 상상력이 없는 바보들이라고 그는 생각했었으나, 그러한 그들의 독창적인 계획에 허점을 찔리고 말았다. 히드라 계획이라고 드 말랭이 죽기 직전에 말했었다. 세 개의 머리를 가진 히드라——이 셋이 모두 프로이며 각자가 독자적인 방법으로 움직인다. 세 사람 가운데 한 사람이 멋지게 표적을 둘러싼 방어의 벽을 뚫고 나가는 데 성공할 것이다. 여자 한 사람에 남자 둘이다. 아무도 다른 두 사람이 있다는 사실을 모른다. 그렇지만 돈을 손에 넣는 것은 한 사람뿐——최초로 표적을 쏜 사람이다. 마담 자클린 샤를로트가 가장 성공할 듯하다. 사교계에서도, 직업상으로도 그녀와 같은 훌륭한 지위를 가진 여자가 돈 때문에 살인을 하는 비밀직업을 가지고 있으리라고는 아무도 상상하지 못할 것이다.

다스탱에게 있어서 이러한 배치는 즐거운 것이 못 되었다. 만일, 이 진상을 몰랐다면 승산 없는 입장으로 몰리게 되었을지도 모를 일이다. 우선 자기의 몸이 위험하게 되고, 다음으로 자칫 잘못되는 경우가 발생했을 때 돈은 그의 코앞에서 다른 사람이 낚아채 가는 꼴이 될지도 모를 일이다. 그리고 어쩌면 그들이 멋지게 해치운 대가로 자기가 그 보복을 받게 될지도 모른다.

이스라엘의 비밀정보기관은 성과를 올릴 때까지 추적의 손을 결코 늦추지 않는다. 그의 발자취를 찾아내서 살인자가 그라고 믿어 버릴지도 모른다. 그가 목숨을 부지하기 위해 도망쳐 다니는 동안에 진짜 살인자는 추적당하지도 않고 안심하고 거대한 부를 누리며 유유히 인생을 즐기게 될 것이다.

일요일 아침에 그는 가까운 꽃가게에서 몬테 카를로의 이탈리아 인의 요트로 전화를 걸었다. 이름을 말하지 않았는데도 본초는 그의 목소리를 곧 알아들었다.

"당신의 친구 일에 대해서는 미안하게 생각하오." 그가 말했다.

"꼭 그렇게 할 필요가 있었소?" 본초의 말에는 가시가 돋쳐 있었다.

"그렇소." 그는 조용히 대답했다. "약하기 짝이 없는 위인이었소. 손가락 하나만 까딱해도 그 녀석은 무엇이든 다 술술 불었을 게요. 어쩔 수 없는 일이었소."

잠시 침묵이 흘렀다. 이윽고 가벼운 기침소리. "무슨 용무가 있는 것 같은데?"

"그렇소."

"듣고 있소."

"두 사람에 대한 조사가 필요하오. 주소, 정확한 직업, 사회적인 행동, 약점 따위……"

"신앙에 대한 것과 경력까지도?"

"그렇소."

"그들의 이름은?"

"파리에 있는 여자요. 모델 에이전트 사무실을 가지고 있소. 자클린 샤를로트."

"이봐요." 이탈리아 인은 깜짝 놀라 대답했다. "그녀는 그 업계에서는 잘 알려져 있소!"

"그리고 이쪽 업계에서도."

"그건 몰랐는데." 이탈리아 인은 잠시 망설였다. "2~3일 걸릴 듯하오. 또 한 사람은?"

"저널리스트요. 요르크 깁스코프. 코펜하겐에서 살고 있어요. 곧잘 여기저기 떠돌아다니는 것 같은데. 자세한 것을 모두 알아내고, 이 두 사람 사이에 어떤 연결이 있는지 없는지도 알아봐 주시오."

"알았소. 그쪽에는 어떻게 연락하지요?"

"이쪽에서 연락하겠소."

"그 동안에 어떤 힘을 빌릴 필요가 있을 것 같은데?"

"그럴지도 모르지." 이탈리아 인에게는 그렇게 생각하도록 해두는 것이 좋다.

"또 전화하겠소."

그는 전화를 끊었다. 그 이스라엘 인 다얀의 인품을 조사하는 일과, 앞으로 몇 개월 동안에 필요하게 될 여러 가지 서류, 변장도구, 그 밖의 물건들의 리스트를 작성하는 데 시간을 보낼 작정이었다.

여가를 이제부터 할 일을 위해 사용한다는 것이 그가 다년간에 걸쳐 해온 방법이었다. 그는 계약이 이루어진 뒤에야 비로소 일에 착수하는 풋내기를 보면 화가 치밀어오르곤 했다. 이런 종류의 일을 시간에 쫓기면서 한다는 것은 위험하다. 프로는 위조서류를 만드는 데도 위조업자의 선의를 기대하지 않는다. 언제나 준비해 두지 않으면 안된다. 다스탱은 다른 사람들의 실패를 교훈으로 삼고 있었다. 아주 사소한 실수라도 거듭되면 목숨을 잃게 되는 일이 많음을 잘 알고 있었다. 훔친 여권은 훔친 뒤 즉시 사용하면 안된다는 것도 그는 익히 알고 있었다. 우선 그에게 당장 사용할 수 있는 여권이 15개나 있었다. 그는 여권이나 다른 서류를 입수한 다음 사용하기까지의 시간 간격을 적어도 2년 정도 두도록 주의하고 있었다.

그는 위조서류를 만들어줄 사람이 꼭 필요한 경우에는 남미로 날아갔다. 그는 라틴 아메리카에서는 일한 적이 없기 때문에 그곳의 위조서류를 만드는 사람들과 관계를 가진다 해도 경찰의 추적을 받지 않기 때문이다. 다년간에 걸쳐 그는 여권, 운전면허증, 출생증명서, 결혼허가증, 여러 대학의 졸업증명서 따위의 훌륭한 콜렉션을 만들어 갖고 있었다.

일을 하는 데 있어 자기가 특별히 주의를 기울인다는 것은 그도 알고 있었지만, 그럼에도 불구하고 그는 실패를 피하기 위해서 재삼 조심을 하는 것이다. 아무리 작은 일이라 할지라도 주의를 기울일 가치는 충분히 있다고 생각했다.

서류의 콜렉션을 훑어본 다스탱은 자기의 신분을 재빨리 바꿀 수 있다는 데 만족했다. 그런데 이번에는 또 한 가지 생각해야만 할 일이 있다――표적으로 될 인물에 관해서 조사할 수 있는 데까지 조사하는 것이다.

3

월요일 아침 일찍 하미드 딩기라는 이집트 인 학생이 파리의 이집트 대사관에 나타나서 대사관 소속 무관인 아키드 아시스 엘 마스리에게 할 이야기가 있다고 했다. 그 학생은 놀랄 만한 정보를 가지고 왔다. 전날밤 생 제르망 데 프레의 어떤 카페에서 리비아 인과 이집트 인이 취해서 이야기를 주고받는 가운데, 리비아 인이 안와르 사다트 대통령의 암살계획에 관해서 상당히 노골적으로 이야기하는 것을 엿들었다고 했다. 하미드 딩기는 좀더 자세히 알아보려고 그들의 이야기 속에 뛰어들었으나 상세한 내용은 알아내지 못한 채 그 리비아 인이 돌아가는 것을 미행하여 이름과 주소를 알아냈다고 한다.

학생이 돌아가자 곧 엘 마스리는 정보부원인 마무드 아쉬라프를 불러 그 학생의 말을 전했다. 두 사람은 그 이야기는 조사할 필요가 있으며, 신속히 적절한 조치를 취해야 한다는 데 의견이 일치했다.

그 조치의 효과는 그날 밤 그 리비아 인이 느낄 수 있었다. 그는 한밤중이 조금 지나서 라탱 카르테에 있는 자기 아파트로 돌아갔다. 열쇠를 열쇠구멍에 넣으려고 몸을 구부렸을 때 갑자기 그의 옆구리를 걷어채였다. 누군가에게 머리를 얻어맞고, 그러는 사이에 또 한 사람이 재빨리 문의 자물쇠를 열었다. 리비아 인은 방안으로 밀려들어갔고, 낯모르는 커다란 두 사나이가 그의 뒤를 따라 들어왔다.

"당신들은 누구요?" 리비아 인은 뒤로 물러서면서 물었다. 그는 공포로 몸이 굳어지며 어디 도망칠 길이 없는가 하고 미친 듯이 두리번거렸다.

"질문은 이쪽에서 한다." 두 사나이 중에서 키가 큰 쪽이 말했다. 리비아 인은 곧 이집트 어 사투리를 알아차리고 그의 눈은 공포로 둥그레졌다. "무슨 용건이오?" 그가 물었다. 목이 말랐다.

"대답이나 해." 이집트 인이 말했다. 그는 자기보다 키가 작은 리비아 인 앞에 서서 재빠른 동작으로 주먹을 날렸다. 그것이 리비아 인의 목에 맞아 숨이 막히는 듯한 비명을 지르게 했다. 맞을 때의 충격으로 그는 침대 위로 나동그라졌다. 또 한 사람의 이집트 인도 가세하여 둘이서 번갈아가며 마구 때렸다. 리비아 인은 고통으로 신음했다. 처음에는 양손으로 얼굴을 가리고 막으려 했으나 헛수고였다. 두 사나이는 주먹쓰는 법을 정확히 알고 있었으며, 때리기를 중지했을 때 리비아 인은 울고 있었다. 얼굴의 상처에서는 피가 흐르고 있었다.
 두 이집트 인은 침대를 마주보는 나무의자에 앉았다.
 "말해. 알겠지?"
 "무엇을?" 얻어맞은 사나이는 우물거렸다. "무슨 이야기를 하라는 거요?"
 "알고 있을 텐데, 뭘."
 "모릅니다. 하늘에 두고 맹세하지만, 난 모릅니다……"
 아픔을 참기 어려웠다. 그는 일어나려 했으나, 날카로운 잽이 명치에 파고들어왔으므로 다시 신음하면서 침대에 쓰러졌다.
 "말해!"
 "무얼 말이오!" 리비아 인은 울었다. "그것만 이야기해 준다면……"
 "안와르 사다트에 관한 이야기야, 이 개새끼야!" 이집트 인은 몸을 굽혀서 그의 코를 잡아 비틀었다.
 "나는 별로 아는 것이 없소……그냥……정보부에 있는 형님에게서……"
 "정보부에 있는 형의 이름은?"
 "아담 아메드."
 "지위는?"
 "몰라, 정말이오. 모른단 말이오……"
 "그 형이 뭐라고 했어?"
 "어떤 계획을 실행으로 옮기고 있다……대통령에 관계되는 일인데……알고 있는 것은 그것뿐이오……"
 두 사람은 차례로 질문의 화살을 던졌다. 대답은 바뀌지 않았다. 어쩌면 알고 있는 것은 힌트뿐인지도 모른다. 두 사람은 그에게서 자세한 정보를 끌어내려고 다시 때렸다. 이번에는 고환, 늑골, 어깨, 얼굴에다 주먹질을 했으나 그는 그 이상은 아무것도 덧붙일 수가 없었다. 알고 있는 것을 다 말했기 때문이다.
 "레몬 껍질처럼 바싹 말랐군." 키가 큰 이집트 인이 동료에게 말했다. "모두 다 짜냈어."
 상대방은 고개를 끄덕이며 천천히 일어섰다. 마룻바닥에서 울며 신음하고 있는 사나이를 업신여기듯 바라보았다.
 "가자." 그는 말하고 나서 문 앞으로 걸어갔다. 두 사람이 통로로 나왔는데도 계속 리비아 인의 울음소리가 들려오고 있었다.

4

두 사람의 정보부원이 대사관으로 돌아와서 보고하자 정보담당 관인 마무드 아쉬라프는 아키드 아시스 엘 마스리와 상의했다.

"이 정보는 의심할 바 없습니다." 아쉬라프가 말했다. "카이로에 보고해서 곧 손을 쓰도록 해야겠습니다. 그 리비아의 미치광이라면 암살범을 보내는 것쯤은 넉넉히 하고도 남을 거요."

"그럴 것 같소." 엘 마스리도 동의했다. "나도 이제부터 보고서를 쓰겠소. 당신 것과 함께 내일 아침에 특별연락관을 시켜 보내도록 합시다."

마무드 아쉬라프는 찬성하는 듯이 고개를 끄덕였다. "또 한 가지 제안이 있습니다만, 당신의 생각은 어떤지 알아보고 싶군요. 그 리비아 인은 좀더 알고 있을지도 모릅니다. 우리 직원 두 사람의 조사방법이 불충분했는지도 모르고……"

"그렇다면?"

마무드 아쉬라프는 한숨을 쉬었다. 이 생각은 현실적인 것이지만 어떤 점에서는 프랑스 당국과 복잡한 사건을 야기시킬 원인이 될지도 모르는 일이었다. "좀더 심문하기 위해서 그를 대사관으로 데리고 와야 합니다. 어떻게 생각하시죠?"

"나쁘다고는 할 수 없지." 엘 마스리가 동의했다. "현재로서는 그 녀석만이 유일한 정보원(情報源)인걸."

"그렇게 된다!" 아쉬라프는 미소를 지었다. "오늘밤은 정말 긴 밤이 되겠군요."

대사관 소속 무관의 방을 나오자 아쉬라프는 부하들에게 다시 그 리비아 인의 아파트로 가서 곧 대사관으로 그를 데리고 오라고 명령했다. 30분 뒤에 두 사람에게서 전화가 왔다. 그는 몇 초 동안 귀를 기울이더니 성난 듯한 표정으로 엘 마스리 쪽을 돌아보았다. "아파트가 텅 비었다는군요." 그는 으르렁거리듯이 말했다. "그 리비아 인은 틀림없이 겁이 나서 도망쳤을 겁니다."

5

텔 아비브에서는 수상의 미국 방문중 미국, 이스라엘 경비대책의 세부계획을 논의하기 위해 며칠 동안에 걸쳐 딕 콜먼과의 회담이 행해지고 있었다. 세 번째 회담에서 유리 코헨은 카다피가 암살범을 고용한 것 같다는 사실과, 그 계획에는 이스라엘 지도자뿐만 아니라 다른 아랍인 지도자도 포함되어 있는 듯하다는 정보를 비쳤다.

콜먼이 더 자세한 이야기를 들으려고 다그치자 코헨은 말끝을 흐렸다. "만일, 베긴과 사다트를 암살하는 데 성공한다면 놈들은 더……" 뒷말은 입을 다물었다. "아무튼 그런 일은 입으로만 떠벌려 봤자 소용이 없소. 어떻든 이집트는 나하고는 관계가 없으며, 나는 당면한 문제만으로도 힘에 벅찰 지경이오."

그 말이 뜻하는 바를 알아차린 콜먼은 웃는 표정으로 대답했다. "좋소, 유리. 내가 그쪽의 교량역할을 해주지. 누구를 노리고 있는지는 모르지만 언제라도 활동을 개시할 준비는 되어 있소."

두 사람은 서로 이해했다는 듯이 미소를 주고받았다. 딕 콜먼은 자기가 이스라엘에게 이용당하게 되리라는 것을 충분히 알고 있었지만 그것을 막을 수는 없었다. 코헨은 이미 그를 꼼짝할 수 없는 경지에까지 끌고갔던 것이다. 만일 무슨 일이 일어나서, 그것도 그가 미리 알고 있었으면서도 워싱턴의 본부에 보고하지 않았다는 사실이 드러나게 된다면 그의 입장은 곤란하게 되고 말 것이다. 이유야 어쨌든간에 딕 콜먼은 마음을 결정했다. 코헨이 그처럼 바라고 있었고, 또 협력해야겠다는 마음도 생겼던 것이다.

한 시간 뒤에 신중한 말로 작성된 보고서가 텔 아비브의 미국대사관에서 워싱턴의 FBI 본부로 보내졌다. 보고서는 확인되지 않은 소문이기는 하나, 이스라엘의 첩보기관이 리비아의 암살계획에 관한 정보를 입수했다는 것이다. 그 계획은 이스라엘을 포함한 중동 각국의 요인과, 동시에 이집트 대통령도 목표로 하고 있다는 것이다. 이 보고로 인해 많은 사람들이 놀라게 될 것이라고 콜먼은 생각했다.

6

그날 오후 늦게 코헨은 얼굴이 온통 멍투성이가 되어 파리에서 돌아온 아브샬롬 케드미와 만났다.

"정말 혼이 난 모양이로군." 코헨은 근심스럽게 그를 바라보면서 말했다.

아브샬롬 케드미는 어깨를 으쓱했다. 그는 웃는 표정을 지으려 했으나 윗입술이 아파서 그렇게 할 수 없었다. "그렇습니다." 그가 말했다. "녀석들은 아주 노련하더군요."

"자네의 경비는 누가 맡았나?"

"지브 샤하르와 모티 클레인이 옆방에 있었습니다." 그가 말했다. "문에 틈을 만들어놓고 말입니다. 두 사람이 이쪽의 모습을 다 보고 있었습니다. 만일 그 두 이집트 녀석이 지나친 행동을 했다면 그들도 곤란한 일을 당했을 겁니다."

"의사에게 보여 봤나?"

"예, 대사관에서요."

"아무데도 이상은 없나?"

"보다시피." 그는 어깨를 으쓱했다. "얼굴의 상처와 다른 데에도 이와 비슷하게 멍든 데가 약간 있지만……별것 아닙니다. 4~5일 지나면 낫겠지요."

"녀석들은 자네한테 들은 이야기로 만족했을까?"

아브샬롬 케드미는 한숨을 쉬었다. "거기에 대한 확신은 가질 수 없습니다."

"이유는?"

"아파트에서 나와 차 안에서 망을 보았었는데──" 그가 말했다. "한 시간쯤 뒤에 녀석들이 또 왔더군요."

유리 코헨은 이 정보를 중시했다. 이집트측이 더 많은 정보를 알아내기 위해서 온 것이 분명했다.

"어떻게 생각하시죠?" 케드미가 물었다.

"미끼에 걸려든 것이지." 유리는 대답했다.

두 사람의 이야기는 이처크 골드버그와 이르미 스펙터가 오는 바람에 중단되었다. 두 사람은 케드미의 얼굴을 자세히 보았으나 아무도 말은 하지 않았다. 코헨은 두 사람에게 파리에서의 작전과, 이집트 진영으로 공을 던져넣기 위한 여러 가지 수단에 관해서 간단하게 설명했다. 곧 이집트 정보기관의 움직임에 대한 보고가 들어오게 되어 있었다.

코헨이 이야기를 베긴의 미국 방문에 대한 경비대책으로 옮겨갈 때 문이 난폭하게 열리며 아비틀 아논이 들어섰다. 화를 억제하지 못한 그의 얼굴은 가관이었다.

"유리, 자네의 최신 작전보고서를 읽었네!" 그는 대들듯이 말했다. "손을 써도 좋다고 누가 허락했나?"

방안은 완전한 침묵. 유리 코헨은 얼굴이 붉어지고 주먹은 하얗게 될 만큼 꼭 쥐었다.

"국장님도 동의했잖습니까!" 그는 물고늘어졌다.

"동의했다고?" 국장은 테이블 위에 손을 짚고 얼굴이 서로 맞닿을 정도로 코헨 쪽으로 상체를 굽혔다. "자네의 계획에 동의했지만, 그밖에는 아무것도 결정하지 않았어. 나는 사태를 보는 관점에서만 자네에게 관심 있는 태도를 취하겠다고 말했을 뿐이네. 자네는 좀더 기다렸어야 했단 말이야."

"국장님이 이 계획을 물리칠 것으로 생각할 만한 이유는 없었습니다." 코헨도 화를 내며 대답했다. "이 발 밑에 구멍이 뻥 뚫려 있단 말입니다. 누구의 책임이다, 어떠한 책임이다 하는 등의 게임은 이젠 그만두시죠……염려되십니까? 좋아요, 확실히 결정은 내가 내렸으며 책임은 내게, 나에게만 있다고 하는 정식 문서를 제출하지요! 국장님은 이 사건에는 관계가 없습니다. 만일에 무슨 일이 잘못된다면 내 모가지만 날아가면 됩니다!"

"그게 자네 입장을 정확하게 말한 것인가!"

두 사람이 서로 노려보다가 이윽고 국장이 말을 덧붙였다. "그렇지만 이제부터는 내 목도 날아갈 우려가 있다는 것을 잊지 말게."

"잊지 않지요." 코헨이 말했다. "그건 그렇고, 트리폴리의 사나이는……조사해 보시겠다고 했는데 아직 아무 소식도 없으니……"

"여기서 이야기가 끝나면 내 방으로 오게!"

아비틀 아논은 돌아서서 나가려다가 아브샬롬 케드미 뒤에서 걸음을 멈추고 큰 손을 살짝 그의 어깨에 얹었다. "파리에서 한 행동으로는 훈장은 받을 수 없을 걸세." 그는 놀리듯이 말했다. "하지만 그 명을 없애는 데 무엇이든 필요하다면 나에게 말해 주게." 그는 대답도 기다리지 않고 방에서 나가며 문을 쾅 닫아버렸다.

코헨이 국장의 방으로 가자 일라이 라브한이 그를 기다리고 있었다. 적지에서의 스파이 활동에 대한 책임자인 일라이는 트리폴리에서의 임무를 중지시키고 불러들이려고 하는 하나니아 시아니에 관해 이야기하기 위해서 국장에게 불려왔던 것이다.

"코헨, 하나니아 시아니를 곧 소환하려는 결정을 당신이 번복하고 싶어한다는데?" 그가 말했다.

"그렇소."

"왜죠?"

"시아니에게는 우리들에게 없는 힘이 있잖소. 오랫동안 리비아 정보부의 앞잡이로 일해 왔으니 말이오. 이쪽은 일반적인 정보는 포착할 수 있으나 상세한 것은 불가능하오. 하지만 시아니라면 그것이 가능하지요." 그가 설명했다.

"그는 아담 아메드의 부서에 들어가 있지 않소." 일라이가 말했다.

"그건 알고 있습니다. 그러나 당신이 훌륭한 지시를 보내주면 그 사람 정도면 정보망에 접근할 수 있지 않겠습니까?"

일라이 라브한도 알고 있다는 듯이 고개를 끄덕였다.

"그것이 무엇을 뜻하는지는 특히 그의 가족관계를 고려해 보면 알게 될 거요. 시아니가 또다시 그곳에 더 머물러 있어야 하니까." 코헨도 일라이가 걱정하고 있는 것이 그 점이라고 생각하고 있었다. "그러나 나도 당신과 마찬가지로 그의 사정을 알고 있습니다. 그때 그를 추천한 사람이 나였다는 것을 잊지 마시오. 만일, 당신이 이번 일이 매우 중대하다고 설명해 준다면 그도 동의할 것이오."

일라이는 곧 대답하지는 않았다. 어려운 결정이었다. 머지않아 시아니를 트리폴리에서 불러들여 귀국시키려고 생각했었기 때문이다. 여러 해 동안 가족과 헤어져 있다는 것이 그에게는 고통스러웠을 게다.

일라이는 손가락 끝으로 테이블을 똑똑 두드리며 국장의 얼굴을 쏘아보고 있었다. "국장님은 어떻게 생각하십니까?" 하고 물었다.

아논은 미소를 지었다. "전번에 검토했을 때 결정은 자네들 두 사람에게 맡기기로 했네." 그가 말했다. "하지만 나의 의견을 묻는다면 나는 코헨에게 동의하고 싶네. 이 사람과 같이 지내기가 쉬운 일은 아니지만." 그는 유리 코헨을 바라보았다. "이 사람이 내는 문제에는 구체적인 해답을 주지 않고는 못 배기니까."

일라이는 일어서서 의자를 밀어넣었다. "좋습니다. 그렇게 조치하겠습니다."

그가 돌아서서 나가자 국장은 앞으로 몸을 내밀었다. 넓은 어깨를 둥그스름하게 앞으로 내밀고 테이블 위에 엎드리더니 돌진하려는 암소처럼 손을 내밀었다. "만족했나?"

"그런 것은 문제가 아닙니다." 코헨은 진지하게 말했다. "문제는 우리가 필요한 절차 전부에 손을 대고 있는가 하는 겁니다. 국장님이 나와 이 일에 의견이 일치하게 된 것이 기쁩니다."

"언젠가는 우리들 사이에 싹트고 있는 초조감을 제거하세."

"그렇게 말씀하신다면."

아비틀 아논은 미소가 떠오르는 것을 억제할 수 없었다.

"자네의 보고서를 훑어봤네. 가령 자네가 나에게 억지로 인정시켰다 하더라도 자네가 하고 있는 일이 옳다고 생각했음을 솔직히 고백하네."

"그렇게까지 생각해 주실 줄은 몰랐습니다." 코헨이 말했다.

7

필립 다스탱은 드 랑베르 가에 있는 아파트를 모세 다얀 연구의 도서실처럼 만들었다. 검은 안대를 하고 있는 그 장군의 저서 모두를 포함하여 손에 닿는 대로 모든 것을 읽으면서 그는 며칠을 보냈다. 아무리 사소한 것이라도 무시해 버리거나 관계 없다고는 생각지 않았다. 암살계획에 그러한 것들이 모두 쓸모가 있으리라고 믿었기 때문이다. 다스탱은 읽으면서 다얀의 인품을 여러 면에서 노트하고 그의 표적인 이 일국의 지도자의 성격, 취미, 행동 등을 기록했다. 그는 그 사람의 인품을 책이나 신문, 잡지에서 찾아내기라도 하려는 것처럼 열심히 연구하고 모든 것을 날카로운 눈길로 주의깊게 분석했다. 다얀에 대해서 잘 알고 있다는 자신을 갖기까지는 어떻게, 언제, 어떤 형태로 활동을 개시해야 하는가를 결정할 수 없다.

피닉스——그렇다. 이 이상 좋은 이름은 발견할 수 없을 것이라고 그는 한숨 돌리기로 한 휴식시간에 생각해 보았다. 이 이름은 표적까지도 상징하고 있었다. 그 사람은 일어섰다가는 사라진다. 표면에 떠올랐다가 또 다시 세상 사람들의 눈에서 사라져 버린다. 수수께끼의 새를 그대로 닮았으며, 그가 대중 앞으로 되돌아오는 것은 언제나 자신의 잿더미 속에서 날아오르는 새처럼 당돌하고도 뜻하지 않은 때였다.

다얀이 태어난 먼 나라는 다스탱이 알지 못하는 곳이었다. 이스라엘이란 말은 이야기로만 들었을 뿐 한 번도 가본 적이 없었다. 금세기 초에 이룩된 이 나라는 다얀의 표현에 의하면 바위와 무서운 습지, 불타는 태양과 모래비가 흩날리는 살기 어려운 땅이었다.

모세 다얀의 저서 「이정표」의 첫 문장은 이 인물의 성격과 경력을 국제적인 신문에 실려 있는 어떤 기사보다도 더 잘 말해 주고 있었다. "나의 이름 모세는 슬픔 속에서 나에게 주어졌다. 데가니아에서 쓰러진 최초의 사나이 모세 브라스키를 기념하기 위해서 택해졌기 때문이다. 러시아에서 이 나라로 와서 개척에 가담했던 그 젊은 사나이는 1년 반 전에 아랍 인에게 살해되었다. 그의 묘는 올리브 숲속에 만들어졌고 데가니아에서는 그것이 최초의 무덤이었다."

다얀의 초기의 저서 「시나이 일기」와 「베트남 일기」는 확실하게 정리된 문체를 갖고 있었고, 또 사실을 분석하여 결론을 이끌어내는 데 익숙하고도 날카로운 머리를 가진 지적인 인간임을 보여주고 있었다. 그러나 이 젊은 사나이가 다얀의 성장과 발전단계를 더듬어 보는 데 쓸모있는 것은 다얀의 인생의 모습을 그리고 있는 최후의 저서였다. 그 책을 정성껏 읽고 비로소 검은 안대를 한 강인한 사나이라는 이미지 뒤에 숨겨져 있는, 자기가 자기 땅에서 창조되었다고 생각하는 시적 직관을 가진 사나이를 분명히 볼 수 있었다.

읽고 있는 동안에 다스탱에게 어떤 묘한 느낌이 엄습해 왔다. 자기가 노리고 있는 사나이가 이제까지 부딪쳐 본 그 어느 누구와도 매우 다르고 퍽 이상한 인간임을 서서히 알게 되었다. 이 걷잡을 수 없는 느낌은 6일 전쟁에서 요르단의 지배하에서 해방된 예루살렘 구 시가를 국방상으로서 처음으로 방문했을 때의 다얀의 묘사를 읽었을 때도 역시 남아 있었다.

유태의 고대 신전 유적의 어느 서쪽 벽에 가까운 한 모퉁이에서 다얀은 가느다란 푸른 풀이 우거져 있는 것을 발견했다. 그는 그 풀을 몇 개 뜯어서 그의 아내가 될 여인 라켈에게로 가지고 간다. 나중에 헬리콥터로 텔 아비브에 돌아갈 때에 다얀은 이렇게 썼다. "나는 구석에 가서 앉았다. 자고 싶어서 그랬던 것은 아니다. 말을 하고 싶지 않았기 때문이다. 해방된 예루살렘의 광경과 인상을 발산시켜 버리고 싶지 않았기 때문이다. 우리들 사이에 두 번 다시 분리가 와서는 안된다."

묘한 몇 줄의 글이라고 다스탱은 생각했다. 그 낡은 도읍지의 일부로 되어버린 사나이. 도시가 그 사나이의 일부로 되어 있다. 그러한 사나이의 성격을 어떻게 파악할 수 있단 말인가? 밤낮으로 그를 에워싸고 있는 경비의 벽을 뚫을 길은 어떻게 발견해야 한단 말인가?

놀랍게도 필립 다스탱은 해결의 실마리를 이 장군의 사생활과 유일한 취미인 고고학에 관해서 서술해 둔 장에서 찾아냈다.

1951년에 모세 다얀은 마침 방문한 작은 도시에서 BC 9세기의 것이라는 골동품 물병을 우연히 대할 기회가 있었다. 그에게 있어서는 이것도 역시 그를 대지와 연결해 주는 고리의 하나였다. 그는 이렇게 썼다. "깨어졌지만 그대로 남아 있는 그릇의 파편을 발견했을 때 나는 그것을 정성껏 모았다. 자하라의 우리 집 뒤뜰에 작업장을 세우고 파편을 이어붙일 풀과 석고, 그리고 수천 년 동안 그 위에 들러붙어 있는 돌과 석탄의 층을 제거하기 위한 산(酸)을 준비했다. 토요일과 밤 늦은 시간에 나는 종이봉지를 끌러놓고 파편을 씻어 끼워맞추었다. 나는 스포츠나 그 밖의 오락은 즐기지 않는다. 여가는 모두 골동품에 쏟는다. 나에게는 손을 놀려 일하는 것이 즐거움이 되며, 또 몇 시간씩 계속되는 고독도 필요하다. 깨어진 그릇을 수리하여 3~4천 년 전의 도공이나 아낙네들이 만든 형태로 복원하는 일은 나에게 창조감을 주며, 젊은 시절에 나하랄에서 체험한 것처럼 이 손으로 씨앗을 뿌리고 모를 심기도 하며, 꺾꽂이를 하기도 하고, 암소가 헛간에서 새끼 낳는 것을 도와주었을 때의 만족감을 맛보게 해주었다."

필립 다스탱은 책을 덮었다. 그리고는 일어서서 생각에 잠긴 채 방안을 오락가락했다. 여기에, 이 한 구절 속에서 정말 쓸모있는 것을 발견한 것 같았다. 그는 테이블로 돌아와서 책을 집어들고 그 구절을 푸른 연필로 표시해 두었다.

"여기에 미끼가 될 만한 것이 있어." 그는 지금 한 말의 반향을 듣기라도 하듯이 이렇게 중얼거렸다. "이것이 중요한 대목이야."

갑자기 그는 후훗 하고 웃었다. 그의 머릿속에 번뜩인 생각이 형태로 나타나기 시작했던 것이다. 자세한 일은 지금부터 고안해야 하지만, 자신이 어떤 길을 발견했음을 깨닫고 있었다.

피로감이 엄습해 왔다. 몇 시간 동안 독서를 했기 때문에 눈이 아팠다. 그는 옷을 모두 입은 채로 침대에 길게 누워서 잠들어 버렸다. 한밤중에 다시 눈을 떠서 푸른 연필로 표시해 둔 부분을 되풀이해서 읽어보았다. 그는 그대로 계속 읽으며, 처음 부분의 뒷받침이 될 만한 다른 한 구절에도 표시를 했다. 그는 그것을 마치 복잡한 크로스 워드 퍼즐(글자맞추기 놀이)을 좀더 애써서 완성시키려는 사람처럼 기를 쓰고 표시해 나갔다. 아침 일찍 다시 잠에 떨어졌다.

10시에 눈을 뜨자 언제나와 마찬가지로 그는 오랫동안 샤워를 했다. 11시에는 길 모퉁이에 있는 꽃가게로 가서 이탈리아 인에게 전화를 걸어야 한다. 그는 조금 기다려야만 했다. 뚱뚱하게 살이 찐 여인이 큰소리로 누군가와 전화를 하고 있었다. 전화할 차례가 될 때까지 묵묵히 기다린 뒤에도 요트로 직통 전화가 걸릴 때까지 다시 오랫동안 기다려야만 했다. 이윽고 전화가 통했다.

"여보세요." 본초의 목소리였다.
"알아내었소?" 그가 물었다.
"그렇소."
"말해 보시오."

본초는 마담 자클린 샤를로트에 관한 사실을 꽤 오래 이야기했다. 그의 앞잡이는 일을 꼼꼼하게 하고 있었다. 그는 자세한 사실을 몇 가지 전해 주었다. 그녀의 집 주소, 사무실의 주소, 개인적인 취향 따위. 본초는 그녀가 모델업계에서의 뛰어난 경험과 프로적인 기준이 또 하나의 행동세계로 옮겨가게 된 것이라고 강조했다. 그쪽 영역에서 그녀는 극히 드물게밖에 활동하지 않았다.

"대단합니까?"
"모든 점으로 봐서 그런 것 같소." 이탈리아 인이 힘주어 말했다. "그녀에 관해서는 거의 아무것도 아는 것이 없소."
"그녀를 침대로 끌어넣을 수 있을까?"

이탈리아 인이 갑자기 큰소리로 웃어댔기 때문에 그는 깜짝 놀랐다.

"그런 짓은 하지 마시오."
"왜?"
"그녀는 레즈비언이오. 도로시라는 흑인 모델과 동거하고 있소. 미국인이지. 게다가 쓸 만한 계집애고……"

필립 다스탱은 잠시 생각에 잠겼다.

"그 두 사람 관계에 대해서 무엇을 알고 있소?"
"그것은 아무런 비밀도 아니오." 본초가 대답했다. "가십 기사에 당신이 흥미를 갖고 있지 않은 것이 유감이군. 그런 기사에 얼마든지 자료가 나와 있는데. 그 미국 여자가 남자를 좋아했었나 봐요. 그래서 마담이 화를 발칵 낸 적도 있답니다. 그녀는 한번 도로시에게 추파를 던진 카메라맨에게 때리며 덤벼든 적도 있었다는군요."
"그리고 깁스코프는?"

"그 세계에서는 유명한 저널리스트요." 본초가 대답했다. "테러 전문가지요. 각종 테러리스트 조직에 가까운 서클과 관계가 있다고 알고 있소. 진짜 출생지는 알 수 없으나 덴마크 태생은 아니오. 그도 또한 때때로 매우 값비싼 일을 하고 있소. 마담 샤를로트는 독약을 잘 사용하는 것으로 알려져 있고, 그 녀석은 폭발물 전문가요. 자기가 늘 휴대하고 있는 도구 속에 폭발물을 감춰두고 있소. 때로는 카메라, 또 때로는 테이프레코더 속이지."

"두 사람 사이의 관계는?"

"아니, 아무런 관계도 없는 것 같소. 두 사람이 대면한 적은 있을지 모르지만. 그러나 두 사람이 공통되는 점이 있다고는 서로 생각조차 못하고 있을 게요."

본초는 저널리스트에 대해 좀더 상세하게 이야기했다. 고정된 본거지는 코펜하겐이었다. 거기서 유럽을 돌아다니며 여행을 한다. 이탈리아 인은 그가 만나고 있는 저널리스트의 이름을 몇 사람 댔으며, 그가 덴마크에 있을 때 본거지로 삼았던 신문사의 이름도 알려주었다.

"잘 해냈소." 다스탱이 말했다.

"그 이상 또 무엇이 필요하오?"

"흠." 그의 목소리는 낮아져서 마치 속삭이는 듯했지만, 이탈리아 인은 그의 요구가 중대한 것임을 알았다. "다른 방면의 당신 연분을 사용해 주시오."

이탈리아 인은 그가 여러 경찰과 인터폴, 스파이 본부 등을 말하고 있다는 것을 알았다. 본초는 가는 곳마다 믿을 만한 정보원을 매수해 두고 있었다.

"무엇을 알고 싶소?"

"만일에 무슨 정보가 누설된다면 그러한 관계통이 경계하게 될 것이오." 필립 다스탱은 끈기 있게 설명했다. "그러한 것을 알고 싶소. 이것은 나에게 있어서는 중대한 일이오. 리비아 인들이 꼭 비밀을 지킬 것이라고는 믿지 않으니까."

이탈리아 인은 몇 초 동안 잠자코 있었다. "당신이 리비아 인들에게 어떤 이름으로 알려져 있는지 이쪽에서도 알고 있어야 하지 않겠소?" 이윽고 그가 말했다. "만일 무슨 정보가 샌다면 그 이름도 튀어나올 것이오. 그것을 알고 있는 것이 누설되는 정보를 발견하는 데 도움이 되겠지요."

"이번에는 또 다른 이름이오. 피닉스."
"피닉스?"
"그렇소."
"그것은 잘 잊어버리지 않겠군. 그리고 만일 무슨 일이 생긴다면……"
"곧 또 연락하겠소. 2주일 이내에. 어쩌면 더 늦어질지도 모르오. 그쪽은 같은 장소에 있겠지?"
"옮겨다닐 이유는 없으니까——" 본초가 말했다. "여기에 있을 것이오."

조용한 젊은이는 작은 아파트로 돌아와서 천천히 간단한 식사를 준비했다. 그는 깊은 생각에 잠기면서 건성으로 식사를 했다. 리비아 인들에게서 청부맡은 일을 실행에 옮기기까지는 결정해야 할 일들이 몇 가지나 있었다.

또다시 그는 괴로운 육체노동을 했을 때의 피로감 같은 것이 전신에 덮쳐오는 것을 느꼈다. 긴 조사연구의 시간이 그를 피로하게 만들었던 것이다. 옷을 벗고 샤워를 하러 갔다. 우선 면도를 하고 물을 온몸에 끼얹었다. 그 동안에도 계속 행동계획을 짜고 있었다.

샤워를 하고 나오자 그는 창의 셔터를 내려 방안을 캄캄하게 했다. 그리고는 침대 위에 누워서 눈을 감고 깊이 잠들었다. 새벽 5시에 되살아난 것처럼 힘차게 그는 눈을 떴다. 잠시 체조를 하여 육체적인 움직임의 쾌감을 맛보고, 다시 샤워를 하고 나서 커피를 따랐다 커피를 마시면서 그는 여권을 훑어보고 미국인의 것을 골라냈다. 거기에는 제레미아 오스틴, 건축가, 37살로 되어 있었다. 여권에 붙어 있는 사진을 조심스럽게 들여다보았다. 그가 자신에게 더해야 할 것은 더부룩한 금발의 수염과 모난 테의 안경뿐이었다. 턱의 날카로운 선을 부드럽게 하기 위해서 그는 뺨과 잇몸 사이에 보드라운 플라스틱 덩이를 채워넣었다. 움푹 들어간 뺨이 부풀어오르고 턱이 둥그스름해지며 사진과 완벽하게 닮아 갔다. 미국인 건축가가 세상에 나타날 준비가 된 것이다.

8

같은 날 오후 2시 20분에 SAS 여객기가 코펜하겐 공항에 도착했다. 승객 가운데 제레미아 오스틴이라는 손발이 무척 긴 상냥한 미국인이 있었다. 그의 복장은 젊은이들의 유행에 따른 멋진 것이었으나 수수한 티가 나는 것이었다. 어깨에는 펜탁스 카메라를 메고 손에는 가죽으로 된 작은 여행가방을 들고 있었다. 택시를 타고 공항에서 시내 중심가에 있는 작은 호텔로 가서 한스 크리스챤 안데르센의 도시를 구경하러 온 관광객이라고 애교를 떨며 자기 소개를 하여 방을 얻었다. 그는 방에 들어가자마자 전화번호부를 넘기며 요르크 깁스코프를 찾았다. 전화번호부에는 나와 있지 않아서 그는 그 저널리스트가 가끔씩 기고하는 한 신문사에 전화를 걸어보기로 했다. 교환대에서 비서라는 사람과 연결해 주어서 그는 깁스코프가 지금 베를린에 가 있으며, 며칠 동안은 돌아오지 않는다는 것을 알게 되었다.

"그렇다면 유감이군요." 그의 말투는 정말 유감스러운 듯했다. "그를 만나리라고 생각하여 먼 길을 달려왔는데." 그의 말투가 친근하고 명랑했기 때문에 비서도 상대를 해주었다.

"무슨 도움이 필요한 일이라도?"

"그럴 일이 생길지도 모르겠군요. 그의 주소를 좀 가르쳐 주시겠소?"

"깁스코프 씨는 시내에 아파트를 갖고 있지 않아요." 젊은 여비서가 대답했다. "호텔에서 지냅니다."

이로써 전화번호부에 그 사나이의 이름이 얹혀 있지 않는 이유가 설명된 셈이다.

"어떤 친구에게서 그에게 작은 보따리를 하나 전해 달라는 부탁을 받았는데, 깁스코프 씨에게 건네주겠다고 약속해 버렸소. 나도 여기에 몇 시간밖에 머물러 있지 않을 텐데요."

"그렇다면 우리 신문사나 호텔에 맡겨두세요."

그녀는 그 양쪽 주소를 말해 주었다. 그는 재빨리 호텔의 이름과 장소를 기억 속에 새겼다.

"오, 참! 그 호텔이 깁스코프 씨의 시내 거주지로 되어 있는 것 같군요." 그는 생각난 듯이 말했다.

"그렇습니다. 거기서 특별실을 빌려쓰고 있습니다."

잠시 뒤 제레미아 오스틴은 호텔에서 나왔다. 코펜하겐에 대해서 그는 잘 알고 있었다. 그를 소름끼치게 하는 도시였다. 그는 이 도시를 따분하고 단조로운 곳이라고 생각하고 있었지만, 어쨌든 이번엔 즐기려고 온 것은 아니었다. 깁스코프의 호텔은 그가 들어 있는 호텔에서 세 구획 지나서 있었다. 한 가지 사소한 문제가 남아 있었다. 그 저널리스트가 들어 있는 방의 번호다. 너무 질문을 해서 불안한 주의를 끌게 하고 싶지 않았기 때문에 그는 이 문제는 자기의 방법으로 해결하려 했던 것이다.

거리를 걸어가면서 그는 책방 앞을 지나다가 쇼윈도에 눈길을 돌렸다. 깁스코프가 기사를 써주는 신문이 많이 쌓여 있었다. 그는 서점 안으로 들어가서 책장 사이를 어슬렁거렸다. 그는 한스 크리스찬 안데르센 동화집 한 권을 골랐다. 점원이 화려한 포장지로 책을 싸고 있는 동안에 젊은 미국인은 신문을 몇 부 호텔에 있는 친구에게 배달해 줄 수 있겠느냐고 물었다. 자기는 시간이 없으니 그렇게 해준다면 대단히 고맙겠다고 말했다. "별로 힘드는 부탁이 아니에요." 점원은 그가 카운터 너머로 꽤 많은 액수의 지폐를 슬쩍 밀어넣는 것을 보고 웃는 얼굴로 말했다. "언제라도 도와드리겠습니다."

그는 두 가지 신문을 골랐는데, 점원은 책을 싼 종이와 똑같이 화려한 종이로 그것을 쌌다.

"누구에게 보내지요?" 점원이 물었다.

"요르크 깁스코프 씨에게." 미국인이 대답하며 호텔을 가르쳐 주었다.

"세 시간 이내에 보내드리겠습니다." 점원이 말했다. "배달하는 아이가 마지막 배달을 돌 때 보내겠습니다." 그는 흘끔 시계를 바라보았다. "거기에 도착되는 것은 6시경이 되겠군요."

오스틴은 인사를 한 뒤 안데르센 동화집을 집어들고 가게에서 나왔다. 거기에서 그다지 멀지 않은 작은 카페에 들어가서 그는 동화책을 꺼냈다. 이야기는 잘 알고 있었으므로 모르는 덴마크 어가 나와도 내용을 파악하는 데는 별 지장이 없었다. 6시 반에 계산을 하고 카페를 나왔다. 깁스코프의 호텔은 바로 그 길 모퉁이를 돌아서 있었다.

그곳은 정교한 구식 면모를 갖추고 있어서 관광객들에게도 인기가 있었다. 제레미아 오스틴은 로비를 둘러본 뒤 안내 프런트로 가까이 갔다. 두 사람의 담당 직원이 독일인 단체관광객을 안내하느라고 바빴기 때문에 비어 있는 우편함들을 훑어볼 여유가 충분히 있었다. 꽃무늬로 된 포장지가 곧 눈에 띄었다. 신문은 302라는 번호가 쓰여진 우편함 안에 들어 있었다. 요르크 깁스코프의 방 번호다.

이 성공에 흐뭇해진 제레미아 오스틴은 자기 호텔로 돌아가서 작지만 아주 분위기가 명랑한 레스토랑에서 저녁식사를 했다. 요리는 바카르디에 코카콜라를 탄 것에 어울리는 음식으로 주문했다. 11시에 다시 그 저널리스트의 호텔로 갔다. 엘리베이터에서 나이가 비슷해 보이는 두 여인을 만났다. 노스 캐롤라이나에서 온 관광객으로서 서로 이야기를 주고받았으며 그도 웃는 표정을 지었다. 엘리베이터가 3층에서 멈추자 그는 내렸다. 바닥에는 짙은 다홍빛 융단이 깔려 있고 천장에는 검은 판자가 쳐져 있는 넓은 복도였다. 302호실은 복도의 맨 끝에 있었다. 젊은 사나이는 성큼성큼 그쪽을 향해 걸어갔다. 문에는 두 개의 자물쇠가 채워져 있었다. 한 개는 이 방에 사는 사람이 주문해서 채워놓은 듯했다. 젊은 사나이는 주머니에서 강철로 된 짧은 실톱을 꺼냈다. 깔쭉깔쭉한 톱니는 모두 줄로 날카롭게 해두었다. 그는 재빨리 일에 착수했다. 가느다란 강철 끝을 위쪽 열쇠구멍에 집어넣었다. 짧은 강철 끝이 닿자 열쇠구멍의 홈을 더듬어 찰칵 들어가는 것을 그의 손가락은 느낄 수 있었다. 자물쇠의 돌출부가 뒤로 젖혀져서 구멍 안으로 들어가 버렸다. 보통 문의 손잡이를 여는 것은 훨씬 더 간단했다. 손잡이를 내리자 문이 열렸다. 그는 소리도 없이 방안으로 들어가서 문의 자물쇠를 걸었다.

현관의 문 위에 달려 있는 작은 전등은 켜진 채로 있었다. 어스름한 불빛이었지만 방안을 둘러보기에는 조금도 부족함이 없었다. 방안은 완전히 정돈되어 있었다. 좋은 방이라고 그는 생각했다. 자그마하고 아담한 방이지만 거기에는 사는 사람의 기품이 깃들어 있었다.

맨 먼저 해야 할 일은 특별실의 방안 배치를 조사하는 것이었다. 서둘러서 방의 깊숙한 곳으로 들어갔다. 오른편은 침실인데 그곳도 깨끗이 치워져 있었다. 요크 깁스코프는 깨끗이 정리하는 것을 좋아하는 사람인 것 같았다. 침실의 왼편에 욕실과 샤워가 있었다. 반대쪽에는 작은 냉장고에 핫 플레이트, 부엌 도구가 몇 개 있는 작은 키처네트(간이 취사장)가 있었다.

방의 맞은편 쪽으로 큰 창문이 있었다. 그쪽으로 가면서 두꺼운 커튼의 코드를 찾아내어 커튼을 젖혔다. 그 위에 있는 전등의 스위치를 넣었다.

침실로 통하는 문 옆에는 몇백 권에 달하는 책들이 꽂힌 커다란 책꽂이가 있었다. 고전문학, 현대문학, 그리고 정치와 테러에 관한 책들을 모아놓은 특별한 그룹이었다. 깁스코프는 여러 가지 일에 관심을 가진 사나이가 틀림없다.

오스틴은 저널리스트의 책상으로 가까이 갔다. 자물쇠를 채워둔 타이프라이터밖에는 아무것도 놓여 있지 않았다. 그는 책상 앞에 앉아서 서랍을 열기 시작했다. 맨 위쪽 서랍에는 종이뭉치. 두 번째 서랍에서 그는 찾고 있던 것을 발견했다. 그 이탈리아 인의 정보가 정확했다는 것을 알 수 있었다. 가죽 케이스가 있었고, 그 안에는 연대순으로 정리해 둔 수십 장의 신문 스크랩. 모두가 한 사람의 인물, 모세 다얀에 관해 쓴 것이었다.

젊은 사나이는 탄복한 듯이 웃는 표정을 지었다. 깁스코프는 철저한 사나이다. 진짜 프로라고 그는 생각했다.

이탈리아 인에게서 들은 이야기를 잘 음미해 보면 깁스코프의 작전수단이 무엇인가 하는 정보를 포착할 수 있을 것도 같았다. 본초는 그가 카메라와 테이프레코더에 폭탄을 장치하여 사용한다고 했다. 그렇다면 리비아 인들이 그에게 기대를 건 것은 옳았다. 저널리스트로서 의심을 받지 않고 어디라도 갈 수 있는 통행증을 얻을 수 있으며, 작고 멋진 폭탄을 갖다놓고는 추적도 당하지 않고 물러나올 수 있는 것이다.

책상의 맨 아래쪽 서랍에서 제레미아 오스틴은 한 장의 도면을 발견했다. 그것은 테이프레코더를 개조하는 상세한 도면이었다. 임무를 수행하기 위해 깁스코프는 이스라엘 외상이 참석할 예정인 기자회견에 나가서 그 테이프레코더를 다른 저널리스트들의 녹음 도구와 함께 두고 나와버리기만 하면 된다. 도면에 의하면 시한장치는 오른쪽의 스풀 밑에 장치되어 있다. 테이프가 돌기 시작하여 2분이 지나면 작은 점화장치가 움직여서 케이스 속에 넣어둔 플라스틱 폭탄에 점화된다. 많은 사람들이 다치게 되겠지만 최초로 죽음을 당하는 사람은 바로 그 표적이다.

오스틴은 맨 아래쪽 서랍에서 모세 다얀의 동정을 알려주는 더욱 새로운 스크랩을 발견했다. 이스라엘 외상이 유럽 공동체의 각료급 인사들과 일련의 회견을 한다는 뉴스 기사가 붉은 연필로 표시되어 있었다. 오스틴은 웃음을 지었다. 그러고 보니 깁스코프의 무대는 유럽인 셈이다.

이 스크랩 밑에서 그는 찾고 있던 것을 발견했다——깁스코프가 요 몇 년 동안 인터뷰했던 여러 인사들과 함께 찍은 사진을 모아둔 것이었다. 정부수뇌, 각료, 기업인, 문화인, 신좌익사상가 등 유명인들과 함께 있는 깁스코프였다. 요르크 깁스코프의 얼굴이 그 사진들 모두에 나타나 있었다.

오스틴은 그의 얼굴을 잘 보아두었다. 깁스코프는 나이가 45살쯤 되어보였다. 길고 엄숙하며 깊은 주름이 새겨져 있는 얼굴이다. 머리카락의 색깔은 판단하기 어려웠다. 은발이 섞인 금발인지도 모른다. 구레나룻은 정성껏 면도를 하여 잘 다듬어놓아 마치 조각 같았다. 얼굴 표정은 의지가 굳은 빛을 보이고 있었으며, 완고하리만큼 고집스러워 보였다. 키가 크고 등줄기도 꼿꼿했으며, 허리 폭도 꽤 넓어 보였다.

오스틴은 요르크 깁스코프의 얼굴을 기억 속에 새겨두었다. 언젠가 가까운 장래에 두 사람이 스쳤을 때에 그는 한눈에 이 상대방을 알아봐야 한다. 마치 우연히 만난 낯익은 사람들끼리 많은 군중 속에서도 그 얼굴을 당장 알아볼 수 있듯이 말이다.

그는 사진을 모두 조심스럽게 제자리에 넣어두고, 서류와 가죽 케이스도 원래 있었던 자리에 넣어두었다. 그는 몸속에 쌓인 긴장을 발산하려는 것처럼 몸을 펴고 심호흡을 했다. 그리고 나서 손목시계를 바라보았다. 11시 반. 방에서 나가기 전에 모든 것이 원래대로 되어 있는지 확인하기 위해서 다시 한 번 방안을 둘러보았다. 깁스코프는 아주 빈틈없는 사람이므로 조금이라도 이상한 데가 있으면 낌새를 알아차릴 것이 분명했다. 오스틴은 전등을 끄고 창가로 걸어가서 커튼을 원래대로 열었다.

문을 조금 열어 재빨리 복도를 둘러보고 인기척이 없음을 확인했다. 문을 크게 열고 슬쩍 복도로 나온 다음에 문을 닫았다. 강철제 톱날의 도움으로 두 개의 자물쇠를 잠그고 나서 몇 분 뒤에 그는 자기의 호텔을 향해 걸어갔다.

9

이튿날 아침 9시에 SAS 여객기가 파리로 출발했다. 비행기의 뒷부분에 앉아 있는 젊은 사나이는 눈을 지그시 감고 다음 행동에 정신을 집중시키고 있었다. 리비아의 빌어먹을 녀석들. 그는 드 말랭이 리비아의 계획이 여러 개의 머리를 가진 뱀 히드라라고 한 것을 다시 생각해 보았다.

좋아. 머리는 두세 개라도 많은 편이다. 하나밖에 남지 않도록 그는 그것을 잘라버릴 작정이다. 남는 것은 자기뿐이다. 약간의 방해 정도를 관대하게 보아주기에는 300만 달러라는 보수가 너무 크다.

10

유럽 각국의 경찰과 스파이 조직에 협력을 구하기로 결정하고 아비틀 아논은 자기의 팀에 다시 두 사나이를 더했다. 이스라엘 경찰의 이키바 노비크와 정보부의 개드 에레즈였다. 조금씩이지만 이 두 사람과 유럽에 가지를 뻗쳐서 감시하고 있는 여러 정보원들의 협력으로 정보가 흘러들어오기 시작했다. 일찍이 여러 차례 이스라엘에게서 광범위한 협력을 받은 적이 있는 로마와 브뤼셀, 암스테르담, 베를린, 파리, 런던의 경찰과 정보기관들이 유럽의 살인자에 대한 정보를 포착하는 데 협력하겠다고 알려왔다. 지시는 확실했다. 정치적 암살에 관계가 있다고 알려져 있는 살인자에 대하여 입수할 수 있는 모든 정보를 수집해 달라는 것이었다.

텔 아비브에는 이처크 골드버그를 중심으로 특별본부가 만들어졌다. 그는 이스라엘 정보계통의 모든 조직과 개인에게 정규적인 루트를 통하지 않고 불러내는 데 주력했다. 만일에 적이 먼저 스타트했다면 속도가 중요한 과제이기 때문이다.

각 수도에서 암살전문가의 리스트가 오자 골드버그는 그것을 훑어보고, 현재로서는 분명히 탈락되어 있는 자들의 이름을 제외하고 다른 자들은 다시 조사를 계속시켰다.

파리에서 온 리스트 중 한 사나이가 골드버그의 주의를 끌었다. 끊임없이 이름과 주거를 바꾸고 있는 이탈리아계의 프랑스 인으로 되어 있는 사나이였다. 이 사나이는 1950년대의 정치적인 암살 중 적어도 두 건에 관련되어 감시를 받았었다. 그러나 이 의혹을 뒷받침할 구체적인 증거는 아무것도 없었다. 그리고 60년대 후반에는 자기가 청부맡은 일을 상당한 중개료를 받고 남에게 맡기는 중개인이 되었다고 생각된다. 이처크 골드버그는 그 사나이의 이름에 동그라미를 쳤다.

보고서를 다 훑어본 다음에 이처크 골드버그는 회의를 소집했다. 참석자들은 각자의 활약지역으로 나뉘어 그 지역에 따라 여러 용의자들의 이름이 적혀 있는 커다란 표가 벽에 걸려 있는 것을 볼 수 있었다. 이처크가 입을 열자 그들은 진지하게 그의 이야기를 들었다.

"지금 단계로서는 우리가 수박 겉핥기식의 수사를 하고 있다고 밖에는 생각할 수 없지만, 확실히 알고 있는 것이 두세 가지는 있소. 첫째는 리비아가 한스 키르센베르크라는 살인자를 고용하려 했으며, 그 사나이는——이유는 아직 알 수 없으며 앞으로도 알 수 없겠지만, 우리들에게 그 정보를 팔려고 했다가 목숨을 잃고 말았소. 아딜 엘 마그라비가 유럽의 살인자와 접촉하는 데는 중개자가 필요했다는 것도 알고 있소. 이 경우 중개자의 역할을 한 사람이 피에르 드 말랭이라는 프랑스 인이었음은 의심할 여지가 없는 바이오. 공교롭게도 그 사나이마저 이미 이 세상 사람이 아니므로 그 사실을 확인할 방법은 없소. 그러나 드 말랭이 몬테 카를로에 갔었다는 사실은 알고 있는 터요. 그곳에서 누구를 만났는지는 아직 알 수 없지만 몇 가지 추측은 할 수 있소. 한 가지는 그 독일인이 리비아 인들에게 살해된 뒤 드 말랭은 그와 대신할 더욱 유능한 능력자를 구해 보라는 독촉을 받았다는 사실이오. 그는 그 일에는 최적임자인 듯하오. 누군가가 몬테 카를로에 있다는 소문을 들었는지도 모르지. 갑작스런 그의 여행에 다른 이유는 붙일 수 없소. 여태까지의 사실을 종합해 볼 때 이것이 가장 중요한 대목인 것 같소."

"한 사람의 용의자를 짐작할 수 있는 셈이군?" 코헨이 말했다.

"바로 그렇소." 골드버그는 도표를 가리켰다. "이 사나이, 파리 경찰이 보고서를 보낸 이 사나이가 곧 나의 관심을 끌었소. 나이는 50살 정도거나 어쩌면 그 이상인 것 같기도 하오. 15년 전까지 그는 살인청부업에서 현역으로 인정받았었소. 나이가 들면서 체력이 쇠약해지자 차츰 은퇴하게 된 것 같소. 그러나 일은 계속해서 들어왔으므로 그 일의 실행에는 보다 젊은 사람을 사용하여 수행하기로 했을 게요. 이 사람의 현소재는 파악되지 않고 있소. 그의 추적조사는 몇 년 전부터 중단되어 버렸소. 그런데 드 말랭은 파리에서 몬테 카를로로 갔소. 왜 그랬을까?"

그는 대답을 기대하듯이 일동의 얼굴을 바라보았지만, 모두가 그에게 그의 이론을 전개하도록 바라는 듯한 눈치였다.

"좋아요——" 그는 이야기를 계속했다. "내가 만일 드 말랭이라고 한다면, 빨리 프로 살인자를 한 사람 구해야 하는데 적절한 사람이 주변에 없다, 그러면 어떻게 할까요? 틀림없이 같은 중개업을 하고 있는 다른 누구를 찾아갈 것이오……"

유리 코헨이 일어나서 테이블을 돌아 도표 있는 데로 갔다. 잠시 그 앞에 서서 도표 위의 정보를 열심히 훑어보았다. 이윽고 자기 자리로 돌아와서 의자에 앉았다. "나도 당신 생각에 동감이오. 당신의 말은 문제의 살인자의 정체를 파악하는 데 도움이 되는 또 하나의 정보원(情報源)이 있을지도 모른다는 이야기로군?"

"그렇습니다." 골드버그는 조용히 말했다. "이것이 나의 결론입니다." 그는 가죽으로 된 서류가방을 열고 타이프로 친 서류를 한 뭉치 꺼내어 일동에게 나누어주었다. "보면 아시겠지만, 이것은 2부로 나뉘어 있어요. 제1부는 더욱 철저하게 조사해야 할 용의자들의 이름이 들어 있소. 제2부는 그 미지의 중개자입니다. 여러분은 각자 수단과 인원을 보유하고 있소. 그것을 잘 활용하기 바랍니다. 그리고 유럽의 각자의 연락 상대자에게도 더욱 압력을 가해 주시기 바랍니다."

유리 코헨이 일어섰다. "여러분들이 떠나기 전에 한마디 해둘 말이 있소. 아시다시피 우리는 시간을 적으로 삼고 있으며, 정치적인 이유로 반드시 동정적인 반응만을 얻을 수 없는 외국에서 일하고 있소. 그러한 이유에서 우리도 전례 없는 방법을 사용하게 될지도 모르오. 그러기 위해서는 자유롭게 행동해도 좋다고 생각해 주기 바라오."

11

이 며칠 동안 필립 다스탱은 드 랑베르 거리의 아파트에 틀어박혀 있지는 않았다. 제레미아 오스틴으로서 코펜하겐을 다녀온 이래 그는 여러 가지 신문과 잡지를 보관해 둔 곳을 매일 드나들면서 '상류사회'의 동정을 상세하게 보도한 가십란에 주의를 집중시키고 있었다. 자클린 샤를로트의 이름은 자주 나와 있었다.

본초의 정보가 정확하다는 것이 입증되었다. 자클린 샤를로트는 이 세상에서 가장 넓은 의미에서 '사교계의 여성'이었다. 매우 사교적이며, 명랑하고 자극적인 여성으로서 그녀는 각종 사교 서클에 가입해 있었다. 그녀 앞에 닫혀 있는 문이란 없었다. 게다가 그녀는 최고의 모델을 발굴하여 키워나가는 일류 전문가로서 프랑스 패션계에서 인정받고 있는 특별한 지위도 갖고 있었다. 최근까지는 그녀 자신도 그 일류 모델 중 한 사람이었다. 그녀의 사진은 모두가 굉장한 성적 매력을 과시하고 있었다.

기사 속에서 다스탱은 그녀의 사생활을 어렴풋이 짐작할 수 있는 실마리를 몇 가지 찾을 수 있었다. 어떤 기사를 보면 만일에 지금의 모델 에이전트가 없었다면 마담 샤를로트는 자기를 위해 젊고 아름다운 여인들을 주변에 모아두기 위해서도 그러한 것을 만들지 않으면 안되었을 것이라는 내용이었다.

보다 최근의 어느 주간지에서 그는 아름다운 흑인 모델인 도로시 브라운이라는 미국인과 함께 있는 그녀의 사진을 보았다. 그녀는 마담 샤를로트가 발굴하여 한창 인기가 오르고 있는 스타라고 적혀 있었다. 그녀의 성공은 마담 샤를로트가 특히 눈여겨볼 만한 가치가 있다고 생각하는 동안에는 보장되어 있다고 했다. 어떤 가십란에서는 마담 샤를로트와 그 톱 모델이 말다툼한 것을 적어놓았다. 마담 샤를로트는 도로시 브라운이 어떤 남자, 이름은 밝히지 않았지만, 그 남자와 깊은 관계를 갖는 것을 몹시 반대했다는 것이다. 그 기사는 두 여인이 사랑의 보금자리를 함께 하고 있다는 사실을 풍기고 있었다.

이러한 신문기사로부터 필립 다스탱은 한 가지 계획을 생각해 낼 수 있었다. 그 이탈리아 인은 그에게 모델 에이전트의 사무실과 마담 샤를로트가 살고 있는 장소를 모두 가르쳐 주었다. 그 뒤의 일은 간단하게 풀려나가기 마련이다.

12

7월의 카이로는 무덥기만 했다. 마치 거대한 화로에서 숨막힐 듯한 열기를 계속 뿜어내는 듯했다. 더위와 마찬가지로 이집트와 리비아 사이의 긴장도 고조되어 갔다. 이집트와 이스라엘 사이에 평화를 가져오려는 비밀협상에 대한 카다피의 격렬한 공격은 그칠 줄 몰랐다. 카다피의 공격은 이집트가 세 사나이를 사다트 대통령을 암살하기 위해 리비아에서 투입시킨 용의자라 하여 체포한 뒤부터 더욱 심해졌다.

한편, 파리와 워싱턴으로부터 외국인 암살객을 사용하여 사다트를 암살하려는 계획을 짜고 있다는 보고가 속속 들어오고 있었다. 파리에서 들어온 보고가 가장 신빙성이 있었다. 그것은 대사관 소속 무관인 아키드 아시스 엘 마스리와 정보책임자 마무드 아쉬라프 두 사람에게서 들어왔다. 워싱턴에서 온 보고는 다소 저조한 것이었다. 아직 확인되지 않은 소문이 나돌 뿐이라고만 했다.

이집트의 정보국 국장 패릭 아리즈 우라비는 이러한 진전을 국방상 아브둘엘 가니 가마시에게 보고했다. 이 이야기 속에서 우라비는 국방상에게 이미 아딜 엘 마그라비를 심문하기 위해 그를 추적하라고 파리의 부하들에게 명령을 내렸다고 말했다.

이 보고에 이어서 국방상으로부터 정보부에 다시 명령이 추가되었다. 그날 저녁에는 중동, 유럽, 미국의 여러 지역에 파견된 정부기관에 정보와 지령이 계속 발신되었다. 이집트의 정보기관이 전력 출동을 개시한 것이다.

13

이스라엘과 이집트의 스파이들이 거의 동시에 유럽으로 흩어졌다. 그들의 목적은 아딜 엘 마그라비를 찾아내는 일이었다.

워싱턴에서는 이집트 대사관의 간부가 중동국의 국무성 상급 직원과 연락을 취하고 있었다. 이집트는 암살계획에 혐의가 있다는 미국측 정보의 출처를 재검토할 수 있도록 가르쳐 달라고 했다.

워싱턴에서는 미국인들끼리 오랫동안 상의한 끝에 텔 아비브의 덕 콜먼에게 훈령을 보냈다. 다음날 아침 콜먼은 유리 코헨에게 연락하여 사정을 설명했다. 코헨은 보안경비국의 자기 본부로 돌아가 보안경비국 국장 아비틀 아논과 상의한 끝에 미국이 이집트에게 정보출처가 이스라엘이라고 가르쳐 주어도 좋다는 결론을 얻었다.

7월 13일 수요일 밤에 텔 아비브에 이처크 골드버그가 깜짝 놀랄 만한 편지가 도착했다. 내용은 취리히의 어떤 은행 지배인이 그 은행의 익명구좌에 거액의 돈을 입금하는 절차를 맡아주고 아랍인으로부터 상당히 많은 돈을 받았다는 것이다. 그전 같으면 단지 재미있는 소문 이외의 아무것도 아니었겠지만, 이 보고는 골드버그의 정수리를 한 대 때린 듯한 느낌이 들었다. 그는 유리 코헨의 방으로 뛰어갔다. 코헨은 그 보고서를 읽고 난 뒤 얼굴을 치켜들었다.

"아딜 엘 마그라비다!"

"그렇소." 골드버그가 말했다. "외국인 살인자의 구좌에 돈을 입금한 것은 그 녀석이오."

그리고 나서 곧 파리의 야키 스필만에게 모티 클레인을 취리히로 보내서 이 이야기를 확인하고 더욱 자세한 것을 알아내도록 하라는 전보가 날았다.

14

보통 사람들은 패션의 세계는 화려하고 좀처럼 손이 닿지 않은 머나먼 이상의 세계처럼 생각하기 쉽다. 실제로 그 속에서 생활하고 있는 사람들──모델, 디자이너, 양복지 상인, 카메라맨, 고객──모두가 중노동에 종사하듯이 땀을 흘리며 수고하지만, 멀리서 보면 땀도 빛나 보이기 일쑤이다. 그곳은 들어가기도 어려운 세계이며, 거기에서의 지위가 하룻밤에 실추되는 수도 있다고는 하지만 한번 들어가면 빠져나오기도 어려운 세계이다. 특수한 재능과 운을 가진 최고의 사람만이 성공의 길을 향해 달릴 수 있으며, 가끔은 성공의 계단을 손가락 끝으로 붙잡고 늘어진 사람도 있다.

전통적으로 하이 패션의 리더였던 파리도 근년에 이르러 뉴욕이 맹렬한 경쟁상대로 등장하고 있음을 알게 되었다. 드디어 미국의 디자이너들이 파리 패션의 독재에 반기를 들고 분리 독립했던 것이다. 그렇다고는 하더라도 아직 미국의 모델 가운데는 미국에서 성공하기 위해서는 파리에서 경험을 쌓을 필요가 있다고 믿는 사람들이 많다. 시카고에서 파리로 온 아름다운 흑인 여자 도로시 브라운도 그 중의 하나였다. 날씬하게 키가 크고 섬세하게 다듬어진 육체를 가진 그녀는 밀크 커피색의 살결을 지니고 있었다. 그녀는 언제나 걸어다닌다기보다는 날아다닌다는 표현이 어울릴 그런 몸가짐을 하고 있었다.

광대뼈가 약간 튀어나오고, 아먼드처럼 커다란 눈을 가진 그녀의 얼굴은 숨막힐 만큼 아름다웠다. 도로시는 시카고의 흑인 빈민굴에서 태어났다. 그녀는 끝내 아버지를 알지 못했다. 점점 집안이 가난해져서 그 이상 더 책임을 질 수 없게 된 아버지는 그녀가 태어난 지 일주일 만에 집을 나가버렸다. 어머니는 아버지의 증발을 냉랭한 체념으로 받아들였다. 오랜 세월에 걸쳐서 그녀와 다섯 명의 아이들은 구호대상자로 생활보호를 받아 살아왔으며 몇 시간이고 찬송가를 불러대는, 전능한 하나님에게 바치는 그녀의 신앙에 의해서 지탱되어 왔다. 그러던 어느 날 어머니는 정신이 나가고 말았다. 세 살난 도로시를 안고 마을의 교회에 가서 돌계단에 주저앉았다. 눈이 내리는 것도 아랑곳하지 않고, 추위에 떨고 있는 아이를 가슴에 꼭 껴안은 채 찬송가를 불렀다.

그 교회의 목사가 지나가지 않았더라면 도로시는 얼어죽었을 것이다. 덕분에 그녀는 폐렴에 걸려 시립병원으로 보내졌고, 어머니는 주립정신병원으로 들어가게 되었다.

도로시가 다섯 살이 되었을 때 어머니는 죽었다. 그녀는 아동복지시설을 전전하다가 때로는 양부모의 가정에 입양되기도 했다. 그녀의 인생은 같은 흑인 가운데서도 괴로웠다. 피부 색깔이 그들보다 덜 검었기 때문이다. 그들은 그녀를 빤히 훑어보다가 그녀의 혈관에 백인의 피가 흐르고 있다는 이유로 그녀를 괴롭히기 시작했다. 그녀는 자기가 어디에 있는 누구의 피를 이어받았는지 끝내 알 수가 없었다.

15살 때 그녀는 여위고 키만 크던 계집애로부터 갑자기 보기 드문 아름다움을 지닌 여성으로 변해 갔다. 그녀가 남자를 발견한 것은——그렇다기보다는 남자들이 그녀에게 눈을 돌리기 시작한 것은 그 무렵부터였다. 17살 때, 필드 가게의 사진부에서 일할 때 어떤 프로 카메라맨이 그녀를 눈여겨보았다. 그녀가 얼마나 아름다운지를 설득하고 사진을 찍어주겠다고 했다. 그녀는 동의했다. 그 사진이 조그마한 월간지에 난 순간부터 그녀는 모델이 되겠다는 마음을 갖게 되었다.

때때로 패션 쇼에 나갔으며, 이따금 어떤 에이전트가 사진 일을 돌봐주었다. 미국에 있었더라도 어차피 그녀는 성공했겠지만 어쩐지 그것이 좀 성공으로 향해 돌아가는 길인 것만 같았다. 만일 파리에 가서 그곳에서 발탁된다면 한번 이름만 나버리면 뉴욕에서도 일류의 자리에 오를 수 있을 것이라고 믿었다. 그래서 벌어모은 돈을 몽땅 꾸려가지고 1976년 여름에 프랑스로 떠났다.

아무도 그녀에게 말해 주지 않았고, 또 그녀도 전혀 물어본 적이 없으나 여름의 파리는 모델에겐 죽음의 시즌이었다. 있는 돈은 어느새 다 써버렸다. 가을이 되었을 때는 몇 달러밖에 남지 않았으며 그녀는 겁이 나기 시작했다. 거리는 만일 그녀가 몸을 팔 생각이라면 살아갈 수 있음을 약속해 주고 있었다.

모델 에이전트를 여기저기 찾아다녔지만 몇 시간이고 기다리던 끝에 결국은 거절당하기만 했다. 그녀는 백일몽 속으로 이끌려갔다. 꿈속에서 그녀는 명성을 올렸으며 부자가 되어 행세했다. 그러는 동안에 추위가 닥쳐왔다. 남아 있던 나뭇잎들도 천천히 떠돌다가 떨어지고 나뭇가지가 뼛속을 찌르는 듯한 찬 바람에 휘어진다. 묵고 있는 보잘것없는 호텔에서 쫓겨날 날도 멀지 않았다. 이미 몇 차례나 지배인에게서 숙박료를 내든지, 아니면 나가달라는 독촉을 받은 터였다.

어느 날 아침에 생 제르망 데 프레의 어떤 카페에서 그녀는 살아갈 지혜도 재치도 없는 조그마한 체구의 프랑스 인 모델 자네트를 만났다. 그녀는 모델로는 생활이 되지 않기 때문에 아무런 양심의 가책도 느끼지 않고 거리에서의 수입으로 살아가고 있었다. 자네트는 도로시에게 있어서는 한 줄기 광명처럼 보였다. 그녀는 적갈색 피부를 가진 이 여인의 빛나는 눈에서 굶주린 빛이 떠도는 것을 보고 커피와 롤빵을 사주었다.

"이봐요, 도로시." 느닷없이 그녀가 말했다. "마담 샤를로트가 이번 시즌의 수영복 사진에 쓸 흑인 모델을 구하고 있어요."

도로시는 힘없이 어깨를 으쓱했다. "어차피 나 같은 건 희망이 없어요."

"한번 부딪쳐 보는 거예요." 자네트가 권했다. "당신은 예뻐요. 검은 천사 같아요!"

거리의 뜬소문에 지나지 않는다고 도로시는 생각했다. 그녀는 완전히 지쳐서 천천히 즐거움이 끝없이 펼쳐지는 잠에나 떨어지면 좋겠다고 생각하며 눈을 감았다.

그러나 자네트는 집요했다. 너무도 아름다운 흑인 여자를 꼭 소개시켜 주어야겠다고 순간적으로 생각했던 것이다. 자신은 성공할 희망이 없다 하더라도 적어도 도로시를 위해서는 어떻게든 해볼 수 있다. 그녀는 도로시를 끌다시피 하여 마담 샤를로트에게 데리고 갔다.

그곳에는 이미 많은 흑인 모델이 와 있었다. 세계 각처에서 온 여자들——미국, 브라질, 버진 제도, 아프리카. 더구나 그들의 대부분이 도로시와 마찬가지로 식생활과 성공에 굶주리고 있었던 것이다. 자네트는 아름다운 여성을 평가라도 하는 듯한 눈길로 둘러보고는 그 중의 한 사람도 자기가 데리고 온 흑인 여자와 라이벌이 될 만한 사람은 없다고 생각했다.

1시가 되기 조금 전에 두 사람은 안쪽 방으로 안내되었다. 값비싼 미술품으로 장식되고 호화로운 융단을 깔아놓은 커다란 방이었다. 마담 샤를로트의 비서가 도로시와 자네트가 함께 들어오는 것을 막으려 했으나 그녀는 고압적인 자세로 안으로 들어가 버렸다.
"나는 이 여자의 매니저예요!" 그녀는 분명하게 말했다. "댁에서 찾고 있는 모델은 바로 이 여자예요!"

투명한 플라스틱 의자에 앉은 마담 샤를로트는 흡사 공중에 떠 있는 것 같았다. 42살이었지만 그녀는 아직도 아름다웠다. 흰 살결을 더욱 돋보이게 하는, 타는 듯한 붉은 빛깔의 머리카락에다 커다란 고양이 눈처럼 푸른 눈을 가진 그녀가 도로시를 보자 놀라는 듯한 표정을 지었다. 의자에서 벌떡 일어나서 입을 열기 전에 도로시의 주위를 두 바퀴나 빙 돌아보았다. 입을 열었을 때 그녀의 목소리는 약간 쉰 듯한 느낌이 들었다. 그녀는 시종 그 큰 눈으로 도로시를 바라보며 목에 걸린 듯한 낮은 목소리로 물었다.

"이름은?"

"도로시." 흑인 여자는 들뜬 기분으로 대답했다. "도로시 브라운이에요."

"그럼, 이 사람은 누구죠?" 마담 샤를로트가 자네트를 가리켰다.

"나는 이 여자의 매니저예요!" 자네트가 당황하여 말했다.

"당신의 이 여자를 고용하고 싶어요." 마담 샤를로트가 말했다. 이 말을 알아듣고 도로시는 방안이 빙빙 도는 듯함을 느꼈다──무엇보다도 공복 때문이었다. 자네트가 급히 곁으로 다가와서 정신이 돌아올 때까지 그녀를 부축해 주었다.

처음에 마담 샤를로트는 도로시 같은 건 안중에도 없었다는 듯이 대수롭지 않게 다루었다. 때때로 작은 일을 맡겼으나 퍽 쌀쌀한 태도로 그녀에게 대했다. 이것은 계획적인 행동이었다. 도로시에게 생활비를 벌게 해주면서도 성공했다는 환상을 갖지 못하도록 못을 박아두려는 것이었다.

그해 겨울은 유난히도 추웠다. 파리가 몇 시간이나 쏟아진 눈으로 하얗게 덮인 어느 날 도로시는 사무실로 불려갔다. 마담 샤를로트는 패션 잡지를 위해 스페인 로케에서 촬영할 모델 세 사람을 뽑아놓았다. 도로시는 그 중의 한 사람이었다. 자네트에게는 부드러우면서도 단호한 어조로 이번 여행에는 동행하지 말아달라고 부탁했다.

바르셀로나의 어떤 호화로운 호텔 방에 들어가서 비로소 도로시는 마담 샤를로트의 방이 연달아 있고 그 사이에는 잇닿은 문이 있다는 것을 알았다. 이것이 그녀에게는 마음에 걸렸다. 마담 샤를로트와 다른 여자들과의 정사에 관해 불안한 소문을 들었기 때문이다. 도로시는 방의 반대편에서 무거운 의자를 날라와서 문에다 눌러놓았다. 그날 밤에 도어의 손잡이를 돌리는 소리가 났으나 의자가 워낙 무거워서 열리지 않았다. 아침이 되자 마담 샤를로트는 그녀를 한층 더 냉정하게 다루었다. 파리로 돌아가자 도로시는 돈을 받았으나 그로부터 몇 주일 동안은 한 번도 일거리를 얻지 못했다. 자네트가 무슨 잘못된 일이라도 있는가 싶어 마담 샤를로트를 만나 물어보기로 했다. 마담 샤를로트를 만나보고 돌아온 그녀는 안절부절못했다.

"어떻게 됐어요?" 도로시가 물었다. 자네트가 당황하여 적당한 말을 찾아내려고 했다.

"그게 말예요, 도로시." 거북한 듯 한참 침묵을 지키다가 그녀는 말했다. "그분이 당신을 좋아하게 됐어요."

"자네트, 확실히 말해 보아요. 어떻게 된 거예요?"

"당신을 탐낸다니까." 자네트가 대답했다. "남자가 여자를 탐내는 것과 같은 의미로."

도로시는 몸을 지키려는 듯이 굳어졌다.

"웃기지 말아요. 딱 질색이에요!" 그녀가 성난 목소리로 말했다. "자네트, 듣고 있어요?"

"듣고 있어요." 그녀는 대답했다. "그렇지만 당신은 한 가지 착각을 하고 있어요. 그녀는 당신을 톱 모델로 만들 수 있어요. 그것을 위해 실제로 당신이 치러야 할 대가가 뭐지요? 몸을 조금 만지작거리게 하는 것뿐이에요. 섹스로 톱에 접근할 수 있다면 나 같으면 매춘이건 무엇이건 다하겠어요." 그녀는 도로시를 껴안았다. "이봐요, 난 그런 짓을 해도 소용없어요. 당신만큼 소질이 없기 때문이에요. 하지만 당신은 가능해요. 최고의 모델이 될 수 있는 거예요. 그러니까 조금 몸을 파는 시늉을 해도 그것이 뭐 어떻다는 거예요?"

도로시에게 자네트의 마지막 말은 귀에 들어오지도 않았다. 그녀를 떨쳐버리고 욕실로 뛰어들어가 버렸던 것이다. 그녀는 온몸이 땀투성이가 되어 몸뚱아리가 덜덜 떨릴 때까지 토해 버렸다.

2개월 뒤에 그녀는 거의 굶어죽게 되었다. 그래서 당장이라도 거리로 나가 최초로 스치고 지나가는 남자와 침대로 들어가려고 각오했다. 그때가 되어서야 그녀는 마담 샤를로트에게 굴복했다.

그 뒤 곧 도로시는 빅토르 위고 거리의 호화로운 빌딩 6층에 있는 마담 샤를로트의 커다란 아파트로 옮겨갔다.

봄에 도로시는 남자들과 어울리는 것을 동경하게 되었다. 샤를로트가 여행을 떠나거나 에이전트의 일로 무척 바쁠 때 틈을 봐서 그녀는 좁은 거리를 기분전환삼아 헤매며 다녔다. 아파트에서 그다지 멀지 않은 곳에 그녀는 재즈와 래그타임 레코드가 갖추어진 뮤직 박스가 있는, 낡고 어둠침침한 작은 바(bar)를 발견했다. 도로시는 음악이 마음에 들어 곧잘 그 바에 가게 되었다. 때때로 구석에 있는 낡은 피아노가 열려지면 생음악을 들을 수도 있었다.

7월 중순경 그녀가 남자에 대한 욕망이 절정에 달했을 때 바에서 그녀는 눈길에서 몸에 전기가 흐르는 듯함을 느낄 수 있는 사나이를 만났다. 자신의 반응이 너무나 격렬한 것을 두려워하여 그녀는 그 사나이를 마주 바라보지도 못했다. 그러나 이튿날 그 바에 다시 가보니 사나이는 테이블을 향해 앉아 있었다. 이번에는 그녀도 그를 바라보았다. 그의 얼굴은 길고 야위었으며, 어둠 속에서 확실히 분간하기는 어려웠지만 젊고 핸섬한 것 같았다.

이튿날 그녀는 다시 바로 갔다. 옷은 그녀가 좋아하는 화려한 색깔의 셔츠에다 빛바랜 청바지를 입고 있었다. 그녀의 눈이 어둠에 익숙해지자 바에 몇몇 사나이가 앉아 있는 것을 알 수 있었지만 그 사나이는 거기에 없었다. 두 개 건너 테이블에는 젊은 두 쌍의 남녀가 손을 잡고 멍하니 넋을 잃고 있었다.

도로시 브라운은 뮤직 박스로 가서 구멍에다 잔돈을 넣었다. 그리고는 자리에 앉자, 루이 암스트롱의 목쉰 굵은 목소리가 그녀를 사로잡았다. 그녀는 허리를 굽혀 상체를 테이블 위로 웅크리고 손으로 턱을 괬다. 시중드는 아이가 그녀 앞에 페르노를 갖다놓고는 잠자코 물러갔다. 암스트롱의 마법 같은 트럼펫 소리가 공중에 울려퍼지고 훈훈함이 있는 쉰 목소리가 도로시의 어린 시절을 생각나게 해주었다. 기쁨과 슬픔, 희망과 절망의 잊혀졌던 여운들을 트럼펫 소리가 불어대고 있었다.

그 사나이가 바로 들어왔을 때 도로시는 마침 고개를 들었다. 댄서처럼 간들간들한 몸매를 가진 그 키큰 사나이에게 그녀는 마음이 쏠렸다. 사나이는 그녀의 앞을 지나가다가 잠깐 걸음을 멈추고 마치 옛친구처럼 웃는 표정을 짓고는 다시 걸어갔다. 지금 당장 되돌아와서 그녀의 테이블로 올 것처럼 보였다. 그런 기세로 그는 이름을——"이봐요, 도로시." 라고 부른다. 그녀는 아무 말도 하지 않고, 그렇지 않으면 얼굴이나 보여 볼까······

그러나 그 사나이는 그녀 쪽으로 시선을 돌리고 있으면서도 다른 테이블로 가서 앉았다. 그녀는 다시 눈을 감고 손으로 턱을 괬다. 루이 암스트롱의 음악이 끝나고 냇 킹 콜의 속삭이는 듯한 소리가 흘러나왔다. 이것도 과거에 듣던 소리였다. 갑자기 레코드가 그쳤다. 뮤직 박스가 고장난 것이었다. 도로시가 화를 내며 얼굴을 쳐들자 시중드는 아이가 기계에 다가가서 손으로 두드리고 있었다. 다시 한 번 두드렸다. 효과가 없었다. 그러자 그 아이는 하는 수 없다는 듯이 어깨를 으쓱했다.

"죄송합니다." 마치 그 장소에 있는 전원에게 말하는 듯이 공중을 향해 한마디했다.

"때때로 이 모양입니다. 어쩔 수 없잖아요."

도로시는 글라스를 들고 페르노를 홀짝홀짝 마셨다. 음악이 끝난 뒤의 정적이 그녀의 기분을 어지럽혔다. 바 안에서 잡담 소리가 들리기 시작하자 그녀는 그 소리를 지우려는 듯이 눈을 감았다. 갑자기 다시 음악이 시작되었다. 멜로디가 끊어진 데에서부터 계속 이어지는 듯했다. 다만 음질이 달랐다. 선율도 다르다. 냇 킹 콜의 목소리와 같은 맛은 없으나 더욱 박력이 있었고 또한 정력적이었다.

도로시는 눈을 떴다. 그 사나이는 낡은 피아노 앞에 앉아서 뻗은 양손을 지키기라도 하려는 듯이 어깨를 조금 앞으로 숙이고 있었다. 그의 손은 익숙한 솜씨로 건반 위를 달리고 있었다. 그의 피아노 솜씨는 대단했다.

도로시는 피아노를 치고 있는 그의 얼굴을 바라보았다. 움푹 들어간 눈과 턱은 그에게 엄숙한 표정을 주고 있었다. 마치 굶주린 이리와도 같은 표정이었다. 그녀는 글라스를 들고 피아노 쪽으로 걸어갔다. 피아노 앞에 서서 그녀는 피아노 위에 팔꿈치를 얹고 그 사나이를 바라보았다. 그녀의 시선은 그의 손을 향했다. 손가락은 길고 튼튼했으며 건반 위에서 노련하게 움직이고 있었다. 때때로 한 손으로 피아노를 치면서 또 한 손으로는 글라스를 들어 입으로 가져갔다. 사나이가 그 음악을 그녀에게 주어서 두 사람 사이에 다리를 놓으려 한다는 것을 그녀는 알고 있었다. 이윽고 그는 고개를 들어 그녀를 바라보며 미소를 지었다. 그의 눈은 황홀했다.

"이봐요!" 그는 조용히 말했다. "나의 이름은 그레고리요. 친구들은 개리라고 부르지요." 그의 사투리는 영락없는 미국인이었다.
"나는 도로시예요." 그녀가 말했다. "고향은 어디죠?"
"포레스트 힐스." 그는 또다시 미소지으며 희고 고운 이를 가지런히 드러내놓았다. 웃을 때 그의 눈가에 작은 주름이 지는 것을 그녀는 볼 수 있었다. 생각했었던 것만큼 그는 젊진 않았다. 그가 피아노를 계속 치고 있는 동안에 두 사람이 서로를 타는 듯한 시선으로 살폈다. 건반 위로 달리는 그의 손가락을 보고 있는 동안에 도로시는 그의 양손이 꼭 자기의 몸을 어루만지고 있는 듯한 느낌이 들었다. 별안간 그녀는 자기가 이 사나이를 필사적으로 요구하고 있음을 깨닫게 되었다. 이 사람은 남자이고, 그녀는 또한 남자에게 굶주리고 있었던 것이다. 이 사나이는 싱싱하고 핸섬하다. 틀림없이 그녀를 마담 샤를로트의 속박으로부터 해방시켜 줄 수 있을 것이다. 이렇게 생각하자 그녀는 흥분되어 몸이 부르르 떨렸다. 사나이는 그녀가 떠는 것을 보고 피아노를 그쳤다.

"춥습니까?"

"좀 피로해서요." 그녀는 모기 소리만큼 가는 목소리로 말했다. "하지만 계속 치세요. 부탁이에요."

그녀의 마음은 들떠 있었다. 시기는 마침 절호의 찬스였다. 샤를로트는 파리를 떠나 있으며, 그날 밤 늦게나 이튿날 아침이 아니면 돌아오지 않는다. 이 한 달 동안 그녀는 몇 차례나 짧은 여행을 떠났으나 도로시를 데리고 가려 하지 않는 눈치였다. 묘한 걱정거리가 있는 듯하고 여느 때의 그녀답지 않았다.

도로시와 개리가 앉아서 서로 이야기를 주고받는 동안에 한 시간이 흘러갔다. 때때로 두 사람은 마실 것을 새로 주문했다. 도로시는 페르노, 개리는 바카르디에 코카콜라를 탄 것이었다. 그는 미국과 유럽을 여행한 이야기를 긴 사슬처럼 끝없이 재미있게 이어나갔다. 그와 함께 있으니 도로시의 마음은 차츰 밝아왔다.

"저녁식사를 할까요?" 그가 물었다. 가장 자연스럽게, 마치 정다운 친구처럼 한 손으로 그녀의 손을 잡고 또 한 손을 그 위에 얹었다. 촉감은 부드러웠지만, 그 부드러움 속에 강한 힘이 숨겨져 있는 것을 그녀는 느낄 수 있었다.

"물론이죠." 그녀가 말했다.

바깥은 어두워지고 있었다. 낮의 더위도 한결 수그러졌다. 두 사람은 가까운 곳에서 조그마한 레스토랑을 발견했다. 주문은 간단하게 했다. 샐러드에 치즈, 그리고 차게 한 포도주 한 병. 두 사람은 고국에 관한 이야기를 했다. 멀리 떠나 있으니 고국이 퍽 소중하고 또 고국을 떠나 있다는 것이 쓰라린 일임을 알게 되었다.

"나는 고국으로 돌아갈 날만을 기다리고 있어요." 도로시는 고백했다. 그녀의 눈에는 눈물이 괴어 있었다. "여름이 끝날 무렵에는 돌아갈 수 있을지도 모르겠어요. 잠깐 동안이긴 하지만 말예요. 언제나 나는……"

"무슨 일이 있소?" 그는 물었다.

"마담 샤를로트, 우리 보스 말이에요. 그녀가 9월과 10월에 여행을 계획하고 있어요. 새로운 가을과 겨울의 콜렉션을 가지고 미국을 순회할 모양이에요." 그녀가 설명했다. "뉴욕에도 가고 워싱턴, 디트로이트, 로스앤젤레스……"

그녀는 상대방의 눈치를 알아차리지 못했다. 이 조그마한 정보가 그에게 있어서는 무엇보다도 중요한 것이었다. 이것은 저 프랑스 여자가 표적을 죽이는 데 미국을 택했다는 사실을 뜻하고 있다. 이 며칠 동안 그는 매일 아침 신문을 읽고 있었다. 이스라엘 외상 모세 다얀이 여름이 끝날 무렵에 미국을 방문할 계획이라는 것은 그도 알고 있었다. 로로르 신문에도 베긴 수상이 7월 14일에 미국에 도착하여 외상 방미에 관한 상세한 일정을 결정하리라는 기사가 나 있었다. 그는 뉴욕으로 가서 수상이 거쳐갈 길을 뉴욕→워싱턴→뉴욕순으로 답사해 볼 작정이었다. 이스라엘과 미국의 경비배치를 탐색해 볼 황금 같은 기회였다. 도로시가 방금 말한 것은 그가 당장 행동으로 옮기지 않으면 안된다는 것을 의미하고 있었다.

그의 표면적인 태도에는 그의 마음속이 어떤 생각으로 가득차 있는지 조금도 나타나지 않았다. 그는 아주 천천히 치즈를 한 조각 먹고는 포도주를 홀짝 마셨다.

"살기 위해서는 역시 미국으로 가야 할 것 같소." 그가 말했다. "언젠가는 나도 그곳에서 정착할 생각입니다."

"당신의 직업은 뭐죠?"

"저……" 그는 미소를 지으며 태연하게 손을 흔들었다. "보석, 다이아몬드 상인이라기보다는 중개인이에요. 여기저기 뛰어다니면서 좋은 상품을 찾아내지요. 상품을 발견하면 미국의 보석상에게 넘겨줍니다. 거래가 이루어지면 톡톡히 수수료를 받지요."

그는 도로시에게 쾌활한 엉터리 이야기를 들려주었다. 퍽 막연한 것이 도리어 그녀로 하여금 믿게끔 만들었다. 그녀의 흥미를 불러일으키면서도 그는 그 동안 죽 마담 샤를로트에 관해 생각하고 있었다. 그 여자나 또한 요르크 집스코프도 자기와 같은 실력을 가진 살인자일까 하는 생각을 했다. 어떻든간에 두 사람이 아무리 강적이더라도 일하는 마당에서 경쟁상대를 제거해 버리지 않으면 안 된다.

밤이 깊어졌다. 그는 도로시와 오랜 시간을 보냈다. 섹스로 이르는 사전공작은 충분히 되어 있다고 자신했다. 여자의 욕정은 눈에 보이는 듯했다. 행동으로 옮길 시기가 온 것이다.

그의 입가에 미소가 번졌다.

"무슨 생각을 하고 있죠?" 여자가 물었다.

"함께 가지 않겠느냐고 물을 참이었소." 그가 말했다.

"어디 가자는 거예요, 개리?"

"어디라도 좋소. 오늘밤에 당신을 안을 수 있는 곳이라면."

그녀의 입술이 벌어졌다. 그녀는 미칠 듯이 그를 바라보고 있었다. 자기에겐 껴안아줄 남자가 필요했으며, 또한 마담 샤를로트로부터 자신을 해방시켜 줄 사나이를 찾고 있었다고 외치고 싶었다.

샤를로트에게 이 얼마나 달콤한 복수가 되겠는가! 샤를로트의 침대에서 오늘밤에 이 사나이와 섹스를 즐기며 밤을 새운다. 이 사나이의 채취가 프랑스 여자 냄새를 몰아내 준다. 생각만 해도 그녀의 가슴은 뛰었다. 그녀의 뜨거운 피가 혈관 속을 달음질치며 온몸이 불덩어리처럼 뜨거워졌다.

빅토르 위고 거리에 있는 넓은 아파트의 문을 열었을 때 취하는 듯한 정열의 전율이 그녀의 몸을 스치고 지나갔다. 미술품이 가득 차 있는 호화로운 거실에는 벽에 달린 촛대가 어슴푸레한 빛을 던져주고 있었다. 사나이는 감탄하는 눈길로 주위를 둘러보았다.

"내 것이 아니에요." 그녀가 설명했다.

"이것은 모두 나와 함께 지내고 있는 여자의 것이에요. 하지만 신경쓸 것 없어요." 그의 탐색하려는 듯한 시선을 알아차리자 그녀는 당황해서 이렇게 덧붙였다. "그녀는 아침까지는 돌아오지 않아요."

그는 그 이상 아무것도 묻지 않았다. 시간은 충분하다. 도로시는 몸을 부들부들 떨면서 마주보고 서 있었다. 항복해 버리기 전에 그가 먼저 공격해 오기를 기다리고 있는 것이다. 그가 접근해 오는 방법은 매력과 상냥함이 뒤범벅된 것이었다. 곧 두 사람은 샤를로트의 침실에 있는 커다란 침대에 누웠다. 서로가 억누를 길 없는 정열에 압도된 것처럼 서둘러서 옷을 벗었다.

최초의 키스는 두 사람의 욕구에 대한 열렬한 증거였으며, 처음으로 혀끝이 닿았을 때부터 서로가 꼭 맞는 상대라는 것을 알 수 있었다. 그의 혀는 여자의 귓바퀴를 더듬고 나서 가느다란 목줄기를 따라 꼿꼿하게 서 있는 젖꼭지로 기어올라갔다.

그는 그녀의 잘룩한 배를 지나 긴 다리 사이에 얼굴을 파묻었다. 그녀는 신음소리를 냈다. 그의 혀와 손가락이 그녀의 몸을 즐기고 그녀에게 발버둥치는 반응을 일으키게 했다. 정열의 폭풍이 두 사람에게 분별력을 빼앗아 버렸다. 두 사람은 함께 움직였다. 나긋나긋한 두 사람의 몸이 하나로 합쳐지고 있었다. 천천히, 그리고 리드미컬하게 조용한 터치로 사나이는 삽입할 준비를 했다.

도로시는 도취되어 있었다. 그녀의 육감은 틀림없었다. 그의 체력과 사지의 힘을 느끼고 있었다. 그녀의 손은 남자의 목덜미를 애무했으며, 끝내는 손가락에 힘을 주어 남자의 상체를 끌어당겼다. 유방이 가슴에 닿았다. 그는 삽입했고 여자는 짐승처럼 신음소리를 냈다. 격렬하게 자극을 받아 그녀는 몇 번이고 되풀이하여 정열의 폭발을 나타냈다. 그녀는 자제력을 잃어 목구멍에서 울음소리가 터져나왔다. 그녀는 몸을 떨며 사나이의 어깨를 이빨로 깨물었다. 그는 단 한번의 행위로 몇 개월 동안에 걸친 샤를로트와의 사이를 씻은 듯이 잊어버릴 수 있게 해주었다. 그 순간 정열로 몸을 뒤틀고 있는 육체 위에 올라타고 있으면서도 그의 양손은 여자의 목을 누르고 있었다. 도로시는 무슨 일인가 알아보려고 눈을 떴다. 그의 엄지손가락에 준 힘은 치명적이었다. 어렴풋하게 흐려오는 눈이 다시 덮여오는 그림자를 의식할 수 있었으나, 이윽고 그것도 사라지고, 그녀는 어둠 속으로 가라앉고 말았다. 그 건물에서 나오자마자 그는 벽에 꼭 붙어서 재빨리 걸어 소형차를 세워둔 반대쪽 길 모퉁이로 갔다. 차에 올라 엔진을 걸고 거리로 나와 비탈길을 내려갔다. 그 건물에서 45m쯤 되는 곳에 이르자 주민들이 세워놓은 차 사이로 비집고 들어가서 그 아파트 빌딩이 보일 만한 각도에서 몸을 눕혔다. 통행인들도 그를 알아보지 못했다.

새벽 4시, 날이 샐 무렵에 택시 한 대가 달려와서 그 빌딩의 현관 앞에 멈췄다. 키가 크고 품위 있게 차린 여자가 내리더니 곧 그 현관 안으로 사라져 버렸다.

기다리고 있던 사나이는 엔진을 걸어 차를 주차해 있던 곳에서 빼내어서는 곧 한길로 접어들어 차의 행렬 속으로 휩쓸려 들어갔다. 잠시 뒤에 그는 몽파르나스에 도착하여 랑베르 가의 아파트에 다다랐다. 도어의 자물쇠를 열고 그는 전화기 앞으로 가서 파리 중앙 경찰의 번호를 돌렸다.

"수사부를 좀 대주시오." 그는 낮은 목소리로 말했다.

몇 초 후에 경관이 나왔다. "안녕하십니까? 무슨 일이죠?"

그는 마담 샤를로트가 살고 있는 건물의 번지를 말했다. 방금 옆방인 마담 샤를로트의 아파트에서 화난 듯한 고함 소리를 듣고 잠이 깨었다고 말했다. 그때 여자의 비명소리가 들렸다고. 그래서 경찰에 전화하는 것이 좋겠다고 생각했다고 말했다. 경관이 그의 이름을 묻자 그는 곧 말을 끊고 수화기를 살짝 놓아버렸다. 그는 몹시 피로했지만 시간이 거의 없었다. 그가 탈 뉴욕행 비행기가 떠나기까지는 불과 세 시간도 남지 않았다. 한 시간도 채 되기 전에 마담 샤를로트는 애인을 살해한 혐의로 체포되었다. 앞으로 몇 개월 동안 그녀는 구류된다. 석방될지도 모르지만 어쩌면 석방되지 않을지도 모른다. 어쨌든 그녀는 이 경기에서는 실격이다. 이제 남은 사람은 그와 요르크 깁스코프뿐.

15

7월 14일 목요일 아침에 벤 그리온 공항은 이스라엘 수상 메나헴 베긴이 최초로 여행을 떠나는 송별회장으로 바뀌었다. 수상은 카터 대통령의 초청을 받아 미국으로 떠나는 것이었다.

수상과 그의 수행원을 태운 차의 행렬이 공항에 도착하기 훨씬 전부터 경비진은 공항과 주변 지구의 경비를 강화했다. 국경수비대의 푸른 베레모를 쓴 경관들이 주위의 경계를 강화했으며, 오전 중에 공항에 들어오는 사람들의 검문을 강화하기 위해 다시 경관이 투입되었다. 보안경비기관의 사복경비원과 엘 아르 항공의 경비원이 각각 요소요소에 배치되었다.

10분 전 7시에 차의 행렬이 터미널 빌딩 앞에 멈추었다. 수행원들에 둘러싸인 수상 부처가 기다리고 있던 각료들의 환영을 받았다. 베긴은 환송나온 많은 인파를 향해 손을 흔들었다. 그들의 대부분은 수상이 처음 국빈으로 가는 이 여행이 성공되기를 바라고 있었다.

이스라엘과 다른 나라에서 온 수십 명의 기자와 텔레비전, 라디오의 아나운서들이 터미널 빌딩 속에서 기다리고 있었는데, 거기서 간단한 기자회견을 가질 예정이었다. 수상은 느긋하고 부드러운 태도를 지었으며, 또 취임한 지 몇 주일밖에 되지 않았는데도 오랫동안 이 지도자의 지위에 앉아 있었던 인물처럼 보였다.

회견은 조심스러웠으나 그는 자신의 입장을 분명히 밝혔다. 제네바 회담의 장래문제가 미국 대통령과 회담할 중점사항 중의 하나가 될 것이라고 말했다. 다시 그는 카터 대통령에게 장차 이스라엘과 아랍 제국 사이에 평화조약이 맺어지도록 포용력 있는 제안을 할 용의가 있다고 했다. "그러한 회담을 바탕으로 하여 전쟁상태를 종결시키고, 이스라엘과 주변 여러 나라와의 영구적인 국경을 결정하려는 바입니다." 수상이 말했다.

7시 반에 기자회견이 끝나자 수상은 차를 타고 터미널 빌딩에서 나와 대기중이던 비행기의 트랩을 향해 걸어갔다. 국가인 하티크바가 연주되고 수상은 각료들과 헤어져서 아내와 함께 트랩을 올라갔다.

수상의 여행중에 경비를 맡을 보안경비기관의 직원들은 대부분 그전에 점보 제트기에 올라타 있었으며, 그 속에는 아브샬롬 케드미도 끼어 있었다.

16

리비아에서는 정보국장 아담 아메드가 점점 불안을 느끼고 있었다. 이미 특별작전에 관한 소문이 각 비밀정보기관 사이에 퍼져 있었다. 아메드의 오른팔이라고 할 수 있는 아딜 엘 마그라비로부터 리비아의 대사관과 각종 공관, 특히 미국과 중동, 유럽에 있는 직원들에게 유사시에 암호명이 각각 샤를, 한스, 피닉스인 여자 한 명과 남자 두 명의 활용 요원을 위해 상세한 정보를 준비해 두라는 연락이 하달되었다.

리비아에는 외국인 스파이들이 들끓었다. 트리폴리는 중동과 아프리카에서 최대의 스파이 중심지 중 하나였으며, 많은 나라들이 그곳에서 활약하는 스파이를 갖고 있었다. 가장 많은 것은 이집트

인이었지만, 그 밖에도 이집트계와 리비아계의 가족들 수백 명이 정보수집에 협력하고 있었다.

7월 14일에는 몇 가지 의미심장한 사건이 있었다.

이집트의 주요한 스파이들은 리비아가 이집트와 이스라엘의 정치 지도자를 암살하려는 계획에 관해서 가능한 모든 정보를 탐색하라는 지령을 받고 있었다. 워싱턴 당국에 의하면 그 정보는 이스라엘의 어떤 스파이 팀이 자국의 지도자 한 사람을 암살하려는 리비아의 계획을 탐색하는 가운데 발견되었다고 한다. 이집트의 국방상은 이스라엘 정보부에 대한 감사의 표시로서 이집트의 스파이가 이스라엘에 영향을 미칠 만한 새로운 사실을 포착하면 미국을 중개로 해서 곧 전달하겠다고 자청했었다. 이집트측은 물론 만일 이스라엘도 이집트에 관계되는 그 이상의 정보를 입수하면 답례의 행동을 해줄 것으로 기대했었다.

그러한 가운데 14일 오후에 리비아 정보부는 파리의 그들 대사관으로부터 연락을 받았다. 패션계의 명사 마담 자클린 샤를로트가 미국인 모델 도로시 브라운을 살해한 혐의로 체포되었다고 했다. 아담 아메드는 아딜 엘 마그라비를 불러 곧 파리로 가서 무슨 일이 있었는지, 도대체 어떻게 되어서 마담 샤를로트가 체포되었는지를 조사해 오라고 명령했다.

세 번째의 사건은 팔레스타인계의 아랍 인 하미드 마샤위라는 사나이에 관계되는 일이었다. 그날 그는 숙부가 중병으로 운명 직전에 있으니 한번 만나보고 싶다는 암만으로부터 온 전보를 받았다.

몇 년 전에 하미드 마샤위는 바레인으로 이민해 와서 커다란 석유회사의 지배인으로 고용되어 일했었다. 1년 뒤에 그는 리비아에서 근무하라는 권유를 받았다. 월급도 많아서 그는 번 돈의 일부를 암만의 친가로 송금도 할 수 있었으며, 아내가 어린 두 아이들을 기르고 있는 브뤼셀의 아파트 경비도 대줄 수 있었다. 1년에 두 차례씩 마샤위는 브뤼셀로 여행하여 거기서 긴 휴가를 처자와 함께 보냈었다. 게다가 그는 때때로 암만의 친가를 방문하는 짧은 휴가도 얻었었다.

마샤위는 몇 개 국어를 유창하게 할 수 있었는데, 헤브라이 어도 그 중의 하나였다. 그에 관한 소문을 리비아 정보부가 1971년에 전해 듣고 그의 신변조사에 착수했었는데, 이스라엘에서 발행되는 아랍과 헤브라이 어의 신문을 분석하는 일을 그에게 권유했었다. 이 일은 매력적이어서, 처음에 그는 약간 사양했었으나 곧 그 일에 뛰어들었다. 이듬해에 그는 재능을 인정받아서 더욱 중책을 맡게 되었다.

숙부의 임종이 가깝다는 사유로 마샤위는 특별휴가를 신청했다. 그의 일에 관심을 갖고 있던 상사는 즉석에서 그것을 허락해 주었으며, 마샤위는 내일 암만으로 떠난다는 전보를 집으로 쳤다:

17

같은 7월 14일에 짐 캠벨이라는 사나이가 케네디 공항에서 29번가의 필모어 호텔로 향해 차를 몰고 있었다. 필모어 호텔은 숙박료가 그다지 비싸지 않아 뉴욕에 임시 거주할 필요가 있는 사람들에게는 편리한 곳이었다. 서비스는 이류 호텔 정도였지만, 이 호텔의 경영자는 현상유지에 급급한 형편이었다. 손님들은 주로 교외 거주자로서 여러 가지 이유로 하룻밤이나 이틀 밤쯤 맨해턴에 묵어야 할 사람들이 많았다. 필모어 호텔을 택한 것은 돈이 덜 든다는 이유도 있었고 편리하다는 이유도 있었으며, 또 정체를 드러내지 않고 지낼 수 있다는 것도 있었다.

호텔의 어떤 장소는 호텔에서 거주하는 사람들조차도 지독한 환경이라고 고개를 돌릴 정도였다. 지저분한 가게와 헛간, 창고 등으로 둘러싸여 낮에도 밤 같은 분위기를 자아내는 작은 레스토랑과 바가 여기저기 흩어져 있었다. 이 근처의 주민들이 밤낮없이 관할서로 들락거리게 되는 것은 그 대부분이 마약환자이거나 주정뱅이이기 때문이다. 필모어에 묵고 있는 시외에서 온 사람들은 호텔 출입에 주로 택시를 이용한다.

뉴욕은 캠벨에게는 낯익은 도시여서 낮이나 밤이나 필모어에 가면 대개 방을 얻을 수 있음을 알고 있었다. 프런트에서 그에게 427호실의 열쇠를 건네주었다. 낡은 엘리베이터를 타고 4층으로 올라가서 왼쪽으로 구부러진 복도를 걸어갔다. 방에 이르자 그에게서 만족의 미소가 흘러나왔다. 모퉁이 방이었는데 창문을 통해 28번가를 내려다볼 수 있었기 때문이다.

그는 뉴욕에서의 첫날밤을 날이 샐 무렵까지 텔레비전을 보며 지낼 작정이었다. 옷을 벗고 샤워를 했다. 오랫동안 샤워 아래 서서 상쾌감을 즐겼다. 샤워를 마치자 잠시 동안 거울 앞에 서서 거울에 비친 자기의 얼굴을 바라보았다. 그의 얼굴에는 아무런 특징도 없었다. 길이 잘 든 밤색 머리카락은 살짝 붙인 귀밑털과 자연스럽게 어울려 있다. 그것이 그의 광대뼈와 날카로운 턱의 각도를 부드럽게 해주었다. 지금 그의 얼굴은 펜실베이니아 출신의 음악가로서 서른세 살, 어느모로 보아도 여느 젊은 미국인 짐 캠벨의 얼굴이었다.

그는 텔레비전의 스위치를 넣고 침대에 누웠다. 몇 시간이고 그 자세를 바꾸지 않았다. 한밤중이 되어 잡담 프로가 한창일 때가 되어서야 싫증을 느꼈다. 처음으로 그 프로를 보기 시작한 이래 몇 년이 지났는데도 조금도 달라진 데가 없었다. 같은 멤버, 역시 서툰 익살, 같은 의견뿐이다. 그는 침대에서 내려와 텔레비전 스위치를 껐다.

18

하미드 마샤위는 7월 15일 금요일 아침에 암만에 도착했다. 그의 사촌 하나가 시내의 중심가에 있는 호텔에 방을 예약해 두었다. 전화교환수가 사촌이 그를 맞이하러 갔다고 알려줄 때까지 그는 몇 시간 동안 쉴 수가 있었다. 그들 일족의 습관에 따라서 하미드 마샤위는 회색 하복을 입고 머리에는 검은 밴드가 달린 캐피어를 썼다.

사촌인 아브달라 마샤위는 관광객들로 붐비는 넓은 로비에서 기다리고 있었다. 두 사람은 오랫동안 얼싸안았다. 몇 개월 동안 만나지 못했기 때문이다.

"잘 왔어, 하미드." 아브달라가 말했다.

하미드는 사촌의 얼굴을 슬픈 듯이 바라보았다. "숙부님이 편찮으시다니 안됐군."

사촌도 심각한 표정을 지었다. "모든 것은 신의 손에 있지."

가족 가운데 다른 사람들의 건강과 지내는 형편에 대해서 서로 묻고 대답한 뒤, 두 젊은이는 방향을 바꾸어 호텔의 출입구를 빠져 나왔다. 아브달라의 차인 화려한 오렌지 색 메르세데스 220이 조금 떨어진 곳에 서 있었다.

차를 보자 하미드는 미소를 지었다.

"아브달라, 멋진 인생을 즐기고 있군. 저건 비싼 차란 말이야."

아브달라는 빙그레 웃었다. "우리들에겐 아무것도 아니지만 이

웃의 이스라엘에서는 이러한 차는 부자가 아니면 살 수 없지."

그는 도어를 열고 핸들 앞으로 슬쩍 미끄러져 들어갔다. 사촌이 그 옆자리에 올라타고 도어를 닫았다. 차는 전진하기 시작하여 천천히 한길의 자동차 행렬 속으로 휩쓸려 들어갔다. 이로써 두 사람은 일에 관한 이야기로 옮겨갈 수 있었다.

"나에 관해서는 자네가 잘 처리해 주리라 믿고 있지만——" 하미드가 말했다. "진짜 병을 앓게 된 숙부님 말이야. 요즘 들어 리비아 인은 모든 사람들을 의심하게 되었어. 언제 나에게도 의심의 눈길을 돌릴지 몰라."

아브달라는 웃었다. "걱정할 것 없어. 만사를 잘 생각해 보지 않고서 자네를 부르진 않았으니까."

하미드는 그의 얼굴을 흘끔 바라보았다. "그렇다면 나의 귀국을 연기시킬 작정인가?"

아브달라는 고개를 끄덕였다. "연기시킬 이유가 하나 있어."

"이유야 언제나 있지." 하미드 마샤위의 목소리는 쓸쓸한 기색을 품기고 있었다. 그는 다만 사실을 말하고 있을 뿐이었다. "이번에야말로 끝날 줄 알았는데."

"그렇게도 귀찮은가?"

"아내에게는 특히 그래." 하미드는 조용히 말했다. "그녀도 진절머리를 내고 있어. 벨기에가 그녀의 신경을 건드리고 있어. 모든 일이 신경에 거슬린단 말이야——1년에 몇 달밖에 나를 만날 수 없고, 아이들의 뒷바라지를 혼자서 해야 하며, 또한 나를 만날 수 있을지 없을지도 모르는 상황이잖아. 참 그렇지. 브뤼셀에는 이스라엘 인이 꽤 많이 있어. 그렇지만 그녀는 아무런 접촉도 하지 않고 있거든. 그녀는 열렬한 회교도란 말이야."

"알고 있어."

하미드 마샤위는 방그레 웃었다. "이번에는 어느 정도의 기간이 필요하지?"

"그렇게 오래 걸리지 않기를 나도 바라고 있어. 아내와 아이들은 언제라도 편리한 때에 본국으로 돌려보내도 좋아."

"농담은 아니겠지!"

"아냐, 그대로야."

리비아에서 온 사나이는 숨을 크게 쉬었다. "이번에는 무슨 일이지?" 다시 침착해지며 그가 물었다.

"리비아 정보부에 특수임무를 띤 팀이 조직되었다는 확실한 정보를 입수했어." 아브달라는 눈앞에 늘어선 차의 행렬에 눈을 돌리고 있었다. "아담 아메드가 책임자로 되어 있어. 그에 대해서는 잘 알고 있지?"

"잘 알고 있어."

"그들이 노리는 것은 화해하려고 하는 이스라엘과 아랍 사이의 중개자를 타도하려는 데 있어."

"이집트를?"

"이를테면 이집트지."

"타도한다는 것은 어떤 뜻이지?" 하미드 마샤위가 물었다.

"우리들의 정보에 의하면 한편에서는 이쪽의 사람 하나를 죽이고, 또 한편에서는 이집트 대통령을 살해하려는 계획을 짜고 있는 것 같아." 아브달라는 하미드의 얼굴을 쏘아보았다. 그의 표정은 진지했다. "우선 첫째 단계로써 자네는 그 계획에 관해 상세한 것을 알아내어 될 수 있는 한 빨리 이쪽에 보고할 것……"

"그리고 제2의 단계는?"

"제1단계보다 쉽지는 않지만, 성공하길 바라고 있어." 아브달라는 큰 트럭을 추월했다. "돈을 받고 고용된 그 살인자가 어떤 사람인지 우리는 짐작도 하지 못하고 있어. 유럽 인이라고 생각하는데. 아딜 엘 마그라비라는 사람을 알고 있지?"

"알고 있긴 하지만, 왜 그러지?"

"그가 리비아측의 조달담당이란 말이야. 그라면 살인자가 누구인지를 알고 있을 거야. 자네와 그의 관계는?"

"좋은 편이야."

"그럼 됐어." 아브달라가 말했다. "두 가지 단계를 한꺼번에 해치울 수 있다면 그게 훨씬 낫지. 일라이 라브한도 자네의 정체가 드러날 만한 위험한 행동을 하지 말라고 강경하게 말했어. 그러니까 신중하게 행동해야 해. 그리고 일이 끝나게 되면 슬쩍 물러나와 곧 귀국하는 거야. 그것뿐이야."

차에는 냉방장치가 되어 있었지만 하미드 마샤위는 땀을 흘리고 있었다. 그의 얼굴은 물을 뒤집어쓴 듯이 젖어서 번들거렸다.

"신경이 쓰이는가?" 아브달라가 조심스럽게 물었다.

"그야 물론이지." 하미드가 대답했다. "겨우 끝이 난다고 생각하니 묘한 느낌이 드는군. 즉 임무가 끝난단 말이야. 고국으로 돌아갈 수 있고, 아내와 아이들과 함께 살게 되고, 지붕 위에 올라가서 나는 하미드 마샤위가 아니고 하나니아 시아니라고 외칠 수가 있어. 그 소리가 메아리치지 않겠어?"

"나한테도 울려오겠지."

"지금 이것이 바로 그거야." 그의 눈에 눈물이 넘쳐흘렀다. 그는 마치 복받쳐오르는 감정을 감추기라도 하려는 듯이 주머니에서 손수건을 꺼내어 가지고 몇 번이나 땀에 젖은 얼굴을 닦았다. "이봐, 언젠가는 자네도 자신을 잊어버리지 않았는가 생각이 들 때가 있을 거야. 이름을 컴퓨터 같은 데에 넣었는데 마침 정전이 되어서 움직이지 않게 되듯이 말일세. 자기 자신은 이미 없는 거나 마찬가지라는 느낌을 말이지……"

아브달라는 그 사나이의 좁은 어깨 위에 손을 얹었다. "아무도 자네를 잊지 않았어." 그는 격려하듯이 말했다. "아 참, 내가 여기에 온 것이 바로 그 증거지."

하미드 마샤위는 미소를 지었다. "의심하지 않을 수가 없었어. 방황과 고독의 연속이었으니까. 아내가 비교적 먼 곳에 안전하게 있다고 해서 그녀 역시 편할 수는 없지. 늘 온갖 수단을 다해 애쓰고 있지만, 당장이라도 혹시 가면이 벗겨지지나 않을까 해서 언제나 조마조마한 느낌으로 지내고 있어. 멍청하게 입이라도 놀리는 날이면 한마디로 말해서 끝장이 나는 거지."

그가 그러한 중압감을 느끼며 지내오는 동안에 말할 수 없는 긴장감이 그의 마음속에 쌓이게 된 것은 사실이었다. 이제까지 그는 주로 친 카다피 '유태인 배척전선'의 멤버에 관한 정보를 모으는 일에 전념했었다.

이번에는 임무가 분명히 한정되어 있어서 여태까지 그가 직면해 온 일 가운데서도 가장 위험한 일일 것이다.

오후 2시에 아브달라는 사촌 하미드를 차로 호텔까지 데려다주고 두 사람은 거기서 굳게 껴안으며 작별을 했다.

"몸 조심해." 아브달라가 속삭였다. "아내와 아이들은 돌봐 주겠어. 걱정하지 마."

하미드 마샤위는 커다란 현관에서 걸음을 멈추고 돌아서서 오렌지색의 메르세데스가 속도를 내면서 달려가는 것을 보고 있었다. 아브달라는 서부에 있는 저택으로 돌아가기 위해서는 어둡기 전에 알림비 다리에 도착해야 했다.

19

 그날 아침 8시에 짐 캠벨은 필모어 호텔에서 눈을 떴다. 10분간 체조를 하고 난 뒤에 샤워를 하고 면도를 했다. 호텔에서 나올 때의 그는 하늘색 반소매 셔츠를 입고 하의는 낡은 청바지를 입고 있었다. 29번가 근처에 있는 카페테리아로 갔다. 트레이 위에 커피와 롤빵 두 개, 크림 치즈가 담긴 작은 그릇과 버터 한 덩어리, 그리고 오렌지 마멀레이드를 조금 떠담고 출입구 근처에 있는 빈 자리로 갔다. 대체로 담백한 미국식 음식은 유럽의 사치스러운 음식을 먹는 사람에게는 변화를 주는 것 같아서 그런대로 괜찮았다. 물론 유럽에서는 그는 식사하는 데는 언제나 스파르타적인 데가 있었지만.
 카페테리아에서 나왔을 때 그는 오늘은 더울 것이라는 느낌이 들었다. 시내는 뜨거운 인파로 들끓었다. 렉싱턴 가(街)에서 주택 지구로 향해 서두는 인파 속을 느릿느릿 걸어갔다. 15분 뒤에 이스라엘에서 온 손님들이 많이 묵고 있는 콩코드 호텔에 도착했다. 전화는 호텔의 공중전화가 적합하리라는 생각을 했다. 그것이 전화의 역탐지가 어렵기 때문이다.
 비어 있는 전화 박스에 들어가 문을 닫고 나서 교환대의 번호를 불렀다. 워싱턴의 리비아 대사관에 연결해 달라고 하며 필요한 잔돈을 구멍으로 넣었다. 몇 초 뒤에 전화가 통했다.
 "안녕하십니까? 리비아 대사관입니다."
 "자빌 씨를 좀 바꿔주시겠습니까?"
 "잠깐 기다리세요."
 곧 사나이의 목소리가 들려왔다. 자빌이 아닌 비서가 나왔다. 비서는 자빌이 30분 뒤에 출근할 것이라고 말했다. "전할 말씀이나 전화번호라도 가르쳐 주시면 자빌 씨에게 전하겠습니다."
 "아니오. 30분 뒤에 다시 전화하겠소." 젊은 사나이는 대답했다.
 "누구한테서 전화가 왔다고 말씀드릴까요?"
 짐 캠벨은 대답도 하지 않고 전화를 끊었다.
 그는 시계를 보았다. 9시 40분. 자빌은 아침 잠을 즐기는가 보다고 생각하다가 갑자기 그는 싸늘한 태도로 어깨를 으쓱했다. 동양 사람들의 습관을 알아차렸기 때문이다. 그는 신문판매소로 가서 뉴욕 타임스를 샀다. 그리고 거기에 외국 신문도 있는 것을 보고 프랑스 신문도 있느냐고 물었다.
"잠깐 기다리세요." 점원이 대답했다. "방금 배달되어 왔어요."
"잘되었어. 르 몽드를 줘." 캠벨이 말했다.
점원은 엎드려서 커다란 신문 뭉치를 들어올렸다. 그는 재빨리 굵은 나일론 끈을 끊고 신문을 카운터에 펼치더니 한 부를 빼내어 주었다.

로비의 의자로 가면서 짐은 르 몽드를 펼쳤다. 2면에서 찾고 있던 기사를 발견했다. 사진이 두 개 실려 있었다. 하나는 도로시 브라운이고 또 하나는 자클린 샤를로트였다. 타이틀은 '톱 모델의 정사, 살인으로 끝나다'로 되어 있고, 기사의 처음 몇 줄만 읽어보아도 이 사건이 패션계에 충격의 파문을 던졌음이 분명했다. 마담 자클린 샤를로트는 살인혐의로 체포되었으나 관련이 없다고 부인하고 있다고 기사는 썼다. 그녀의 말로는 아침 일찍 아파트에 돌아와 보니 도로시가 죽어 있었다고 한다. 30분 뒤에 갑자기 경찰이 나타났다. 왜 즉시 경찰에 신고하지 않았느냐고 묻자 마담 샤를로트는 자기는 쇼크 상태에 있었다고 대답했다. 도로시 브라운과의 관계에 대해 묻자 용의자는 이 미국인 모델을 자기가 돌보아주고 있었다고 말했다. 이 사건에 대한 경찰의 견해도 덧붙여 써놓았다. 두 여인의 관계는 단순한 친구 이상인 것을 당국은 알고 있었다는 것이다. 지금 단계에서 수사진은 동기를 질투로 보고 있다. 미국 여자가 정체불명의 사나이와 정사를 가졌는데, 그것이 이 유명한 친구에게 심각한 반발을 불러일으켰을 거라는 것이다. 기사의 마지막에서 수사는 틀림없이 오래 끌게 될 것이라는 말이 덧붙여졌다.

마담 샤를로트는 두 사람의 유명한 형사변호사에게 사건을 의뢰했으나, 예심이 끝나고 만일 실제로 기소된다면 그때까지 그녀는 구류당할 것이 틀림없다.

캠벨은 그 신문을 접어서 옆에 두고 뉴욕 타임스를 펼쳤다. 그의 눈길은 메나헴 베긴의 커다란 사진으로 끌려갔다. 1면의 대부분이 어제 뉴욕에 도착한 이스라엘 수상의 하루 여정을 추적한 기사로 메워졌다. 가운데의 몇 면도 베긴의 방미를 다루었는데, 여기서 그는 찾고 있던 것을 발견했다. 뉴욕 체재중 베긴의 회견 예정이었다.

타임스를 읽고 나서 그는 필요한 사실을 모두 입수했다. 전화 박스가 비자 그는 그 속에 들어가서 워싱턴을 부탁했다. 이번에는 재수가 좋은 셈이다. 자빌이 출근해 있었다.

"댁은 누구시죠?" 리비아 인이 물었다.
"피닉스." 라고 대답했다.
숨을 죽일 듯한 침묵이 흘렀다.
"한 번 더 말해 보시오."
"피닉스." 날카로운 대답이 되풀이되었다. "이 이상 말하고 싶지 않아. 내가 누구이며, 어떻게 대해야 한다는 것을 알고 있을 테니까."
"지시는 받았습니다." 리비아 인이 대답했다. "다만 이쪽에서는 될 수 있는 한——"
"될 수 있는 한이 아니오." 전화의 상대자는 내뱉듯이 말했다. "지시받은 대로만 하면 돼!"
리비아 인은 망설였다. 이 사나이의 싸움을 거는 듯한 말투에 화가 났으나 예의바르게 대해 주는 편이 분별 있는 태도라고 그는 생각했다. 트리폴리에서의 지령은 분명했다. 아무리 돈이 많이 들더라도 전면적으로 협력하라는 것이었다.
"좋습니다." 그가 말했다. "용건은?"
"이스라엘 수상의 행동예정에 대한 정확하고 자세한 정보를 알고 싶소."
자빌은 깜짝 놀랐다. "하지만 당신의 목표는 그 사람이 아닙니다!" 그가 말참견을 했다.
한 순간 침묵이 흐른 뒤 상대방의 목소리는 몹시 참고 있는 듯한 어조를 띠고 들려왔다. "상대가 누구인지를 이쪽은 정확하게 알고 있으며, 내가 무엇을 필요로 하고 있는지도 잘 알고 있소. 그들의 예정을 알아야만 돼. 알겠소, 자빌 씨?" 그의 조소를 볼 수 없는 것이 자빌로서는 다행이었다.
"예." 그는 깊이 숨을 쉬었다.
"그렇다면 최선을 다해 일에 착수해 주시오." 상대방은 냉랭한 목소리로 말했다. "확실한 정보라야 한다는 것도 잊지 말고."
"물론이지요."
"언제 전화하면 되겠소?"
"내일."
"너무 늦소, 자빌 씨." 그는 말을 가로챘다. "오늘 해야 해, 알겠소?"
"좋습니다. 오후에 연락해 주세요. 5시 전에 말이오."

"연락하겠소. 자빌 씨, 그것만은 믿어도 돼." 단지 그 말만 하고 전화를 끊어버렸다.

지금 전화하는 태도는 그를 고용한 사람에 대한 경멸의 빛으로 차 있었다. 그는 풋내기들을 무척 싫어했다. 워싱턴의 리비아 대사관에 있는 스파이 책임자는 책상에만 앉아서 일을 하는 응석받이 어린애 같은 말투였다.

정확한 예정을 알아야만 했다. 어디에 들를 때는 경우에 따라서 이스라엘 수상은 일반인과 거리를 둘 때도 있을 것이다. 또 장소에 따라서는 구경꾼의 수가 적고, 경비진의 간격도 벌어져 있는 곳도 있으리라. 캠벨도 미국이 외국의 요인들을 지킬 때에 사용하는 작전계획에 관해서는 상당히 알고 있었으나, 도중에서 이스라엘측이 어떻게 할 것인가에 관한 정보에 대해서는 분명치 않아서, 뜻밖에 체포되는 실패만은 없어야 한다.

정확한 예정만 알고 있으면 그도 베긴이 들를 장소의 한두 곳에서 군중과 어울려 들어갈 수가 있다. 그에게는 이스라엘과 미국 쌍방의 경비원들의 얼굴을 될 수 있는 한 많이 보아서 기억해 둘 필요가 있었다. 미국이나 이스라엘의 정규의 경비반과는 관계없이 활동하는 경비원들이 있음을 알고 있었기 때문이다. 아무리 형안을 가진 사람이라 하더라도 그들을 분간해 내기란 어려울 것이다. 그래서 그는 자기가 늘 감시당하고 있는 것처럼 행동하지 않으면 안된다.

그는 콩코드 호텔에서 나와서 매디슨 가(街)를 향해 걷기 시작했다. 파리의 그의 아파트에 모아둔 스크랩에서 얻은 약간의 정보가 그의 마음속에서 계획의 중심을 이루고 있었다. 모세 다얀의 취미에 관해 쓴 기사로써, 이 이스라엘 인이 뉴욕에 오면 언제나 찾아 가는 매디슨 가에서는 비교적 이름이 알려져 있는 한 골동품 가게에 대한 이야기였다.

다얀은 가끔 자신의 신변에 대한 안전 같은 것은 가볍게 생각해 버릴 때가 있었다. 특히 그것이 그를 열중케 하는 것——고대의 발굴품이면 특히 그러했다. 짐 캠벨은 잠시 동안이라도 다얀이 경비망에서 벗어날 수 있는 경비진의 허술한 약점을 발견하지 않으면 안된다고 생각했다.

모세 다얀의 저서「이정표」의 마지막 구절은 이 젊은 사나이의 마음에 영원히 지워지지 않는 인상을 남겨주었다. 거기에는 다얀이 국방상을 사임하고 한 시민이 된 첫날에 비어세바 근처의 골짜기 니제프로 여행을 했었던 일이 쓰여져 있었다. 그 골짜기의 어떤 모퉁이에서 다얀은 고대 동굴의 입구를 발견했는데, 그의 판단으로는 그것이 수천년 전에 그의 조상들이 살고 있었던 곳이라고 한다. 그는 차를 높은 절벽의 끝까지 몰고가서 로프를 차의 펜더에 묶은 다음 동굴의 입구까지 내려갔다. 그는 기어서 동굴 안으로 들어가 그 속에서 자기가 바라던 것을 발견했다. 온 사방에 토기와 석기가 흩어져 있었다. 램프의 파편에서부터 개울물에 씻겨져 반들반들하게 된 부싯돌로 만든 도끼까지 있었다.

"우리들의 아버지 아브라함보다 2천 년이나 앞서 이 동굴에는 한 가족이 살고 있었다." 모세 다얀은 이렇게 썼다. "그들은 읽고 쓰지도 못했다. 그러나 때때로 그들은 바위에 그림을 그렸다. 빨간 색이나 검붉은색, 또는 밝은 색깔의 선으로 토기를 장식하기도 했다! 이곳은 그들의 가정이었다. 여기서 그들이 살았던 것이다. 그들은 니제프와 시나이를 왔다갔다 하며 활동했다. 이제 나는 여기 그들의 집에 들어왔다. 멀고 먼 다른 나라들의 신기한 모습을 담은 영화도 이 방문, 이 화롯가에 들른 것에 비할 바가 못 된다. 이제 불은 꺼져 있다. 그러나 그 불을 다시 붙이고 석탄에서 피어오르는 불꽃과, 가족을 위하여 그곳에 엎드려서 냄비를 닦는 여인을 생각해 내기 위해 나는 눈을 감을 필요조차도 없었다. 이곳이 바로 나의 가정이기 때문이다."

이 구절이 지금 젊은 사나이의 행동계획을 몰아세웠다. 그는 그러한 동굴, 그 이스라엘 인이 고대의 미끼에 유혹당하듯이 매력 있는 함정을 마련하지 않으면 안되었다. 그가 향하고 있는 매디슨 가의 골동품 가게는 서서히 형태를 다듬어가는 그의 계획에 무대 역할을 해줄 것 같았다. 그때까지 그는 뉴욕과 워싱턴 사이의 경로를 알아내고, 경비원들을 연구해 두어야 한다. 외상의 예정은 지금 수상이 지나가고 있는 길과 같게 될 것이다.

더위가 심해졌지만 그는 꼿꼿한 걸음거리를 허물어뜨리지 않았다. 매디슨 가의 혼잡은 주택지구에 접어들면서 더해 갔다. 조그마하고 볼품없었던 가게들이 유서깊은 미술 갤러리나 보석상, 부티크, 골동품 가게 등으로 바뀌어갔다.

거리의 그늘진 곳으로 걷고 있었으나 지나가는 차와 쇼윈도, 그리고 몇 개의 새로운 빌딩 등에서 반사되어 오는 햇빛으로 눈이 부셨다. 그는 안경점의 쇼윈도에서 마음에 드는 선글라스를 발견했다. 가늘고 은도금을 한 테에 햇빛의 강약에 따라서 색깔이 짙게도 보이고 연하게도 보이는 렌즈를 끼워놓은 것이었다. 그 안경은 꽤 비쌌지만 필요한 것이라고 생각해서 샀다.

그가 걷고 있는 그 일대는 그에게는 낯익은 곳이었다. 안경점에서 그 골동품 가게까지는 걸어서 10분쯤 걸렸다. 그는 서두를 필요가 없었다. 가게를 기웃거리며 물건을 사는 것은 그의 마음을 사로잡고 있는 문제들로부터 해방되는 즐거움이기도 했다.

그 골동품 가게는 근대 문명의 요람이 된 여러 문명, 즉 고대 중동의 물품들을 취급하고 있었다. 그는 천천히 가게의 쇼윈도 앞을 지나갔다. 우선 물건들을 구경하고, 다음에는 그 안쪽에 있는 가게 자체를 관찰했다. 이집트와 시리아, 팔레스타인, 그리스와 크레타의 옛 그릇들이 많이 있었다. 만일에 진짜로 그의 계획이 쓸모있는 것이라면 이 가게는 가장 좋은 함정이 될 것이다. 다시 이곳에 와서 더욱 자세히 관찰한 다음에 결정하리라.

5번가에 오자 그는 커다란 책방을 발견하고 들어갔다. 우선 유태 도서부 앞에서 걸음을 멈추고 하시딕 운동의 역사에 관한 책을 한 권 발견했다. 그는 그것을 책꽂이에서 뽑아 가지고 고대 관계 도서가 있는 쪽으로 갔다. 두 권의 책이 그의 주의를 끌었다. 한 권은 헨리 프랑크푸르트의 「고대 동양의 미술과 건축」이고 또 한 권은 레오날드 울리의 「중동의 미술」이었다. 그는 세 권을 모두 샀다.

다음으로 발걸음을 멈춘 곳은 부동산소개소였는데, 거기서 그는 교외에 있는 셋집을 얻을 수 있겠느냐고 물었다. 소개업자는 스캐스딜에 한 채가 있다고 했다. 그곳은 마침 그도 알고 있는 지역이었다. 집은 1에이커의 대지 위에 세운 언덕 위의 건물이라고 했다. 집세는 매월 1,300달러. 그는 집을 보지도 않고 그 집으로 결정하고 3개월분의 집세를 선불했다. 그에게는 고정된 본거지로서의 집이 한 채 필요했던 것이다. 그것은 또 살인한 뒤에 잠시 동안 몸을 숨기는 데도 도움이 될 것이다. 스캐스딜은 그곳에 암살자가 숨어 있으리라고는 상상도 할 수 없는 지역이었다.

그는 그 집의 열쇠와 책을 단단히 쥐고 택시를 타고 중고차 매매소에 갔다. 세일즈맨에게 쓸 만한 중고차를 사겠다고 하니 몇 대 보여주었다. 그 가운데 연한 회색의 1976년형 포드가 있었다. 그는 그것을 철저히 조사해 보았다. 그 차는 아직 3만 1천 km밖에 달리지 않았으며 상태는 매우 좋았다. 그는 2,600달러를 현금으로 지불했다.

"세차하고 오일을 점검해 주십시오." 그는 세일즈맨에게 말했다. 책은 앞쪽의 좌석에 놓아두었다.

"오후 늦게 찾으러 오겠소."

벌써 2시가 가까웠다. 그는 가까이에 있는 조그마한 레스토랑을 발견하고 들어가서 바카르디에 코카콜라를 탄 것을 주문하고, 이어서 양새우 튀김과 베이크드 포테이토, 샐러드를 주문했다. 그것을 먹는 동안에 그는 행동계획을 머릿속에서 그려보았다.

그의 앞에 기다리고 있는 작전은 지금까지 그가 해치운 어떠한 살인과도 전혀 형이 다른 것이었다. 언제나 그는 일을 한 나라에서는 도망칠 경로를 몇 가지 준비해 두는 습관이 있었다. 이번에는 사정이 다르다. 해치운 몇 분 뒤에는 미국 전체의 항구와 공항이 봉쇄될 것이 뻔하다. 모든 정류장과 역, 고속도로의 경계에 면밀한 수사가 펼쳐질 것이다. 뉴욕은 이 끝에서 저 끝까지 샅샅이 빼놓지 않고 조사하게 될 것이다. 그러므로 그는 장기체류를 꾀하지 않으면 안된다. 그러한 점에서 보면 그는 세든 집 이상으로 적합한 장소는 없을 것 같다. 맨해턴에서 스캐스딜까지는 러시아워 때도 차로 겨우 한 시간이면 갈 수 있는 거리였다. 그가 그 집으로 돌아간 순간 짐 캠벨은 영원히 사라져 버리고, 새로운 딴 사람이 나타나게 될 것이다.

그 집에서는 그 밖에도 몇 가지 이점이 있었다. 그것은 부자들의 저택이어서 어느 집이나 다 고립되어 있었고, 주위의 사람들은 서로가 남의 행동에는 거의 관심을 갖지 않았다. 일단 주위를 기울이느라고 표면적인 임검 정도는 있을지 모르지만 수사의 초점은 다른 데로 향하게 될 것이다.

보이가 커피 포트를 가지고 왔다. 그는 천천히 시간을 끌면서 두 잔을 마시고 워싱턴으로 전화를 걸어볼까 생각했다. 화장실로 가는 통로에 공중전화가 있었다. 그는 번호를 돌려서 자빌을 대달라고 했다. 곧 전화가 통했다. 그는 혼자서 회심의 미소를 띠었다. 상대방은 분명히 그를 기다리고 있었던 것 같았다.

"여보세요?"

"나요." 그가 말했다. 이번에는 그가 이름을 말하지 않았다. 리비아 인이 그의 낮은 목소리와 함께 그의 이름도 알고 있을 것이라고 생각했기 때문이다.
"아, 그러세요."
"부탁한 것은 알아냈소?"
"예."
"말해 보시오."
 리비아 인은 몇 분 동안 떠들어댔다. 그는 수상이 워싱턴으로 대통령을 만나러 갈 때까지의 3일 동안에 걸친 여행 일정에 관한 최신정보를 입수해 놓았다.
 "그 이틀 동안에 워싱턴 방문의 상세한 정보도 알려 드리겠습니다." 자빌이 말했다. 그의 말투에는 자기 만족의 빛이 숨겨져 있었다.
 "자빌 씨——" 그는 마치 속삭이듯이 목소리를 낮췄다. "당신은 영어를 읽을 줄 아는 것 같구려, 그렇죠?"
 리비아 인은 어안이벙벙했다. "물론이지요!"
 "나도 그렇소, 자빌 씨." 그의 목소리는 아주 가늘어져서 마치 쉬—— 하는 소리 같았다. "당신처럼 나도 오늘 아침의 뉴욕 타임스를 읽었소!" 그는 심호흡을 하고 리비아 인에 대한 경멸의 빛을 억제하려 했다. "당신의 귀중한 시간을 신문을 읽으면서 보내라고는 말하지 않았소. 이봐요, 내 말 알아듣겠소? 나는 신문에서 얻을 수 없는 정보를 필요로 하고 있어요. 당신이 지금 읽고 있는 것은 정확하면서도 틀린 정보란 말이오. 그것은 그 사람의 경비진이 만들어낸 연막전술에 불과하오. 당신이 할일은 그 연기를 제거하는 일이오."
 "알겠습니다. 그러나……"
 "그러나가 또 뭐요!" 그는 격렬한 어조로 말했다. "당신도 연습할 멋진 기회란 말이오. 마치 무대에 서서 연습을 하듯이. 이 기회를 놓치면 안돼. 자빌 씨, 이쪽에서 머지않아 당신을 찾으러 가겠소. 내가 어떻게 지금까지 살 수 있었는지 당신은 알게 될 거야!" 그는 짧게 웃어젖혔다. "언제나 풋내기들은 믿지 않도록 정신을 차렸기 때문이야!"
 "죄송합니다." 리비아 인이 변명을 하려 했다. 그의 목소리는 떨리고 있었다.
 "실수해도 하는 수 없지. 아무튼 시키는 대로만 하면 돼. 워싱턴에는 연줄이 있겠지? 그들을 이용하란 말이오. 필요하다면 누구와 함께 행동해도 좋소. 만일에 그것이 되지 않는다면 이쪽의 대사관에는 잡초가 나 있다고 트리폴리에 말해 주구려!"
"피닉스 씨!"
"이름은 부르지 마시오!" 속삭이더니 목소리가 갑자기 날카로워졌다. "한 번 더 묻겠소, 할 수 있소? 아니면 불가능하오?"
리비아 인은 어리둥절하여 입을 다물고 있었다. "예, 물론 할 수 있습니다." 이윽고 그가 대답했다.
"그렇다면 나의 생명은 당신이 포착한 정보에 달려 있을지도 모른다는 사실을 잊지 말았으면 해. 나는 실패를 좋아하지 않으며, 나에게 실패를 시키게 하는 인간도 좋아하지 않소. 그러니까 내가 조사해 낼 수 있는 일은 조사하려 들지 말란 말이오."
"명심하겠습니다." 리비아 인은 중얼거렸다.
"그렇다면 이제부터 내게 필요한 중대한 사실을 조사해 주시오."
"어떤 일입니까?"
"유태 교회의 루바비치 랍비에 관한 일이오. 알겠소?"
"그 사람은 누구죠?"
"유태인을 상대로 일을 하려는 사람은 그들에 대한 일을 알아둘 필요가 있소." 그는 비웃으며 대답했다. "문제의 인물이 루바비치 랍비를 방문한다는 신문기사가 있어요. 신문에 의하면 방문 예정은 아마 토요일 저녁때인 것 같소. 그것을 조사하시오. 정확히 언제인가를 알고 싶소."
"조사해 보겠습니다. 언제 전화해 주시겠습니까?"
"내일."
"그렇지만 내일은 토요일입니다. 여행을 떠날 계획인데……"
"주말 여행 같은 건 잊어버려요! 그쪽은 내가 일하고 있는 동안은 일을 해야 하오. 지금 서로의 예정을 세웁시다. 알겠소?"
"예."
"매일 낮 10시부터 12시 사이에 당신은 당신 방에서 그 빌어먹을 전화 옆에 꼭 붙어앉아서 기다리시오!"
"이보시오!" 리비아 인은 화를 벌컥 냈다. "말씀 좀 곱게 해주세요!"
"잔소리 마!" 라는 대답이 나왔다. "나에 대한 일이나, 나의 입버릇 같은 것에 당신은 신경을 쓸 필요가 없소. 그쪽은 다만 자신이 할일만 하면 돼. 그것도 정확하게 말이야. 실수 없이. 나중에 가서 나에게 추궁당할 만한 이유를 만들지 않도록 조심하라고. 알겠소?"

"알았습니다."

"그래, 그런 말투로 나오면 돼."

바보, 게으름뱅이, 풋내기 같으니라고. 머릿속에서 화난 듯이 이렇게 중얼거리면서 그는 전화를 끊었다. 만일 이 리비아 인이 그가 생각한 것처럼 무능한 사람이라는 것을 알게 된다면 그는 그 이상 연락도 취하지 않고 정보는 자기가 직접 입수하리라고 마음먹었다. 4시 반에 그는 차를 찾으러 가서, 그것을 타고 번화가로 달렸다. 차의 상태는 매우 좋았다. 강력한 엔진이 힘을 발휘하는 것을 느끼고 그는 마음 든든하게 생각했다. 이것이라면 도움이 된다. 그는 이 도시를 잘 알고 있는 사람처럼 차를 멋지게 몰았다. 5시 조금 지나서 그는 워싱턴 광장에서 몇 구획 지나 차를 세웠다.

그 근처의 가게를 한 시간쯤 돌아다니며 필요한 물건을 사모았다. 맨 처음에 산 것은 커다란 여행가방이었다. 변장용 화장 세트, 가발, 검은 코트, 차양이 넓은 모자 같은 것을 넣을 생각이었다. 다른 가게에서 그는 색깔이 바랜 회색 바지를 샀다. 마지막으로 물건을 산 곳은 슈퍼마켓과 술집으로서 당분간 먹을 식료품과 술을 구입했다.

회색 포드가 필모어 호텔 앞에 멈추어선 것은 황혼 무렵이었다. 차를 멈추고 키를 잠근 뒤 그는 호텔로 들어가서 4층으로 올라가 의류와 세면도구를 모아 짐을 챙겨 가지고 호텔을 나왔다.

차를 몰아 시내를 빠져나와서 8시 반경에 스캐스딜에 도착했다. 그 집은 쉽게 찾을 수 있었다. 주위는 소개업자가 일러준 그대로였다. 30년대 말에 세워진 그 집은 넓은 언덕 위의 중앙에 자리잡은 2층집으로서 주위를 둘러싼 숲의 무성한 나뭇가지가 근처 주민들의 눈을 가로막아 주었다.

무성한 가로수와 울창한 나무들 사이로 나 있는 사설도로의 구불구불한 길을 돌아서 현관에 이르렀다. 그는 폭넓은 현관의 돌 계단을 올라가서 재빠르게 문의 자물쇠를 열었다. 오른쪽에 전원 스위치가 있다고 들었다. 그의 손이 벽을 더듬어서 손가락으로 스위치를 누르자 넓은 현관 홀에 빛이 넘쳐흘렀다.

그는 철저하게 집안을 둘러보고, 우선 여러 개의 출입구를 확인했다. 문에는 모두 자물쇠가 단단하게 채워져 있었는데 안쪽에 볼

트가 박혀 있는 것을 보고 겨우 마음을 놓았다. 지하의 중앙에 있는 난방용 방 옆에 둘로 나누어진 커다란 부엌을 거쳐 식당으로 갔다. 그곳에서 다시 서재로 이어진 널찍한 거실로 갔다.

2층에는 침실 네 개와 욕실 두 개가 있었다. 그는 집의 정면을 바라볼 수 있는 침실을 사용하기로 했다. 거기에는 샤워가 달린 욕실이 바로 옆에 있다는 이점도 있었기 때문이다.

한 바퀴 둘러보고 그는 차 있는 데로 가서 여행가방과 포장한 책, 그리고 식료품과 술이 든 두 개의 마분지 상자를 날라왔다. 여행가방을 열고 네 벌의 하복을 꺼내 보기좋게 옷장 안에 걸었다. 세면도구를 욕실에 늘어놓고 셔츠와 내의, 양말들을 서랍에 집어넣은 뒤 여행가방 밑바닥의 주머니를 열었다. 그 속에는 여러 가지 위조서류와 50달러, 100달러짜리로 5만 달러가 들어 있었다. 미국 은행에 구좌를 갖고 있지 않았기 때문에 늘 현금을 지니고 다녀야 했다. 지폐 뭉치를 비닐 봉지에 넣고 그것을 변기의 물통 안쪽에 테이프로 붙여놓았다. 서류봉투를 여행가방 밑바닥의 주머니에 다시 집어넣고 자물쇠를 채웠다.

그리고 나서 그는 사온 여러 가지 물건들을 주의깊게 살펴보았다. 대형 여행가방을 열고 포장한 물건들을 그대로 찬장 안에 집어넣었다. 화장 세트와 가발은 우선 잘 살펴본 뒤에 다른 서랍 속에 넣었다.

이제 그는 편히 쉴 수가 있었다. 옷을 벗고 샤워를 하며, 길고 덥던 하루 동안에 쌓인 피로를 시원하게 씻어버렸다. 조금씩 피로감이 덜어졌다. 목을 닦고 옷을 갈아입었을 때는 다시 기운이 넘쳐흘렀다. 그는 부엌으로 내려가서 사온 식료품을 냉동고와 냉장고, 그리고 식기를 넣는 찬장 속에 집어넣느라고 잠시 동안 분주하게 움직였다.

좋아하는 음료수를 따른 운두가 높은 글라스를 들고 그는 다시 침실로 돌아왔다. 글라스를 침대 옆에 있는 테이블 위에 두고, 그는 두 개의 베개를 겹쳐서 몸을 기대고는 다리를 침대로 뻗고 책을 읽기 시작했다. 먼저 하시딕 유태인의 책을 펼쳤다. 그의 눈앞에 펼쳐지는 이상한 세계에 그는 열중했다.

그 뒤에 그는 고고학 책을 대충 훑어보았다. 이 영역에는 그도 이미 얼마간의 지식이 있었다. 어떻게 되든 진귀한 출토품을 자신이 갖기 위해, 또 모으고 싶어하는 열렬한 수집가들을 위해 그가 유적 발굴현장에서 도둑질을 한 적도 한두 번이 아니다. 그런데 이번에는 진짜 수집가라면 그것을 손에 넣기 위해 멀리, 넓게 여행하는 것도 감수할 만큼 진귀한 그릇이 그 속에서 발견될 수 있는 역사의 특정한 시대를 찾고 있는 것이다. 그가 생각하는 대로라면 그가 노리는 상대는 그러한 인물일 게다. 만일에 다얀이 가지고 있는 수집가로서의 관점에 호소할 수 있다면 그를 에워싼 경비진도 깨뜨릴 수 있고, 그를 자기 마음대로 할 수 있는 함정으로 유인할 수도 있을 것이다.

그는 마지막으로 바카르디에 코카콜라를 탄 것을 마시고 피로가 덮쳐오는 것을 느꼈다. 그는 책을 옆에 두고 깊은 잠 속으로 떨어져 갔다.

20

같은 금요일 밤, 이처크 골드버그와 아내 야엘이 텔레비전을 보면서 조용한 밤을 보내려는데 갑자기 문의 초인종이 울렸다. 야엘이 일어나서, "제가 나가겠어요." 하고 말했다. 1분 뒤에 골드버그는 이르미 스펙터의 목소리를 듣고, 또 조용한 하룻밤의 휴가가 깨뜨려진다는 비운에 혀를 차면서 악수와 의아한 표정으로 그를 맞이하기 위해 일어섰다.

스펙터는 그의 눈치를 알아채고 웃었다. "걱정할 것 없어요. 만사 잘 되어가고 있으니까. 다만 당신한테 전달하고 싶은 일이 있소." 두 사람은 서재로 들어갔다. 스펙터는 암만에서 하나니아 시아니와 만났던 이야기를 했다. "언제나 변함없는 하나니아였지만 긴장하고 있더군. 필요한 정보를 포착하고 나면 귀국시키는 것이 좋을 거요. 그는 처자를 브뤼셀에서 이제 귀국시키고 싶어하더군."

"그 일을 어떻게 해보지." 골드버그는 자신 있게 말했다. 스펙터가 돌아가자 곧 그는 유리 코헨에게 전화를 했다.

"그 이야기를 직접 하고 싶군." 코헨 부장이 말했다. "그리고 어차피 상의할 일도 있고. 부인과 함께 느닷없이 방문하는 것처럼 하세."

골드버그는 과거의 경험으로 코헨이 말하는, '느닷없이 놀러간다'는 말뜻을 알고 있었다. 여자들에게 수다를 떨며 놀게 해두고, 두 사람은 일에 대한 이야기를 하려는 것이다. 사교적인 밤과는 그 성질이 다르다.

"급한 일인가요?"

"음, 상당히." 코헨이 간단히 말했다.

"좋아요." 골드버그는 불가피한 일에는 버티려 들지 않았다.

30분 뒤에 두 사람은 둘이서만 이야기하고 있었다. 코헨은 골드버그에게서 하나니와 연락이 되었다는 이야기를 듣고 자기가 입수한 뉴스를 털어놓았다.

"한 시간 전에 파리의 스필만으로부터 보고가 왔어." 그는 설명해 나갔다. "모티 클레인이 취리히에서 중요한 것을 발견했어. 이쪽과 친한 사람을 접촉하여 그 사람을 통해 그 큰 돈이 입금된 은행을 찾아낼 수가 있었어. 50만 달러였다는 거야."

"무척 큰 돈이군!" 이차크 골드버그가 끼여들었다.

"어쩌면 리비아측은 아무리 돈이 많이 들더라도 목적을 관철할 결의를 한 것 같아. 이미 며칠 전에 그 사람을 찾아낸 것 같소. 아니 몇 주일 전인지도 몰라."

"그 은행에서 정보를 입수할 희망이 있습니까?"

"있다고 생각해." 코헨이 말했다. "우리는 취리히 금융계의 요소에 몇 사람 투입시켜 놓았거든. 은행의 지배인에게 압력을 가하는 정도의 일은 주저하지 않을 거야. 미셸 장 루이라는 사람이야."

"그에게서 무엇을 알아낼 수 있죠?"

"수신인이야. 우체국의 사서함 말일세. 뭐 그와 같은 거야." 부장은 말했다. "그렇지, 은행의 지배인은 거액의 돈이 구좌에 입금되면 누군가에게 연락해야 할 거야."

"현재로는 그것이 당신의 생각대로 됐다고 치고 다음은요!"

"그것이 자네가 해결해야 할 문제란 말이야. 나의 문제이기도 하지만." 코헨은 홍차가 담긴 글라스를 끌어당겨서 한 모금 마셨다. "아 참, 일요일에 나는 워싱턴에서 경비에 관한 타협을 하기 위해 미국으로 떠나네. 스필만에게는 자네와 연락을 취하라고 말해 두었네. 그러니까 내일 아침부터는 일을 진행시키기 위해 자네는 자리에 붙어 있어야 해. 내가 없는 동안에 무슨 할 일이 생긴다면 우선 아비틀 아논의 허락을 받게."

"알겠습니다."

"또 한 가지, 내가 없는 동안에 해야 할일이 있네." 그는 심각한 듯이 말했다. "이집트 정보부와 협력하여 활동하기로 결정되었네."

"미국을 통해서 말입니까?"

"그렇다네." 코헨이 대답했다. "우리가 사다트의 안전에 관한 정보를 모두 보내준다는 조건으로 그쪽에서도 정보를 보내줄 것에 동의했어."

"그렇다면 현재 단계로서는 이집트도 확실한 정보는 아무것도 포착하지 못했단 말입니까?"

"그런 것 같아." 유리도 동의했다. "그쪽에서 몇 사람 체포는 했어. 리비아에서 잠입하여 공작하려다가 붙잡힌 반 이스라엘 전선의 멤버인 것 같아. 그러나 그들도 카다피가 유럽인 암살객을 사용하리라는 것을 모르고 있네."

이처크 골드버그는 코헨의 얼굴을 잠시 동안 바라보았다. 많은 질문이 마음속에 소용돌이쳐서 그를 불안하게 했다. 이윽고 그는 입을 열었다. "당신의 느낌은 어떠한지요? 녀석들은 누구를 노리고 있습니까? 이쪽의 누구입니까? 이집트 인입니까? 그리고 이쪽의 인물이라면 누구일까요? 베긴 수상이라고는 생각되지 않습니다. 녀석들도 수상이 병든 몸이라는 것은 알고 있습니다. 그리고 수상이 타협하지 않는다는 것도 알고 있습니다. 그렇다면 도대체 누구 일까요?"

"답은 뻔하지 않은가." 코헨은 빙그레 웃었다. "나도 알고 있어. 베긴은 아니야. 그는 과격한 점이 있어. 그런 점에서는 그의 사고방식은 오히려 리비아 인에게 유리한 결과를 가져다 주게 되지. 그렇다면 남는 것은 한 사람뿐. 리비아 인의 눈에도, 반 이스라엘 전선의 눈에도 위험하게 보이는 인물이야. 많은 사람들의 눈에 대화를 시작할 것으로 보이는 인물이지. 자네도 그렇게 생각지 않나?"

"그래요. 모세 다얀이 틀림없습니다."

"나도 그렇게 생각해." 코헨이 우울하게 말했다. "다얀 외상이 리비아의 표적이야."

두 사람은 다시 입을 다물었다. 각자 자기의 생각에 잠겼다.

"마땅히 모든 정보를 재검토하여 당신의 생각이 맞는다고 인정된다면 리비아가 고용한 사람이 행동할 장소는 어디일까요?" 골드버그가 말했다.

"무대는 세 개가 있네. 지리적으로 세 군데 지역이지. 이곳, 유럽, 미국." 그는 피로가 엄습해 오는지 하품을 했다. "무척 힘든 일이야. 두 손을 묶인 채 링 위에 올라가서 머리만으로 시합을 하는 식이지. 외국의 경찰과 스파이 기관의 도움에 의지할 수밖에 없으니까." 1초쯤 눈을 감았다가 마치 피로한 기색을 떨쳐 버리기라도 하려는 것처럼 눈을 깜빡였다. "어쨌든 놈은 이스라엘에서 일을 하리라고는 생각지 않아. 이 나라에 대해서는 잘 알지 못할 게고, 도주경로도 확보하기 어려울 테니까. 그렇다면 남는 것은? 유럽과 미국이지. 외상의 예정을 알아내어 거기에 적합한 시기와 장소를 택해 공격하려들 거야."

"이야기를 듣고 보니 그야말로 최악의 적인 것 같군요." 골드버그가 말했다.

코헨은 미소를 지었다. "그런 각오로 행동해야 되네. 자네도 그렇고, 모두가 그렇게 해야만 해." 부장은 골드버그의 손을 잡았다. "이 며칠 동안 우리는 그 존재만을 확인하고 있으면서 여전히 미지의 사나이인 상대자와 겨루고 있다는 느낌이 들지 않았던가? 그 녀석이 생각하고 있는 것처럼 생각하고 그 녀석이 반응하는 것처럼 반응해야만 해. 그 녀석과 똑같은 생활방식을 취해야만 한단 말이야."

"그 녀석이 누구인지 아직 짐작도 하지 못하면서?" 이처크 골드버그는 눈살을 찌푸렸다. "이런 상황 속에서 어떻게 당신이 말하는 그러한 일을 할 수 있단 말입니까?"

코헨은 눈을 비볐다. "달리 도리가 없어. 언젠가는 사슬의 고리가 끊어질 날도 있을 것이고, 그때 우리는 거기에 가 있지 않으면 안된단 말이야."

21

토요일 아침, 널찍한 침실에 아침 해가 비쳐들어서 짐 캠벨은 15분 전 5시에 눈을 떴다. 집 주위를 둘러싼 높은 나뭇가지에서 지저귀는 새 소리가 그의 귀에는 낯선 어떤 먼 곳에서 들려오는 소리 같았다. 커다란 집을 에워싼 특이한 정적이 몸에 스며들기까지는 몇 분이란 시간이 걸렸다. 진기한 그 정적을 깨뜨리는 것은 바람에 속삭이는 나뭇잎과 새들의 노래소리뿐이었다.

훌렁 침대에서 빠져나온 그는 창가로 가서 새로운 여름날의 향기를 빨아들였다. 빽빽이 들어선 나무들의 무성한 잎이 평평한 언덕의 반대편에 있는 다른 집들에 대한 시야를 가로막고 있었다.

5시 반에 그는 산책하러 나갔다. 울창한 언덕을 가로지르는 숨겨진 샛길을 찾아내기 위해서다. 언덕 중앙에 도착했을 때 숲속에서 심하게 개 짖는 소리가 들려왔다. 그는 그 자리에 못박힌 듯이 서서 개들의 모습이 나타나기를 기다렸다. 갑자기 눈앞으로 개가 뛰어들어왔다. 두 마리의 훌륭한 셰퍼드였다, 숫놈과 암놈인데 회색 털이 아침 이슬에 빛나고 있었다. 두 마리의 개는 숲속으로 뛰어다니도록 주인이 풀어놓은 것 같았다.

개들은 캠벨에게서 9m쯤 되는 곳에 멈춰서서 귀를 쫑긋하고 고개를 갸웃거렸다. 이른 아침에 자기네들의 왕국에 뛰어든 이 침입자를 탐색하고 있는 듯했다. 그가 가까이 가자 개들은 긴장해서 날카로운 이빨을 드러내며 위협하듯이 으르렁거렸다. 그는 입술을 오므려 겨우 들릴 정도의 휘파람을 불었다. 개들은 우호적인 그 낮은 휘파람 소리를 듣고 멋적은 듯 으르렁거리는 것을 그쳤다. 그는 한 걸음 더 그쪽으로 다가갔다. 개들은 움직이지 않았지만, 당장이라도 덤벼들 듯한 그 자세에 긴장이 더해진 것은 분명했다. 마침내 손이 닿을 정도로 가까이 가자 수놈이 큰소리로 짖기 시작했으며 암놈은 마구 뛰어 언덕을 내려갔다. 수놈도 그 뒤를 굵은 꼬리를 흔들면서 쫓아갔다. 몇 초도 되기 전에 개들은 두 마리가 모두 모습을 감추어 버렸지만 그들이 짖는 소리는 메아리쳐 들려왔다.

캠벨은 샛길로 다시 돌아왔다. 집에 돌아오자 샤워를 하고 면도를 한 다음 아침식사를 준비했다.

다시 그가 집에서 나온 것은 8시 반이었다. 더위는 이미 열기를 더해 갔으며 그는 이제부터 긴 드라이브를 해야 했다. 차는 브루클린의 이스턴 파크웨이로 향하고 있었다. 존경받고 있는 유태인 지도자 루바비치가 살고 있는 곳이었다. 차를 몰면서 묘한 무리들이라고 그는 생각했다.

일국의 수상이 브루클린의 초라한 곳에 살고 있는 종교자 같은 인물을 만나러 가다니? 전날 하시딕 유태인의 역사를 쓴 책에서 얻은 지식에 의해 그는 라비 메나헴 멘델 쉬니어슨이 250년 전에 폴란드에서 성장한 하바드파의 일파인 하시딕파의 제7대 장로라는 것을 알았다. 루바비치 라비는 유태인들 사이에서는 커다란 영향력을 가지고 있는 인물이었다. 그 힘은 죽을 때까지 계속되며, 세계 도처에 그가 한마디 하면 즉석에서 그 말에 따르는 신자들의 집단이 산재해 있는 것이다.

이 종교 지도자의 인품에 관해 그가 수집할 수 있었던 몇 가지 사실에 의해 그는 왜 이스라엘 수상이 이 랍비를 만나고자 하는지 그 까닭을 이해할 수 있었다. 이 라비는 기적을 행한다고 믿어지고 있는 특수한 정신력을 가진 사람이었다. 또 라비는 많은 공부를 해서 독일과 소련, 그리고 프랑스의 대학에서 명예학위를 받은 과학자이기도 했다. 그의 놀랄 만한 과학의 파악력은 세계의 모든 우수한 과학자들 사이에 정평이 나 있었다. 그의 추종자들은 일상생활도 그가 정한 규칙에 따라 하고 있었다. 누구라도 커다란 문제를 결정할 때는 먼저 그의 조언과 축복을 받아야만 했다. 이 랍비가 정한 것은 그대로 법이 되는 것이었다.

브루클린에 접어들자 캠벨은 차를 세우고 가까운 신문 스탠드에서 뉴욕 타임스를 샀다. 베긴 방미의 타이틀과 사진에 눈길을 돌리며 그는 차로 돌아왔다. 뉴스 중 하나가 그의 흥미를 끌었다. 그것은 수상을 둘러싼 전례없는 경비망에 관한 기사였다. 기사는 과거 수년 동안에 이번의 방문에 출동할 만큼 많은 경비진이 동원된 적이 없다고 강조했다. 기자들은 중동에서 온 중요한 손님을 지키기 위해 고도의 훈련을 받은 사람들이 최신식 통신감시장비를 갖추고 배치되어 있다고 썼다. 베긴 수상의 뉴욕 순방에는 토요일 밤의 루바비치 방문도 포함되어 있었다.

캠벨은 회색 포드의 엔진을 점화시켜 30분 뒤에는 베긴이 방문하기로 되어 있는 브루클린의 그 구획에 접근했다. 멀리서도 차를 탄 그의 눈에 비친 풍경이 이상한 느낌을 주었다. 유태교를 믿는 사람들이 주로 살고 있는 넓은 지역에 인기척이 거의 없는 듯했다. 사바스였던 것이다. 좁은 거리에 오가는 극히 소수의 사람들밖에는 눈에 띄지 않았다. 주민들 대부분이 이 시간에는 유태 교회에 가 있었다. 금요일의 사바스 전야부터 토요일 해질 때까지 그곳의 차량출입이 금지되었다. 짐 캠벨은 차를 세워두고 걸어들어갔다. 스치고 지나가는 남녀들은 마치 다른 시대의 세계에서 온 사람들 같았다——아마 동유럽, 그것도 금세기 초의 사람인 듯했다.

그는 이곳을 방문한 목적을 거의 잊어버리기나 한 듯 호기심에 끌려 한가로운 거리를 계속 걸어다녔다. 그의 눈은 때때로 스치고 지나가는 영원한 신랑 같은 검정색의 복장을 한 남자들에게 이끌렸다. 그들의 걸음걸이를 관찰해 볼 때 마치 어디엔가 비밀이 숨겨져 있는 집에라도 가듯이 묘하게 서두르고 있는 듯함을 느낄 수 있었다. 그는 그 사람들의 머리를 관찰했다. 마치 그 마음이 내세와 결부되어 있는 듯한 생각으로 무겁게 짓눌려 있는 것처럼 조금 앞으로 숙여져 있었다. 자기가 분명히 타관 사람으로 보이는 것을 감추기 위해 그도 또한 그들의 일원인 것처럼 일부러 걸음걸이를 만들어서 걸었다.

상점에는 셔터가 내려져 있었고, 레스토랑도 닫혀 있었다. 마치 눈에 보이지 않는 커튼이 내려져서 이 일대를 바로 옆에서 벌어지고 있는 바쁜 생활로부터 떼어놓은 것 같았다. 랍비가 살고 있는 거리는 그곳이 바로 우주의 중심이라고 여겨질 만큼 신성한 분위기에 싸여 있었다.

한낮이 되기 조금 전에 캠벨은 그 일대를 떠나 차를 세워둔 곳에서 조금 떨어진 거리에 열려 있는 레스토랑을 발견했다. 박스 전화가 아니어서 이야기를 엿듣게 될 우려는 있었지만 공중전화가 가게 안에 한 대만 있었다. 그는 교환수가 몇 번이나 다시 물어야 할 정도의 작은 목소리로 번호를 말했다. 이윽고 리비아 대사관에 통화가 됐다.

"자빌 씨를 부탁하오." 그가 당직 교환수에게 말하고 잠시 기다리자 그 리비아 인의 목소리가 들려왔다.

"나요." 캠벨이 속삭였다. "간단하게 요점만 말해 주시오."

저쪽에서 리비아 인의 무거운 숨소리가 들려왔다. "랍비와의 회견이 변경되었습니다." 자빌이 말했다.

"언제로?"

"월요일 아침에. 그리고는 워싱턴으로 갑니다."

그는 이 정보에 관해 생각해 보았다. 있을 수 있는 일인 것 같았다. 어떤 회견의 예정은 변경될 수 있지만 대통령과의 공식회견은 변경되지 않는다. 양 거두 회담은 1차는 화요일에 하기로 결정되어 있었다. 만일 그렇다면 베긴 수상이 랍비와 만나는 것은 워싱턴으로 떠나기 전에 뉴욕에서의 최후의 행사가 될 것이다.

"그 정보는 확인된 거요?" 그가 물었다.

"예." 리비아 인은 흥분된 목소리로 대답했다. "100퍼센트 확인된 것입니다!"

"알겠소, 그럼 다시 또."

그는 전화를 끊었다. 긴 이야기는 필요없었다. 리비아 인도 적극적으로 나선 것 같았다.

그는 오후 3시에 스캐스딜의 집으로 돌아와 지하실로 내려가서 그곳에서 발견한 도구들을 조사해 보며 잠시 시간을 보냈다. 여러 가지 도구가 있는 것이 그에게는 즐거웠다. 그의 계획은 형태를 이루어가기 시작했다. 몇 가지의 가능성이 있었다. 한 가지는 표적으로 된 인물의 성문(소리의 주파수를 기계로 분석하여 줄무늬 모양의 그림으로 나타내어 범죄수사에 이용)이나 냄새에 의해서 발화되는 폭탄을 사용하는 수법이었다. 그러나 그렇게 하더라도 아직 시간은 충분하다.

그날 오후와 밤에는 고고학 책을 정독하면서 시간을 보냈다. 그는 또 레오나드 울리의 「중동의 미술」에 그려져 있는 삽화를 몇 번이고 들여다보았다. 그의 목적은 올가미에 걸려들게 할 미끼가 될 만한 진귀한 종류의 그릇을 무엇이든 발견해 내는 것이었다.

22

토요일 한밤중 가까이 되어 모티 클레인은 취리히에서 파리로 돌아왔다. 돌아오자마자 그는 야키 스필만의 아파트로 향했다. 스필만에게 있어서는 그곳이 임시 주거지였지만, 그의 아내는 가정답게 꾸미기 위해 최선을 다했다. 벽에는 이스라엘의 풍경이 한 면에 장식되어 있고, 거실 구석에는 이스라엘 장인(匠人)이 만든 도자기가 세워져 있었다.

클레인은 취리히로 여행했었던 이야기를 하고, 현지에 있는 이쪽편의 협력에 관해서도 언급했다. 그는 50만 달러를 입금한 것이 아딜 엘 마그라비였다는 보고를 증명하고 나서 다시 말을 덧붙였다. "그런데 진짜의 성과는 은행의 지배인 미셸 장 루이가 입금통지서를 보낸 우편사서함의 번호를 갖고 있었다는 사실입니다." 그는 종이쪽지를 건네주었다.

스필만은 그것을 보고 놀라며 말했다. "몬테 카를로다!" 잠시 생각한 뒤에 말을 이었다. "이상한데? 당신 말에 의하면 은행에 나타난 것은 분명히 사투리가 섞인 독일어를 쓰는 보잘것없는 영감이었다면서? 그런데 엘 마그라비의 호텔에 간 것은 완벽한 프랑스 어를 사용하는 퇴역군인 같은 모습을 한 사나이였다고 하니. 어떤 관계가 있을까? 그리고 어떻게 돼서 그 모두가 몬테 카를로의 사서함으로 연결되었을까?"

이튿날인 일요일에 스필만은 가망이 없다고 생각하면서도 존 파머가 혹시 시내에 남아 있을지도 모른다는 생각을 하며 전화를 걸어보았다. 마침 운이 좋아서 오전 10시에 두 사람이 파머의 집에서 이야기할 수가 있었다.

"현재 이쪽의 손에 입수된 가장 중요한 실마리는 몬테 카를로의 사서함 번호요." 스필만이 말했다.

파머는 얼굴을 들었다. "은행에서 입금통지서를 보낸 사서함인가요?"

"바로 그렇소."

"그것은 대단한 정보요." 존 파머는 감탄의 빛을 띠며 말했다.

"그렇지만 이것만으로는 어떻게 해볼 수가 없어요." 스필만은 말을 계속했다. "이쪽은 이 사서함을 소유하고 있는 사람이 누구인지 조사하기 위해 힘을 빌릴 만한 사람이 몬테 카를로에는 없습니다. 당신네들이라면 그쪽과 관계가 있을 테지요. 그쪽 대사관은 그 공국(公國)의 상층부와 매우 사이가 좋으니까."

그는 파머에게 종이쪽지를 건네주었다. 미국인은 그것을 받아 읽어본 뒤 테이블 위의 눈에 띄는 곳에 두었다. 그리고 팔걸이의자로 다시 몸을 젖혔다.

"어떻게 해봅시다." 그는 자신 있게 말했다. "그러나 하루나 이틀쯤 걸릴지도 모르겠소. 일요일에 자기 집에 붙어 있는 사람이 있을지가 의문이군. 어쨌든 한번 부딪쳐 봅시다."

"존, 감사합니다." 야키 스필만은 일어섰다.

미국인은 의자에서 몸을 일으켜서 문 앞을 향해 걸어갔다.

"그건 그렇고, 알려줄 것이 있어요." 파머가 말했다. "아무런 의미도 없을는지 모르지만, 어제 우리는 드 말랭의 죽음에 대해 다시 발견된 보고를 받았소."

"결론은 당신이 생각하고 있는 것과 같았소. 살인이었소. 강력한 주먹에 의해 목이 부러진 것이오. 누구인지는 모르지만 그 미지의 살인자에 관해 한 가지 확실한 게 있소. 당신들이 상대로 하고 있는 사람은 뛰어난 힘을 가진 사람이라는 거요."

23

7월 18일 월요일 아침 5시에 스캐스딜의 집에 사는 사람은 아침 산책을 하고 있었다. 시원한 미풍이 큰 나무 사이로 불어오고, 아침 햇살은 아직도 뒤엉켜 있는 나뭇가지와 숲 사이에서 숨바꼭질하며 사라져 가는 밤의 그림자에 가려져 있었다. 또다시 그는 개짖는 소리를 들었고 수풀 속에서 멋진 독일 셰퍼드의 암놈과 수놈이 나타났다. 전번처럼 두 마리의 개가 그의 바로 앞에 와서 멈춰섰다. 그가 가느다랗게 휘파람을 불자 개들은 긴장을 누그러뜨렸다. 이번에 그는 주머니에서 소시지 토막을 꺼냈다. 한 토막을 자기 앞에 떨어뜨렸다. 수놈은 움직이지 않았지만 암놈이 다가와서 살피듯이 냄새를 맡았다. 그러더니 혀를 날름 내밀어 낯선 사나이가 던져준 미끼를 집어삼켰다.

그가 다시 휘파람을 불자 숫놈이 귀를 세웠다. 이번에 사나이는 소시지를 두 토막 꺼내어 두 마리에게 각각 던져주곤 그쪽으로 다가갔다. 개들은 움직이지 않았다. 그저 머리를 쳐들고 조심스럽게 사나이를 바라보고 있을 따름이었다. 그가 다시 소시지를 던져주자 개들은 그것을 받아먹으려고 급히 앞으로 뛰어왔다. 이제 사나이는 개들에게서 불과 1m의 거리에 서 있었다. 그는 다시 두 토막의 소시지를 꺼냈으나, 이번에는 떨어뜨리지 않았다. 개들은 기다리고 있었다. 이윽고 암놈이 곁으로 다가왔다. 동시에 수놈도 항복해 버렸다. 사나이가 다시 휘파람을 불자 개들은 그의 손에서 미끼를 받아먹었다. 이제 그는 먹고 있는 개들의 목덜미를 어루만져 줄 수 있었다.

1분 뒤에 개들은 힘차게 짖으면서 숲속으로 달려들어갔다. 그러나 서둘러서 뛰어 돌아와서는 사나이의 주위를 빙빙 돌았다. 그가 그 위에 몸을 굽히자 개들은 머리를 내밀어 그가 어루만져 주는 것을 달게 받았다. 그리고는 다시 뛰어가 지그재그 코스를 그리면서 두 마리의 개는 나무와 수풀 사이로 사라져서 짖는 소리만을 멀리 남기고 아주 가버렸다.

짐 캠벨은 일요일에는 하루 종일 집에서 텔레비전을 보며 모든 것을 잊고 푹 쉬었다. 일요일 밤에 그는 이튿날 아침에 필요하게 될 소도구를 재점검했다. 그냥 시간을 보낼 수는 없었다. 변장하는 데도 시간이 걸리며 제법 신경을 써야 한다. 라비의 집 앞에 있는 거리에서 햇볕을 그대로 받으며 몇 시간이고 서 있어야 하므로 찌는 듯한 무더위도 견뎌내야 한다.

9시에 자명종을 아침 4시에 맞추어 두고 침대에 들어갔다. 그가 하는 일에는 충분한 휴식이 필수불가결한 것이었다.

아침이 되어 독일 셰퍼드의 암놈과 수놈을 만나고 돌아오면서 그는 24시간의 휴식이 확실히 효과를 나타내고 있음을 느낄 수 있었다. 집으로 돌아오자 변장을 하기 시작했다. 손가락으로 몇 번

뺨을 문지르고 얼굴에 오일을 몇 방울 떨어뜨려서 살결을 부드럽게 하려고 계속 문질렀다. 변장하는 데 두 시간이 걸렸다. 여기저기 백발이 섞여 있고 곱슬곱슬한 다갈색 털이 몇십 개나 나 있는 턱수염을 그는 정성껏 하나하나 얼굴에 풀로 붙여나갔다. 튀어나온 광대뼈 아래 움푹 들어간 뺨과 턱의 대담한 각도가 짙은 턱수염 밑에 감추어졌다. 여전히 끈기 있게 그는 긴 귀밑털을 붙여나갔다. 우선 자기의 머리카락 위에 붙이고, 또 귀 둘레의 턱수염과 뒤섞이게 했다. 피부에도 너무 햇볕에 그을리지 않은 사람처럼 보이도록 엷은 회색 화장품을 칠했다.

그는 거울에 비친 얼굴을 자세히 살펴보고 다시 한 번 모델과 비교해 보았다. 「하시디즘의 역사」란 책에 사진으로 나와 있는 사나이의 얼굴을 바라본다. 꼭 닮았다. 대낮의 햇빛 테스트에 견뎌야 하므로 화장한 뒤에 강한 전등에 쬐어보았다. 그리고 브루클린에서 본 유태인 특유의 손짓으로 수염을 쓰다듬었다. 꼭 진짜처럼 보였다. 이 정도면 쉽게 군중 속에 섞여 들어갈 수 있을 것이라고 자부하게 되자 그는 브루클린을 향해 출발했다.

오늘은 루바비치가 살고 있는 근처 일대가 마치 마법의 지팡이로 한번 흔들고 지나간 뒤처럼 완전히 변모해 있었다. 회색 포드에 탄 사나이는 이스턴 파크로 가는 한길에 경관을 태운 순찰차가 죽 늘어서 있는 것을 볼 수 있었다. 아직 시간이 일렀지만 랍비와 그 신자들이 살고 있는 일대를 둘러싼 경비진과 경찰의 경계가 의외로 삼엄한 것 같았다.

교차로에서는 이스라엘 수상이 방문하기로 되어 있는 곳으로 가려는 차와 인파를 경관이 정리하고 있었다. 군중들은 캠벨이 예상한 것보다 훨씬 더 많았다. 그는 차를 이틀 전에 세워두었던 곳에 세웠다. 차를 잠가두고 그는 모자를 밀어올리고서 다시 수염을 쓰다듬었다. 군중들의 흉내를 내려는 뜻도 있었지만, 또 한 가지 수염을 쓰다듬은 이유는 그것이 제대로 붙어 있는지 확인하기 위해서였다.

랍비가 살고 있는 거리 쪽으로 가자 그는 같은 방향으로 걸음을 재촉하는 수백 명에 달하는 군중들에게 밀리는 듯해서 깜짝 놀랐다. 가까이 가면 갈수록 더욱 주택과 가게에서 남자들이 몰려나와 인파의 밀도는 점점 더해 갈 뿐이었다. 군중들은 아침 기도를 마치고 나오는 많은 신자들로 점점 불어났다. 기도의 숄을 아직도 어깨에 걸치고, 기도서를 옆에 낀 채 여기저기의 유태 교회에서 흘러나오는 인파의 소용돌이 속으로 그도 휩쓸려 들어갔다.

태양은 하시딕 유태 사회의 무리들로 가득차 있는 좁은 뒷골목에도 내리비치고 있었다. 캠벨은 자기에게 조금도 의심의 눈길이 쏠리지 않는 것에 만족했다. 다른 사람들과 조금도 다른 데가 없었다. 발걸음은 빠르며 넓은 어깨를 약간 앞으로 구부리고, 매일 몇시간씩 신성한 책에 고개를 숙이고 있는 무리들의 특유한 모습을 하고는 수염난 얼굴을 약간 숙였다.

번쩍번쩍 윤이 나는 경찰차와 오토바이들이 밀집 대형을 이루고 정지해 있었다. 경관들은 체념한 듯이 라비의 집으로 가는 길에 마치 운하에 흐르는 물처럼 넘쳐흐르는 인파의 행렬을 보고만 있었다. 캠벨은 군중들의 한가운데서 전진하는 하시딕 유태인들의 행렬에 밀려가고 있었다. 그는 여러 언어의 숲속에 둘러싸여 있었다 —— 영어와 유태어가 섞이고 헤브라이 어를 조금 더한 것이었다. 그는 기묘한 세계에 들어온 듯한 느낌이 들었다. 이러한 분위기는 이야기로 들었지만 지금까지 현실로 그에게는 존재하지 않았던 것이다.

라비가 살고 있는 거리는 많은 인파로 인해 발들여놓을 틈도 없었다. 경관들이 이스라엘 수상과 수행원들의 차의 행렬이 통과할 수 있도록 길의 일부를 틔워놓으려고 애를 썼다. 구경꾼들은 두꺼운 옷의 무게에다 낮의 지독한 더위로 해서 땀을 흘리고 있었다. 그들은 그 자리에 못박힌 듯이 멈춰서서 밀려갔다 밀려오는 바다의 물결처럼 요동하고 있었다. 그들은 자기네들의 랍비의 영광된 순간을 기다리고 있었다. 유태인의 수상마저도 예방을 하여 그의 지혜로운 말에 귀를 기울이려는 것이다.

짐 캠벨은 한발 한발 앞으로 나아갔다. 그의 목적은 랍비의 앞뜰까지 접근해 가는 것으로써, 그곳에 가면 그의 펜탁스 카메라를 사용할 수 있을 것 같았다. 그것은 잘 해내지 않으면 안되는 일이다. 수상의 경비원은 이스라엘측이나 미국측이 다같이 외상이 미국을 방문했을 때에도 같은 인물들이 지킬 것이기 때문이다. 캠벨은 기록촬영을 해두었다가 그들의 얼굴을 기억해 내야만 한다. 임무를 완수하기까지는 함정을 끊임없이 의식하면서 행동하지 않으면 안된다. 그러기에 자기를 쫓고 있는 사냥꾼을 알아볼 수 있도록 기억해야만 한다.

주위 사람들의 흉내를 내며 캠벨은 밀고 밀리면서 좀더 나은 장소로 향해 갔다. 잠시 뒤에 그는 자기가 랍비의 집 문 앞 가까이에 와서 서 있음을 발견했다.

경비원들은 이미 와서 집 앞에 배치되어 있었다. 반대쪽의 빌딩과 아파트에서도 다른 경비원들이 소용돌이치는 군중들을 지켜보고 있었다. 짐은 멀리 있는 두 군데의 발코니에서 쌍안경으로 인파를 내려다보고 있는 무리들을 발견했다. 그들을 분간하는 방법은 간단했다. 그들은 이 주위에 있는 다른 사람들과는 복장이 틀리며, 길에서 소용돌이치는 군중들을 바라보는 표정에 불안과 긴장이 나타나 있기 때문이다. 전역을 감시할 수 없는 경비원들을 위해 우수한 통신장치가 정보를 전달해 주는 역할을 하고 있으리라고 캠벨을 판단했다.

무더위가 심해졌다. 한여름에 두꺼운 검은 옷을 입어본 적이 없는 캠벨은 온몸이 땀에 젖어 있음을 느꼈다. 1년 내내 두꺼운 옷을 입는 데 익숙해진 주위의 사람들조차도 그와 마찬가지로 땀을 흘리고 있었다.

캠벨은 거대한 군중이 참고 기다리고 있는 가운데 긴장과 기대가 고조됨을 느꼈다. 베긴이 가까이 오고 있다는 소문이 군중 속에 퍼졌을 때는 해는 이미 중천에 높이 떠 있었다. 네 대로 이루어진 차의 행렬은 경관과 젊은 하시딕 신자들의 행렬에 둘러싸여 천천히 전진해 왔다. 순찰차가 한 대 앞장서서 왔다. 두 번째는 경비원들이고, 세 번째에 수상과 비서관들이 탔다. 네 번째에는 또 경비원들이 타고 후방을 호위하고 있었다.

수상이 탄 차의 문이 열리자 군중들은 환성을 지르고, 안경을 낀 깡마른 사람이 웃음을 띤 표정으로 손을 흔들며 차에서 나타났다. 사방팔방에서 영어와 유태어, 그리고 헤브라이 어로 된 인사말을 던졌다. 캠벨의 귀에는 이 말들의 혼란이 마치 폭포수가 쏟아지는 굉음처럼 들렸다. 이스라엘 수상이 경비원들에게 둘러싸여 랍비의 집 쪽으로 걸어가자 많은 사람들이 카메라를 꺼냈다.

짐 캠벨도 사진을 찍기 시작했다. 열심히 사진을 찍는 다른 사람들 틈에 끼어 있었으므로 별로 수상하게 여겨지지는 않았다. 그는 효과적으로 사진을 찍었다. 렌즈의 초점을 베긴에게는 향하지 않고, 그 주위의 경비진에게로 향했다. 위에서, 밑에서, 그리고 옆에서 다음다음으로 계속 경비원들의 얼굴을 필름에 담았다.

갑자기 묘한 정적이 엄습해 왔다. 마치 군중에게 움직임을 금하고 감정의 고조를 억제하라는 명령을 내린 것 같았다. 770번지라는 문패가 나붙어 있는 집 앞에 74세가 된 루바비치의 작은 모습이 나타났기 때문이다. 은발의 수염을 가슴까지 드리운 노성자의 몸짓 하나로 군중이 조용해졌다. 그가 훌륭한 손님을 환영하러 나왔을 때 군중의 외침이 속삭이는 소리로 바뀌었던 것이다. 그러나 메나헴 베긴이 노성자에게로 가까이 걸어가서 두 사람이 포옹을 하자 속삭임은 또다시 커다란 환성으로 바뀌었다.

이렇게 흥분하는 사이에 짐 캠벨은 좀더 특수한 렌즈를 장치해서 카메라의 셔터를 계속 눌러댔다. 그의 입장에서 보면 사태는 그의 예상마저 능가하는 것이었다. 수상의 특별경호반이 전원 모여 있으리라고는 생각지 않았다. 그 중의 몇 사람은 군중 속에 섞여 있어서 알아보기 어려울 것이며, 그와 마찬가지로 변장을 하고 있는 사람도 더러 있을지도 모른다. 그러나 어쨌든 그는 지금 경비진의 대부분을 사진 속에 담을 수 있었다.

기자들이 불쑥 앞으로 나와서 그는 옆으로 밀려나고, 급기야는 군중 속으로 휩쓸려 들어갔다. 다시 라비가 한 손을 들자 조용해졌다. 그는 헤브라이 어와 유태어로 인사말을 했다. 캠벨은 헤브라이어는 몰랐지만, 라비가 축복을 하고 있다는 것쯤은 알 수 있을 정도로 독일어는 잘했다. 랍비는 조용히 말했지만, 주위의 침묵도 대단했으므로 한마디도 남기지 않고 확실히 알아들을 수 있었다. 군중들은 그 자리에 얼어붙은 듯이 가만히 서 있었다.

라비와 손님이 둘이서만 이야기하기 위해 집으로 들어가자 비로소 군중들이 흩어지기 시작했다. 캠벨도 사진을 찍을 가치가 있는 얼굴을 한 사람이라도 더 찍을 기회가 있는지를 노리면서 눈빛을 반짝이며 걸어나오기 시작했다.

브루클린을 나오기 전에 그는 차를 골목길로 몰고가 잠시 멈추었다. 풀을 떼어내기 위해 얼굴에 오일을 문질러 바르고 귀밑털과 수염을 떼어내기 시작했다. 맨해턴에 도착했을 때에는 하시딕파 유태인이 수염을 깨끗이 깎은 기독교도로 바뀌어져 있었다.

24

텔 아비브에서는 7월 19일 화요일도 이미 저물어가고 있었다. 그런데도 경비부원의 대다수는 아직 보안경비국 본부의 방에 남아 있었다. 오후 내내 그들의 대부분은 라디오를 켜두고 카터 대통령과 베긴 수상의 최초의 회견에 관한 뉴스를 듣고 있었다.

저녁 6시에 파리에서 온 전화가 이처크 골드버그의 방에 이어졌다. 스필만이 미국 동료들의 협력으로 몬테 카를로에 수수께끼의 우편사서함을 가지고 있는 사람의 이름을 알게 되었다고 보고했다.

"그게 누구요?" 이처크 골드버그가 물었다.

"비토리오 안젤로 마지노입니다." 스필만이 말했다. "프랑스가 최초에 용의자로 보내준 명단에 들어 있었습니다."

골드버그의 맥박이 빨라졌다. "그게 이쪽 사슬의 고리가 끊어져 있었던 곳이오." 그는 묵직하게 말했다. "약한 고리였어."

"당신이 좋아할 줄 알았는데." 스필만이 말했다.

"한 시간 이내에 그쪽으로 연락하려면 어떻게 해야 하죠? 어디에 있겠소?"

"대사관에 기다리고 있지요."

전화가 끝나자마자 골드버그는 비서에게 용의자 리스트를 가지고 오라고 했다. 리스트를 펼쳐놓고 그는 프랑스측이 마지노에 관해 써놓은 정보를 읽기 시작했다.

본초란 이름으로 알려진 비토리오 안젤로 마지노는 1921년에 이탈리아에서 태어났다. 1938년 초에 파리로 와서 독일의 프랑스 침공 직후에 모습을 감추었다. 그 뒤 그는 드 골 장군의 휘하에서 자유 프랑스군 코멘트 부대의 훌륭한 군인으로 다시 태어났다. 퇴각하는 독일군 병사에 대해서는 용서없는 살인자로서 알려졌다. 1950년대에 그는 보수를 받고 살인을 하는 용의자로 프랑스 경찰의 감시를 받아왔으나, 수사진은 그에게 불리한 증거를 입수할 수가 없었다. 그 뒤 그는 미술품이나 유사이전의 골동품 도굴품을 매매함과 동시에 살인계약의 중개업을 하고 있는 것으로 여겨졌다. 1961년에 프랑스를 떠났고, 그 뒤 즉시 서류는 창고로 집어넣어졌다. 현재의 소재는 프랑스 당국에서는 알지 못한다.

골드버그는 심호흡을 했다. 이것이야말로 그들 전원이 기다리고 있던 좋은 정보였다. 코헨이 워싱턴에 가 있는 것이 좀 아쉽다는 생각이 들었다. 아논 국장이 결정을 내려주겠지. 그는 내선 전화를 들어 아비틀 아논 방의 번호를 돌렸다.

"골드버그입니다. 중대한 발견을 했습니다. 의논하고 싶은데요."

"이리로 오게." 아논 국장이 대답했다.

골드버그는 이미 밤의 어둠 속으로 자취를 감춘 긴 하루 해가 끝난 뒤에 국장이 피로한 기색을 보이고 있음을 알아차릴 수 있었다. 얼굴의 주름살이 더욱 깊어진 듯하며, 수염도 깎지 않아 더욱 나이가 든 것같이 보였다. 테이블 중앙에 있는 커다란 재떨이에는 담배꽁초가 가득차 있었다. 그 앞에 커피잔이 놓여 있는 것이 그의 하루가 아직도 끝나지 않았다는 증거였다.

아논 국장은 골드버그가 도어를 닫자 얼굴을 치켜들었다. "무슨 좋은 결실이 있나?"

이처크 골드버그는 빙그레 웃었다. "그렇다고 생각합니다. 피에르 드 말랭이 같은 세계의 다른 중개업자를 만나러 몬테 카를로로 여행했다는 이야기를 기억하고 있습니까?"

"그때 자네는 그가 프랑스에서 온 용의자 리스트 가운데의 한 사람일지도 모른다는 말을 했었지. 종적을 알 수 없는 어떤 사나이라고 했었어……"

"바로 그렇습니다." 골드버그는 국장 앞에 종이쪽지를 놓았다. "아무튼 그 이름을 알아냈습니다—— 비토리오 안젤로 마지노."

"그가 무슨 관련이 있단 말인가?"

"첫째로, 취리히의 은행에 입금된 50만 달러의 입금통지서는 몬테 카를로의 어떤 우편사서함으로 보내졌습니다. 모티 클레인이 취리히에 가서 그곳의 은행 지배인에게 약간 압력을 가했습니다. 그래서 그 사서함의 번호를 알아냈지요. 그리고 파리의 스필만이 존 파머에게 원조를 요청하러 갔습니다. 오늘 아침에 스필만은 파머에게서 그 사서함 계약자의 이름을 알아냈습니다. 비토리오 안젤로 마지노입니다."

아논 국장은 전류가 흐른 듯이 행동으로 옮겼다. 골드버그에게 스필만과 연락하여 모티 클레인과 지브 샤하르를 몬테 카를로로 보내서 마지노에 관해 가능한 한 모든 것을 알아내도록 하라고 말했다. 그는 유리 코헨을 미국에서 불러오고 그곳은 아브샬롬 케드미에게 맡기기고 했다. 이것이야말로 두 사람이 기다리고 있던 순간이었다—— 수사가 정리되고, 해결의 실마리가 눈에 보이는 전환점을 보여주는 순간이었다.

25

수요일 낮 워싱턴의 이스라엘 대사관에서는 유리 코헨이 아브샬롬 케드미에게 자기는 곧 몬테 카를로로 떠난다고 말하고 있었다. 케드미에게는 예정대로 내일 수상과 뉴욕으로 돌아와서 텔 아비브까지 경호하라고 명령했다. 그 밖에 그는 취리히에서 모티 클레인이 조사한 것을 덧붙여 이야기해 주었다. "어쩌면 우리들의 상대자는 변장의 명수인 것 같아. 자기의 흔적을 단지 감추려는 것뿐만이 아니라 완전히 없애버리는 방법을 터득하고 있는 것 같네. 그렇지만 한 가지만은 확실해. 리비아의 계획이 상당히 진전되어 있다는 것일세. 두 시간 전에 나는 이쪽 연락 상대를 만나봤어. 이집트측으로부터 전해 달라는 요청을 받은 것 같은데, 리비아에 잠입한 이집트 스파이들은 아담 아메드를 두목으로 하는 특별암살작전본부라는 것이 있다는 확증을 잡은 것 같네. 다만 카다피가 노리는 것이 누구인가 하는 것은 이집트측도 우리도 마찬가지로 오리무중인 것 같아. 그리고 이쪽도 그 방면에서는 이 이상의 정보를 얻을 수 없을 것 같네."

"왜죠?" 케드미가 물었다.

"리비아와 이집트 사이가 폭발 직전에 있다는 군정보가 들어와 있어. 그렇게 되면 그들 스파이들에게 있어서는 머지않아 쓸모없이 되어버릴 문제에 머리를 쓸 여유가 있을지 어떨지 의문이니까."

26

"그렇다면 무대에 남는 것은 우리들뿐이겠군요." 아브샬롬 케드미가 말했다.

코헨은 자기 부하의 어깨를 두드렸다. "어쨌든 우리들 자신밖에 믿을 수가 없어."

웨스트 42번가의 싸구려 옷감 가게 사이에 셀릭 오스터라는 나이든 유태인 사진사가 있었다. 72세인 그는 홀아비로서 성인이 된 세 명의 자식들이 각각 캘리포니아에서 사업을 하며 잘살고 있었다. 그는 이 작은 가게를 그만두고 자식들에게 가는 것은 자기의 삶의 보람을 버리게 되어 죽음을 재촉하는 결과가 될지도 모른다고 생각하여 단호히 거절했다. 그래서 이 가게는 그에게 있어서는 단순한 생활수단 이상의 것으로 여겨져 그는 경쟁 상대자보다도 값싸고 좋은 서비스를 하고 있었다.

화요일 아침 일찍이 젊은 사나이가 필름을 하나 현상해 달라고 했다. 그는 이튿날 오후까지 인화해 주겠다고 약속했다. 그 필름을 현상해 보고 사진이 이스라엘 수상과 루바비치의 회견 장면임을 알자 그는 놀람과 동시에 기뻐했다. 그래서 수요일 오후 4시에 그 젊은 남자가 가게로 들어오자 셀릭 오스터는 따뜻하게 그를 맞이했다. "좋은 사진이군요. 당신은 신문기자요?"
"그렇습니다. 무슨 사진인지 알아보신 모양이군요?"
노인도 웃으며 대답했다. "베긴과 이 랍비를 모르는 사람이 있을 것이라고 생각하시오?" 그는 현상한 필름과 인화한 것을 카운터 위에 놓았다. "저만한 인물을 두 사람이나! 굉장해!" 젊은 사나이는 인화한 것을 자세히 바라보았다. 아주 잘되었다.
"당신은 유태인인가요?" 그가 물었다.
"유태인도 유태인이지만, 솔직히 말해서 솔로몬과 다윗 시대에서부터의 유태인이오." 가게 주인은 미소를 지었다.
이 말을 듣고 짐 캠벨은 계획을 바꾸기로 했다. 오스터에게 사진 중에 찍혀 있는 경비원의 얼굴을 확대해 달라고 할 참이었던 것이다. 그러나 이 사나이는 유태인이었다. 조금이라도 의혹을 살 만한 일이라면 그는 행동을 바꾸는 데 주저하지 않았다.
그는 노인에게 수고했다는 인사를 하고 계산을 치르고는 조그마한 가게에서 재빨리 나와버렸다. 타임스 광장 가까이에서 흑인이 경영하는 사진관을 발견하고 들어가서 잉크로 표시한 얼굴을 한 장씩 확대해 달라고 부탁했다.
"가능한 빨리 해주었으면 합니다."
"그렇다면 언제까지 해드릴까요?"
"내일."
"그건 특별주문입니다요. 그래서 특별히 비쌉니다."
"그건 상관 없어요. 잘만 해준다면."
젊은 사나이는 가게에서 나와서 회색 포드를 세워둔 주차장으로 돌아갔다.

27

아딜 엘 마그라비는 아담 아메드의 명령으로 파리에 가 있었다. 그의 임무는 마담 자클린 샤를로트가 체포당하게 된 일련의 사건에 대한 정보를 포착하는 일이었다. 그러나 이미 신문에 발표된 것 이상으로 자세한 정보는 아무것도 발견되지 않았다. 그가 보고할 수 있는 것은 마담 샤를로트는 분명히 낙오되었다는 단순한 사실뿐이었다.

　엘 마그라비는 자기의 동정이 프랑스 형사들의 감시를 받고 있음을 알아차리지 못했다. 며칠 전에 DST의 테러 방지과 앙드레 코르데유 경위는 부하 형사들로부터 엘 마그라비가 또 유럽에 와 있다는 말을 들었던 것이다. 그의 이스라엘측 협력자인 야키 스필만은 그에게 이 리비아 인이 파리에서 무슨 일을 저지를지도 모른다고 경고했다. 코르데유 경위는 자기도 그 이름을 잘 알고 있는 엘 마그라비를 이집트와 이스라엘 쌍방의 스파이들이 찾아내려 하고 있음을 눈치채고 있었다. 표면적으로는 엘 마그라비의 프랑스 입국을 방해할 확실한 이유가 없었으며, 만일 이유가 있다손 치더라도 정치가들이 입국을 거부하려는 것을 막으려 들 것이다. 프랑스 정부의 방침은 어떻게 해서든지 모든 나라와 우호관계를 유지하려는 것이었다. 코르데유는 DST의 동료들 대부분이 그러하듯이 그들과 비슷한 사고방식을 갖고 있었으므로 엘 마그라비에게 늘 미행케 하여 이 리비아 인의 동정을 자기에게 즉시 보고하라는 것 이상의 일은 할 수 없었다.

　엘 마그라비는 트리폴리로 돌아가서 아담 아메드의 강력한 속박의 손아귀 속으로 들어가기 전에 며칠 동안 파리에서 개인적인 쾌락을 즐기려고 마음먹었다. 자기의 임무에 이만큼 정력을 쏟았으므로 어느 정도 보상을 받는 것은 당연하다고 생각했다.

　생 제르망 데 프레에 그의 마음에 드는 조그마한 나이트 클럽이 있었다. 거기에서 일하고 있는 모나라는 금발의 스웨덴 여자 스트리퍼가 그의 마음을 끌었다. 전번에 파리에 왔을 때에 처음으로 만났는데, 그녀를 자기 것으로 만들겠다는 욕정에 사로잡히고 말았던 것이다. 이번에도 파리에 온 첫날밤에 그는 밤중이 지나도록 그 클럽에서 늘어붙었으나 유감스럽게도 그녀에게 딱지를 맞고 말았다. 아직 몸을 허락할 계제가 아니라고 그녀는 설명했다. 다음날 밤에 또 부딪쳐 보았지만 여자는 웃으면서 정중하게 거절을 했다. 이렇게 퇴짜를 맞게 되자 그는 점점 더 초조해질 뿐이었다.

　이제 그는 어떻게 해서라도 그녀를 정복하겠다고 결심했다. 그의 피를 뜨겁게 만든 것이 그녀의 어떤 부분인지는 모르지만, 그 스웨덴 여자를 생각만 해도 그는 땀을 줄줄 흘렸다. 그는 주머니에 돈을 듬뿍 넣어가지고 그 클럽으로 나갔다. 돈을 잘 쓰고, 주머니에 지폐가 가득차 있는 손님만이 그곳에서는 환영을 받는다.

아딜 엘 마그라비에게 늘 붙어다니는 두 명의 부하들은 11시에 클럽에 도착했다. 이 리비아 인은 오늘밤에는 모나의 침대 속에서 밤을 새우리라 결심했다. 더구나 파리에 와 있다는 열기가 세 사람의 리비아 인의 경계심을 둔화시켜 DST의 네 사람이 미행하고 있다는 사실을 눈치채지 못했다. 프랑스 형사들은 미행에는 능숙했으며, 엘 마그라비가 국외로 나갈 때까지 꼭 따라다니라는 명령을 받은 터였다. 엘 마그라비와 부하들이 클럽으로 들어가자 DST의 형사들은 밖에 남아서 각자 클럽의 출입구를 감시하면서 서로가 눈으로 연락할 수 있도록 네 개의 감시 지점에 자리를 잡았다.

이 24시간 동안에 DST 직원들은 정체를 아직 알 수 없는 다른 무리들이 엘 마그라비를 미행하고 가는 데마다 꼭 따라다니는 것을 알았다. 실상 그 무리들은 자기네들의 사냥감을 추적하는 데 열중한 나머지 앙드레 코르데유 경위 부하가 자기네들을 미행하고 있다는 사실을 알아차리지 못했다. 경위는 개입할 필요가 생길 때까지 부하들에게 몸을 꼭 숨기라는 명령을 내렸다.

엘 마그라비는 클럽 지배인의 따뜻한 환영을 받으면서 부하들과 함께 서슴없이 바와 작은 스테이지 사이에 있는 테이블에 가서 앉았다. 클럽에는 30명 정도의 남녀가 있었다. 스테이지의 쇼가 시작되기 전에 발가벗은 남녀가 갖가지 성교 체위를 보이고 있는 슬라이드가 스크린에 나타났다. 이윽고 12시 정각에 스포트라이트가 여러 개 스테이지 위에서 난무했다. 그 중앙으로 젊은 남자와 여자가 발가벗고 나타났다. 아딜 엘 마그라비는 이들의 연기를 여러 무대에서의 경험으로 잘 알고 있었다. 그에게 있어서는 현재 트리폴리의 금욕주의에서 해방되어 이 관능의 파라다이스에 와 있다는 것이 마치 오감에 불을 붙여 취하게 하는 듯한 체험이었다. 그는 페니스가 단단해져 옴을 느꼈다.

그는 찬물을 한 모금 마셨다. 젊은 남녀의 애무는 그의 사타구니를 더욱 긴장시켰다. 모나를 생각하자 점점 열이 올랐다. 욕정으로 온몸이 뜨거워지자 그는 손수건을 꺼내 펴고, 그 중앙에 얼음 조각을 몇 개 놓고 싸서 목과 이마, 그리고 타는 듯한 뺨에 문질러 열을 식혔다. 스트리퍼가 나오기를 기다리느라 안달이 났다.

1시에 그녀의 차례가 왔다. 아딜 엘 마그라비는 혓바닥으로 마른 입술을 빨았다. 그는 시선을 여자의 터질 듯한 몸뚱이에 집중시켰다. 멋지게 생긴 둥근 엉덩이가 좌우로 빙빙 돈다. 마치 풍만한 엉덩이 속에 강력한 소형 엔진이라도 장치해 두어서 싱싱한 몸뚱이의 다른 부분을 움직이고 있는 듯했다. 금발이 엉켜서 늘어지고 부드러운 그 어깨를 고수머리가 뱀처럼 퍼져서 감싼다.

"지옥의 처녀야." 리비아 인은 생각했다. "악마의 딸이야."

여자는 섹시하게 몸을 비틀었다. 양손이 배 위로 슬쩍 올라가서 도전이라도 하듯이 젖꼭지가 빳빳하게 서 있는 유방을 애무했다. 그리고 손이 슬쩍 사타구니로 미끄러져 내려가서 이번에는 또 납작한 아랫배를 어루만졌다. 아딜 엘 마그라비는 여자가 긴 손가락이 주물러서 단단하게 된 젖꼭지를 집는 것을 보고 숨결이 거칠어졌다. 불타는 듯한 상상 속에서 이 리비아 인은 그녀의 손이 바지 앞쪽의 불쑥 솟은 텐트를 어루만지며, 급기야는 발기된 그의 페니스를 만지러 바지 속으로 미끄러져 들어오는 장면을 머릿속에 그려보았다. 또다시 그는 욕정을 가라앉히려고 찬물을 마셨다.

그 순간 스포트라이트가 꺼지고, 모나는 그녀를 지켜주는 어둠 속으로 사라져 버렸다. 클럽 안에 어슴푸레한 전등이 켜지고 조용한 음악이 스트립 댄스에 맞추어 잔잔한 박자로 바뀌자, 리비아 인은 걷잡을 수 없이 치닫던 맥박을 간신히 억제하고 규칙적인 숨을 쉴 수 있었다. 어젯밤에 겨우 약속한 대로 모나가 그의 테이블로 와주기를 기다리고 있었다.

그러나 모나는 나타나지 않았다. 대신 클럽의 지배인이 그의 테이블로 가까이 와서 그에게 작은 봉투를 내밀었다.

리비아 인은 깜짝 놀라 그것을 바라보았다. "도대체 이게 뭡니까?" 그가 물었다.

지배인은 안심시키려는 듯이 웃었다. "마담 모나가 전해 달라고 해서."

리비아 인은 지갑에서 백 프랑짜리 지폐를 꺼내어 지배인에게 주었다. 지배인은 약간 머리를 숙여 고맙다는 인사를 했다. 지배인이 돌아가자 리비아 인은 봉투를 뜯었다. 그 속에는 형편없는 스펠링의 프랑스 어로 쓴 짧은 편지가 들어 있었다.

'클럽에서 함께 나가는 모습을 남에게 보이지 않는 게 좋을 듯해요. 우리 집에서 기다려 주세요. 열쇠는 도어 매트 밑에 있어요. 모나.'

이 편지의 아래쪽에 공들인 필체로 번지를 적어놓았다.

아딜 엘 마그라비는 부하들에게 홀끗 눈짓을 하며, "돌아가자."

하고 말했다.
 일행은 서늘한 밤거리로 나왔다. 모나의 아파트는 클럽에서 그리 멀지 않았는데, 길 모퉁이를 두 개 돌아 오른편으로 들어가서 돌을 깔아놓은 구불구불한 골목길 가운데쯤에 있었다. 엘 마그라비는 앞으로 내민 무거운 배를 털렁거리며 재빨리 걸었다. 그는 심장의 고동이 빨라짐에 따라 숨도 짧게 색색 내쉬었다. 두 젊은 사나이도 무슨 일이 일어났는가 해서 서둘러서 뒤따랐다. 그는 일부러 그런 일까지는 설명해 주지 않았기 때문이다. 엘 마그라비는 그 아파트의 입구 가까이에서 겨우 걸음을 멈췄다.
 "나는 여기에 들어간다. 너희들은 밖에서 기다려. 곧 마담 모나가 올 게다."
 부하들은 서로 눈길을 마주쳤다. 그렇게 되었군! 이 뚱뚱보가 금단의 열매를 따먹으려 하고 있는 것이다. 두 사람을 도로의 반대편에 세워둔 채 아딜 엘 마그라비는 길을 건너가서 낡은 2층 건물로 올라갔다. 그는 도어 매트 밑에서 열쇠를 찾아내어 몸을 굽혀 그것을 열쇠구멍에 집어넣고 문을 열었다.
 그를 맞이한 것은 캄캄한 암흑뿐이었다. 그는 주머니에서 라이터를 꺼내어 작은 레버를 찰칵 눌렀다. 불꽃이 반짝한 순간에 숨이 끊어질 듯한 일격이 가해져 오고, 구원을 요청할 틈도 없이 다시 걷어채여서 그는 뒤로 벌렁 넘어졌다. 목덜미 뒤에서 일격을 가해와서 무의식의 세계로 자신이 떨어져 가는 것을 느낄 수 있었다.
 1분 뒤에 다시 문이 열렸다. 겁에 질리고 상처투성이가 된 두 부하가 네 사람의 건장한 사나이들에게 쫓겨 방안으로 들어왔다. 아파트 안에서 엘 마그라비를 기다리고 있던 두 동료와 합쳐 6명이었다. 지휘하고 있던 사나이가 아딜 엘 마그라비를 체포했다고 보고하기 위해 전화 쪽으로 걸어갔다.
 정보담당관의 자택에서 길게 계속 전화벨이 울려 가까스로 그 집의 고용인을 깨웠다. 주인이 있는 곳을 묻자 그는 주인은 한 시간 전에 이집트 대사관으로 나갔다고 대답했다.
 바로 그때 마무드 아쉬라프는 이집트의 주불 대사 무하마드 하피즈 이스마일에게 급한 보고를 하기 위해 만나고 있었다. 카이로에서 온 명령에 의해서 정보담당관은 대사에게 이집트와 리비아 국경의 군사정세가 위기에 이른 이 24시간 동안에 일어난 사건을 보고하라는 명령을 받았다. 내용은 지극히 간단했다. 이집트가 리비아를 공격하려고 한다는 것이다. 따라서 정보담당관은 전원 각각 대사가 부임해 있는 나라에서 해야 할 홍보작전을 준비할 수 있도록 사정을 보고해 두라는 명령이었다.

이 보고가 끝날 무렵에 대사의 책상 옆 선반 위에 놓인 외선 전화가 울렸다. 대사가 수화기를 들고 잠시 들어본 뒤 수화기를 내밀었다.

"당신한테 온 전화요." 대사가 말했다.

"실례하겠습니다." 마무드 아쉬라프는 수화기를 받아들고 이름을 말했다.

"아딘입니다."

"무슨 일이 일어났소?"

"리비아 인을 체포했습니다."

"만사 실수 없이 했겠지?"

아딘은 웃었다. "잘 익은 열매처럼 올가미 안으로 쏙 들어왔습니다. 환영 절차로 약간 쇼크를 받았을 뿐입니다."

"내가 갈 때까지 기다리시오. 곧 가오." 정보담당관은 수화기를 놓았다. 그의 이마에는 이제 성공했다는 생각을 표시하는 주름살이 졌다. 부하들이 그 리비아 인을 발견한 순간부터 무기를 사용하지 않고 체포할 방법을 강구하라고 명령해 두었었다. 나이트 클럽에서의 리비아 인의 흥미의 대상을 노린 것이 아딘이었는데, 그 스트리퍼를 미끼로 이용할 방안이 떠올랐던 것이다.

대사는 묻는 듯한 표정으로 아쉬라프를 바라보았다. "만사에 이상이 없겠지요?"

마무드 아쉬라프는 부드럽게 웃으며 대답했다. "아니오, 정반대입니다." 대사에게는 알려서는 안될 필요성이 있었다. "만일에 일이 잘 진척된다면 이쪽은 누구나 만족할 수 있는 결과를 가져올 일이 하나 생겨났습니다. 그러나 현재로는 보고를 여기에서 끝내게 해주십시오. 해야 할 급한 용무가 있습니다."

아쉬라프는 대사에게 작별인사를 하고 서둘러서 대사관을 나왔다.

그의 차가 구불구불한 골목길로 들어가서 엘 마그라비를 체포해 둔 집 앞에서 멈추어선 것은 2시 반이었다. 집안에서 일어난 일은 밖에는 아무런 영향도 주지 않아 거리는 평온하기만 했다. 모든 일이 계획대로 진행되었다. 아딘은 믿을 만한 사람이었다. 그가 신경질적인 것은 사실이지만 그는 언제나 명령을 지켰으며, 사명을 틀림없이 완수했다.

　마무드 아쉬라프는 그의 전임자가 빌려쓰던 그 집 가까이에 차를 세웠다. 그곳은 여러 가지 정보활동에 알맞은 본부로 사용되었다. 조그마한 그 아파트는 여러 가지 심문에 몇 차례나 이용되었다. 부르짖는 소리와 고통의 비명이 바깥 사람들에게 들리지 않도록 문과 벽에 방음장치가 되어 있었다.

　아쉬라프는 문을 두 차례 노크했다. 급하다는 듯이 계속 두 차례나 두드렸다. 문이 열렸다. 이 집의 주인답게 아쉬라프는 문을 활짝 열고 안으로 들어섰다. 그러나 순간 그는 깜짝 놀라서 걸음을 멈췄다.

　눈앞에 벌어진 광경은 그가 예상했었던 것과는 전혀 달랐다. 낮은 소파에 몹시 얻어맞은 세 사나이가 앉아 있었다. 중앙이 아딜 엘 마그라비였는데, 정보담당관은 아딘의 보고에 의해 곧 그 사람임을 알 수 있었다. 그의 좌우에 있는 것은 부하들이었다. 그들 세 사람은 한결같이 멍청한 표정을 짓고 있었다. 반대쪽에는 여섯 명의 사나이가 일렬로 늘어서서 양손을 머리 위에 얹고 서 있었다. 열의 중앙에는 아딘이 눈을 반쯤 감고 서 있었다. 그의 얼굴은 분노로 붉게 물들어 있었다.

　두 개의 그룹, 리비아 인과 이집트 인은 다같이 사복을 한 여덟 명의 사나이들에게 감시를 받고 있었다. 그들과 마주보고 방 한가운데에 있는 의자에 위협하는 듯한 표정을 지은 사나이가 앉아 있었다. 발이 마룻바닥에 닿지 않을 정도로 키가 작은 사나이였다. 그의 얼굴에 나타난 주름살로 보아서 나이는 50살이나 60살쯤 되어보였다. 주름살투성이의 얼굴이 날카롭게 야위었으나, 커다란 눈은 언제나 변함없는 아이들처럼 놀란 표정을 짓고 있었다.

　"잘 오셨소, 무슈 아쉬라프." 작은 사나이가 호기 있게 말했다. "아무쪼록 들어오십시오. 될 수 있으면 그 문을 닫고."

　정보담당관은 그의 말대로 문을 닫고 돌아서서 방의 중앙으로 몇 발자국 걸어나왔다. 그는 갑자기 화를 냈다. "이게 어찌 된 일이오?" 그가 소리쳤다.

　"무슈――" 작은 사나이는 부드러운 미소를 지었다. "잘 부탁합니다. 곧 사정을 설명하겠소. 실은 당신이 노할 필요가 없소. 오히려 내가 화를 내야 할 판이오. 우리들의 꽃다운 도시에서 바람직하지 못한 모략이 날뛰는 것을 나는 좋아하지 않소."

아쉬라프는 더욱 화를 냈다. 그는 화를 억제하려고 무척 애를 썼지만 헛일이었다. 이러한 상황에 이르면 그는 약간 말을 더듬는 버릇이 있었다. 혀가 꼬부라지면 그만큼 화도 더 나는 것이었다.

"다, 당신은 누, 누구요?" 그는 소리쳤다.

"무슈 아쉬라프, 나는 귀머거리가 아니오." 작은 사나이는 의자에서 벌떡 일어났다. 그의 키는 체격이 좋은 이 이집트 인의 어깨밖에 닿지 않았다. 다른 경우였다면 그 모습은 이집트 대사관의 정보담당관의 입가에 미소를 짓게 하겠지만, 이 사나이가 완전히 이 장소를 지배하고 있는 현재로서는 그럴 수가 없었다. 그는 성큼성큼 앞으로 걸어나왔다. "내 소개를 하겠습니다. 나는 DST의 앙드레 코르데유 경위요. 만난 적은 없으나 나의 이름은 알고 있으리라 믿습니다만."

그렇다면 이 친구가 앙드레 코르데유로군――하고 마무드 아쉬라프는 생각했다. 이 베테랑 프랑스 경위의 이름은 여러 차례 들었지만, 지금 눈앞에 있는 그러한 사나이일 것이라고는 꿈에도 생각지 못했었다.

아쉬라프의 믿을 수 없다는 듯한 시선의 의미를 알아차린 듯이 코르데유는 웃으면서 말했다.

"내가 코르데유 경위가 틀림없소. 하지만 서로 친구가 되기 위해 정답게 이야기를 나누려면 확실히 장소도 좋지 않고, 마침 그 시기도 아니오. 당신은 외교관의 특권을 가지고 있으니 수세 대로(大路)에 있는 나의 집으로 부하들과 함께 가서 커피라도 마시면 어떻겠소? 그게 좋겠지요?" 그는 돌아서면서 이집트 정보관이 부하들을 호되게 나무라는 것을 보고 걸음을 멈췄다.

"그들을 책망할 이유가 없어요." 그는 부드럽게 말했다. "책망을 받아야 할 사람은 바로 나요. 이봐요, 무슈 아쉬라프, 피차 할일이 있어요. 이쪽도 무슈 엘 마그라비가 와 있다는 것을 알고 있었으며, 그쪽이 그를 붙잡으려 하는 것을 눈치챘지요. 이 점만은 분명히 해 두어야 한다고 생각하지만, 앞으로는 사이좋게 헤어질 수 있으리라 믿습니다. 가시지 않겠어요?"

리비아 인과 이집트 인은 각각 다른 차를 타고 DST 본부로 옮겨져서 계속 심문을 받았다. 엘 마그라비를 한 방에 넣고, 두 명의 부하들은 또 다른 방에 넣었다. 이집트 인들은 세 개의 방에 나눠어 들어갔다. 한 방에는 아딘의 부하 5명이었고 또 한 방에는 아딘이었다. 마무드 아쉬라프는 코르데유의 방으로 가서 있게 되었다.

코르데유 경위는 리비아 인의 부하들을 심문하고, 다음에는 5명의 이집트 인을 심문했다. 그는 부하를 먼저 심문하는 방법을 택했다. 그들을 다 심문하고 나서 아딘이 있는 방으로 갔다. 국외로 추방하겠다는 위협에 아딘은 곧 상사인 마무드 아쉬라프에게 책임을 전가시켜 버렸다. 아쉬라프의 심문에서 겨우 엘 마그라비가 사다트를 해칠 모략에 관계되어 있다고 그가 믿고 있던 바가 밝혀졌다.

앙드레 코르데유는 엘 마그라비에게 중요한 질문은 미뤄두고, 그를 다른 스파이들도 잡으려고 기다리고 있으므로 그의 석방을 그들에게 알리는 날이면 엘 마그라비가 시체로 발견될 것이 틀림없다고 자신 있게 말했다. 그가 사다트 암살계획에 대한 문제를 엘 마그라비에게 말하자 이 리비아 인은 벼락을 맞은 듯했다. 그의 검은 눈이 휘둥그레졌으며, 그는 또 웃음을 터뜨렸다.

"경위님, 당신은 잘 알고 있는 듯하지만 전부는 모르고 있군." 그가 말했다.

"확실히 그렇소." 경위도 인정했다. "그러나 이집트와 이스라엘이 당신을 추적하고 있다는 것은 알고 있소. 내가 원하는 정보를 말해 주지 않으면 그들에게 당신의 소재를 알려서 그 이리들 중 한 마리가 덤벼들게 해버릴 수도 있어."

이렇게 되풀이하여 위협하자 리비아 인은 겁에 질려서 대답했다. "한 가지만 말할 수 있소······단지 한 가지만을. 그렇지 않으면 트리폴리로 돌아가서도 나는 살아남을 수 없소. 이번 일은 이집트와는 아무런 관계가 없어요. 그것만은 진실이라고 맹세하겠소."

코르데유 경위는 어깨를 으쓱했다. "언젠가는 알게 되겠지." 그는 이렇게 말하고 돌아서서 밖으로 나왔다. 자기 방으로 돌아오자 그는 어느 정도 마음을 가라앉히고 있는 아쉬라프의 모습을 바라보았다.

"아무튼, 무슈 아쉬라프, 당신과 당신 부하들은 자유롭게 돌아가도 좋을 것 같소. 그리고 이 말도 해두겠는데, 리비아의 계획은 당신 나라의 대통령이나 또 이집트의 어떠한 다른 일과도 관계가 없소이다." 그는 손짓을 하여 이집트 인을 방에서 내보내고 부하들에게 엘 마그라비를 데리고 오라고 했다. 엘 마그라비가 방으로 들어오자 코르데유 경위는 의자를 권하지도 않았다. 냉랭한 목소리로 그가 말했다. "부하가 당신과 당신의 부하들을 호텔로 데려다 줄 것이오. 거기서 짐을 꾸리시오. 그리고는 공항으로 데리고 가서 트리폴리행 비행기가 이륙할 때까지 경호해 줄 거요. 그리고 앞으로는 두 번 다시 나타나지 마시오."

혼자 남게 되자 앙드레 코르데유는 자리에 앉아서 오늘밤의 사건에 대한 보고서를 작성했다. 그 속에서 그는 자기의 견해로서는 리비아가 이스라엘 정부 고관의 암살을 계획하고 있는 것 같다고 기재했다. 이 정보를 곧 이스라엘 당국의 적당한 인물에게 연락하는 것이 바람직하다고 써넣었다.

28

독일 셰퍼드가 짖는 우렁찬 소리가 캠벨이 아침 산책을 하기 위해 커다란 집을 나서기 전부터 들려왔다. 부엌 문을 여니 이번에는 두 마리의 개가 대담하게도 부엌 계단 가까이에까지 와 있었다.

그는 얼굴에 웃음을 띠었다. 자기와 두 마리의 훌륭한 개들 사이에 우정이 깊어지고 있었다. 개들은 그를 신뢰했다. 그가 낮게 휘파람을 불자 개들은 이 우호적인 소리에 귀를 쫑긋 세웠다. 숫놈이 머리를 치켜들고 으르렁거렸다. 암놈이 달려나와서 숫놈의 주위를 빙빙 돌다가 다시 그 옆에 멈춰서서 그를 바라보았다. 그는 봉지 속에서 소시지를 꺼내어 개들에게 내밀었다. 개들은 가까이 다가와서 그의 손에서 먹이를 받아먹었다.

그는 개들의 목덜미를 쓰다듬은 뒤에 가볍게 등을 두드려 주었다. 그가 숲속을 향해서 성큼성큼 걸어가자 개들도 뒤따라왔다. 그가 걸음을 빨리 하여 끝내는 마구 뛰어가자 개들은 즐거운 듯이 날뛰며 짖어댔다. 이윽고 개들은 그를 쫓아와서 몇 차례나 그의 주위를 빙빙 돌았다. 마치 돌아가지 않으면 안된다고 용서를 비는 듯한 모습이었다. 그리고 나서 두 마리의 개는 넓은 언덕의 경사진 곳으로 마구 뛰어내려갔다. 그는 잠시 동안 개들이 달려가는 모습을 바라보았는데, 개들은 집으로 뛰어갔다.

7월 21일 목요일 아침이었다. 8시에 캠벨은 차를 타고 집을 나와서 전날 주문해 두었던 경비원들의 얼굴을 확대한 사진을 찾으러 시내로 향했다. 타임스 광장에 이르러 차를 주차장에 세워두고 동쪽으로 걸어갔다. 도중에서 아침식사를 하러 식당에 들렀다.

사진관에 도착한 것은 9시 반이었다. 흑인은 따뜻하게 그를 맞이했다. "모두 되어 있습니다." 20장의 확대한 사진을 앞에 펼쳐놓았다.

캠벨은 사진의 얼굴들을 자세히 들여다보았다. 확대가 완전무결하게 되지는 않았지만, 그의 목적에는 쓸모있을 만큼 완성되어 있었다.

"어디 잘못된 점이라도 있습니까?"

"아니오." 그가 말했다. "잘되었소. 얼마죠?"

"60달러입니다."

젊은 사나이는 날카로운 눈길로 흘끗 가게 주인을 바라보았다. "그건 좀 비싼 편인데."

"특별주문이었으니까요." 분명하게 대답했다.

"좋아, 싸주시오." 그는 20달러짜리 지폐 석 장을 카운터에 놓았다.

가게에서 나오자 그는 알렉스 크래스킨을 생각했다. 미술품 골동상이었다. 마르세유에서 고미술품 밀수주문을 받았을 때 그것을 받는 사람의 이름도 기억해 두었던 것이다. 크래스킨이 그에게 필요한 것을 구해 줄 것 같았다. 알렉스 크래스킨이다. 그는 머릿속에서 그 이름을 되풀이하고 있었다.

여러 가지 일들을 조용한 곳에서 생각해 볼 필요가 있었다. 그렇지만 그전에 그는 매디슨 가를 걸으며 다시 한 번 그 골동품 가게를 예비조사해 볼 작정이었다. 그의 계획은 확실한 형태를 이루기 시작했다. 지금부터 세밀한 부분까지 완성시켜 나갈 셈이다.

29

마담 샤를로트의 살인혐의에 따른 체포는 본초의 마음속에 몇 가지 의혹을 불러일으켰다. 이 사건에는 신문에 난 것 이상의 무엇이 있음이 틀림없다고 그는 느꼈다. 그 프랑스 여자를 직접 만나본 적은 없지만, 그는 피닉스의 요구로 그녀에 대해 조사해 본 적이 있어 잘 알고 있었던 것이다. 그녀는 냉정하고 능력 있으며 입이 무겁다는 것으로 널리 알려져 있었다. 그렇게 계산빠른 여자가 살인 같은 단순한 사건에 휘말려들 짓을 할 턱이 없다.

그는 또 피에르 드 말랭에 대해서도 여러 가지로 생각해 보았다. 그 프랑스 여자와 프랑스 남자는 같은 운명의 길을 걷고 있다. 물론 남자는 죽었지만, 여자는 목을 달아맬 올가미에 걸린 것이 사실이다. 그러나 어쨌든 두 사람이 다 피닉스와 관계가 있었으며, 또한 이 세상에서 본초에게 노골적으로 공포감을 주는 유일한 사람이 피닉스였다.

그는 점점 불안해졌다. 불안이 그를 괴롭혀서 건강마저 해치게 되었다. 그가 요트를 몬테 카를로 앞바다에 정박해 두는 버릇은 변함이 없었지만, 그러면서도 그전보다 매우 조심스러워졌다. 그는 그 젊은 사나이를 절대로 믿지 않았다. 만일에 본초 자신이 피닉스에게 있어서 방해되는 일을 한다면 피닉스는 주저 않고 그를 죽일 것이다. 그는 요트의 승무원과 여러 육지의 정보원들에게 자기나 요트에 대해 흥미를 나타내는 자가 있는지를 정신을 바짝 차려서 살펴보라고 명령했다. 이제까지 그에게 그러한 보고는 들어오지 않았다.

목요일 밤에 그는 두 사람의 사업가와 선실에서 만날 약속이 있었다. 한 사람은 안트워프에서 온 유명한 다이아몬드 상인이었고, 또 한 사람은 장물보석을 취급하는 영국인이었다. 영국인이 물건을 살 사람을 물색하고 있었는데 본초가 그것을 알선해 준 것이다. 이 모임에서 거래는 성립되었다. 본초가 차지할 몫은 2만 5천 달러로서 좋은 비율이었다. 기분이 좋아서 그는 두 손님을 몬테 카를로의 특별한 고급 레스토랑으로 초대해서 저녁식사를 대접했다.

꽤 밤이 늦도록 먹고 마신 뒤에 본초는 두 사람을 각각 호텔로 데려다 주고 자기의 메르세데스를 타고 요트 정박지의 넓은 부두 가까이에 있는 커다란 주차장으로 돌아왔다. 차를 세우고 그는 곧 주위 일대를 돌아보면서 차에서 나왔다. 요즘 들어 그는 꼭 이렇게 하는 버릇이 있었다. 혹시 이상한 소리는 나지 않나 해서 귀를 기울이는 것이었다. 커다란 카페에서 들려오는 음악소리가 해안에 부서지는 파도소리에 섞여 들려올 따름이었다. 그는 안심하고 돌아서서 재빨리 대기시켜 놓은 모터보트를 향해 걸어갔다. 승무원인 디노가 조금 전부터 나와서 기다리고 있었다. 그는 40살 정도의 입이 무거운 사나이였다.

본초는 안벽에서 가볍게 모터보트로 뛰어내렸다.

"디노, 무슨 소식이라도?" 그는 자리에 앉으면서 물었다.

"찰리가 왔습니다." 사나이는 대답했다.

"찰리? 그 영국인 말인가?"

"예, 브리스톨 호텔에서 일하는——"

이탈리아 인의 몸이 긴장되었다. 찰리는 그의 헤픈 선심에 항상 은혜를 입고 있는 녀석들 중의 하나였다. 그는 또 언제나 눈과 귀를 움직여서 그에 대한 정보를 관찰하라는 명령을 받고 있는 사람이기도 했다.

"무슨 전갈을 남기고 갔나?"

"예, 낯선 사람이 당신에 대한 일을 묻더라고 하던데요."

"그 낯선 사람은 어디에 있어?"

"브리스톨에. 어제 왔답니다."

"찰리는 어디 있지?"

디노는 미소를 지었다. "보스, 요트에 데려다 놓았습니다." 그는 입술이 타들어갈 듯이 짧아진 담배꽁초를 검은 수면 위로 던져버렸다. "그와 이야기하고 싶어하실 것 같아서." 디노는 모터를 출발시켰다.

수면 위로 미끄러져 가는 강철제 선체의 진동이 이탈리아 인의 심장의 고동과 리듬이 맞았다. 무슨 일이 일어난 것이다. 어떤 행동을 하지 않으면 안될지도 모른다. 그는 신음소리를 내었다. 그는 속으로 이미 늙어 있었던 것이다. 젊은 시절이었다면, 가령 상대가 악마의 사자였다 하더라도 이렇게 쩔쩔 매지는 않았을 게다. 그러나 그에게는 표면적인 젊음 뒤에 숨겨진, 쇠약하고 용기도 줄어든 노인이 자리잡고 있음을 알고 있었다.

보이인 찰리는 상갑판에서 그를 기다리고 있었다. 본초는 서둘러서 아무도 없는 자기 선실로 불러내렸다.

"무슨 일이 있었나?" 본초는 단도직입적으로 물었다.

"어제 두 남자가 호텔로 와서 항구를 바라볼 수 있는 방에 들었습니다." 호텔의 보이가 말했다. "두 사람 다 나이가 30살 정도 되어 보이고, 키는 보통이었으며, 체격이 무척 좋았습니다. 한 사람은 금발 —— 불그스름한 머리카락이었습니다. 또 한 사람은 검은색의 고수머리였지요. 그 두 사람이 당신에 관한 일을 물었습니다."

"녀석들은 어느 나라 말을 쓰던가?"

"프랑스 어. 유창하게 하던데요."

"무슨 말을 묻던가?"

보이는 잠시 생각에 잠겼다. "여러 가지였습니다. 마치 형사들이 질문하는 투였어요. 단순하게 재미로 듣는 것과는 달랐습니다. 그들은 주로 산책을 하면서 시간을 보냈습니다. 마치 시간을 보내려는 사람들처럼. 그리고 어쩌면 누구를 기다리고 있는 것 같기도 했습니다."

본초는 바에 가서 브랜디를 한 잔 마셨다. 보이는 눈을 가늘게 뜨고 바라보고 있었다. 글라스를 입으로 가져갈 때에 요트 주인은 분명히 손을 떨고 있었다.

"쓸모있는 정보였으면 좋겠는데요……제가 말씀드린 게……"

"아아, 그렇군." 본초는 중얼거렸다. 그는 지갑에서 돈을 꺼냈다. 보이는 그것을 받아 셔츠 주머니에 넣고는 문을 닫고 나무 계단을 가벼운 발걸음으로 올라갔다. 디노가 갑판에서 기다리고 있었다. 10분 뒤에 모터보트가 커다란 잔교 옆에 천천히 닿았다. 새벽 1시였다. 선창이 어두워서 보이는 모터보트를 댄 곳에서 멀지 않은 곳에 두 척의 작은 배 사이에 두 사람이 서 있는 것을 보지 못했다.

"저 빌어먹을 보이 녀석 같으니라고." 모티 클레인이 혀를 차며 말했다.

"이쪽의 가면이 벗겨지고 말았어." 지브 샤하르가 침울하게 말했다.

"스필만에게 연락해서 뭐라고 하는지를 듣는 게 좋겠어."

"그가 무엇을 할 수 있단 말인가?" 샤하르가 혀를 차며 말했다. "우리가 실수해서 유감스럽다고 하겠지."

이튿날 아침 유리 코헨이 브리스톨 호텔에 왔을 때 클레인과 샤하르가 창 너머로 바다를 바라보고 앉아 있는 것을 보았다. 그는 두 사람을 한번 보고는 그들이 실패했음을 알아차렸다.

그는 두 사람의 보고를 듣고 심각한 표정을 지었다. 그 이탈리아인이야말로 암살자의 정체를 어느 정도 비쳐줄 수 있는 중요한 인물인 것은 두말할 나위도 없었다. "알겠어. 지금 그 사나이는 어디에 있지?"

"좋은 질문입니다." 샤하르가 말했다. "그의 배는 저기에 닻을 내렸었습니다." 그는 앞바다를 가리켰다.

"닻을 내렸었다니……?"

"오늘 아침에 우리가 일어난 6시경에는——" 모티 클레인이 설명했다. "이미 출항해 버렸습니다."

두 사람은 부장의 얼굴을 뚫어져라 바라보았다. 그는 창가에서 떨어져서 자리에 앉았다. 그의 이마에는 주름살이 깊었고, 시선은 무슨 생각에 잠긴 듯이 줄곧 한곳만을 응시했다.

"좌절할 때마다 그 밝은 면을 내다보아야 하네." 그는 한참 뒤에 입을 열었다. "그 이탈리아 인의 출항은 분명히 자네들의 수사와 관계가 있어. 그가 자네들에 관해 무슨 이야기를 들었는지는 모르지만, 겁을 집어먹은 거야. 그는 이번 일에 목까지 걸고 있는 거란 말이야."

"우리는 이제부터 어떻게 해야 하죠?" 지브 샤하르가 물었다.

"파리로 돌아가. 할일은 얼마든지 있으니까. 나도 귀국할 거야. 우리는 일제히 수사를 개시한다. 무슨 일이 있어도 그 본초를 붙잡아야 해. 도처에 인원을 배치한다——상선에도 해군에도 공군에도. 그 이탈리아 인도 지중해의 어디쯤엔가 가서 닻을 내리지 않을 수 없겠지. 그때는 이쪽에서도 그를 발견할 수 있어."

30

캠벨은 그 언덕 위의 집에 살면서 임시거주지로서 이 스캐스딜을 선택한 것이 하늘의 계시가 틀림없다는 생각이 들었다. 그곳은 완전히 평화롭고 조용하며 몇 달이든 누구에게도 눈치채이지 않고 지낼 수 있으며, 자기의 존재마저도 거의 느낄 수 없을 정도였다.

이 며칠 동안 그는 사진에 몰두해 있었다. 자기가 찍은 것을 이중으로 확인하기 위해서 그는 맨해턴의 신문용 사진 에이전트의 사진철을 찾아헤매며 시간을 보냈다. 네덜란드의 어떤 주간지 편집자라고 자신을 소개하며 그는 수상과 그를 둘러싼 경비원들의 사진을 여러 장 입수했다.

금요일에 그는 사진을 눈앞에 늘어놓고 자세히 비교해 보았다. 몇 시간이나 비교해 본 끝에 경비원들의 대부분을 촬영하는 데 자기가 상당히 성공했다는 결론을 내렸다. 다음 단계는 그들을 만났을 때 한눈에 알아볼 수 있도록 그들의 얼굴을 기억해 두는 일이었다.

토요일 아침에 차를 타고 맨해턴으로 갔다. 식료품을 사는 데는 스캐스딜에 틀어박혀 있어야 할 경우를 대비해서 몇 주일 동안의 분량을 갖추기 위해 여러 시간이 걸렸다. 새로운 얼굴이라면 누구나 호기심에 찬 눈길로 바라보는 스캐스딜의 커다란 쇼핑 센터에서 물건을 사는 건 피했다. 이 맨해턴이라면 이러이러한 날에 낯선 사람이 물건을 사러왔다고 누군가가 기억해 낼 우려는 거의 없었다.

오후에 그는 미술품과 고적 발굴품을 취급하는 알렉스 크래스킨에게 전화를 하려고 생각했다. 코네티컷에 있는 그의 집 전화번호도 입수해 두었다. 전화를 걸자 남자의 목소리가 들려왔다. "크래스킨 씨 댁입니다."

"안녕하세요." 캠벨이 말했다. "크래스킨 씨에게 드릴 말씀이 있습니다."

"누구라고 말씀드릴까요?"

그의 대답은 빨랐다. "필립 몬티에." 라고 말했다. 그의 영어는 흠잡을 데 없었지만, 이 경우에 그는 용의주도하게 프랑스 사투리를 섞었다.

"잠깐 기다려 주십시오."

1분 뒤에 다시 하인의 목소리가 들려왔다.

"크래스킨 씨는 그러한 사람은 모른다고 하시는데요……"

"그렇다면 크래스킨 씨에게 이렇게 전해 주십시오." 그는 끈기 있게 말했다. "필립이 몬테 카를로 친구의 잘 부탁한다는 말 한마디를 전하고 싶어한다고."

이 말은 효과가 있었다. 전화에서 다른 목소리가 나왔다.

"크래스킨이오." 그 목소리는 약간 놀란 듯 쉰 음성이었다. "누구시죠?"

그는 이 백만장자에게는 세게 나가야 한다고 생각했다.

"누구인지는 중요한 것이 아니오. 한 시간 반 뒤에 댁으로 가겠소."

"그렇지만——"

그는 골동품상의 입을 막아버렸다. "한 시간 반 뒤에 간다고 했잖소. 마지노에게서 부탁받은 개인적인 인사말을 가져가겠소."

이번에는 다른 반응이 나타났다.

"기다리고 있겠소." 하고 그가 대답했다. "사실 나도 비토리오 마지노에게서 소식을 기다리고 있었소."

"크래스킨 씨, 꼭 그러했으리라고 믿었습니다." 그는 수화기를 놓았다.

그는 꽤 나이 들고, 꽤나 관록 있는 얼굴로 보이도록 변장을 했다. 장사하러 온 외국인답게 변장을 했다. 하복을 입고, 은으로 된 손잡이가 달린 검은 지팡이를 손에 들고 회색 포드에 올라탔다.

알렉스 크래스킨의 저택은 어마어마했다. 잔디로 덮여 있는 언덕 위에 세워져 있었으며, 전용 해안까지 갖추고 있었다. 회색 포드가 열려 있는 커다란 연철로 된 대문 가까이에 도착했을 때에는 해가 질 무렵이었다. 저택의 현관까지 커다란 숲속으로 구불구불한 사설도로가 만들어져 있었다. 석양의 마지막 여운이 정원사들이 정성껏 가꾸어놓은 잔디와 화단을 비춰주고 있었다. 알렉스 크래스킨의 막대한 재산은 어디를 보아도 역력히 나타나 있었다.

구불구불한 길을 오른쪽으로 돌아 현관과 평행으로 달려서, 다시 계속 여름꽃을 심어둔 커다란 화단을 감아돌아 큼직한 타원형을 그렸다. 오른편에 넓은 주차장으로 통하는 짧은 샛길이 있었다. 몬티에는 차를 거기에 세워두고 내렸다. 지팡이를 흔들면서 그는 당당하게 현관을 향해 여섯 개의 계단을 올라갔다. 문 앞에서 지팡이 끝으로 커다란 초인종을 눌렀다. 그러자 저택 안에 울려퍼지는 초인종 소리가 들려왔다. 잠시 뒤에 현관문이 열렸다.

흠잡을 데 없는 복장을 한 나이든 집사가 눈앞에 서 있었다. 집사는 손님을 관찰한 뒤 눈에 드는 상대라 여기고 통과시켜도 좋다는 생각이 들었다──훌륭한 유럽 인으로 멋진 디자인의 푸른색 하복으로 정장하였는데, 그 복장이 옅은 황색을 띤 반백의 귀밑털을 더욱 돋보이게 했다. 얼굴은 호남자는 아니었지만 명랑해 보였고, 턱수염은 구식으로 자르고 있었다.

"몬티에 씨죠?" 집사가 물었다.

사나이는 고개를 끄덕였다.

곧 키가 크고 상당히 육감적인 사나이가 가까이 다가왔다. 알렉스 크래스킨의 어깨는 너무 넓어 윗도리 밖으로 튀어나올 듯했다. 짧고 굵은 목이 넓적하고 품위없어 보이는 얼굴을 지탱하고 있었다. 미술품상이라기보다는 은퇴한 레슬러나 미식축구 선수처럼 보였다. 건강해 보이는 햇볕에 탄 얼굴빛이 미소를 띤 회색 눈을 더욱 강조하는 듯했다. 이 눈만이 그것이 없었더라면 폭력배란 낙인이 찍힐 만한 얼굴의 표정을 부드럽게 만들어주고 있었다. 크래스킨은 악수를 하면서 거의 억지로 쳐들어오다시피 한 이 낯선 사나이를 자세히 훑어보았다. 두꺼운 입술에서 미소가 끊어지지 않았지만 몬티에를 탐색하는 듯한 눈빛은 여전했다. 지금도 귀에 쟁쟁한 금속성의 울림을 가진 조용한 목소리, 무시무시함을 간직한 듯한 그 목소리가 그를 불안케 했다. 그러나 지금 눈앞에 서 있는 이 훌륭한 사나이에게는 크래스킨이 전화에서 받은 그 무자비한 목소리의 인상은 찾아볼 수 없었다. 알렉스 크래스킨은 몬티에를 널찍한 서재로 안내한 뒤 문을 닫고 손님에게 앉으라는 시늉을 하며 의자를 권했다. 몬티에는 자리에 앉아서 양손으로 검은 지팡이의 은제 손잡이를 잡고 있었다.

"비토리오의 친구라고요?" 손님은 부드러운 미소를 지었다.

"나는 그의 친구요. 그러니까 비토리오의 친구는 또 내 친구도 되는 셈이지요."

"그렇다면 당신은 나의 새로운 친구가 되는 셈이군요. 그건 그렇고, 당신은 나한테 무슨 일이 있죠?" 크래스킨은 그렇게 말했으나, 눈앞에 앉아 있는 이 옷차림이 번지르르한 사나이에게 어딘지 모르게 불유쾌한 감정을 느꼈다.

"솔직해서 좋소." 다시 크래스킨의 귀에 그 금속성의 울림이 들려왔다. "내가 어떤 사람이든 그쪽에는 관계가 없소. 미술품이 하나 필요하오. 고대의 미술품이라야 하오. 아주 진귀한 것, 그리고 또 아주 값비싼 것이라야 하오."

미술품 수집가는 분노가 치밀어올랐다. "나한테서 그런 물건을 입수할 수 있으리라고 어떻게 그렇게 자신을 갖게 되었소?"

"만일 거절한다면 물품의 목록에 관한 노래를 불러대어 그것이 인터폴의 귀에 들어가게 될 것이오. 그 노래의 사본이 즉시 FBI로 보내집니다." 사나이는 매력에 찬 웃는 표정을 지으며 말했다.

미술품상은 묵직한 체격을 가진 사나이였으나 그 움직임은 기민하고 놀랄 만큼 빨랐다. 벌떡 의자에서 일어나더니 사나이에게 덤벼들었다. 몬티에의 반응은 번개처럼 빨랐다. 그의 양손에 있던 지팡이가 빙그르르 도는 순간 마치 요술쟁이처럼 그는 손가락으로 커다란 은제 손잡이를 앞으로 내밀고, 반대쪽 끝을 손가락으로 다시 잡았다. 손잡이가 크래스킨의 무릎에 가서 닿았다. 이 타격의 힘으로 그는 자세를 비틀거렸다. 갑작스러운 아픔으로 인해 그의 목구멍 속에서 신음소리가 흘러나왔다. 한쪽 다리가 마비된 듯했다. 그는 한쪽 다리로 펄쩍펄쩍 뛰면서 무엇이든 잡으려고 두 팔을 뻗쳤다. 바로 그때 은제 손잡이가 그의 가슴을 찔러 그는 뒤로 나가떨어졌다. 순간 힘없이 그는 팔걸이의자에 엉덩방아를 찧고 말았다.

마주앉은 사나이는 침착한 표정으로 편히 앉아 있었으며, 그의 손에는 여전히 그 무시무시한 지팡이의 손잡이가 쥐어져 있었다.

"크래스킨 씨, 폭력은 그만둡시다. 자신을 억제해야 하오."

크래스킨은 아직도 다리의 아픔을 이기지 못하여 몸을 굽히고 있었는데 갑자기 덜컥 불안을 느끼게 되었다. "도대체 당신은 무슨 소리를 하고 있는 거요?" 하고 그가 말했다.

"그렇다면 그 기억을 일깨워 주겠소." 사나이는 담담하게 말했다. "유적발굴 현장에서 장물이 당신한테도 부쳐졌소. 여름이 시작될 무렵에 마르세유에서 당신한테로 부쳐졌단 말이오." 미술품상의 눈이 휘둥그레지는 것을 보고 사나이는 미소를 지었다. "그리고 이 집에는 아주 훌륭한 세잔의 그림이 걸려 있소. 1890년부터지. 그것이 어떻게 하여 당신 손에 들어가게 되었는지 피차가 뻔하게 알고 있는 터이오. 당신이 금년 4월에 런던에서 100만 달러 가까이 받고 판 도난당한 램브란트의 작품도 상기시켜 줘야겠소? 그래, 크래스킨 씨, 당신이 한 짓은 오페라 한 장면이 될 만큼 많은 분량의 노래를 부를 수 있지."

"알겠소." 크래스킨이 말했다. "분명히 말해서 무엇을 원하는 거요?"

"BC 2000~1000년 사이의 이집트나 페르시아의 것이오."

크래스킨은 자기의 입장을 생각해 보았다. 그의 말대로 하는 수밖에 딴 도리가 없을 것 같았다.

"주위를 둘러보시오." 이윽고 그가 말했다. "무엇이든 원하는 대로 가져가시오."

손님은 웃는 표정을 지었으나 분명한 어조로 말했다. "크래스킨 씨, 여기에는 분명히 마음을 끄는 물건들이 많이 있소. 어느 것 하나도 감탄하지 않을 것이 없소. 그렇지만 방금 말했듯이 나는 진귀한 것을 바라고 있어요. 진정한 수집가라면 그것을 손에 넣기 위해 목숨이라도 걸 수 있는 그런 물건 말이오."

"내가 가지고 있는 것은 이것뿐이오."

"나는 거짓말하는 것을 무척 싫어하오. 확실히 당신이 거짓말하고 있다는 것도 알고 있고. 그러나 인색하지 않은 주인이라면 지하실로 안내해 줄 아량쯤은 있어야 할 텐데, 어떻게 하시겠소?"

미술품상은 손등이 하얗게 될 정도로 그 커다란 주먹을 꼭 쥐었다. 두툼한 입술을 오므리고 깊은 주름이 입가에서 둥그스름한 턱까지 번져갔다. 그는 일어서더니 다리를 절면서 커다란 서가 사이의 움푹 들어간 곳에 있는 좁은 문으로 향해 걸어갔다. 먼저 그는 진열된 책을 구분짓는 패널을 치웠다. 그 뒤에는 경보장치를 끊어 놓는 버튼이 한 줄로 늘어서 있었다. 그는 그 중의 하나를 눌렀다. 그리고는 문의 손잡이를 돌리자 문이 소리도 없이 열렸다. 눈부신 형광등 불빛이 서재로 흘러들어왔다. 문의 뒤쪽에는 초록색 융단을 깐 넓은 계단이 있었다.

프랑스 인은 내키지 않는 걸음을 걷고 있는 주인의 뒤를 따라갔다. 지하실을 절반이나 내려가자 이미 골동품 가게에 들어온 듯했다. 이집트와 가나안의 사코파지라는 상아에 상감한 것, 아카드와 아시리아의 숨결이 살아 있는 청동상, 고대 바빌로니아의 궁중에서 나온 매혹적인 접시, 페르시아, 이집트, 그리스에서 나온 접시들도 있었다. 순금으로 된 것도 있었다. 한쪽 구석의 낮은 테이블에는 피라미드에서 발견된 보물들이 펼쳐져 있었다. 목걸이, 팔찌, 물림쇠 등 황금이나 보석으로 만들어진 것이었다.

"이것이오." 미술품상은 냉정하게 말했다. 그는 전 체중을 이집트의 흉상에 내맡겼다. 무릎이 아프다. 수수께끼의 사나이가 골동품을 살피고 있는 눈길에서 크래스킨은 이 사나이가 자신이 원하는 것을 이미 마음속에 결정했다는 것을 깨달았다.

"찾고 있는 물건이 발견되면 좋을 텐데." 그 비꼬는 말에는 가시가 돋쳐 있었다.

필립 몬티에는 그를 흘끗 바라보았다.

"발견할 수 있으리라고 확신하오." 그는 잠시 동안 천천히 귀중한 보물더미를 살펴보았다. 이윽고 그 시선이 찾고 있던 물건 위로 떨어졌다.

상감한 나무대 위에 BC 13세기의 조그마한 조각을 새긴 상아 상자가 얹혀 있었다. 상자 뚜껑은 청동으로 만들어져 있었는데, 거기에는 은으로 된 코브라가 휘감겨 있었다. 코브라의 눈은 두 개의 조그마한 조개 껍질로 상감한 것이었다. 훌륭한 물건이었다. 팔레스타인의 메디드 채굴현장에서 수십 년 전에 발견된 것이었다.

그의 손은 그 상자를 어루만지고 있었다. "이것을 주시오. 그리고 당신의 친절에 감사드리오."

크래스킨은 몬티에를 따라 저택의 현관으로 갈 때까지 돌처럼 침묵을 지켰다. 차의 엔진을 걸고 나서 손님은 뒤를 돌아보았다. 알렉스 크래스킨은 아직도 문 앞에 서서 분노를 억제하지 못해 신음소리를 내고 있었다.

몬티에가 스캐스딜의 집에 도착했을 때는 날이 저물고 있었다. 그는 차를 현관 앞에 세웠다. 가짜 번호판을 떼고 진짜로 바꾸어 붙일 때까지 그 포장된 조그만 물건을 좌석 위에 그대로 놓아두었다. 헝겊으로 손의 먼지를 닦고 나서 지팡이와 포장한 물건을 들고 방으로 들어갔다. 그는 2층으로 올라가 옷을 벗고 욕실로 들어가서 변장용의 화장을 얼굴에서 지워버렸다. 필립 몬티에는 이 세상에 존재한 적이 없었던 것처럼 깨끗이 사라져 버렸다. 샤워 아래에서 머리카락에 묻은 린스를 씻어버리고 곧 부엌으로 내려갔다. 냉장고에서 찬 코카콜라 병을 꺼내서 바카르디를 따른 운두 높은 글라스에 조금 부었다.

이제 상아로 된 상자를 잘 살펴볼 준비가 되었다. 그 상자는 3000년 전의 옛것으로 엑소더스 당시인 모세 시대의 물건이었다. 지식 있는 골동품 수집가라면 이 상자의 진귀함을 부정하지 못할 것이다. 상아의 상감은 청동의 뚜껑을 만든 같은 장인의 손에 의해 만들어진 것이었다. 거기에 휘감겨 있는 코브라는 생동하는 듯하여 미지의 그 장인이 최후로 닦아 마무리했을 때와 마찬가지로 살아서 움직이고 있는 듯했다.

눈요기를 하고 난 뒤 젊은 사나이는 그 상자의 사진을 찍을 준비를 했다. 그것을 테이블 위에 놓고는 은종이를 바른 두꺼운 판지를 벽에 기대어 세워서 배경을 만들었다. 거실에서 전등 두 개를 가지고 와서 상자의 그림자를 없애기 위해 테이블 좌우에 놓았다. 그리고 펜탁스 카메라에 삼각받침대를 붙여 초점을 맞추고 촬영하기 시작했다. 여러 장의 사진을 찍었다.

그 일이 끝나자 상자를 포장했다. 이번에는 타월로 싸서 비닐 봉지에 집어넣었다. 그리고는 냉동고를 열어 냉동된 식품을 꺼내어 테이블 위에 쌓기 시작했다. 밑바닥이 드러나자 그는 포장한 물건을 냉고에 넣고, 그것이 보이지 않도록 그 위에 식료품을 다시 쌓았다. 만일 자기가 집을 비웠을 때 다른 사람이 침입해 들어오더라도 냉동식품 속에서 그 보물을 찾아낼 수 없게 하기 위해서였다.

이제 전화연락을 할 시간이었다. 그는 유명한 수집가 두 사람의 전화번호를 알고 있었다. 맨 처음에 연락한 사람은 집에 없었으나, 두 번째 사람은 전화를 받았다. 그는 유럽의 수집가라 자칭하고, 개인이 파는 골동품을 사고 싶다고 했다. 운이 좋았다. 아놀드 슈바르츠라는 수집가는 미시간 주의 플린트에 살고 있는 사람으로서,

1년 전에 죽은 데이비드 허쉬코비츠를 소개해 주었다. 그가 수집한 물건들 중 일부분은 그의 생전에 여러 미술관에 이미 기증해 버렸고, 이제 그의 미망인이 남은 물건들을 팔고 있다고 했다.

교환수가 미시간 주의 플린트로 전화를 연결해 주기를 기다리며 그는 자신이 해야 할 말을 생각했다. 그 전화는 처음에는 통화중이었으나, 두 번째에 통하여 나이든 여성의 밝은 목소리가 들려왔다. 다시 한 번 그는 팔려고 하는 수집품에 흥미를 가진 미술품상이라고 말했다. 로스앤젤레스의 수집가 아놀드 슈바르츠에게서 소개를 받았다고 했다.

"죄송합니다만 물건이 거의 다 팔렸습니다." 여자는 변명하듯이 그렇게 말했다. "남아 있는 약간의 물건들은 별로 값진 것이 아닙니다."

"내일 일이 있어서 디트로이트에 가는데, 그때 들를 테니, 남아 있는 물건들을 보여주시면 감사하겠습니다." 그는 끈기있게 말했다. "어쩌면 마음에 드는 것이 있을지도 몰라서요. 내일 댁으로 찾아가면 안되겠습니까?"

"대환영입니다." 허쉬코비츠 부인은 이렇게 말하고, 공항에서 자기 집으로 가는 길을 가르쳐 주었다. 대화가 끝나자 두 사람은 오랜 친구와 같은 인사말을 나누고 끊었다.

그리고 나서 그는 맨해턴의 직업별 전화번호부를 펼쳐놓고 현상, 인화하는 가게의 리스트를 열심히 살펴보았다. 몇 개의 가게가 일주일 내내, 그것도 24시간 영업을 한다고 쓰여져 있었다. 한 시간 반 뒤에 그는 시내로 나가서 필름을 맡겼다. 그 일을 하는 데는 두 시간 반이 걸렸고, 가격은 비싼 편이었지만, 새벽 2시 15분에 스캐스딜로 돌아왔을 때 그는 그 고대상자의 멋진 확대 사진을 몇 장 가지고 있었다.

토요일 오후 4시 30분에 그의 택시는 미시간 주의 플린트에 있는 한 고급주택 앞에 멈추어섰다. 운전사에게 기다리고 있으라고 말했다. 허쉬코비츠 부인은 따뜻하게 그를 맞이했다. 그의 외모가 미망인의 마음에 들었던 것이다. 날씬하게 키가 크고 백발이 섞여 있는 구레나룻이 그 매력을 더해 주는, 인생의 원숙기에 접어든 남자라고 느꼈기 때문이다.

"허쉬코비츠 부인, 뵙게 되어서 대단히 기쁩니다." 그가 말했다.
"이쪽이야말로, 그레고리 씨." 이것은 그가 자기 소개를 했을 때에 말해 준 이름이었다. 그를 거실로 안내했다. "일부러 여기까지 오시느라고 긴 여행을 하셨군요?"

"아닙니다. 아까도 말씀드린 바와 같이 사업차 온 길에 잠깐 들렀을 뿐입니다. 즐거운 여행이었지요."

"감사합니다." 그녀는 웃음을 띠었다. "당신의 기분을 알 만합니다. 나도 수집광과 오랫동안 함께 살면서 수집이라는 것이 어떤 것인가를 알게 되었으며, 특히 우리 데이비드처럼 수집에 열을 올렸던 사람들의 기분도 이해합니다." 그녀는 다시 웃는 표정을 지었다. "데이비드는 인생에 있어서 그만한 정열을 다른 데에는 쏟아 본 적이 없답니다."

그녀는 난로 옆으로 가서 그 위에 걸려 있는 초상화 사진을 가리켰다. "그레고리 씨, 이 사진이 데이비드랍니다." 애정어린 눈으로 그녀는 사진을 바라보았다. "훌륭한 남편이었으며, 아이들에게는 좋은 아버지였지요." 그녀는 낮은 목소리로 말했다. "우리들은 모두……"

이런 대화는 그녀가 그를 위해 준비해 둔 환영사의 서론이었다. 그는 그녀가 따라준 차를 함께 마시며 그녀가 구운 케이크를 먹었다. 그리고는 처음으로 그녀는 고대 동양미술의 개인수집가에게는 분명히 가장 중요한 것들 중 하나로 알려진 수집품 중 얼마 남지 않은 것들을 보여주었다. 그는 열심히 그것들을 살펴보고 조그마한 청동으로 만든 상자를 골랐다.

"그것은 별로 값진 것이 아닌데요." 그녀는 묻듯이 그를 바라보며 말했다. "비슷한 것도 많이 있답니다. 대수롭지 않은 상자예요, 그렇지요?"

"경험으로서 알고 있습니다만, 어떤 물건이든 살 사람이 있기 마련입니다." 그는 설명했다.

그녀는 웃었다. "다만 나를 위해서 사주시는 것이 아니라면 좋겠습니다만."

"내가 무엇 때문에 그런 짓을?" 그는 놀라서 물었다.

"나를 즐겁게 하기 위한 일인 것 같아서요."

"아니오. 이것을 산 이유는 이 물건이 내 마음에 들었기 때문입니다. 그런데 한 가지 부탁이 있습니다. 내가 이 상자를 부인의 돌아가신 주인의 수집품 가운데서 입수했다는 변호사의 증명서가 필요합니다만."

"그렇지만 오늘은 토요일입니다. 어느 사무실이든 닫혀 있는데요."

"당신의 친지 가운데 어떤 분이라도 좋습니다만."

그녀의 눈이 빛났다. "그렇군요. 물론 그거라면! 얼른 한 친구한테 전화해 보지요. 사정을 설명하겠어요. 내 일이라면 틀림없이 기꺼이 응해 줄 겁니다."

그녀는 뉴욕에서 온 손님이 곧 돌아가야 하기 때문에 그렇다고 설명하고, 그를 만나달라고 했다. 그레고리는 50달러를 지불하고 그 집을 떠났다. 기다리고 있던 택시 운전사에게 변호사의 주소를 일러주었다. 저녁 6시에 운전사는 그를 그곳에 내려주었다. 변호사는 사무실에서 그를 기다리고 있었다.

"허쉬코비츠 부인의 부탁이라면 일요일이라도 사무실을 엽니다." 변호사가 말했다.

"정말 감사합니다." 손님이 말했다.

"댁에서 일부러 나오게 해서 대단히 죄송합니다만 그 대가는 충분히 해드리겠습니다."

"그렇다면 피차가 만족하는 셈이군요." 변호사가 웃으며 말했다. "허쉬코비츠 부인은 당신이 골동품 상자를 사갔다고 했어요. 그것이 데이비드의 수집품이었다는 문서가 필요하다면서요? 정말 그렇습니까?"

"바로 그렇습니다." 손님은 서류철을 꺼내어 알렉스 크래스킨에게서 빼앗아온 상자의 사진을 꺼냈다. "부인은 친절하게도 상자의 사진까지 주셨습니다. 당신은 다만 이 뒷면에 이것이 데이비드 허쉬코비츠의 수집품 중에서 산 물건이라고 써주시면 됩니다."

변호사는 사진을 바라보았다. "이런 것에 대해서는 아무것도 모르지만, 이것은 아주 멋진 물건 같은데요?"

"나도 그렇게 생각합니다." 손님도 동의했다.

변호사는 펜을 잡아 이 사진에 찍혀 있는 상자는 플린트 시민인 고(故) 데이비드 허쉬코비츠의 수집품에서 나온 것이라는 의미의 글을 몇 줄에 걸쳐서 썼다. 그리고 그 문서에 서명하고, 서명 위에 자기의 도장을 찍었다.

이 일에는 겨우 10분 걸렸다.

두 시간 뒤에 그레고리는 뉴욕으로 가는 비행기를 타고 있었다.

7월 25일 월요일 아침에 메나헴 베긴 수상의 미국 방문 여행이 끝났다. 그는 이 여행을 성공적이라고 보았다. 카터 대통령으로부터도, 정부의 고위 관료들로부터도, 미국의 유태인 사회 지도자들로부터도 그는 바라고 있던 성과를 얻었다.

카터와 베긴의 회담에서 평화 탐구의 노력은 계속되어야 하며, 중동에서의 전쟁은 어떻게 해서라도 피해야 한다는 데 의견이 일치되었다. 이 회담 가운데서 이스라엘과 이집트 사이의 비밀회담에 활동할 인물로서 모세 다얀의 이름이 몇 차례나 나왔다.

텔 아비브로 돌아가는 비행기 안에서 베긴은 자기 정부의 각료들에게 보여줄 자세한 보고서를 준비하고 있었다. 그와는 별도로 다얀 외상과 상의할 때에만 거론할 문제에 관해서도 그는 노트하고 있었다.

1977년 8월

8월 1일 월요일 낮, 링컨 센터 가까이에 있는 잭 스톤의 법률사무소는 여전히 사람들로 붐볐다. 잭의 아버지인 어빙에 의하여 1930년대에 토대가 이룩된 이 법률사무소는 오랜 세월에 걸쳐서 뉴욕과 그 밖의 지방에 살고 있는 유태인들의 이익을 대표해서 일해 와서 그 평판이 높았다. 스톤 일가는 유태주의와 결부되어 있는 것으로 알려져 많은 유태인 조직이 이 법률사무소를 신용하고 있었다. 이스라엘과 그 지도자들의 그림과 사진이 보라는 듯이 걸려 있는 잭 스톤의 방은 유태주의의 분위기가 물씬 풍겼다.

한 노인이 대기실로 들어가서 은제 손잡이가 달린 검은 지팡이에 몸을 의지하고 등을 구부린 채 천천히 걸었다. 그는 잭 스톤의 전속 비서인 메이벨 프리드먼 쪽으로 비척비척 다가갔다.

"프리드먼 양이죠?"

그녀는 고개를 들고 노인을 바라보았다.

"예." 그녀가 대답했다. "무슨 일로 오셨나요?"

"내 이름은 윌리 밀러요. 오늘 아침에 전화로 이야기했는데." 그의 어조는 조용했고, 힘이 없어서 나이든 티를 그대로 드러내고 있었다.

비서는 변호사의 예정표를 훑어보았다. "예, 틀림없습니다. 스톤 씨와 12시에 만날 약속이 되어 있군요."

"그래, 맞았어. 12시야." 노인이 말했다.

메이벨 프리드먼은 손목시계를 들여다보았다. 벌써 12시가 가까웠지만 스톤은 먼저 예약한 손님들과 아직도 대화를 나누고 있었다.

"잠깐만 기다려 주십시오." 그녀는 말하면서 노인을 의자로 안내하기 위해서 일어섰다. 노인은 몸을 구부리고 콜록거리면서 의자에 털썩 주저앉았다.

"아가씨, 늙음이란 소리없이 찾아오는 게 돼서." 노인은 좀 겸연쩍게 말했다.

비서는 상냥한 시선을 노인에게 보내면서 책상 앞으로 돌아왔다.

노인은 그녀가 일하는 모습을 바라보았다. 때때로 그는 거무스름한 외투 주머니에서 구겨진 흰 손수건을 꺼내어 노인 특유의 기침을 한 뒤에 입술을 닦고는 다시 손수건을 주머니에 집어넣었다.

이윽고 안쪽 방의 문이 열리고 의뢰인을 불러들였다. 의뢰인이 잭 스톤 앞에 나선 것은 12시 20분이 조금 지나서였다. 40대인 스톤은 분명히 지적이며, 꽤나 자신만만한 듯한 표정을 짓고 있었다. 그는 능숙한 태도로 의자에서 일어서서 검은 지팡이에 몸을 의지하고 있는 노인에게로 서둘러 다가왔다.

"밀러 씨죠?"

"73년 동안 그런 이름이었지요." 노인은 웃으며 대답했다.

"기다리게 해서 대단히 죄송합니다." 변호사가 사과했다.

"이 나이가 되도록 살다보니 시간이 흐르는 것이 아깝다는 생각마저도 흐려지는군요." 노인은 대답하고 웃었다. "하지만 일을 빈틈없이 처리한다는 것이 중요하다고 아직도 생각하고 있다오."

"하여튼 우리 사무실에서는 그 점에 있어서 다른 어디보다도 못지않다는 것을 강조해 두고 싶습니다."

변호사는 명쾌하게 말했다.

"스톤 씨, 나도 댁에 관해서는 다 조사해 봤어요." 노인은 빈틈없는 표정을 지으며 말했다.

"아, 그랬었군요."

"나도 실망만을 맛본 세대를 살아온 사람이라오. 우리 세대는 깊은 불신의 지대였지요. 그래서 하나하나 조사해 보는 버릇이 생겨났다오."

변호사는 재미있다는 표정을 지었다. "그래서 조사해 본 결과 어떤 결정을 내리셨나요?"

"내가 여기에 와 있지 않소?" 노인이 말했다. "이 이상 더 좋은 대답은 없을 거요."

잭 스톤은 메이벨 프리드먼에게 자랑스러운 얼굴로 윙크했다. 이처럼 늙은 유태인을 대하면——그는 속으로 웃으면서 중얼거렸다. 확실히 이 사람들은 죽어가는 세대의 인간이다. 그렇다고 치더라도 그는 이 사람들이 좋았으며, 존경도 하고 있었다. 그들이 묘한 부탁을 하러 그를 찾아온 적이 한두 번이 아니지만, 그들은 언제나 인심이 후했다. 일에 대한 수수료 문제로 다투어본 적은 거의 없었다.

176

잭 스톤의 안쪽 방은 넓었다. 책상 뒤의 벽에는 위대한 이스라엘 지도자들과 함께 찍은 사진과, 유태인연합운동이라든가 그 밖의 유태인 단체에서 그의 활동을 치하해 주는 표창장 같은 것들이 걸려 있었다. 그는 손님을 책상 맞은편에 있는 안락의자로 안내했다.

"그런데, 밀러 씨——" 그는 자기 의자에 앉으면서 말했다. "무슨 말씀인지 좀 들려주시지요."

윌리 밀러 노인에게는 한 가지 문제가 있는 듯했다. 그의 사촌동생 데이비드 허쉬코비츠가 몇 달 전에 저 세상으로 갔다. 고인의 유언에는 사촌 형 윌리를 유언집행인으로 정하고, 그 귀중한 미술 수집품의 처분방법에 대해 특별한 조항 하나를 삽입해 놓았다. 그 항목들을 모두 잘 처리했으나, 한 가지 남은 문제가 있어서 그것을 잭 스톤에게 부탁하려는 것이다. 즉, 수집품 중에 진귀한 물건이 한 개가 남아 있어서——상자인데, 데이비드 허쉬코비츠는 그것을 친구인 모세 다얀에게 주고 싶어했다. 다얀도 특히 고고학자이고, 유명한 수집가이기도 했으므로 그는 오랫동안 그 장군을 칭송하고 존경해 왔었던 것이다.

"여기까지는 잘 알아들었소?" 노인이 물었다.

"확실히 알아들었습니다." 변호사는 고개를 끄덕였다. "나더러 어떻게 해달라는 겁니까?"

"그래서 말이오." 노인은 쉰 목소리를 트이게 하려고 다시 잔기침을 했다. "나의 인생도 종말이 가까워서 내가 해야 할 일을 다 마칠 시간이 없어요. 이번 여름에는 유럽으로 가서 그곳의 사업을 정리해야만 돼. 그렇고말고!" 그는 이젠 모든 것이 필요없다는 듯이 손을 내저었다. "젊은이, 모든 것을 정리해야 해. 모든 것을 말이야." 노인의 마음은 딴 곳에 가 있는지 자기의 생각에 파묻혀 다른 것은 다 잊어버린 듯했다.

"그렇군요——" 잭 스톤은 노인의 기억을 도와주려 했다. "조금 전에 유언에 관한 이야기를 하셨는데……"

"아, 그랬었지!" 노인은 마치 꿈에서 깨어난 듯했다. "유언 이야기를 했었어. 그렇고말고. 아무튼 그런 이야기를 하던 참이지." 그는 심호흡을 한번 한 뒤에 어떻게 해야 가장 잘 표현할 수 있을까 하고 잠시 생각했다. "매디슨 가에 유명한 골동품 가게가 있어요. 그 이야기를 들은 적이 있수?"

변호사는 애써 참는 듯한 기색을 보였다. "거기에는 여러 개의 가게가 있지요. 어느 집을 말씀하시는지요?"

"찰스 코트너의 가게는 한 개뿐이오." 노인은 자랑스런 얼굴로 미소를 띠며 말했다. "그 가게라면 물론 당신도 들었을 것이오."

잭 스톤은 찰스 코트너 같은 건 들은 적도 없었지만, 그런 하찮은 일로 무지하다는 인상을 받고 싶지는 않았다.

"그래서 말이오——" 노인은 이야기를 계속했다. "사촌의 유언장에는, 다얀 씨가 그 가게와 관련이 있다는 것을 알고 있으므로 고고학의 권위자라 인정받고 있는 찰스 코트너에게 이 물건이 진짜라는 증명서를 써달라고 해서 상자를 다얀 씨에게 선사해 달라고 쓰여져 있어요. 그렇게 하면 두 가지 일이 한꺼번에 끝나는 셈이지. 그렇게 생각지 않소?"

"분명히 그렇군요!"

"그러니까 나는 다얀 씨에게 편지를 하여 이 선물에 대한 이야기를 하고, 미국의 찰스 코트너의 가게에 가서 가지고 가라고 일러두려는 거요. 물론 다얀 씨가 언제 미국에 오는지를 알아서 이 선물이 다얀 씨의 손에 들어갈 수 있도록 미리 골동품 가게에 맡겨두어야 하지만 말이오."

낮의 휴식시간을 다 빼앗아버릴 듯한 이 설명을 잭 스톤은 중단시키려고 마음먹었다.

"밀러 씨, 말씀을 듣고 보니 다얀 씨와 코트너 씨 쌍방에 연락하는 일을 우리 사무실에 의뢰하고 싶어하시는군요?" 변호사는 명쾌한 어조로 말했다. "코트너는 물론 거기에 대한 수수료와 물품을 감정한 대가로 다소 청구하겠죠, 그렇죠?"

노인의 얼굴이 밝아졌다. 만족한 듯했다. "잘도 알아주는군. 그만하면 충분하오." 그는 변호사의 말에 동의했다. "그것이야말로 내가 바라고 있는 바요."

"그건 그렇고, 다얀 씨가 가지러 가기 전에 물건을 미리 보지 않는다면 어떻게 코트너 씨가 그것이 진짜라고 감정서를 써줄 수 있겠습니까?"

"좋은 질문이구먼." 노인은 빈틈없이 그를 바라보았다. "여기에 있소. 이걸 좀 보시오."

그는 윗도리 안주머니에서 봉투를 꺼냈다. 떨리는 손으로 봉투를 열고, 사진 한 장을 꺼내어서 변호사 앞에 놓았다.

"보셨소? 바로 이것이란 말이오!"

변호사는 사진을 집어들고 놀라면서 바라보았다.

"믿을 수 없는 상자입니다. 아주 정교하군요. 물론 값도 비싸겠지요?"

"한밑천 되지!" 노인도 인정했다. "그러기에 다얀 씨가 여기에 올 때까지 나도 이것을 내 손에서 놓치고 싶지 않아요. 이제 알아들었소? 나도 위험을 저지를 생각은 없소."

"전문가라면 사진을 보고도 이 상자가 진짜인지를 감정할 수 있습니까?" 잭 스톤은 반신반의하는 태도였다.

"이 경우 대답은 예스지." 윌리 밀러가 설명했다. "사진의 뒷면을 보시오. 플린트에 있는 사촌의 변호사가 증명서를 써놓았어요. 그리고 코트너 씨뿐만 아니라 내 사촌의 이름도 널리 알려져 있다는 사실을 잊지 마시오."

잭 스톤은 사진을 뒤집어서 거기에 쓰여져 있는 문장을 자세히 읽었다. 플린트의 변호사는 이 물건이 고 데이비드 허쉬코비츠의 수집품에서 나온 골동품이라고 확실히 증명해 주었다.

"이만하면 충분합니다." 그에게는 이로써 문제가 일단락되는 셈이다.

"사진이 한두 장 더 있을지도 모르겠군." 노인은 사진을 두 장 꺼내서 책상 위에 놓았다.

"처음 사진은 다얀 씨에게 보낼 편지 속에 넣고, 또 한 장은 골동품상에게 보내야 하오. 스톤 씨, 한 장은 기념으로 당신이 가져도 좋소."

"감사하게 받겠습니다." 변호사는 예의바르게 말했다. "이제 필요한 것은 유언장의 그 부분의 집행에 관해 당신에게 무엇을 알릴 필요가 생기거나, 아니면 다얀이 언제 코트너에게 가는지를 안 뒤에 당신이 그 상자를 그곳에 가져다 놓을 수 있게끔 통지하기 위해서 당신의 주소를 적어놓는 일뿐입니다."

"그렇다면 두 군데의 주소를 알려주어야겠군." 윌리 밀러가 말했다. "하나는 이곳의 스캐스딜에 있는 집이고, 또 하나는 파리의 거주지요. 편지를 두 통 부쳐야 합니다."

스톤은 재빨리 두 군데의 주소를 적고, 그 밑에다 메이벨 프리드먼에게 윌리 밀러 씨의 사건을 다루기 위한 지시를 써놓았다.

"밀러 씨, 모든 일을 빈틈없이 해드리겠습니다." 그는 분명하게 말했다.

"감사하오. 스톤 씨, 그런데——" 밀러는 낡아빠진 가죽지갑을 꺼냈다. "댁의 보수와 골동품상의 감정서 대금은 얼마쯤이나 되겠소?"

변호사는 잠시 생각에 잠겼다. 골동품상은 아마 200~300달러는 청구해 오겠지. 그리고 그의 일과 편지에 쏟아야 할 시간은 수백 달러의 가치가 있을 게다.

"모두 800백 달러라고 보고 있습니다."

"뭐라고요!"

자, 토론이 시작되는군—— 하고 잭 스톤은 지긋지긋하게 생각했다. "이 숫자가 나온 이유를 설명해 드릴까요?"

"아, 그럴 필요는 없어요! 그런 뜻으로 말한 게 아니오." 노인은 미소를 지었다. "내가 하고 싶은 말은 우리가 젊었을 때는 그만한 돈을 벌려면 몇 달 동안 일을 해야만 했다는 거요. 아무튼, 스톤 씨, 확실히 시대는 변했으며, 돈의 가치도 없어진 것 같구려. 그렇게 생각지 않소?"

대답도 기다리지 않고 그는 100달러짜리 지폐뭉치를 책상 위에 놓았다.

"나는 수표를 좋아하지 않아요." 그가 말했다. "언제나 현금을 사용하지요. 여기에 1,000달러 놓아두었습니다."

"1,000달러라고요?"

"스톤 씨——" 변호사는 노인의 어조에서 비꼬는 기색을 느꼈다. "하찮은 일로 당신의 시간을 꽤 소비시켰구먼요. 당신은 유명한 변호사요. 이런 형태로 감사의 뜻을 표시하게 해주시오."

"그렇지만 나도 일한 보수 이외의 돈은 받을 수 없습니다."

"아니오. 스톤 씨——" 노인의 태도는 강경했다. "나머지 200달러를 당신이 써도 좋고, 정녕코 받지 않겠다면 그 돈을 월리 밀러의 이름으로 유태인 운동에 기부해도 좋소."

변호사는 결국 그의 말대로 했다. "좋도록 합시다."

노인은 천천히 의자에서 몸을 일으켰다. 책상 옆에 서서 손을 내밀었다. "스톤 씨, 감사합니다." 잭 스톤은 가느다란 그의 손을 조심스럽게 잡았다. "다얀 씨가 그 가게에 올 날짜를 통지해 주면 상자는 그날로 그곳에 가져다 두겠소."

"밀러 씨, 모든 일을 잘 처리할 테니 안심하고 돌아가십시오."

변호사는 이 나이든 손님을 자기 방의 입구까지 전송해 주고, 그가 가버리자 곧 메이벨 프리드먼을 불러들여 두 통의 편지를 구술했다. 하나는 예루살렘의 모세 다얀 외상에게, 또 한 통은 매디슨가의 골동품 가게 주인인 찰스 코트너에게 보내는 것이었다.

"플린트에 있는 변호사의 증명서가 첨부된 이 사진을 다얀 씨에게 보내는 편지 속에 넣어야 해." 그는 비서에게 말했다. "또 한 장은 코트너에게 보내요."

"세 번째 사진은 어떻게 하죠?" 비서가 물었다.

"그것 말인가?" 그는 빙그레 웃었다. "그것은 액자에 넣어두지. 기념으로 말이야."

비서가 편지를 타이프하러 자기 책상으로 돌아갔을 때 노인은 거리를 걷고 있었다. 변호사와의 대화는 퍽 만족스러운 것이었다. 잭 스톤과 같은 변호사가 다루는 선물이라면 관계자는 누구나 의심을 품지 않을 것이라고 생각했다.

2

파리. 오후 3시 반에 '비밀——기록보관실행'이라는 붉은 스탬프가 찍힌 길고 얇은 봉투가 앙드레 코르데유 경위의 책상 위에 놓여져 있었다. 경위는 4시 조금 전에 DST 국장이 주재하는 장시간 동안의 회의에 참석했다가 돌아와서 그것을 발견했다. 자리에 앉아서 이 조그마한 사나이는 편안한 자세를 취하기 위해 몸을 뒤로 잔뜩 젖혔다. 그러자 발이 마룻바닥에서 몇 cm쯤 위로 뜨게 되었다. 그는 봉투를 집어들고 펜나이프로 봉함을 찢었다. 내용물이 아딜 엘 마그라비를 그가 심문했던 보고서라는 것을 알게 되자 분노가 파도처럼 전신을 엄습했다. 보고서의 여백에 누군가가 이것은 기록보관실에 넣어야 한다는 지시를 덧붙여놓았다. 그가 알아낸 것을 파리의 이스라엘 대사관에 알릴 허가를 요청한 사실도 포함된 그의 결론을 완전히 무시해 버렸음을 나타내는 명령이었다.

소리도 없는 분노의 표시로 그는 턱에 힘을 주며, 잠시 동안 꼼짝도 하지 않고 앉아서 생각에 잠겼다. 이번만은 이대로 넘길 수가 없다.

그는 보고서가 들어 있는 봉투를 접어서 낡은 서류가방에 넣었다. 집으로 일거리를 가지고 갈 때 사용하는 가방이다. 그는 의자에서 미끄러지듯 내려와서 방을 나왔다. 수세 대로의 조그마한 카페에 있는 공중전화에서 전화를 걸 생각이었다.

그는 거리를 급히 가로질러갔다. 다리가 짧았으므로 발을 재빨리 놀렸다. 카페에는 손님이 몇 사람밖에 없었다. 그는 화장실로 가는 계단을 내려갔다. 전화가 그 복도에 있었다. 잔돈을 넣은 뒤 번호를 돌렸다.

여자의 목소리가 들려왔다. "안녕하세요? 이스라엘 대사관입니다."

"안녕하시오?" 그는 대답했다. "무슈 야키 스필만을 부탁하오."
"잠깐 기다려 주십시오."
내선 전화의 벨이 울리는 듯하더니 누군가가 수화기를 들었다.
"여보세요. 야키 씨, 앙드레요."
"앙드레!" 두 사람이 대화를 나눈 것은 오랜만이었다. 프랑스 정부의 이스라엘에 대한 공적인 태도가 냉랭하게 되어 두 사람이 자주 만나는 것도 중지할 수밖에 없었다. "당신 목소리를 들으니 기쁘군요."

"야키, 당신을 만나야 해요." 경위가 조용한 목소리로 말했다.
"급한 일이오?"
"그렇소."
"어디서?"
"늘 그 자리에서, 마돈나의 집 입구요."
"몇 시에?"
코르데유 경위는 시계를 들여다보았다.
"30분 뒤. 어떻소?"
"좋아요."

마돈나의 집 입구란 이 이스라엘 인과 프랑스 인이 사용하고 있던 암호명이었다. 지금까지 정규의 루트 이외의 정보교환을 하고 싶을 때는 두 사람이 언제나 루브르 미술관 입구에서 만나는 습관이 있었다. 거기에는 유명한 다빈치의 모나리자가 있다.

야키 스필만이 도착하자 코르데유 경위가 기다리고 있었다. 두 사람은 진심에서 우러나온 악수를 했다.

"야키, 잘 왔소."
"서로 좀더 자주 만날 수 없는 것이 유감이군요." 스필만이 말했다. 그는 코르데유의 야윈 얼굴을 바라보았다. 무슨 고민이 있는 것이 확실했다. 코르데유는 서류가방을 열고 봉투를 꺼내어 스필만에게 내밀었다.

"이것을 가지고 조용한 곳으로 가서 내용을 잘 읽어보시오. 그리고 30분 뒤에 다시 여기서 만납시다."

스필만은 가까이에 있는 벤치에 앉아서 서류가방 속에 든 신문을 꺼냈다. 신문을 앞에 펼쳐놓고 주머니에서 봉투를 꺼내어 앙드레 코르데유의 보고서를 그 위에 펼쳐놓았다. 이집트 인이 아들 엘 마그라비를 납치하려 했었던 일과, 이상하게 여겨졌던 암살계획에 관해서 엘 마그라비에게서 들은 정보를 그는 숨을 죽이고 읽어내려갔다. 리비아가 이스라엘 지도자의 암살을 꾀하고 있다는 코르데유의 결론을 읽고 경위의 상사가 그의 이 발견을 묵살시켜 버리려 한다는 것을 알아차렸다.

스필만이 루브르 미술관으로 돌아오자 앙드레 코르데유가 기다리고 있었다. 스필만은 잠자코 봉투를 이 프랑스 인에게 건네주었고, 코르데유는 재빨리 그것을 자기의 서류가방 속에 넣었다. 그리고 두 사람은 돌아서서 아무 일도 없었다는 듯이 미술관으로 들어가는 길로 어슬렁어슬렁 걸어나왔다.

"고맙소, 앙드레." 스필만이 말했다.

코르데유의 얼굴에 쓴웃음이 번져갔다.

"당신이 이렇게 정보를 전해 준 데 대해 무슨 말로 감사의 뜻을 표해야 할지 모르겠군요." 스필만이 낮은 목소리로 말했다.

"그쪽도 이 사건에 신경을 쓰고 있다는 것을 알고 있었소." 경위가 말했다.

"그뿐만이 아니오, 앙드레——" 이스라엘 인이 말했다. "이쪽에서도 아딜 엘 마그라비를 올가미 속에 몰아넣으려고 무척 애를 썼어요. 하지만 이집트 인에게 선수를 빼앗기고 말았지."

"그렇게 된 것이 오히려 운이 좋았던 거요." 코르데유는 농담 섞인 어조로 말했다. "그렇지 않았다면 당신을 내 방으로 맞이해 들일 뻔했겠지. 그렇게 됐다면 일이 평온하게 끝나지는 않았을 거요."

"알고 있소." 이스라엘 인은 씁쓸한 어조로 중얼거렸다. "결국 이쪽은 아랍이 아니니까……"

"안됐지만, 야키——" 경위는 약간 미안한 생각이 들었다. "정책을 결정하는 것은 우리들이 아니오. 그 점은 알고 있겠지?"

"알고 있어요." 스필만도 인정했다. "공교롭게도 지금은 우리 정부의 이름으로 당신에게 정식으로 사례를 할 수는 없어요. 하지만 언젠가는 우리들의 감사를 표시할 방법이 발견될 날이 오리라고 확신합니다."

"또 만납시다." 코르데유가 말했다. 몇 달 만에 갑자기 그는 기분이 가벼워졌다. "또 만나요. 다시 우리가 공공연하게 만날 날이 오기를 기원하며." 그는 스필만의 손을 잠깐 잡은 뒤에 재빨리 군중 속으로 사라져 버렸다.

3

요 며칠 동안 짐 캠벨은 매디슨 가의 찰스 코트너의 가게 주위를 조사하고 있었다. 이미 이 골동품 가게 앞을 여러 차례나 지나다녀 보았다. 이제는 그 부근의 모든 길모퉁이와 모든 교차점을 상세히 조사해 볼 때였다. 표적을 쓰러뜨리고서 거기에서 도망쳐 나갈 길을 알아놓아야만 한다. 더위가 심했지만, 그는 흐르는 땀도 아랑곳하지 않았다. 그의 마음속에 많은 사실들을 기억해 두려고 열을 올렸으며, 그 사실들은 하나하나가 그가 그처럼 용의주도하게 짜놓은 계획에 중요했다. 스캐스딜로 돌아가자 그는 노트를 꺼내어 그 지대의 표적을 기록했다. 이른 아침부터 저녁 늦게까지 차의 왕래에 대한 변화도 연구했고, 매디슨 가의 골동품 가게와 마주보고 있는 주차지역도 연구했다.

이 예비조사를 한 지 사흘째 되던 날에 그는 그 가게에 실제로 들어가 볼 준비를 했다. 이번에는 그가 젊은 학자로 변장했다. 흐트러진 머리카락에 코끝에다 굵고 모난 테의 안경을 걸치고서 볼품없이 색깔 바랜 양복을 입고는 신문과 잡지를 넣은 조그마한 보따리를 들었다.

가게에는 낮에 도착했다. 안으로 들어가자 그는 몇 해 전에 크레타 섬의 발굴에서 출토된 몇 개의 항아리에 비상한 관심을 표시했다. 미노스 문명시대로 거슬러 올라가는 이 그릇은 그림이 그대로 남아 있는 아주 얇은 외각으로 이루어진, 믿을 수 없을 만큼 섬세한 것이었다. 그의 질문이 그 방면의 해박한 지식을 내포하고 있었으므로 상점 지배인의 마음을 감동시켜 여러 가지 흥미를 가진 물건들을 바로 곁에서 관찰할 수 있는 혜택을 부여받았다.

가게는 3층으로 되어 있었다. 맨 위층에는 값이 별로 비싸지 않은 물건들이 진열되어 있었다. 지하실에는 더욱 비싼 골동품을 놓아두었는데, 거기에는 전자감시장치와 유선 텔레비전의 비밀 카메라가 감시하고 있었다.

거래를 하는 것은 1층이며, 거기에는 커다란 쇼윈도로 칸막이만을 해두어 거리에서도 모두 들여다보이게 되어 있었다. 그는 깨지지 않는 유리를 끼워놓은 창문을 조사해 보았다. 정면에 있는 두 개의 스윙 도어에도 마찬가지로 깨지지 않는 유리가 끼워져 있었다. 문에서 카운터까지의 거리는 $3.7m$ 정도 되었다. 카운터에서 $1.8m$ 떨어진 안쪽 벽에는 여러 시대와 고대문명의 그릇들을 얹어놓은 거무스름한 나무로 된 선반을 만들어놓았다.

　젊은 사나이는 가게 안에서 15분 가량 시간을 보냈다. 자리를 탐색하는 데는 충분한 시간이었으나 이상하게 여겨질 만큼 길지는 않았다. 최후로 방문하기 전에 여기에 오는 것은 이때뿐이다. 그는 지배인에게 친절하게 안내해 주어서 고맙다는 인사를 하고 그곳을 물러나왔다.

　오후가 되어 다시 그곳으로 가서 거리의 맞은편에 있는 주차지역을 조사했다. 거기에서 가게까지의 거리는 $18m$ 정도였다. 다음 문제는 차를 세워둘 곳을 어떻게 확보하는가 하는 것이었다. 차가 그의 작전의 기지가 되기 때문에 이것은 중대한 문제였다.

　이 부근에서는 주차할 수 있는 곳이 비는 경우는 극히 드물었다. 이곳 상인들은 주차 미터 옆에 언제나 차를 세워둔다. 한 시간마다 그들은 고용인들로 하여금 25센트를 미터에 넣게끔 한다. 분명히 가게 맞은편의 주차지역에 차를 세우려면 아침 일찍이 도착해야만 했다.

　금요일에는 범위를 넓혀 여러 가지 총기 가게를 찾아다니며 특수한 무기를 찾는 데 시간을 보냈다. 그는 특별한 총을 구하기로 마음먹고 있었다.

　한 가게에서는 점원이 그에게 농담삼아 말했다. "보통 라이플이 아니라 코끼리라도 잡을 수 있는 총을 구하는 모양이군요? 한 방으로 코끼리의 머리라도 박살낼 수 있는 그런 총을 원하세요?"

　"흠——" 캠벨은 대답했다. "바로 그거요. 실은 아프리카의 사파리행을 계획하고 있소. 그리고 코끼리 사냥도 하고 싶고. 가장 효과적인 총이 어떤 거죠? 정말로 코끼리의 머리를 부숴버릴 수 있는 것 말이오."

　"그 질문에는 한 가지 대답을 할 수 있을 것도 같은데." 점원이 말했다.

　"그럼, 그 대답을 찾아내 보시오."

"아무튼 한번 부딪쳐 봅시다."

점원은 카운터 밑에 있는 서랍을 열고 몇 권의 카탈로그를 꺼냈다. 잠시 어떤 페이지를 들치더니 이윽고 찾아낸 모양이었다.

"이것이 손님이 찾고 있는 겁니다."

그는 카탈로그를 카운터 위에 놓고 신형 엽총을 가리켰다. 설명 문구가 젊은 손님의 흥미를 끌었다. '이 공기 압력식 총은 코끼리를 눕히고 탱크도 관통시킨다.' 젊은 손님은 그 카탈로그를 집어들었다. 그 총은 모스버그형 ATP 500-6이라는 것이었다. 길이 50cm 정도의 굵은 총신은 직경이 12mm였다. 이 반자동 라이플은 탄창에 6발이 들어간다. 설명서에 의하면 이 라이플은 폭도진압용에도 효과적이어서 최류 가스를 넣은 탄환을 발사할 수도 있다. 유효 사정거리는 21.3m에서 30.5m까지이다. 두꺼운 종이에 싸인 채 끝을 내밀고 있는, 사진에 있는 특수 강철을 입힌 탄환은 콘크리트도 뚫을 수 있다고 했다.

"어떻습니까?"

"재미있는 라이플이로군."

"그렇습니다." 점원이 말했다. "저는 총에 대해서는 전문가지요. 이것은 진귀한 총입니다."

"보여줄 수 있겠소?"

"마침 공교롭게도——" 점원이 사과했다. "이런 총을 언제나 가게에 놓아두지는 않습니다. 별로 수요가 없어서요……"

"왜죠?"

"이 선전문구를 읽어보시지요." 사나이가 설명했다. "이런 물건에 이처럼 많은 돈을 투자할 만한 사람은 극히 드물게 나타나기 때문이지요. 그리고 또 한 가지 문제가 있습니다……"

점원은 웃는 표정을 지었다. "이 총은 여러 가지 용도로 사용되기 때문에 특별한 허가증이 필요합니다."

"정말 그렇겠군."

그는 다시 한 번 사진을 보고 그 여러 부분의 설명도를 훑어보았다. 이 라이플은 그가 고민하고 있는 문제를 해결해 줄 수 있는 것이었다.

"이 라이플은 어디에 가야 구할 수 있지요?" 그는 끈덕지게 물고늘어졌다.

점원은 어깨를 으쓱했다. "알 수 없는데요." 하고 대답했다.

손님은 지갑에서 50달러짜리 지폐 한 장을 꺼내어 점원 앞에 놓았다. 점원은 그것을 보자 태도가 고분고분해졌다.
"한번 조사해 보지요."
그는 지폐를 집어 주머니 속에 넣고는 가게의 전화번호부를 보고 모스버그 라이플을 도매하는 회사의 번호를 돌렸다. 맨해턴 본사에 있는 누군가와 잠깐 이야기하더니 그는 고맙다는 인사를 하고 수화기를 내려놓았다.
"어떻게 되겠소?" 손님이 물었다.
"뉴저지에 있는 그곳의 대리점 창고로 가야만 한답니다." 점원은 말하고 나서 종이쪽지에 그 번호를 적어주었다. "제가 알고 있는 한에서는 거기에는 총의 실험용 사격장도 있어서 그 총을 사용해 볼 수도 있을 겁니다."
"감사합니다." 사나이는 종이쪽지를 잘 접어서 셔츠 주머니에 집어넣었다. "그 라이플로 코끼리를 잡을 수 있으면 좋을 텐데."
점원은 웃는 표정을 지었다. "행운을 빕니다. 그리고 만일 제게 필요한 일이 생긴다면 언제라도 연락해 주십시오. 저는 늘 이곳에 있으니까요."
한 시간 반쯤 지나서 캠벨은 뉴저지의 커다란 창고에 도착했다. 그곳은 상공업지역에 있었다. 맨해턴에서 입수한 그의 정보는 정확했다. 영업부장이 모스버그 500 라이플의 재고가 있다고 했다.
"이것은 어마어마한 총이오." 그는 자신 있게 말했다. "진짜 사파리용으로는 이 이상 좋은 것이 없을 겁니다."
그는 그 라이플을 집어들고 내밀었다. "가지고 다니기에도 얼마나 편리한지 모릅니다. 공기압력식이기 때문에 반동은 최소한으로 적고, 탄환의 위력은 더욱 강해지지요. 이 탄환은 무시무시할 정도로 강력합니다. 이것이야말로 당신이 찾고 있는 총이지요."
"시험해 볼 수 있겠소?" 젊은 사나이가 물었다.
"정말 흥미를 느끼시오?"
"그렇소." 사나이가 대답했다. "보스턴에서 총기 가게를 열려고 합니다. 특수한 형을 팔고 싶군요."
"그렇다면 특별시험을 해도 좋아요." 영업부장은 선반 위에 있는 탄환 상자를 내렸다. "제리!" 하고 부하 한 사람을 소리쳐 불렀다. "이분을 사격장으로 안내하게. 모스버그를 실제로 쏘아보고 싶으시다네."

제리는 얼굴에 여드름이 더덕더덕 난 키가 큰 젊은이였다. 그의 얼굴은 화농된 딱지로 덮여 있었다. 그는 탄환 상자를 집어들고는 라이플을 커다란 창고의 2층 한쪽으로 향하게 한 채 걸어갔다. 손님은 금속으로 된 커다란 두 개의 문 앞에 이를 때까지 그 뒤를 따랐다. 제리는 오른편 도어를 어깨로 밀어 열었다. 도어가 삐걱삐걱 경첩 소리를 내며 열리자 젊은 손님은 그의 뒤를 따라들어갔다.

"이걸 잠깐——" 제리는 라이플과 탄환 상자를 건네주며 말했다. 그는 빈 손으로 무거운 문을 잠그고 라이플과 탄환을 도로 받아들었다. 두 사람은 나무로 된 계단을 내려가서 줄을 지어 늘어선 긴 네온등이 비춰주고 있는 커다란 홀로 들어갔다. 사격위치는 벽에서 18.3m 떨어진 곳에 있었다. 두 사람은 그곳으로 갔다. 과녁은 24.4m 앞에 세워져 있었다.

"먼저 시험해 드리지요." 제리가 말했다. 그는 껌을 질겅질겅 씹으며 입을 리드미컬하게 움직였다. "이 총에는 두 가지 장점이 있어요. 엄청난 위력을 갖고 있으면서도 반동이 거의 없다는 것과, 정확한 사정거리를 유지한다는 거죠."

제리는 익숙한 솜씨로 총을 다루었다. 그의 손동작과 약간 벌리고 선 다리에 힘을 준 모습이 총에 관해서는 경험이 풍부하다는 것을 나타내 보이고 있었다. 그는 그 라이플을 두 차례 시험해 보았다——맨 처음에는 한 발씩 쏘아서 탄창을 비웠다.

"만일 이 총의 사용방법을 터득하게 된다면 보통 라이플로서는 가능하지 않는 자세도 포함하여 여러 가지 위치에서 쉽게 쏠 수 있습니다." 제리는 잠자코 서서 바라보고 있는 손님에게 설명했다. "이를테면 허리에 대고 쏠 경우에도 반동은 거의 없으며, 그 위치에서도 틀림없이 명중되지요. 탄환을 쏜 결과를 보면 알 수 있어요."

그는 사격위치를 한껏 늘린 긴 카운터 위에 라이플을 놓았다. 그리고는 사격장의 저쪽 끝으로 가서 보통 표적 앞에 나무 판자를 놓았다. 혓바닥처럼 튀어올라온 판자 밑에 무거운 모래주머니를 두 개 놓았다. 그리고는 사격위치로 되돌아왔다.

"저 판자 두께는 2.5cm입니다." 제리는 탄창에 탄환을 재면서 말했다. "자, 어떻게 되는가를 한번 보세요."

결과는 정말 대단했다. 두꺼운 종이 껍데기에서 꺼낸 특수탄은 흡사 로켓 모형 같았는데, 그것은 판자를 마치 얇은 종이처럼 꿰뚫고 나갔다.

"물론 이 총은 폭도진압용으로도 쓰입니다." 제리는 라이플을 캠벨이 잘 볼 수 있도록 건네주며 말했다. "그때는 다른 탄환을 사용하지요. 탄환이 나가서 표적에 닿으면 최류 가스가 든 용기가 터집니다."

짐 캠벨은 그 총을 자세히 조사해 보았다. 가지고 다니기에도 편리한 총이었다. 부드러운 동작으로 총을 한 번 돌려보고 나서 판자의 목표를 조준해 보았다. 그의 손가락이 2단계 방아쇠를 귀여워해 주듯이 가볍게 당겼다.

우선 한 발만을 사격장의 그 표적을 향해 쏘았다. 라이플은 그가 가한 힘에 완벽히 반응했다. 그 총의 설계자는 분명히 구조에 대해 상당히 연구했을 것이다. 몇 초 뒤에 그는 방아쇠를 두 번 당겼다. 차례차례로 탄환이 1초의 몇 분의 1의 간격을 두고 튀어나갔다. 두 발의 탄환이 나아가는 방향은 병에서 튀어나간 코르크 같은 분사음으로 울렸다.

"이봐요, 당신." 제리는 재미있어했다. "당신도 이런 장난감은 처음이 아니군요."

캠벨은 웃음을 띠며 라이플을 내렸다. 이것이야말로 그가 바라고 있었던 무기였다.

"마음에 들었나요?" 제리가 물었다.

"대단한 총이군." 캠벨이 대답했다. 그는 지갑에서 50달러 지폐를 한 장 꺼냈다. "사용한 탄환의 값에 거스름돈이 있을 거요. 나머지는 당신이 가지시오."

"예, 감사합니다." 제리는 감격했다. "하지만 사시지 않을 것 같은 말투로군요. 왜죠?"

"제리——" 캠벨은 젊은이의 어깨를 두드렸다. "허가증의 서류를 만들 여가가 없어요. 다음에 또 오지."

그가 돌아가려고 하자 문 앞에서 제리가 불렀다. "이것이 값비싼 라이플이라는 건 알고 있겠지요?"

"알고 있고말고."

젊은이는 잠시 머뭇거렸다. "서류를 만들기가 귀찮다고······"

"음."

"조금 덤으로 돈을 지불할 용의가 있습니까?"

"액수에 따라서는."

"탄환도 필요하겠죠?" 제리는 그를 날카로운 눈길로 바라보았다.
 "음. 하지만 보통 탄환은 아니오. 폭도진압용을."
 "얼마나?"
 "한 다스. 좀더 많아도 괜찮지."
 "그렇다면——" 제리가 가까이 다가왔다. "총과 특수탄 24발이 든 한 상자에 1,000달러면 어떻겠습니까?"
 "그건 큰 돈인데." 그는 잠시 생각하는 체했다. "그러나, 제리, 그쪽에서도 눈치는 챘겠지? 좋아, 둘만의 비밀거래요. 어떤 방식으로 하지?"
 제리는 싱글벙글해졌다. 그의 눈은 빛나고 있었다. "아무렇지도 않아요. 한 자루쯤 없어져도 눈치채지는 못할 테니까."
 "어떻게 해서 내 손에 넘겨주지?"
 "어렵지 않아요." 제리는 라이플을 어루만졌다. "일주일에 세 차례 내가 이곳에서 숙직을 합니다. 어떻소? 오늘밤이 마침 내 차례죠. 그러니까 11시에 오는 것이?"
 캠벨은 제리의 얼굴을 탐색하듯이 바라보았다. 그의 눈동자를 보고 갑자기 알아냈다. 제리는 마약중독자였다.
 "돈이 필요한 모양이군?"
 제리는 대답 대신 미소를 지었다.
 "좋아. 그쪽에 건네준 돈을 어디에 사용하든 내 알 바가 아니니까. 11시에 이곳에 오겠소."
 "길 반대편에서 들어오세요." 제리가 낮은 목소리로 말했다. "그 곳에는 이 사격장으로 들어오는 또 한 개의 문이 있어요. 열어놓겠소. 밀기만 하면 돼요. 나는 여기서 기다리고 있겠습니다."
 돌아가는 길에 캠벨은 영업부장한테로 가서 이야기했다. 그 총에는 감탄했으며, 머지않아 다시 찾아오겠다고 말했다.

4

 8월 5일 금요일에는 사태가 확실해졌다. 앙드레 코르데유 경위가 보내온 정보에 근거한 파리에서의 보고서를 이집트측에서도 뒷받침해 주게 되었다. 미국을 통하여 이집트 정보기관에서 이스라엘의 같은 기관에 리비아가 정말로 이스라엘 수뇌의 암살을 꾀하고 있다는 통지가 보내졌다.
 금요일 낮에 하미드 마샤위로부터 암호편지가 암만을 경유하여 보안경비본부에 도착했다. 그는 리비아 정보부에 고용되어 있는 사나이로서 하나니아 시아니라는 이름으로 알려져 있었다. 아논 국장은 그 편지를 코헨에게 보였는데, 코헨은 그것을 읽고 흥분을 억제하지 못했다.

"생각했던 바와 같군요." 그는 읽고 나서 말했다.

"그렇소. 당신의 말대로야." 국장도 동의했다. "리비아의 표적은 다얀 외상이네."

오후 2시에 각 부서의 간부가 모여서 다얀 암살계획에 관해 아비틀 아논과 유리 코헨으로부터 이야기를 들었다.

"특별대책본부를 만들 필요가 있소." 아논이 강조했다. "세 개의 부문을 갖는 본부요. 표적을 이스라엘 국내에서 지키는 부와 유럽에서 지키는 부, 그리고 미국 안에서 지키는 부요. 이 세 부는 경비 부장의 지휘하에 두겠소."

모든 시선이 아논 국장으로부터 유리 코헨에게 옮겨갔다.

"이번에는 이중점검 시스템으로 할 것을 강조해 두겠소." 국장이 이야기를 계속했다.

"한 정보망은 정보의 여러 단편들을 전달하면서 처리하고, 다음 조직은 먼저 조직의 활동상황을 점검하며 동시에 그들이 모은 모든 정보를 점검해야 하오. 살인자가 어디에서든 실수를 범하리라는 것이 우리들의 추측이오. 우리들이 할 일은 그 실수하는 순간을 포착하는 것이오.

현재 우리들은 지중해의 어디엔가 있을 어떤 개인의 요트를 찾고 있소. 이 요트는 제노바에서 약간 모양을 바꾸어가지고 이곳으로 향해 출항했소. 그 배의 주인이 이 살인자의 정체를 파헤치는데 도움이 될 수 있다고 우리는 믿고 있소."

회의가 끝나고 전원이 돌아가자 유리 코헨은 벽에 걸린 지도를 덮어놓은 스크린을 스르르 말아올렸다. 맨 처음에 나타난 것이 그가 찾고 있던 지도였다. 그것은 중동과 지중해를 그린 것이다. 그 배에 관한 최후의 보고가 제노바에서 들어왔다. 파디아 호는 색깔이 달라져 있었다. 이 요트는 이탈리아의 그 항구에서 하루 동안만 정박하고 곧 그리스를 향하여 출범했다. 선체는 회색칠이 되어 있었다. 이름도 바뀌어져서 지금은 마지나란 이름으로 되어 있었다. 자기 가문의 마지노란 이름과 비슷하게 붙인 것에 이 이탈리아 인의 심리적인 오류가 있었던 것이다. 본초는 아직 자기를 잡으려는 자가 누구인지 정확하게는 알지 못한 것 같으나, 배에 가한 변화로 보아서 그가 겁내고 있다는 것은 확실했다.

유리 코헨은 지도를 보았다. 이탈리아 인은 그리스의 섬들 사이에서 잠시 동안 숨을 곳을 발견하게 되겠지. 그에 관한 정보는 널리 발신되어 있다. 그러므로 그의 소재는 며칠 안으로 밝혀질 것이며, 그렇게 되면 사정은 달라질 터이다.

5

짐 캠벨이라는 사나이는 그날 밤에 다시 뉴저지에 나타났다. 제리와 만날 시간인 11시 조금 전에 그는 인기척이 없는 그 부근을 차를 타고 한 바퀴 돌았다. 창고와 차고, 그리고 공장들만이 있는 지대였다. 밤에는 그런 곳에 누구도 있을 까닭이 없으므로 경찰의 순찰차도 거의 돌아다니지 않았다.

캠벨은 차를 쉐우고 3분 동안 기다리다가 11시 정각에 차에서 나왔다. 그는 천천히 걸으면서 날카로운 눈길로 인기척이 없는 주위를 둘러보았다. 밤에는 그 주위에 무시무시한 분위기가 감돌았다. 길모퉁이를 돌아가자 제리가 말한 건물의 철문이 나타났다. 문을 밀어 열자 경첩이 약간 삐걱거렸다. 재빨리 안으로 들어가서 문을 잠갔다. 그는 경사진 천정의 중앙에 매달린 조그마한 전구의 희미한 불빛에 비친 계단을 내려갔다. 사격장의 입구에 이르니 그 문도 열려 있었다. 사격위치로 되어 있는 저편에는 네온등이 빛나고 있었다. 제리는 그곳에서 긴 카운터에 기대어 있었는데, 단단하게 포장한 물건을 그 위에 올려놓고 있었다.

"아, 당신이오! 꼭 제시간에 왔네." 제리는 몸을 일으켰다.

"언제나 그렇지."

"뒤에 있는 문을 닫으세요."

캠벨은 시키는 대로 했다. 그리고는 제리에게로 다가갔다.

"모든 일이 잘되었소?" 그가 물었다.

"이 제리가 하는 일인데 어련하려고." 젊은이는 포장한 물건을 두드렸다. "여기에 어마어마한 아저씨와 24명의 개구쟁이 녀석들이 들어 있소. 그러면 됐죠?"

"완전한 가족이군. 보여 주시오."

제리는 깜짝 놀랐다. "나를 못 믿겠소? 의심이 많은 친구로군."

"아무튼 보여줘." 캠벨은 낮은 목소리로 말했다.

제리는 웃는 표정을 지었다. 새로 껌을 한 개 입에 넣더니 포장한 끈의 매듭을 풀었다. 캠벨은 총과 탄환 상자를 조사해 보았다.

"제리, 말한 그대로군. 다시 묶어주시오."

제리는 히죽히죽 웃으며 다시 포장했다. 캠벨은 지폐가 든 지갑을 꺼내어서 한 뭉치의 지폐를 빼어 세었다. 모두가 100달러짜리 지폐였다. 그 돈을 제리에게 주었다.

"자, 받으시오. 틀림없이 1,000달러요."

상처투성이의 얼굴을 한 젊은이는 손을 내밀어 지폐를 받았다.

"정말 틀림없군." 그는 계속 히죽히죽 웃었다. 껌을 씹느라고 쉴새없이 턱이 움직였다.

"이봐요. 당신, 코끼리를 잡기 위해 그 어마어마한 아저씨가 필요한 게 아니지?" 그는 웃음을 그치고 바지 주머니에 지폐를 집어넣었다. "그것 때문에 온 것이 아니야. 다른 것을 사냥하려는 거야. 그게 틀림없지?" 그는 사나이의 호랑이같이 무서운 눈길을 의식하지 못하는 듯했다.

"제리." 그 목소리는 부드럽고 호의적이기도 했다. "피차 이 즐거운 만남 이후에는 상대방에 대한 일은 잊어버리는 게 좋겠어. 코끼리를 잡게 되면 그 사진 정도는 찍어 보내주지. 젊은이, 그걸 원하고 있나?"

협박의 힌트가 이 젊은이에게는 통하지 않았다. 그는 껌을 뱉어버렸다. "컬러 사진으로 보내겠소?"

"제리, 자네는 유머 센스가 있어." 사나이가 말했다. "그것은 튼튼한 두 다리로 서 있을 때만 쓸모가 있는 거야. 그걸 소중하게 여기는 게 좋을걸."

사나이의 묘한 눈빛을 제리는 겁내지 않았다. 그는 여전히 포장한 물건을 만지작거리며 그 자리에 서 있었다. "이봐, 말 한마디 멋지게 했어! 유머 센스라고?" 그는 웃었다. "하지만 사진을 더 갖고 싶소."

"어떤 것을, 제리?"

"푸른 색깔의 지폐야. 어떻게 생각하지?"

"이쪽이 어떻게 생각하든 관계가 없잖아?" 사나이는 웃음을 띠었다. "그쪽에서 말하는 대사가 문제지. 이를테면 자네의 그 녹색 콜렉션이 앞으로 얼마가 필요한가?"

제리는 이 대답이 마음에 들었다. "하여튼 당신하고라면 거래가 이루어지리라고 생각했어."

"얼마를 더 원하지?"

"앞으로 2,000달러면 어때?"

사나이는 흠칫 놀랐다. 이 젊은이가 요구하는 액수가 갑자기 모든 것을 분명하게 일깨워주었다. 이 녀석의 자만심은 달리 또 누군가가 이 일에 합세하고 있다는 증거였다. 지금 그 누군가가 가까이에 있어서 이 상처투성이의 얼굴을 한 녀석을 원호하고 있다. 만일에 조금 덤으로 돈을 받으려 한다면 자기 혼자서 꾀하는 일이라 할 수 있지만 액수가 큰 것을 보니 같은 패거리가 있음이 분명하다.

"제리, 그 추가분은 어떻게 계산한 거지?" 그는 이상한 소리에 귀를 기울이며, 그러나 담담한 어조로 말했다.

"간단한 계산이야." 제리는 느긋한 태도로 말했다. "1,000달러는 내 몫이고, 1,000달러는 형님 몫이야."

"형님이 있었던가?" 그는 짐짓 묻는 것처럼 눈썹을 치켜올렸다.

"진짜로 말하면 형님이 아니지." 제리는 히죽 웃었다. "그렇지만 형님 비슷한 거야."

캠벨은 뒤에서 발걸음 소리를 들을 수 있었다.

"그가 몫을 찾으러 온다, 그 말이지?" 그는 들릴락말락 한 목소리로 물었다.

"이봐——" 제리는 그의 뒤쪽으로 손가락을 가리켰다. "이제 새삼스럽게 올 것도 없어. 이미 와 있으니까."

캠벨은 천천히 뒤를 돌아보았다. 6m쯤 떨어진 곳에 거칠게 생긴 사나이의 모습이 나타났다. 28살에서 30살쯤 되어보이는 라틴계의 사나이였다. 그의 얼굴은 많이 얻어맞은 듯 상처투성이였다. 마치 링 위에서 언제나 지기만 하는 프로 복서의 얼굴 같았다. 반소매의 셔츠가 찢어질 듯한 어깨에서 짧은 목이 위로 솟아 있다. 상체는 거대했으나 다리가 짧았다. 충치로 검어진 두 개의 앞니를 드러내고 그는 히죽 웃었다.

"내가 바로 그 형님이야." 귀에 거슬리는 어조로 말했다.

"좋은 형제로군." 캠벨이 말했다. "애비와 에미가 다른 형젠가?"

사나이의 둥그스름한 얼굴이 험하게 일그러졌다. 이 말이 기분에 거슬렸던 것이다. 그는 한 걸음씩 앞으로 나와서 마침내 캠벨과 마주볼 머리를 우뚝 솟듯이 하여 멈춰섰다.

"그 상판때기를 짓이겨놓을 테다!" 사나이는 외쳤다. 눈에 핏발이 섰다. "아무리 외쳐보라고! 그 모가지를 부러뜨릴 때, 아무리 비명을 질러도 아무에게도 들리지 않을 테니까."

제리는 겁에 질린 표정이 되었다. 그는 폭력을 쓰는 것은 원치 않았다. 당황해서 그는 두 사람 사이에 끼어들었다.

"이봐, 사냥꾼 양반." 그는 캠벨에게 말했다. "이 스피디에게 덤벼들어 봤자 소용없어. 치를 것을 치르고 물러가시지. 그렇지 않으면 스피디가 당신 얼굴을 짓이겨놓거나, 또 경찰이 모스버그와 같은 좋은 총을 원하는 당신을 그대로 내버려두지 않을 거야. 내 말 알아듣겠어?"

두 사람의 말은 모두가 맞는 말이었다——스피디가 방음장치가 되어 있는 방에서 아무리 외쳐도 아무에게도 들리지 않는다고 한 것과, 제리가 모스버그를 암거래로 사들이려는 사람을 경찰이 반가이 체포하리라는 것.

"좋아." 그는 항복했다. "두 사람이 찾으러 온 것을 주지."

그의 동작은 번개처럼 빨랐다.

그 행동은 잘 계산된 것이었다. 먼저 스피디를 해치웠다. 무릎을 위로 치켜올려 사나이의 고환을 걷어찼다. 그리고 뾰족한 구두 끝으로 사나이의 무릎에 일격을 가하고, 마지막 마무리로 구둣바닥으로 복서의 발가락을 세게 짓밟았다.

이 해머와 같은 타격이 정확하게 거침없이 차례로 가해졌으므로 스피디의 목에서는 비명이 터져나올 겨를도 없었다. 몹시 아파서 몸을 굽히는 순간 그의 얼굴에 피스톤 같은 주먹이 날아갔다. 주먹의 타격으로 인해 얼굴 뼈가 부서지고, 동시에 얼굴의 살이 짓이겨지며 붉은 피를 내뿜었다. 그래서 무거운 몸뚱아리가 마룻바닥 위에 쓰러지기 전에 그는 이미 의식을 잃고 말았다.

제리는 움직이지 않았다. 마치 손발이 마비된 듯해 보였다. 눈이 휘둥그래져서 자칫하면 눈동자가 밖으로 튀어나올 지경이었다.

"이봐요, 당신." 그는 겁에 질린 목소리로 속삭였다. "우리는 그저 농담으로 그랬던 거예요."

캠벨은 웃으며 말했다. "알고 있어, 제리. 하지만 내가 농담을 하지 않는다는 걸 알아두었어야 했어!"

제리는 소리치려고 했다. 비명이 가슴속에서 목구멍까지 올라왔다가는 얼어붙어 버렸다. 사나이의 손바닥이 마치 도끼날처럼 납작해지며 당수치기로 찍어 제리의 목뼈 몇 개를 부러뜨렸다. 그는 눈을 휘둥그렇게 뜨고, 입가에 흰 거품을 내뿜으면서 마룻바닥에 쓰러졌다. 다음의 일격이 그의 목을 부러뜨렸다. 숨이 끊어질 때 그가 벌리고 있는 입에서 피가 철철 흘러나왔다.

캠벨은 마룻바닥에서 몸을 뒤틀고 있는 스피디를 향해 돌아서더니, 구두끝으로 그의 정수리를 세게 찼다. 이것이 마무리짓는 일격이었다. 무거운 몸뚱이가 한번 뒤척였다. 다리를 몇 초 동안 버둥거리더니 끝내 뻗어버리고 움직이지 않았다. 최후의 신음소리와 함께 심장이 멈췄다.

캠벨은 심호흡을 했다. 맥이 여느 때보다 좀 빨리 뛰었다. 그는 포장된 라이플과 탄환을 들고 들어왔을 때와 같은 길을 통해 밖으로 나갔다.

6

8월은 지중해에서는 예로부터 소란한 달이었다. 바다는 한 달 내내 변화가 심했다. 갑자기 아무런 예고도 없이 폭풍우가 엄습해 온다. 그리고 며칠을 두고 계속 불다가 어느 날 갑자기 사라져 버린다. 그리고는 다시 평온해지는 것이다. 바다는 다시 청색과 녹색을 되찾고 물결의 움직임도 일정해지며 파도는 규칙적으로 된다. 그러다가 갑자기 또 어디에선가 새로운 폭풍이 일고, 수평선으로부터 으르렁거리는 광풍과 파도가 몰려와 흰 거품을 일으키는 조수의 소용돌이를 이룬다.

지중해의 변화는 예측할 길이 없다. 그 해안에 사는 주민들의 성격 또한 마찬가지이다. 이곳의 태양은 따가울 정도로 내리쬔다. 하늘의 중심은 푸르지만, 가장자리로 갈수록 누르스름한 빛을 띤다. 바다의 빛깔은 짙은 청색과 녹색이어서 대담한 기상을 보여주고 있다. 멀리서 흰 물결이 가볍게 춤추는가 하면 어느새 또 바람에 실려 이쪽으로 밀려온다.

마지나 호는 지중해에서의 긴 항해에 적합하도록 만들어진 훌륭하고도 견고한 배였다. 낮은 뱃전은 대서양의 폭풍에는 견딜 수 없을지 몰라도 지중해의 풍랑 같은 것에는 끄떡도 하지 않는다.

이탈리아 인은 그 배를 잘 조종했다. 몬테 카를로의 쾌적한 항구에서 겨우 빠져나오긴 했지만 항해가 그에게 서툰 일은 아니었다. 비토리오 안젤로 마지노는 경험이 풍부한 뱃사람이었다. 그는 언제나 손님들을 기쁘게 해주기 위해서 짧은 항해를 즐겼지만, 며칠이고 해상에서 지내는 것은 좋아하지 않았다. 더구나 그 여행이 아무런 목적도 행방도 정해져 있지 않은 경우에는 더 말할 나위도 없었다.

지금 그를 몰아대고 있는 것은 공포였다. 미지의 차가운 공포. 자기에게 관심을 갖고 있는 것이 무엇인지는 모르지만, 지금 그를 뒤쫓고 있는 것이 무엇이든간에 현재 피닉스라 이름하는 사나이와 무슨 관계가 있다는 점만은 본능적으로 알 수 있었다. 이 경우에 그에게 필요한 것은 시간이었다. 시간을 벌어야만 했다. 며칠이든, 아니 몇 주일이라도. 그 동안에 사정이 달라질지도 모른다. 아마 피닉스가 임무를 완수하고 추적이 끝날지도 모르지. 아니면 피닉스가 실패할지도 모른다——그로서는 그것은 상상할 수도 없는 일이었지만, 아직 그 가능성은 있다. 그렇게 되면 그에 대한 추적은 종말을 의미한다. 그러나 그렇게 되지 않을지도 모른다. 어딘지는 모르지만, 그를 기다리고 있는 좁은 올가미에 걸려들 가능성도 있다. 그는 자기를 추적하는 자들의 정체를 짐작도 하지 못했지만, 그들은 그에 대해서 필요한 만큼은 알고 있는 듯했다.

이 며칠 동안 그는 그리스 섬들 사이로 배를 몰고 다녔다. 바다는 완전히 잔잔해졌다. 최후의 폭풍은 햇볕에 타고 있는 조개껍데기 같은 조그마한 섬들 사이로 빠져나가는 그의 배후에서 사라져 버렸다.

승무원들도 어찌 할 바를 몰랐다. 표면적으로는 유유히 휴양여행을 즐기고 있는 듯했지만, 선주인 이탈리아 인의 태도는 아무래도 편히 쉬고 있는 것과는 거리가 멀었다. 언제나 명랑하던 그의 태도가 돌변해서 그들을 꾸짖기만 했다. 그가 신경을 곤두세움에 따라서 조그마한 요트에는 죽음 같은 분위기가 감돌고, 승무원들은 마치 벼락이라도 피하듯 슬슬 꽁무니를 빼며 행동했다.

이탈리아 인은 스스로 움츠려 들어갔다. 그는 아무 말도 하지 않고 비밀을 자기 가슴속에만 간직하고 있었다. 여태까지의 여러 가지 사업에서 그는 조심성이 많아졌고, 말을 건넬 이유가 없는 상대자하고는 거리를 두게끔 되었다. 아직도 늠름한 기운과 매력을 몸에 지니고 있었지만, 그는 늘 자기를 남들 앞에 노출시키지 않으려고 조심했다. 그러나 최근에는 자기를 동정하며 이야기해 줄 상대자를 원하는 욕망이 강해졌지만, 추적당하는 몸이라 그렇게 떠들어댔다가는 파멸을 가져올 것을 알고 있었다. 그러므로 배가 닻을 내리고, 승무원들이 교대로 몇 시간씩 쾌락을 위해 상륙하여도 그는 배에 남아 있었고, 다시 승무원들이 돌아와서 이 묘한 정처없는 여행을 떠날 때까지 죽치고 기다리기만 했다.

낮 시간도 길었지만 밤 시간은 더욱 길었다. 이 이탈리아 인은 몬테 카를로 해변에 모여드는 아름다운 여인들과 잠자리를 함께 하는 데 익숙했었다. 지금 그의 밤은 고독하기만 했다. 근심 속에서 긴 시간 동안 생각에 잠겨 있노라면 저절로 분노의 소리가 터져나오는 불안한 순간도 있었다. 곧잘 가슴의 고동이 심해지고 맥박이 평상시의 두 배 이상으로 빨리 뛸 때도 있었다.

그의 생각이 자기의 생활을 속박하고 있는 그 살인자에게로 향해질 때가 많았다. 함께 일을 시작한 순간부터 언젠가는 보복을 철저히 받을 날이 올 것이라는 예감이 들었었다. 이 계산은 피닉스에게 연락해 줌으로써 실컷 핥을 수 있었던 달콤한 꿀이 원인이겠지. 그는 여러 차례 그 젊은 사나이가 언젠가는 자기를 해칠지도 모른다는 생각을 해보았다. 본초가 그 사나이의 정체를 너무도 잘 알고 있기 때문에 그가 위험하다고 생각할 경우나, 또 본초가 그에게 필요없게 될 경우에는 그러하리라. 그는 자기와 이 젊은 사나이와의 연관 때문에 누군가가 자기를 찾는다고는 생각조차 하지 않았다. 그러나 그런 일이 일어났는지도 모른다. 그렇다면 그는 도망칠 수 없는 함정에 빠진 것이다.

몇 시간이고 그는 캔버스 천을 입힌 갑판의자 위에서 몸을 뒤척이며 타는 듯한 태양 아래에서 주름진 얼굴을 태우고 있었다. 땀을 몹시 흘리며 그는 아무리 생각해 봐도 해답이 나올 것 같지 않은 의문을 마음속으로 되씹고 있었다. 그는 살인자의 표적이 누구인지 알 길이 없었다. 희생될 사람이 누구일까? 분명히 이번에는 여태까지 있었던 경우와는 다른 것 같았다. 그의 경험으로는 추측할 수 없을 정도로 가지가 벌어진 계획이며, 여태까지 그가 부딪쳤었던 어떠한 사건보다 강대한 세력이 얽혀 있는 듯했다.

때때로 그는 피에르 드 말랭이 어떤 일인지 전혀 힌트를 주지 않았으므로 드 말랭을 원망하기에 이르렀다. 물론 그때 그는 알려고도 생각지 않았었다. 그러나 차차 그는 후회하게 되었다. 죽은 자기의 전우를 원망해 보았자 소용없는 일이었다. 드 말랭 자신이 어떤 사건에 관계되어 있는지 몰랐을 경우도 있을 수 있다. 책망받아야 할 자는 드 말랭이 아니었다. 그런 거액의 돈이 한 사람에게 지불된다는 데에 의혹을 가졌어야 했던 것이다. 만일 그가 사태를 정확하게 파악하고 있었다면 이런 일에는 말려들어가지 않았을지도 모른다.

그는 자신을 원망했다. 그 살인자에 관해 좀더 조사해 두었더라면 좋았을 것이다. 그렇지만 그는 자신이 가지고 있는 황금의 위력을 믿었을 뿐, 그 이상의 것은 알려고도 하지 않았었다. 지금 그는 의혹에 시달리고 있었다. 몇 년 동안에 걸쳐 그 살인자에 관한 지식을 어느 정도 쌓긴 했지만, 그렇다고 해도 이 불가사의한 사나이는 그에게 있어서는 여전히 수수께끼의 존재일 따름이다. 지금까지 살아오는 동안에 그는 다루기 힘든 위험한 사나이들을 많이 알고 있었다. 그 자신도 이전에는 그러한 사람들 중의 하나였다. 하지만 그러한 무리들 가운데서도 지금 피닉스라 자칭하고 있는 이 사나이처럼 종잡을 수 없는 인물은 보지 못했다.

그는 몇 시간이고 계속 눈앞에 펼쳐져 있는 섬들의 해안을 바라보며 시간을 보냈다. 두 손을 잘 손질한 나무 난간에 얹은 채. 그럴 때 그의 뇌가 독립된 기관으로서 활동을 중지하고, 자기의 존재 전체가 눈앞의 광경에 빨려들어가는 듯함을 느꼈다. 그는 해면의 잔물결을 따라 춤추는 자신의 그림자를 바라보고 있었다. 그것은 마치 실속이라고는 전혀 없는 불안 덩어리의 그림자 같았다.

섬들 사이를 순회하고 있는 것은 종말을 좀더 연기시키는 일밖에 되지 못한다. 조만간 자기를 추적하고 있는 미지의 상대자와 대결해야만 한다는 것은 확실했다. 오늘이나 내일, 아니면 모레인지도 모른다.

일요일 아침에 그는 선실의 문을 두드리는 소리를 들었다. 몸을 일으키자 그의 손은 총알을 재어놓은 베레터가 들어 있는 주머니로 들어갔다.

"누구야?"

"데니스입니다."

긴장이 풀렸다. "들어와."

조용한 네덜란드 인인 데니스는 45살의 일류 선원으로서 이 배의 기관사이며, 동시에 물자조달의 책임도 지고 있었다. 키가 작고 말쑥한 체격에 주근깨가 많았다.

"엔진이 고장났습니다." 붉은 얼굴을 한 데니스는 조용한 목소리로 말했다. "피스톤이 하나 상한 것 같습니다."
"어떻게 하면 되지?"
"곧 수리해야 합니다." 기관사가 말했다. "이대로 방치해 두면 점점 더 수리가 곤란해집니다."
"어디서 고치지?"
"피리아스에서요. 여기서 가장 가까운 항구입니다. 거기에 가면 기술자도 있습니다."
"어느 정도 시간이 걸릴까?"
기관사는 확실한 대답을 할 수 없어서 어깨를 으쓱했다. "한나절이나, 어쩌면 그보다 좀더 걸릴지도 모르죠. 그 친구들이 다른 고장을 발견하느냐 않느냐에 달려 있습니다."
"달리 방도가 없단 말이지?"
"예."
그는 꾸짖거나 욕지거리를 하고 싶었지만, 순간 사태를 냉정하게 생각해 보았다. 엔진은 최고의 상태로 유지시켜 놓아야 한다. 잘된다면 피리아스에서 몇 시간 뒤에는 출발할 수 있을지도 모른다. 그는 큰 항구는 싫어했다. 거기에서 무엇이 그를 기다리고 있을지 모르기 때문이다. 요트의 색깔을 다시 칠하고 이름을 바꾸는 것만으로 정체가 발견되지 않고 넘어간다고는 생각지 않았지만, 그래도 달리 도리가 없었다.
"좋아, 데니스." 이윽고 그가 말했다.
이튿날 아침, 날이 샘과 동시에 일어난 미풍으로 피부처럼 팽팽한 해면에 잔물결을 일으키고 있는 바다 위에 진홍색 아침 해가 비쳤다. 몇 시간 뒤에 마지나 호는 피리아스 항에 닿았고, 11시에는 서서히 옆으로 대어 로프로 묶어놓았다. 네덜란드 인 기관사가 곧 육지로 올라가서 피스톤의 새로운 부품을 사고, 일을 도와줄 이곳의 기술자를 찾으러 갔다. 한 시간 반 뒤에 그는 투박하게 생긴 그리스 인을 데리고 돌아왔다.
두 사람의 기술자가 일을 시작했을 때 본초가 갑판 위로 올라왔다. 눈앞에는 찬란하고 화려한 피리아스 부두가 펼쳐져 있었다. 항구의 도크를 따라서 붙들어 매어져 있는 갖가지 소형 선박 속에 화물선과 탱커가 어떤 것은 부두 가까이에 매어지고, 또 어떤 것은 앞바다로 나가서 닻을 내리고 그 위용을 자랑하고 있었다. 작은 영업용 배 사이에 유람선도 닻을 내리고 있었다. 마지나 호는 제노바에서 사치한 표면의 장식을 지워버리고 위장을 했기 때문에 그러한 배들 사이에서 눈에 띄지 않고 숨어 있을 수 있었다. 이것이 화려한 배를 나타내는 선체의 윤곽임을 알아볼 수 있는 사람은 노련한 선원들뿐이었다.

하역 인부와 포크리프트의 운전사, 항만 관리 등이 어부와 선원들과 섞여서 부르짖는 소리가 외해로 나가는 배와 항구로 들어오는 것을 알리는 배의 기적소리에 뒤섞여 부산했다. 낮의 열기가 고조되면서 아침의 냉기를 녹여 버렸다.

기관사가 갑판 위로 올라와서 수리를 끝내려면 적어도 낮이 지날 무렵까지 기다려야 할 것이라고 본초에게 보고했다. 일을 끝낼 때까지 배를 해안에 매어두어야 하므로 본초는 상륙하기로 했다. 오랫동안 배에서 지냈기 때문에 마른 대지를 밟고 싶어서 견딜 수가 없었다.

그는 선복(船腹)에 걸쳐놓은 줄사다리를 타고 내려가서 두껍고 튼튼한 잔교의 판자 위에 가볍게 뛰어내렸다. 그는 우선 멈춰서서 항구 특유의 냄새를 마음껏 들이마셨다. 같은 냄새가 갑판에 있어도 코에 배어오지만 여기서 마시는 냄새는 약간 다른 듯한 기분이 들었다. 그는 마치 무거운 짐에서 해방된 듯한 느낌이었다. 우선 천천히 주위를 살피면서 걸어보았다. 가령 그럴 생각이었다 하더라도 자기를 뒤쫓고 있는 미지의 사람들을 발견할 수 있을지는 의문이었다. 그는 불안을 떨어버리고, 신바람이 나는 듯한 걸음걸이로 항구의 게이트 옆에 있는 카페를 향해 걸어갔다.

7

제비크 브릴은 중앙 잔교에서 180m 떨어진 곳에 닻을 내리고 있는 이스라엘 화물선 다프즈 호의 2등 항해사였다. 이 작은 화물선은 여러 가지 화물을 미국 각지의 항구로 운반하고, 거기서 또 다른 화물을 싣고 7주간에 걸친 여행 끝에 마지막 기항지에 들렀던 것이다. 모항 하이파로 돌아가는 도중에 지중해에 있는 몇 개의 항구에 들러 짐을 내려주고, 또 이스라엘 시장으로 가는 짐을 싣고 왔었다.

피리아스는 그들 여행에 있어서 마지막 기항지였으며, 그리스 연안에 하루 반 동안이나 머물다가 이제 승무원들이 배로 돌아가는 길이었다. 오후 1시에는 배가 닻을 올리고 이스라엘로 돌아갈 예정이었다.

햇볕에 그을린 피부에 검은 머리카락을 한 야위고 조그마한 항해사가 다프즈 호에서 맞이하러 온 모터보트 쪽으로 가는 잔교 위를 걸어가는 모습은 표면적으로 다른 곳의 선원들과 조금도 다른 데가 없었다. 만일 2주일 전에 해상에서 받은 전보를 그가 기억하고 있지 않았다면 마치 감전이라도 된 것처럼 그 자리에 멈춰서지는 않았을 것이다. 선장인 심킨이 그때 선원들을 자기 선실에 모아놓고 화물선박회사에서 온 전보를 읽어주었던 것이다. 그 전보에는 보안경비국이 긴급히 소식을 기다리는 배의 특징을 열거해 놓았었다. 그 특징이란 일반적으로 말하면 뱃전의 선이 낮고, 조타실이 적갈색의 마호가니 재(材)로 되어 있다는 것이다. 배의 이름은 파디아 호였다.

분명히 그의 눈앞에 매어 있는 배는 이름도 색깔도 달랐지만, 두 가지 중요한 점에서 전보가 말한 특징과 일치했다. 뱃전이 낮고, 조타실이 반들반들하게 닦인 적갈색 마호가니 재로 되어 있었던 것이다.

브릴은 주머니에서 담배를 꺼냈다. 한 개비를 뽑아서 입에 물었다. 성냥을 그어서 손으로 감싸지 않으면 안되었기 때문에 그 배쪽으로 머리를 돌렸다. 솔솔 부는 바람이 담배에 불붙이는 것을 방해해서 그는 여러 번 반복했다. 덕분에 그는 배를 잘 살펴볼 수 있었다. 이름을 기억 속에 새겨두었다——마지나 호. 브릴은 천천히 담배 연기를 뿜어냈다. 이 배와 전보에서 말한 특징과는 너무도 닮은 점이 있었다. 물론 그가 잘못 보았는지는 모르지만, 어쨌든 이 배에 관한 이야기를 다프즈 호로 돌아가면 선장에게 보고할 생각이었다.

갑판 위에 올라서자마자 2등 항해사는 선장실로 급히 달려갔다. 서른세 살로 젊음이 넘쳐흐르는 길쭉한 얼굴과는 대조적으로 배가 약간 튀어나온 심킨 선장은 브릴의 이야기에 열심히 귀를 기울였다.

"놀랄 정도로 닮았어요." 2등 항해사는 힘주어 말했다. "색깔과 이름은 다르지만. 그보다 더 상세한 점은 알려오지 않았습니까?"

"없어." 선장이 말했다. "그 이상 상세한 이야기는 듣지 못했어. 하지만 배 이름과 색깔을 바꾸었는지도 모르지. 있을 수 있는 일이야. 도망치고 있는 배이니까. 고국에서는 그것을 모르고 있는지도 몰라. 곧 연락해 봐야겠어."

다프스 호의 통신사는 본사에 연락하여 이상한 그 배의 모습을 하이파에 보고하도록 명령했다. 동시에 선장은 브릴에게 그 배를 늘 감시하고, 그 배의 갑판에서 무슨 일이 일어나는지 정기적으로 보고하라는 명령을 내렸다. 회사로 전신연락을 한 것은 9시 반이었다. 답전이 온 것은 11시 15분이었는데, 심킨 선장은 곧 선원들을 선장실로 불러모았다.

"여러분——" 일동이 방으로 들어오자 선장이 말했다. "이 항구에서의 출항은 연기하기로 했소. 하이파에서 새로운 명령이 왔소. 보안경비국에서 찾고 있던 배 파디아 호가 이 피리아스에 마지나 호란 이름으로 정박하고 있소. 보안경비국 직원이 이곳에 올 때까지 우리들이 감시에 힘써야 할 것 같소. 전보에 의하면 그들은 이제 막 벤 그리온 공항을 출발해서 2시에는 여기에 도착할 예정이라는군."

8

케네디 공항에서의 오전 9시. 그 젊은 사나이는 얇은 천으로 된 새로운 신사복을 입고 여행가방을 들고 있었다. 그가 탈 비행기는 한 시간 뒤에 이륙하기로 되어 있었다. 그는 에르 프랑스의 출발 라운지 맞은편에 있는 한 전화 박스에 기대서서 워싱턴의 리비아 대사관에 전화가 연결되기를 기다리고 있었다. 지금은 이러한 절차에도 익숙해져 있었다—— 먼저 교환수의 목소리가 들리고, 이어서 리비아 인 자빌의, "자빌입니다만." 하는 묘한 목소리가 들려왔다.

"한동안 이 목소리를 들려주지 않았는데." 사나이는 쌀쌀하게 말했다.

리비아 인은 곧 피닉스의 목소리를 알아들었다.

"예……"

"자빌, 필요없이 시간을 잡아먹지 마. 아무튼 들으시오."

"예."

"일에 착수해야 하오. 9월 초에 그 이스라엘 인이 이곳에 도착하오. 도착하는 날짜는 그곳의 외무성 연락관에게서 일주일 이내에 통지하기로 되어 있어. 알겠소?"

"예."

"현재 내가 알고 싶은 것은 이것뿐이오." 피닉스는 힘주어 말했다. "그가 도착하는 날짜."

리비아 인이 송화기에서 너무 시끄러운 숨소리를 냈기 때문에 젊은 사나이는 한순간 수화기를 귀에서 떼었다.

"알았습니다. 언제 연락해 주시겠소?"

"일주일 이내에. 자료를 준비해 두시오. 그가 돌아가는 날짜와 도착하는 날짜요. 그리고 실수를 저지르지 말라고 일러두겠소. 싫은 소리를 하지 않도록 각별히 유의해 주시오. 알겠소, 자빌?"

"그럴 필요는 없겠지요."

"흠, 그렇다면 됐소. 자빌, 빨리 알아들어서 다행이오."

피닉스가 언제나와 마찬가지로 갑자기 전화를 끊자 리비아 인은 곧 아담 아메드에게 보낼 암호전문을 구술하기 시작했다. 그들의 지시는 어떤 연락이든 대화의 상세한 내용과 거기에 따라 그들이 취해야 할 모든 행동을 보고하라는 것이었다.

아직 체포된 채로 있는 마담 샤를로트는 빠진다 하더라도 아담 아메드는 이 작전은 성공하리라고 믿고 있었다. 워싱턴 대사관에서 온 보고에 의하면 피닉스가 미국에서 일을 하려는 것이 확실해 졌으며, 파리와 브뤼셀 대사관에서 온 보고에 의하면 깁스코프가 활약을 시작했으며, 이스라엘 외상이 몇 주일 뒤에 방문할 예정인 유럽의 어느 나라에서 일을 할 것으로 믿어졌다.

최근에 그는 특별본부의 인원을 늘려도 좋다는 허가를 받았다. 그는 자기 부에서 8명의 인원을 뽑았는데, 모두가 이스라엘 국가에 관해서 어느 정도의 지식을 가진 사람들이었다. 그 가운데는 이스라엘에서 출간되는 인쇄물에서 정보를 전문적으로 분석하고 있는 하미드 마샤위가 있었다. 아담 아메드는 모세 다얀이 예정하고 있는 해외여행에 관한 뉴스를 그가 확인해 주고, 동시에 이스라엘과 이집트 사이의 비밀교섭에 관한 어떤 힌트를 발견해 주기를 원하고 있었다.

아메드는 이스라엘의 인쇄물에 어느 정도의 약점이 있음을 알고 있었다. 신문은 때때로 앞으로 일어날 중요한 사실을 상세하게 보도해 버린다. 또한 신문은 여러 가지 소문도 싣고 있었다. 그 대부분은 그것이 사실이라는 것이 빤히 들여다보이는데도 보안검열관의 가위를 피하기 위해서 소문으로 발표하고 있었다.

하미드 마샤위가 이 새로운 일을 하는 데 유능한 인물임을 알게 되었다. 명랑하고 적극적이어서 며칠 되지 않았는데도 수 개월 전부터 이 멤버의 한 사람으로 일해 온 것처럼 특별반에서 없어서는 안될 인물로 되어버렸다.

마샤위는 낮이고 밤이고 장시간 일을 했다. 그는 다만 흥미 있는 일거리만을 찾고 있었다. 날이 감에 따라 그와 의논을 많이 했으며, 또한 그의 의견을 묻는 일들이 생겨나서 이 팔레스타인 인에 대해 많은 문이 열리게 되었다. 아담 아메드도 이 팔레스타인 인을 기억하고 있었으며, 언젠가 적당한 시기를 보아서 분명히 감사의 표시를 하리라 마음먹고 있었다.

9

아브샬롬 케드미와 이르미 스펙터는 이스라엘 화물선 다프스 호에 오후 1시 15분에 도착했다.

배에 오르자 곧 1등 항해사가 두 사람을 맞이하여 마지나 호라는 요트를 발견한 2등 항해사 브릴을 소개했다. 브릴은 두 사람에게 그 요트를 가리켜 주었으며, 두 사람은 쌍안경으로 그 배를 조사했다.

"확실히 파디아 호를 꼭 닮았어." 케드미가 만족스럽게 말했다. 그는 1등 항해사를 돌아보았다. "당장 선장과 이야기를 나눠야겠소."

시간이 중요했다. 당장이라도 그 요트가 닻을 올리고 바다로 나가 버릴지도 모르며, 또한 조치해야 할 사소한 일들이 많았다. 마지나 호의 감시는 브릴이 갑판 위에 남아서 하게 하고, 케드미와 스펙터는 1등 항해사를 따라 선장실로 갔다. 심킨 선장이 두 사람을 기다리고 있었다.

"제복은 있습니다. 그리고 이것은 강력한 서치라이트를 두 개 갖춘 빠르고 힘있는 일급 선박입니다. 게다가 유지스 기관총 두 정에 권총도 몇 자루 있습니다."

"항해사 둘에 선원 둘이 필요하오. 그쪽에서 모두 네 명. 아 참, 또 한 가지 청이 있소. 그들 중 한 사람이 그리스 어를 어느 정도 알면 도움이 되겠는데."

"걱정할 것 없어요." 심킨 선장이 말했다. "다리오를 데리고 가면 됩니다. 줄줄 마구 떠들어댈 수 있으니까요."

해가 넘어갈 무렵에 다프스 호의 일행은 출동준비를 마쳤다.

10

마지나 호의 엔진 수리를 끝낸 것은 어두워진 뒤였다. 본초가 아직 돌아오지 않은 것이 염려되어 데니스는 육지로 올라가서 찾아보았다. 거리를 돌아다니며 바와 카페, 나이트 클럽에 들어가서 본초가 있는가 해서 손님들 사이를 기웃거렸다. 겨우 한 나이트 클럽에서 술에 취한 채 테이블 위에 엎드려 팔로 머리를 괴고 있는 그를 발견했다. 데니스는 그를 흔들어 깨웠다.

"자네로군." 본초가 중얼거렸지만, 목이 쉬고 혀가 꼬부라진 소리였다.

데니스는 그의 위로 몸을 구부렸다. "배를 다 고쳤습니다. 출항할 수 있어요." 그는 본초의 어깨를 잡았다. "자, 갑시다."

본초는 녹초가 되어 있었다. "가자고? 어디로?" 그는 쓴웃음을 지으며 말했다. 일어서려 했으나 다리가 말을 듣지 않아 비틀거렸다. 데니스가 재빨리 그의 손을 잡아주지 않았다면 그는 쓰러져 버렸을 것이다. 그러나 본초는 겨우 자세를 가다듬고, 조심스럽게 출입구를 향해 걸어갔다. 문 밖으로 나오자 그는 걸음을 멈추고 데니스를 돌아보며 말했다. "놈들이 누군지 모르고 있지?"

"놈들이라뇨, 누구 말이죠?"

"아무튼 됐어. 신경쓸 것 없어. 이쪽은 그놈들쯤은 빼돌릴 수 있어."

항구의 게이트를 조금 들어간 곳에서 본초는 몸을 굽히고 토하기 시작했다. 이윽고 몸을 일으켰을 때 그의 얼굴은 창백하고, 비 오는 듯한 식은땀으로 젖어 있었다.

"이젠 됐어." 속삭이듯이 말했다. "이젠 기분이 좋아졌어." 본초를 섬긴 지 여러 해가 되지만 데니스는 그가 이런 행동을 하는 것은 처음 보았다. 마지나 호에 도착하자 본초는 도움없이 갑판 위로 올라갈 수 있었다. "닻을 올려라. 나는 내 방으로 내려간다." 그는 중얼거렸다.

데니스는 곧 명령을 내렸고, 10시에는 요트가 항구의 입구로 향하기 시작했다. 오렌지 빛깔의 달이 번들거리는 해면 위로 희끄무레한 빛을 던지고 있었다. 해안의 요란한 소리도 멀어지고, 엔진의 규칙적인 고동 소리와 선수가 물을 헤치고 나가는 소리만이 들려왔다. 항구의 앞바다에 닻을 내리고 있는 대형 선박의 주위를 떠나자 데니스는 로드스 섬 쪽으로 진로를 고정시켰다. 만일 본초가 몇 시간 뒤에 술에서 깨어나서 진로를 바꾸고 싶다면 자기가 직접 바꿀 것이다.

데니스는 최초의 당직은 자기가 서기로 했다. 그는 감시하는 것을 낮보다 밤에 하는 것이 좋았다. 밤이라야 공상의 날개를 펼 수 있었기 때문이다. 그의 꿈의 세계는 차게 한 깡통 맥주를 가지고 조타실로 올라온 요리사 아터에게 방해되고 말았다.

"좋은 밤이로군." 요리사가 말했다. "데니스, 이번에는 어디로 가지?"

"로드스 섬이야. 가본 적 있어?"

"아니." 요리사는 한숨 돌리고 나서 자기의 생각을 털어놓았다. "이봐, 이 여행은 바른 정신으로 하는 게 아니야. 거의 모든 항구를 그냥 지나쳐 버렸어. 그러다가 이스라엘의 어느 항구에라도 가 닿는 것이 아닐까? 나는 이스라엘에는 가본 적이 없지만……"

"자넨 유태인이지?"

"그래." 요리사는 인정했다. 그는 겸연쩍게 웃었다. "이봐, 데니스, 나는 그곳에 친척도 있어. 잘 기억하고 있지는 않지만, 그들은 모로코에서 이스라엘로 도망쳐 갔어. 우리 아버지는 우리들을 마르세유로 데리고 갔고."

"알 수 없지." 기관사는 대답하며 깡통 맥주를 한 모금 가득 마셨다. "이스라엘로 갈지도 몰라. 그 친척들을 만나볼 수 있을지도 모르겠군."

두 사람은 바다와 먼 섬들의 조용한 숨결을 느끼는 듯 잠자코 있었다. 그가 해도판 위에 있는 담배를 한 개비 뽑아들자 요리사가 라이터를 켰다. 기관사의 담배 끝에는 조그마한 불꽃이 반짝였다.

"내가 보고 있는 것을 자네도 보고 있는가?"

"저 배 말인가?"

"그렇다네." 요리사가 대답했다. 그의 어조에는 근심이 어려 있었다. "저 배는 계속 이 배와 나란히 달리고 있어."

두 사람은 그 배의 검은 윤곽을 날카롭게 쏘아보았다. 그 배는 마지나 호와 같은 속도로 달리고 있었다. 두 배 사이의 거리는 210 m 정도였다.

"저쪽에서 무슨 짓을 하고 있는지 좀 관찰해 보게." 기관사가 말했다.

요리사는 격벽에 걸쳐 있는 쌍안경을 잡더니 렌즈의 초점을 맞춰 그 이상한 배를 바라보았다. 그는 쌍안경을 천천히 다시 내렸다.

"별로 확실하게 보이지는 않지만 흰 제복을 입은 사람들이 있는 것 같아."

"그리스의 연안경비선인지도 모르지." 기관사가 말했다. "어쨌든 아래로 내려가서 보스에게 말하게."

본초는 욕지거리를 하면서 갑판 위로 올라왔다. "적당히 알아서 처리해!" 조타실로 올라오기 전부터 갑판에서 소리쳤다. "너희들끼리는 아무 일도 할 수 없단 말인가?"

"하지만 저 배가 계속 따라와서요." 기관사인 데니스가 그 배를 가리켰다.

본초는 담배에 불을 붙였다. 연기를 내뿜으며 그는 이 배와 평행선으로 달리고 있는 배를 한참 동안 바라보고 있었다. 데니스의 말대로였다. 그 배는 바싹 따라오고 있었다.

"옆으로 접근시켜." 본초가 명령했다. "30m로 접근하면 서치라이트를 켜. 가까이서 살펴봐야지."

그의 목소리는 착 가라앉아 있었다. 또다시 샘솟는 불안을 억제하고 있는 듯했다. 그는 술기가 싹 가셔졌으며 마음에 걸려 견딜 수 없었던 불안에서 생겨나는 의혹에 다시 사로잡혔다. 5분 뒤에 두 척의 배의 간격이 바싹 좁혀졌다. 본초는 서치라이트를 이 수수께끼의 배로 향하여 스위치를 눌렀다.

강한 빛이 번개처럼 수수께끼 배의 갑판 위를 비쳤다. 본초가 흰 제복의 사나이를 얼핏 본 순간 강력한 두 줄기의 빛이 그 배의 사령실 위에서 뻗어 나와 그의 요트에서 나간 빛을 삼켜버렸다. 순간 그의 눈이 부셨다.

"배를 멈춰. 연안경비대의 임검이다……"

메가폰을 통한 그리스 어의 고함소리가 분명하게 들려왔다.

"어떻게 할까요?" 데니스가 물었다.

"하는 수 없지." 본초는 성난 목소리로 말했다. "놈들에게는 당연한 권리가 있어."

"우리는 몇 분 전에 그리스 영해를 벗어났어요." 기관사가 집요하게 말했다. "멈출 필요는 없어요."

"어떻게 하자는 건가?" 본초가 놀리듯이 말했다. "놈들에게 발포라도 시켜서 그때 변명을 구할 건가? 속도를 줄여!"

데니스는 시키는 대로 했다. 곧 두 척의 배는 속도를 떨어뜨렸고 간격도 15m쯤으로 좁혀졌다. 메가폰을 잡은 사나이가 다시 외쳤다. "임검을 하기 위해 그 배에 승선하겠소!"

그리스 배의 선장은 조종이 능숙했다. 그는 솜씨좋게 배를 조종하여 이탈리아 배와 1m의 간격으로 배를 접근시켰다. 그 순간 눈부실 정도로 새하얀 제복을 입은 네 사나이가 그 배에서 옮겨왔다. 두 사람은 기관총을 어깨에 메고 있었다. 뒤의 두 사람은 권총을 허리에 차고 있었다. 기관총의 윤곽을 확인한 순간 본초는 드디어 최후가 왔음을 깨달았다. 그는 그 총을 알아볼 수 있었다. 이스라엘제 유지스였다. 올가미에 이미 걸리고 만 것이다.

그는 너무도 갑자기 당하는 일이라 뒤로 물러서는 것이 고작이었으며, 발버둥쳐 보았자 소용없다는 생각이 들었다. 네 사나이들은 손에 총을 들고 있었다. 그리스 어를 할 줄 아는 사나이는 승무원 전원에게 신분확인을 받기 위해 갑판으로 나오라고 명령했다.

"꼼짝 마라!" 그는 처음에는 그리스 어로, 다음에는 심한 사투리가 섞인 영어로 명령했다.

그 사나이와 또 한 정의 기관총을 가지고 있는 사나이가 언제라도 쏠 수 있게끔 다리를 벌리고 서 있었다. 나머지 두 사람은 권총을 뽑아들고 멍청하게 서 있는 승무원들의 복장을 재빨리 검사했다. 그들은 본초의 권총을 발견하자 빼앗아들고는 다른 승무원들을 갑판에 있는 무리에게 끌고 나오기 위해서 아래로 내려갔다. 그 사이에 사복을 입은 사나이 두 명이 건너왔다. 두 사람 가운데 나이가 더 들어 보이고 얼굴이 긴, 풀어진 듯한 눈을 가진 사나이가 본초를 돌아보았다.

"비토리오 안젤로 마지노?" 질문이라기보다는 그저 그렇게 말해 보는 것 같았다.

"그렇소." 이탈리아 인은 가까스로 인정했다. 맥박이 빨리 뛰었다. 입장을 확실히 알아차렸지만, 묘하게도 어깨에서 무거운 짐을 내려놓은 듯한 기분이 들었다. 추적당하는 단계는 이미 지났다. 그의 직관은 틀림없었다. 그는 강한 힘에 부딪친 것이다.

권총을 가진 두 사람이 또 세 명의 승무원을 데리고 아래의 갑판에서 나타났다. 세 사람은 분명히 겁에 질려 있었다——그 중 한 사람은 줄곧 떨고 있었다.

이들을 지휘하고 있는 듯한 사나이가 권총을 가진 두 사람을 돌아보며 심한 사투리가 섞인 영어로 말했다.
"이게 모두인가?"
"예."
"승무원들을 아래의 식당으로 데리고 가. 하지만 저 사나이는 별도야." 그는 본초를 가리켰다. "저 사람은 여기에 남겨둬."

기관사인 데니스가 반항했다. "그가 여기에 남는다면 우리들도 모두 남겠소!" 용기 있게 그가 말했다.

일행의 지휘자는 웃는 표정을 지었다. "폭력을 쓰고 싶지는 않아." 그는 조용히 말했다. "덤비지 말고, 아래로 내려가."

데니스가 여전히 대꾸하려 하자 본초가 막았다. "모두들 데리고 아래로 내려가. 나는 여기에 남겠다."

떨떠름한 표정을 지으며 데니스는 다른 승무원들을 따라 아래로 내려가고, 네 명의 낯선 사람들과 본초가 갑판에 남았다. 지휘하던 사나이는 기관총을 가지고 있는 한 사나이를 돌아보았다. "제비크, 이 배는 자네가 지휘하게." 그리고는 다른 배에서 기다리고 있는 사람들을 향해 큰소리로 외쳤다. "귀국길에 올랐다고 타전해 주게."

"행운을 빕니다!" 저쪽 배에서는 이탈리아 인의 요트로부터 배가 떠날 무렵에 이렇게 대답해 왔다.

넓은 자기 선실 안에서 본초는 주인다운 태도를 지었다. 놀랍게도 그는 이제는 불안이 가져진 듯한 기분이 들었다. 무슨 알 수 없는 일에 대한 기대가 떨어뜨릴 수 없는 부담이 되어 엄습해 왔다. 이제 그가 두려워하고 있었던 일이 실현되었으므로 이번에는 곤경에서 탈출해야 한다는 데 생각을 집중시켰다. 그는 두 사나이에게로 시선을 던졌다.

"좀 마실 것이라도?" 두 사람 중 나이든 쪽을 향해 말했다.

"아니, 괜찮소." 미지의 사나이는 예의바르게 대답했다. "하지만 당신은 들고 싶다면 드시오."

"당신은 드시겠소?" 본초는 다른 한 사나이에게 권하며 그를 한참 동안 바라보았다. 살결이 희고 짙은 눈썹 아래 움푹 들어간 부드러운 눈을 가진, 키가 큰 호남형의 남자였다.

"지금은 그만두겠소." 이르미 스펙터가 대답했다. "나중에 들겠소."

"좋습니다. 나는 한잔하겠소." 그는 웃었다. "오늘은 그처럼 마셨으니 위를 씻어내기 위해 작은 글라스로 한 잔쯤 하는 것도 해롭지는 않겠지. 당신들도 생각이 달라지면 언제라도 마음대로 드시오."

그는 술을 넣어둔 찬장을 열고 브랜디 병을 꺼냈다. 글라스에 한 잔 따라 마시고 의자에 앉아 이 낯선 사나이들의 다음 행동을 기다렸다. 두 사람은 서로를 쳐다보더니 그의 맞은편 자리에 앉았다.

"그런데 당신들은 도대체 누구요?" 본초가 물었다.

"지금으로서는 당신 질문은 뒤로 미루는 것이 좋겠소." 아브샬롬 케드미가 대답했다. "지금은 우리가 이야기를 해야겠소." 그 목소리는 낮았지만 말투에는 어딘지 모르게 이탈리아 인을 불안케 하는 데가 있었다. 지금 맞은편에 앉아서 검은 눈동자를 날카롭게 굴리며 그를 바라보고 있는 사나이는 그가 알고 있는 다른 어떤 사람들보다도 위험한 사나이가 틀림없었다.

"우리는 당신에게는 아무런 관심도 없으며, 그 점에 있어서는 당신 역시 우리들에게도 마찬가지일 거요." 케드미는 말을 계속했다. "그러나 우리는 취리히의 은행에 구좌를 가지고 있는 사나이에 관해서 모든 것을 알고 싶소."

본초는 목에 응어리가 치밀어올라서 숨이 막힐 것만 같았다. 그 피닉스 녀석 같으니라고!

"무슨 이야기인지 모르겠군." 그가 말했다. 무척 자신을 억제하려고 애썼다. 브랜디 글라스를 의자 옆에 있는 낮은 테이블 위에 놓을 때 손이 떨리는 것을 상대방이 눈치채지 못하길 바랬다.

"좋아." 케드미가 부드럽게 말했다. "귀찮지만 당신이 알고 있는 사실을 설명해 주지. 취리히의 어떤 은행 구좌에 50만 달러가 입금되었어. 입금통지서가 몬테 카를로에 있는 우편사서함으로 보내졌고. 어떤 사람이 그 사서함의 주인이었는데, 그 사람은 비토리오 안젤로 마지노, 또 다른 이름은 본초로 알려져 있소."

본초는 경계하기 시작했다. 이들은 무슨 정보를 포착하고 있다. 하지만 기다려 보는 수밖에. 그에게는 아직도 시간이 있었다.

"그렇다면 좋아──" 맞은편에 앉은 사나이는 인내심이 대단했다. 학생을 타이르는 교사처럼 이 이탈리아 인에게 말했다. "터무니없는 소리로 나의 시간을 빼앗을 생각은 말게. 그쪽만 좋다면 나는 프랑스나 네덜란드, 벨기에, 영국의 인터폴 기록을──이것은 그 일부분에 지나지 않지만──다시 밝혀 줄 수도 있어. 비토리오 안젤로에 대한 답을 듣고 싶어하는 사람들이 많이 있어. 우리는 기꺼이 그들에게 그의 소재를 알려줄지도 몰라."

"무슨 이야기인지 모르겠는데."

"당신이 범죄에 관계했었던 이야기를 하고 있어. 미술품 도둑질, 골동품, 다이어. 기록서류에 먼지가 두껍게 쌓여 있는 일련의 살인사건에 관한 이야기야. 그 먼지를 우리가 불어 털어버릴 수가 있어. 어떻게 하겠어?" 본초는 잠자코 있었다.

"할말이 없어?"

"그쪽은 터무니없는 일들을 조작하고 있소."

"게다가 당신은 바보같이 굴고 있고." 케드미는 일어서서 브랜디를 글라스에 따랐다.

"하여튼, 본초, 어떻게 하겠어? 우호적으로 이야기하겠어, 아니면 다른 방법으로……"

본초는 당황했다. "무슨 이야기인지 모르겠다고 했잖소?"

"무엇 때문에 몬테 카를로에서 도망쳤지? 영국인 보이 녀석인 찰리 때문인가, 아니면 제노바에서 당신을 기다리고 있는 여인 때문인가? 아마 요트의 새로운 모습을 보여주어 그녀를 놀라게 해주고 싶었던 게지? 그러기에 색깔을 다시 칠했겠지. 게다가 이름도 파디아 호에서 마지나 호로 바꾸고. 그게 사실인가, 본초?"

이탈리아 인은 여전히 잠자코 있었다. 글라스를 꽉 잡고 한 모금 마신 뒤에 서둘러서 담배에 불을 붙였다.

"이봐, 알아들었어?" 케드미가 말했다. 그의 표정이 쌀쌀해졌다. "당신의 입장을 간단명료하게 설명하지. 당신 친구는 두둑하게 돈을 받았으며, 그 중의 얼마가 수수료로 당신한테 주어지지. 당신 친구는 아주 중요한 인물을 없애라는 살인청부를 맡았어. 만일에 그 사나이가 그런 짓을 한다면 당신 목을 이 손으로 비틀어버리겠어. 자, 내 말을 알아들었겠지?"

"누구를 해치운단 말이오?"

"지금은 그쪽에서 그것을 알 필요는 없어." 케드미가 대답했다. "나는 다만 그 친구를 잡을 수 있도록 상세한 사실을 알고 싶을 뿐이야. 당신이 그 사나이에 대해 알고 있는 모든 것을 알고 싶어. 그의 땀냄새까지도 말이야. 그 모두를. 알겠어?"

"아무것도 할말이 없소." 본초는 고집을 부렸다.

"언젠가는 불겠지. 그 목에서 얼마나 사랑스러운 나이팅게일의 노래가 흘러나오는지 자기 스스로도 놀라게 될 거야."

이야기가 이에 이르자 스펙터가 의자에서 일어섰다. 케드미가 손짓을 하여 그를 다시 의자에 앉혔다.

"이봐, 비토리오." 케드미가 들릴락말락한 목소리로 말했다. "당신도 알다시피 술책을 부려봤자 소용없어. 나로서는 당신에게도 우리에게도 좋은 결과를 가져오는 방향으로 이야기를 끌고 가고 싶어. 그 친구를 생각하여 겁을 집어먹고 있군. 그자가 피에르드 말랭을 추적했듯이 당신을 찾아올 것이라고 생각하고 있기 때문이지. 당신도 언젠가는 붙잡히게 될 거야."

이탈리아 인의 심장은 미친 듯이 마구 뛰었다.

눈앞에 있는 두 사나이는 그에 관해 중대한 사실을 알고 있는 듯했다. 처음에 그가 짐작했었던 것보다 더 많이 알고 있었다. 거대한 정보의 소스를 가진 조직의 일원임이 틀림없다. 그렇지만 그의 피닉스에 대한 불안은 이 사나이들에 대한 것보다도 더 컸다.

"털어놓고 말해 보시오. 도대체 당신들은 누구요?" 그는 중얼거렸다.

"이스라엘 인이오." 케드미가 말했다. 본초는 입술이 타들어가는 듯함을 느꼈다. 그렇다면 자기는 이스라엘 보안국 손에 떨어진 것이다. 이미 교수형의 올가미가 그의 목에 걸린 것이다. 이제 그도 요트가 어디로 향하고 있는지 알 수 있었다.

"비토리오, 자신의 입장을 알아차렸겠지?" 이스라엘 인은 심호흡을 했다. "한 마리의 이리를 머리가 돌 만큼 두려워하고 있지만, 우리는 그 미친 이리 떼들을 해치워버릴 수도 있어. 천천히 조심스럽게 진척시켜 끝장을 내주지." 그는 다시 한숨을 쉬었다. "당신도 바보는 아니야. 그 친구가 일을 끝내고 나면 당신도 없애버려야 한다는 것쯤은 알고 있어. 이 사건에 결부된 사람은 당신뿐이니까. 우리는 추적의 손을 늦추지 않을 테니까 그는 계속 도망쳐 다녀야 해. 하지만 그때는 이미 당신은 이 세상 사람이 아니겠지. 지금은 아직도 목숨을 구할 찬스가 남아 있어. 협력하면 돼. 우리가 그를 붙잡을 테니까. 자유롭게 어디든 갈 수 있어. 우리들과는 만난 적도 없었으며, 우리도 당신의 이야기는 들은 적도 없었던 걸로 해두지. 이것이 가장 좋은 방법이야. 우리들은 당신 생명의 보험이나 마찬가지야."

본초는 이 처음 만난 사나이들의 얼굴을 유심히 바라보았다. 그 말에는 조리가 있었으며 진실성이 깃들어 있었다. 그는 그것을 알 수 있었다. 포위는 이미 완료되어 있었다. 저쪽이 우세하다. 뭐라고 하더라도 그는 그들의 손에 붙잡혀 있다. 그리고 피닉스에 대한 일도 그들이 말한 대로였다. 피닉스는 그를 죽이는 데 조금도 주저하지 않을 것이다.

"한 잔 더 해도 될까?" 그가 물었다.

"그쪽이 주인이오. 우리는 단지 손님일 뿐." 케드미가 웃으며 말했다. 그는 이 이탈리아 인이 이제 결심했음을 깨달았다.

본초는 병을 들고 글라스가 넘치도록 따랐다. 그는 한 모금 마신 뒤 다시 따랐다.

"언제까지 나를 잡아둘 작정이오?" 그가 물었다.

"우리가 그 친구의 숨통을 끊은 순간부터 당신은 자유롭게 돼." 케드미가 말했다.

"어디에 가두어 두지?"

"완전히 신변을 보호하고 쾌적한 생활을 약속하겠소."

"이스라엘에서?"

"그렇소."

본초는 다시 글라스에 입을 댔다. "좋아." 하고 그는 중얼거렸다. "무엇을 알고 싶소?"

케드미가 스펙터를 바라보았다. 긴장이 약간 풀렸다.

"알고 있는 모든 사실을. 종이 있소?"

본초는 일어서서 상감 세공을 한 목제 책상의 가운데 서랍을 열고 편지지 뭉치를 꺼내어 책상 위에 놓았다. 스펙터는 의자를 책상 쪽으로 당겼다. 그리고는 주머니에서 펜을 꺼내어 쓸 준비를 했다.

본초는 적당한 말을 고르는 것처럼 망설이면서 말을 시작했다. "나는 중개인으로 일하는 사람이오. 그 이상은 아무것도 아니오. 중개인에게는 여러 가지 일이 있소. 당신들이 찾고 있는 사나이와 알게 된 지는 몇 년째 되오. 그때 나는 어떤 벨기에 실업가의 콜렉션에서 값비싼 그림 한 장을 훔쳐낼 사람을 구하고 있었지요. 그를 추천한 사람은 그를 극구칭찬했어요. 일류의 프로라 흔적도 남기지 않고 깨끗이 일을 처리하며, 범죄자로서의 전과도 붙어 있지 않다고 했소. 그의 정체도 알 수 없고. 그의 지문은 아무도 채취한 사람이 없소."

"이름은?"

본초는 웃는 표정을 지었다.

"그것을 물을 것이라고 걱정하고 있었소." 그는 조용히 말했다.
"왜?"
"아마 믿지 않겠지만 나는 그의 본명을 모르고 있소."
"그렇지만 무슨 이름으로 그를 부를 게 아닌가?" 케드미가 소리쳤다.
"분명히 그렇소." 이탈리아 인은 인정했다. "언제나 다른 이름으로……"
"그건 무슨 뜻이지?"
"지금 말한 바와 같이 애초부터 그의 태도는 유령 같았소." 본초는 계속 말해 나갔다. "끊임없이 주거를 바꾸었으며, 일을 할 때마다 다른 이름을 사용했지요. 일을 할 때마다 새로운 이름을 가졌다 그 말이오."
"지금은 그를 뭐라고 부르고 있어?"
"피닉스."
"피닉스?"
아브샬롬은 앞으로 몸을 내밀었다. 찌르는 듯한 눈길로 이탈리아 인을 쏘아보았다. "피닉스, 거기에 무슨 뜻이 있지?"
"모르죠." 본초는 고백했다. 불안이 더해졌다. 이들을 납득시키기 어렵다는 사실을 깨달았다.
"하지만 이번 일에 그가 선택한 이름이 그것이오. 피닉스."
침묵이 계속되는 동안 두 사나이는 앉아서 그를 노려보았다. 그는 땀이 배어나옴을 느꼈다. "그 녀석은 보통의 말로는 설명할 수 없는 위인이오."
"그건 또 무슨 뜻이지?"
"프로란 말이오——실수는 하지 않는 사람이오." 그는 중얼거렸다. "당신들이 무슨 생각을 하고 있는지 알고 있어요. 하지만 나는 진심을 말하고 있소. 설명을 계속할까?" 그는 손수건을 꺼내어 구슬 같은 땀을 닦았다. "그가 우리들의 사업에 어떻게 하여 뛰어들게 되었는지 그것은 난 모르오. 그의 과거도 모르고. 그가 프랑스 인인지 아닌지도 모르오. 벨기에 인인지도 모르고. 어쩌면 유태인인지도 모르죠. 하지만 이 점만은 알아두시오. 그는 몇개 국어를 완전히 할 수 있어요." 본초는 다시 담배에 불을 붙이기 위해서 잠시 쉬었다. "그런데 그가 선택한 이름에는 무슨 의미가 있는 것 같소. 적어도 나는 그렇게 생각하오. 아 참, 그는 배우요. 변장과 화장술의 명수지요. 그는 언제나 자기의 배역이 바뀌는 커다란 무대 위에서 생활하고 있는 것 같소. 언제나 다른 임무를 맡고 있지요. 그럴 때마다 그는 뒤에 흔적이라고는 남기지 않아요. 마치 그 자신이 불타서 없어진 것처럼……" 그는 눈을 반짝였다.

"계속해!" 이스라엘 인이 재촉했다.

"아 참, 그렇지! 그는 불사조 피닉스를 닮았어요. 그 전설의 새 말입니다——몸을 불태우고, 그 재 속에서 다시 살아난다는 새 말이오." 그는 몹시 흥분했다. "아마도 이 일을 끝내고 나면 몸을 감출 것이오. 이 일을 마지막으로 이런 일에서 손을 씻고 다른 곳으로 가서 다른 이름으로 다시 태어나서 새로운 인생을 시작하겠지……"

그는 갑자기 껄껄 웃었다. 이제 그는 왜 그 사나이가 이 이름을 택했는지 그 까닭을 알 수 있었다. 그리고 피닉스가 그에게 손을 뻗쳐 이 마지막 장을 지워없애기 전에 그를 없애리라는 것쯤은 알고도 남음이 있었다.

"이 세상에서 그 사나이의 같은 모습을 두 번 본 사람은 없을 것이오. 같은 형태를 두 번 다시……아마 그것은 단 한 사람뿐."

"누구야, 그게?" 케드미가 물었다.

"나요." 본초는 담배를 비벼껐다. "나는 그의 적나라한 모습을 보았어요……아마 그래서 그와 함께 일을 할 마음이 생겼겠지. 언젠가는 나를 죽이러 올 것쯤은 알고 있었소."

"그를 두려워하고 있군." 스펙터가 조용히 말했다.

본초는 그를 바라보았다. "그렇소." 그의 숨결은 매우 거칠었다. "그는 나를 두렵게 하는 단 한 사람이오……" 그는 담배를 꺼내어 불을 붙였다. 손이 떨리는 것을 감추려고도 하지 않았다.

"사람을 없애는 것이 어떤 일인지는 나도 잘 알고 있소. 살인이 어떤 것인지 말이오. 나도 젊었을 때는 그런 일을 했었소. 게다가 프로 살인자들도 알고 있어요. 살인으로 먹고 사는 사람들 말이오. 그렇지만 그런 녀석은 보지 못했소. 그에게 있어서는 그것이 단순한 사업에 지나지 않으니까. 그는 바로 도살하는 사람이지요. 그러나 짐승을 죽이는 것이 아니라, 사람을 죽이는 겁니다. 냉혈적인 완전주의자지요. 살아 있는 컴퓨터라고나 할까, 그는 실수는 범하지 않아요……"

"실수를 범하지 않는 인간은 없어." 케드미가 끼어들었다.

본초는 손을 들었다가 다시 내렸다. "아무튼 그가 오늘날까지 실수를 범하는 것을 보지 못했소."

"그는 이미 한 가지 실수를 범했어." 케드미가 말했다. "그러기에 우리가 여기에 와 있지 않은가?"

"그건 그의 실수가 아니오. 다른 사람의 실수지." 본초는 빙그레 웃었다. "누군가 다른 사람이 실수를 범했어. 아마 나일 거요. 결코 그는 아니오."

"조만간 그게 밝혀지겠지." 케드미는 일어서서 창가로 갔다. 이제 희미하게 먼동이 터오는 속에서 출렁거리는 파도 소리가 들려왔다. 한 시간쯤 뒤에는 아침이 밝아오겠지. "이봐, 비토리오, 그의 인상을 말해 줘. 어떻게 생겼는지 말해 봐. 말을 어떻게 하는지 잘 좀 생각해 보고. 무슨 특별한 반점이 있다든가, 눈의 빛깔이라든가 ……"

본초는 잠시 생각해 본 뒤 말하기 시작했다. "나이는 34살 정도. 35살인지도 모르지. 키는 당신보다 크고." 케드미를 가리키며 말했다. "하지만 체격은 비슷해요. 아주 건장해. 참, 그렇지." 그의 입가에 미소가 번지는 듯했다. "언젠가 한번 그가 열쇠를 받아들고 손바닥 안에 넣어 고리처럼 휘게 하는 것을 보았소. 꼭 마술을 하듯이 말이오…… 피부색은 희고 이상한 모양의 손바닥을 한 긴 손을 갖고 있어요. 손바닥이 매우 좁고, 손가락이 엄청나게 길어요. 피아니스트의 손가락 같지. 그리고 잘 치기도 하고……"

"무엇을?"

"피아노를. 그는 피아노를 좋아해요." 본초는 다시 글라스에 입을 댔다. "그의 얼굴도 기억에 남는 얼굴이지요. 형태가 길고, 턱이 뾰족하며, 광대뼈가 튀어나온 것이 어딘지 모르게 이리를 닮은 데가 있습니다. 코가 가늘고, 특히 콧구멍이……"

해가 떠오를 때까지 이르미 스펙터는 이 이탈리아 인이 피닉스에 관해 생각해 낸 모든 사실들을 25장에 걸쳐서 상세하게 노트했다. 그의 말하는 태도, 걷는 모습, 몸짓, 변장 등등.

아침 해가 선실의 창문으로 비쳐들자 이탈리아 인은 말을 그쳤다. 이제 점점 더 졸음이 몰려왔다. 뇌가 마비되는 듯한 느낌이었다. 다만 몇 시간이라도 잘 수만 있다면……"

"피로하군." 그는 괴로운 듯이 말했다.

"이젠 자도 좋아." 케드미가 말했다. "이 친구가 함께 남을 테니까."

 이탈리아 인이 선실 안쪽의 침대로 가자 케드미는 밖으로 나왔다. 그도 매우 지쳐 있었다. 몇 시간 뒤에 그는 다시 이탈리아 인을 심문하여 그 놀랄 만한 이야기 속의 온갖 모순점들을 밝힐 예정이었다. 갑자기는 이해가 되지 않는 이야기들이었다. 본초는 그가 예상했었던 것보다 훨씬 더 잘 말해 주었다.

 갑판으로 나오자 해면에 반짝이는 햇빛이 눈부실 정도로 밝았다. 그는 밝음에 눈이 익숙해지도록 연신 눈을 깜박거렸다. 아침 해가 푸른 바다를 가득 비쳐 주고 있었다. 잔잔한 해면에 쏟아지는 햇빛이 일렁거리는 물결에 따라 금가루와 은가루를 뿌려놓은 듯했다.

 케드미는 높은 조타실을 쳐다보았다. "이보게, 브릴, 아무 이상도 없는가?" 그는 2등 항해사에게 소리를 질렀다.

 브릴은 힘이 넘쳤다. "좋은 아침이오, 좋은 배입니다! 사령관님, 만사 잘 되어가고 있습니다."

 잔잔한 해면 위로 하이파를 향해 요트가 미끄러져 가고 있었고, 2등 항해사는 힘찬 목소리로 대답했다.

11

 런던의 하이드 파크 베이즈워터 지구에 런던 사회와는 동떨어진 군상들이 소굴을 이루고 있었다. 각자가 자기 나름대로의 사연을 가지고 있었으며, 그 중에는 법의 눈을 피해서 이상한 사업을 하고 있는 사람들도 있었다.

 프레디 맥나이트는 이 베이즈워터의 기준으로 보더라도 정도가 지나치다 할 수 있을 만큼 두드러진 인물이었다. 현재까지의 그의 인생은 세 개의 주요한 장으로 점철되어 있었다. 런던의 한 빈민굴에서 보낸 청년 시절, 화학전을 다루는 부대에서 두각을 나타냈었던 제2차 대전, 그리고 화학 강사로 일하던 빛나는 시절이었다. 당시에 그는 맥나이트 박사로 알려져 있었다. 학문의 세계에 공헌했을 뿐만 아니라 어느 회사의 어엿한 선임 연구원이기도 했었다.

 그는 비서인 메어리 그랜트와 결혼했는데, 그녀는 바람을 많이 피웠다. 결혼한 지 몇 달이 되지 않아 나쁜 소문이 그의 귀에까지 들려왔다. 그녀는 성적 쾌락을 즐기는 데는 베테랑으로, 자기를 원하는 남자라면 누구에게나 사타구니를 벌렸고, 또 그녀를 원하는 사내들도 많았다. 체구가 작은 여자였지만 그 균형잡힌 육체에 끊

없는 성욕이 넘쳐흘렀다. 그녀의 입장에서 말한다면 키가 작고 짜증을 잘 내며 연구에만 몰두하고 있는 이 스코틀랜드 사나이와의 결혼에서 줄곧 욕구불만을 느꼈었던 것이다. 그래서 그녀는 압도적으로 강한 자신의 욕구를 주체할 길이 없어 두 가지의 세계를 동시에 즐기기로 했다. 아내의 세계와 매춘의 세계다.

프레디 맥나이트 박사는 그녀의 매력에 사로잡혀 악의에 찬 소문에는 귀를 막았다. 그러나 이윽고 그는 자기의 전용인 메어리가 공유재산처럼 되어 있음을 발견했다. 그제야 그도 화가 나서 그녀를 몇 차례나 때려주었다.

유난히 많이 얻어맞은 뒤 메어리는 입원하고 맥나이트는 짧은 실형을 언도받았다. 그 뒤 그는 직장에서도 내쫓겼다. 그러나 메어리는 그의 곁에 남게 되고, 그도 역시 그녀와 헤어질 생각은 없었다. 그가 이 세상에서 약간이라도 애정 같은 것을 느끼고 있는 유일한 상대자가 그녀였기 때문이었다.

부부간의 상처가 아물었으나 맥나이트는 술집에 몇 시간씩 틀어박혀 술을 마시고, 도박에도 손을 대게 되었다. 얼마 가지 않아서 저축해 둔 돈도 바닥이 났다. 메어리가 철석 같은 의지를 가진 여자임을 알게 된 것은 바로 이때였다. 그녀는 남편을 구슬러서 혼자의 힘으로 그의 전문인 컨설턴트 사업을 하게 했다. 그러나 맥나이트 박사는 도박벽에서 헤어나오지 못했고, 따라서 돈이 필요했다. 그것도 큰 돈이 필요했다. 해결책은 여러 가지 괴상한 거래 속에 있었다. 금고털이를 전문으로 하는 도둑과, 아파트의 주민에게 가스를 쏘아대는 강도들에게 재료를 제공하기 시작했다. 프레디 맥나이트 박사는 지하세계의 재료상으로 살아갈 길을 발견했던 것이다.

8월 10일 수요일에 맥나이트가 전혀 알 수 없는 어떤 요트가 하이파로 향해 가고 있는 바로 그 시간에 두 호텔 사이에 끼어 있는 낡은 집의 지하실에 자리잡은 그의 연구실 전화가 울렸다. 그는 수화기를 들었다.

"프레디요."

"맥나이트 씨죠?"

"그렇소. 당신은 누구요?" 그는 인사말을 생략하고 단도직입적으로 물었다.

사나이는 그의 질문을 묵살해 버렸다.

"당신을 소개해 준 사람이 두세 명 있어서."

맥나이트는 상대방의 말투에서 당장 그의 뜻을 알아차릴 수 있었다.

"소개받고 오는 사람들뿐이군." 그는 퉁명스럽게 말했다. "무슨 용건이오?"

"둘이서 조용히 이야기할 수 있겠소?"

사나이는 분명히 조심하는 눈치였으며, 상세한 이야기는 전화로 할 수 없는 모양이었다. 맥나이트는 이러한 전화에도 익숙해져 있었다. 그는 프로들 사이에서는 인정받고 있었으며 그도 그들을 배신한 적이 없었다.

"안될 것도 없지요." 화학자가 말했다.

"어떻소? 한 시간 이내에는?"

"여기에 있겠소. 번지는 아시겠지요?"

"예."

한낮 무렵에 맥나이트는 지하실의 쇠로 만든 문을 조용히 노크하는 소리를 들었다. 그는 의자에서 일어나서 문을 열어주었다. 어깨가 넓으면서도 늘씬하게 키가 큰 젊은 사나이가 문 앞에 서 있었다. 머리는 금발인데 뒤로 올려붙였으며, 오른쪽 눈 위에서 가리마를 탔다. 금발의 턱수염이 입가에서부터 뾰족한 턱으로 빙 둘러 나 있었다. 프레디는 이 사나이가 아일랜드 인이 틀림없다고 생각했다.

"좋은 날씨군요, 맥나이트 박사님."

분명히 그 사나이의 말에는 아일랜드 사투리가 섞여 있었다. 멋진 옷을 입은 그 젊은 사나이는 웃는 얼굴을 하고 넓은 연구실로 들어왔다. 그는 주위를 둘러보며 재미있다는 듯이 여러 가지 비품과 약품을 넣어둔 찬장을 기웃거리면서 돌아다녔다. 맥나이트는 그의 뒤를 따랐다.

"도대체 용무가 뭐요?" 그가 물었다.

"서로 솔직히 이야기합시다." 하고 그 사나이는 대답했다.

그러나 젊은 사나이는 조금도 서두르는 기색이 없었다. 마치 자기의 전용 영역에서 배회하듯이 연구실을 서성거렸다. 맥나이트는 어이가 없다는 듯이 그의 뒤를 따라다녔다.

"내게 무슨 부탁이 있소? 아니면 이 방이 마음에 드는 거요?" 그는 비꼬듯이 물었다.

"맥나이트 연구실이 과연 훌륭한 평판을 받을 만한 가치가 있는지 살펴본 것뿐이오." 젊은 사나이는 탐색하는 듯한 눈길로 이 스코틀랜드 인을 한참 동안 바라보았다. "훌륭한 설비를 갖추고 있군."

"모두들 그렇게 말하지." 화학자는 인정했다. "그쪽에서 원하는 게 발견되었다면 좋을 텐데."

"원하는 것은 프로의 협력이오."

"나를 찾아오는 사람들은 다 그런 말을 한다오."

"내게 필요한 것을 충족시켜 주기 바라오."

"이쪽도 충족되어야 하오. 화학자는 농담삼아 말했다. "말만 해서는 안되오." 그는 손가락으로 지폐를 세는 듯한 시늉을 했다.

아일랜드 인은 웃었다. "그 점에 있어서는 부족함이 없도록 하겠소."

"그렇다면 그쪽의 문제를 말해 보시오."

그는 상대방의 뜻을 알아보려 했다. 혹시 경찰이 탐색하러 오지 않았는가 해서다.

"맥나이트——" 젊은 사나이는 웃으며 말했다. "그쪽에서는 염려할 것 없어요. 나는 런던 경시청이 아니니까. 알겠소?"

"나는 그런 뜻에서……"

"하지만 그렇게 들렸소."

이번에는 맥나이트가 웃었다. 이 아일랜드 인은 머리가 틔어 있었다. 그래서 그의 마음에 들었다.

"좋아요. 아무튼 이야기해 보시오."

"가스를 만들고 있군요……"

"그럴지도 모르지."

사나이는 의자를 당겨 앉더니 옆에다 다갈색 샘서나이트형 서류가방을 놓았다. 화학자의 불확실한 대답을 꾸짖기라도 하듯이 그는 고개를 흔들었다.

"당신은 제2차 대전 때 영국군에 입대했었소." 그가 말했다.

"군에 입대하지 않은 사람도 있었던가?" 맥나이트는 재미있다는 듯이 그를 바라보았다.

"누구나 다 당신과 같은 일을 한 것은 아니오."

"그것은 또 무슨 뜻이오?"

"당신은 독가스를 개발하는 특수연구실에서 일했소. 맥나이트,

그게 사실이지요?" 손님은 밝게 웃는 표정을 지었다.
"나에 관해서 여러 가지를 조사해 보았군."
"그렇소."
그러면 그렇지. 화학자는 자기의 짐작이 틀림없다고 생각했다. 이 젊은 사나이는 아일랜드 독립당의 일원이다.
"가스에 흥미를 갖고 있소?"
"우리들은……"
"그렇지. 물론 당신들 전원이지."
젊은 사나이는 자기가 무슨 단체에 속해 있는가를 밝히려는 게 분명했다. 지금의 힌트는 화학자의 추측을 더욱 강하게 했다. 이 사나이가 런던 경시청의 수사부와 관련이 있을지도 모른다는 불안은 이미 사라져 버렸다.
"맥나이트, 아직 답을 듣지 않았소."
"무슨 가스를 원하지?"
"신경 가스."
맥나이트는 깜짝 놀랐다. 그가 전율을 느끼고 있는 것을 붉은 뺨에 호랑이 같은 눈을 하고 있는 이 젊은 사나이는 간과해 버리지 않았다.
"그건 무서운 가스요." 맥나이트가 중얼거렸다.
"알고 있소."
"벼락보다도 무섭소."
"그건 질문에 대한 대답이 아닐 텐데."
"젊은이, 이건 그쪽의 질문에 따른 거요."
프레디 맥나이트는 조심해야 하겠다고 생각했다. 이 사나이는 화학자들도 함부로 취급하지 않는 물건을 요구하고 있는 것이다. 이번에는 분명히 인간의 생명에 관계가 있었는데, 그는 그것을 좋아하지 않았다. 젊은 사나이는 그의 생각을 알아차린 듯했다.
"우리는 어떤 사나이를 죽여 없앨 의논을 하고 있어요." 젊은 사나이는 부드러운 목소리로 말했다. "맥나이트, 당신이 양심의 가책을 받을 필요는 없어요. 이제부터 해치우려는 상대자는 우리 쪽 사람이오. 그자는 짐승 같은 녀석들과 손을 잡고……"
"다른 방법도 있을 텐데."
"그건 우리가 결정할 일이오." 젊은 사나이는 다시 미소를 지었다. "맥나이트, 보수는 두둑하오."

"정확히 말해서 무얼 원하고 있소?"

사나이는 바지 주머니에 손을 집어넣더니 커다란 엽총 탄환을 꺼냈다. 그것을 화학자에게 내밀었다.

"이걸 알고 있소?"

"엽총 탄환인데, 보통의 것보다 구경이 크군."

"바로 맞았소." 사나이는 동의했다. "종이 케이스를 열어보시오. 하지만 열었다는 흔적이 나타나지 않게 탄환을 원상태로 회복시킬 수 있도록 조심해서 다루시오."

맥나이트는 탄환을 살펴보았다. 그는 실험대로 가더니 날이 좁은 날카로운 끌을 집어들었다. 그리고는 익숙한 솜씨로 두꺼운 종이 케이스의 밑바닥 부근을 도려냈다. 그것은 25센트짜리 주화 크기만한 두꺼운 구리로 약협에 붙어 있었다. 그는 끌을 내려놓고, 다갈색의 두꺼운 종이 케이스를 떼어낸 다음 조그마한 탄환을 꺼냈다. 그것은 끝이 단단한 강철 구슬처럼 되어 있고, 동체는 날개 같은 것이 포함된 알루미늄제였다. 그는 신중히 알루미늄 동체에서 강철 구슬을 빼내고, 속에 액체가 들어 있는 유리관을 발견했다.

"그것은 폭도진압용의 최류 가스요." 아일랜드 인이 설명했다.

"정말 그렇군."

"어떻소?"

"이 관을 신경 가스가 들어 있는 것과 교환해 달라 그 말이군." 맥나이트가 중얼거렸다. 그는 얼굴을 들어 아일랜드 인의 웃는 표정을 바라보았다.

"쉬운 일이 아니오." 화학자가 말했다.

"그러기에 당신을 찾아온 게 아니오? 당신이라면 문제를 해결할 수 있어요."

"돈이 드는 문제요." 맥나이트는 머뭇거렸다. "어디에서 재료도 구해와야 하고……"

"재료는 구할 수 있어요."

"그러나 돈이 꽤 많이 필요하오."

맥나이트는 금발을 한 젊은 사나이의 건장한 얼굴에서 시선을 떼지 않았다. 그의 입가에 은근한 미소가 감돌았다.

"돈 걱정은 하지 않아도 돼요."

"이러한 탄환이 몇 개나 필요하오?"

"여덟 발."

"적은 수효가 아니군. 꽤 많은 사람을 죽이겠는데."
"맥나이트, 돈을 얼마쯤 주면 되겠소?"
맥나이트는 잠시 생각에 잠겼다.
"2,000파운드." 그는 말하기 거북한 듯한 표정을 지었다.
"맥나이트, 우리들에게는 이것이 꼭 필요하오." 그는 '우리들'이란 말에 힘을 주었다.
"부르는 값을 다 주겠소. 내가 부탁할 것은 앞으로 10일 이내에 만들어 달라는 거요. 어떻소?"
"만들어 주겠소."
"맥나이트, 당신과 거래가 성립되어 다행이오." 사나이는 서류 가방을 집어들고 뚜껑을 열었다. 같은 탄환을 일곱 개 꺼내어 실험대 위에 놓았다.
"지금 분해한 것과 합해서 꼭 여덟 개요. 선금으로 얼마를 주면 되겠소?"
"절반."
"그럼, 이걸."
아일랜드 인은 가방에서 봉투를 꺼내더니 지폐 다발을 하나 뽑아냈다. 그것을 세어본 뒤 탄환과 나란히 실험대 위에 놓았다.
"1,000파운드요. 다음에 올 때 다시 1,000파운드를 드리지."
"좋아요."
사나이는 화학자의 대답에 주저하는 기색이 있음을 알아차렸다.
"맥나이트, 무슨 마음에 걸리는 일이라도 있소?"
"그쪽은 한 사람을 죽인다고 했지만——" 맥나이트는 어깨를 으쓱했다. "내가 관여할 일이 아닌지는 모르지만 이만한 탄환이면 많은 사람들을 죽일 수 있을 텐데."
젊은 사나이는 빙그레 웃으면서 마지막으로 말했다. "맥나이트, 우리들은 언제나 재료를 우리들 손으로 조사해 본다는 걸 잊지 마시오. 그 점을 잘 기억하고 차질이 없도록 하시오."
"알았소."
"그럼, 날짜를 결정하기 위해서 다시 연락하겠소." 그는 서류가방을 잠갔다. "앞으로도 당신과 거래하고 싶소."
프레디 맥나이트는 잠자코 있었다. 젊은 사나이는 문을 향해 걸어가더니 문 앞에서 걸음을 멈추고 돌아보았다. 웃음이 싹 가셔지는 무시무시한 표정을 지었다.

"맥나이트, 이상한 불장난은 하지 않는 게 좋을 거요." 그는 냉랭한 목소리로 말했다. "우리들은 배신자에게는 호의를 베풀지 않아요. 우리들의 방법은 당신 마음에는 들지 않을 거요."

맥나이트는 순간 불안이 엄습해 옴을 느꼈다. "이쪽은 빈틈없이 하겠소. 절대로 어설픈 짓은 하지 않겠소."

방에서 나가 문을 닫을 때 사나이의 입가에는 웃음이 번졌다.

그날 밤, 프레디 맥나이트는 메어리와 저녁 식탁에 앉았을 때 조그마한 봉투를 아내의 음식 접시 옆에 놓았다.

"프레디, 이게 뭐예요?" 그녀가 물었다.

"당신한테 주는 조그마한 선물이오." 그는 아무렇지도 않은 듯이 말했다. 그녀가 봉투를 들고 뜯어보았다. 봉투 속에서 500파운드를 보자 그녀는 얼굴이 빛났다.

"엄청난 돈이군요!" 그녀는 흥분해서 외쳤다.

"그 돈으로 무엇이든 사고 싶은 것을 사요."

메어리는 테이블을 돌아오더니 남편의 뺨에 힘껏 키스를 했다.

"언젠가는 당신도 좋은 일을 하실 것이라고 생각하고 있었어요, 여보!" 그녀는 다시 키스를 하면서 말했다. "새로운 손님이 왔어요?"

맥나이트는 기분이 좋았다. "응." 그는 빙그레 웃었다. "새로운 손님이야, 메어리."

그는 자기의 의혹을 아내에게는 말하지 않았다. 그녀의 얼굴에는 행복감이 넘쳐흘렀다. 그는 어차피 그녀가 여러 가지 질문을 해올 것을 알면서도 당장 그녀의 행복감을 떨어뜨리고 싶지 않았다. 메어리는 부엌으로 뛰어가더니 특별한 때를 위해 간직해 두었던 붉은 포도주를 한 병 가지고 왔다. 포도주를 두 개의 글라스에 따르면서 그녀는 콧노래를 불렀다. 남편은 아직도 장래가 있는 사람이라고 그녀는 만족스럽게 생각하고 있는 모양이다. 언젠가 두 사람은 부자가 되겠지.

"당신의 성공을 위해서!" 그녀는 말하면서 글라스를 들었다.

"메어리, 우리들의 성공을 위해서야!"

두 사람은 포도주를 마셨다. 메어리는 글라스를 내려놓으면서 물었다. "새로운 손님이 누구예요?"

그는 화제를 돌리려 했다. "그런 건 알 필요 없어. 자, 한 잔 더 따라주구려." 그는 올 것이 왔다고 생각했다.

"프레디." 그녀는 놀란 표정을 지었다. 그는 언제나 자세한 이야기를 그녀에게 해주었던 것이다. 그녀는 포도주 병을 들었다. "손님이 누구예요?"

그는 의자에서 멈칫거렸다. "아일랜드 인이오."

메어리의 입은 공포에 질려서 딱 벌어졌다.

"어머나, 안돼요! 프레디, 아일랜드 인은 안돼요!" 그녀는 떨리는 목소리로 말했다. "당신은 큰 봉변을 당하게 돼요."

"아일랜드 인이 왜 안된다는 거요?" 그는 소리쳤다.

"IRA인가 뭔가에 관계를 갖게 되다니──" 그녀는 대답했다. "놈들은 살인자예요……단순한 살인자란 말예요."

프레디 맥나이트의 얼굴은 분노로 붉게 물들었다. 눈앞에 있는 글라스에서 포도주가 튀어나오도록 주먹으로 테이블을 내리쳤다.

"마음대로 하라고!" 그의 목소리는 강경했다. "나는 필요하다면 악마하고라도 거래를 한단 말이야. 요 몇 해 동안 어떻게 해서 당신을 먹여살렸는지 알기나 해? 교회의 헌금이라도 받아왔는 줄 알아?"

그녀는 멈칫했다. "프레디, 난 이런 돈은 싫어요." 그녀는 떨리는 목소리로 말했다. "살인을 도와주는 일은 그만두세요……이유가 무엇이든간에……그런 일에 끼여드는 것은 싫어요."

그녀는 눈에 눈물을 글썽거리며 돌아서서 식당으로 나가버렸다. 분노와 실망에 가득찬 맥나이트만이 그곳에 남았다.

12

요트 파디아 호──별명으로는 마지나 호──가 하이파 항에 입항하자 경비부의 활동에 커다란 변화가 일어났다. 본초와 요트의 승무원들은 엄중한 감시하에 쾌적한 환경을 갖춘 숙사로 옮겨졌고, 이제 이스라엘의 정보기관은 그들의 목표인 상대방의 새로운 이름 피닉스를 포착한 것이다. 그것은 그들에게 불안을 안겨주는 이름이었다──지금까지 살인을 해왔고, 그러면서도 정체의 흔적을 하나도 남기지 않았다는 미지의, 그리고 프로 암살자의 이름인 것이다.

"이 본초라는 이탈리아 인은 그 사나이와 몇 년 동안 같이 일을 해왔군." 아비틀 아논은 보고서를 읽고 나서 말했다.

"바로 그렇습니다." 유리 코헨이 대답했다.

"이 이상의 구체적인 이야기는 우리들에게 해주지 않았군."

"알고 있습니다." 코헨이 대답했다. "하지만 그가 진실을 말했다고 믿습니다. 뿐만 아니라, 아브샬롬 케드미도 그렇게 생각하고 있고, 또 그는 심문하는 데 충분한 시간이 걸렸다고 합니다. 그리고 거짓말탐지기의 테스트도 그걸 뒷받침해 주고 있습니다."

"그렇다면 앞으로 어떻게 해야 하지?" 아논 국장이 말했다. "이 살인자에 관해서 우리가 알고 있는 것이 뭐요?"

이처크 골드버그가 말을 받았다. "첫째로 이름을 알고 있습니다. 본명이든 아니든간에 이것마저도 현재까지는 알지 못했던 겁니다. 피닉스. 나이는 35살 정도이고, 키는 180cm 안팎이며, 체중은 68에서 70kg 사이입니다. 넓은 어깨, 긴 팔, 이상하게 좁은 손바닥에다 얼굴이 길고, 이마가 빼어났습니다. 번뜩일 때는 다갈색이 감도는 회색의 눈, 코는 짧고 쭉 곧으며 콧구멍이 좁습니다. 입술은 얇고요. 턱의 각도가 예리해서 턱 끝이 두드러지게 눈에 띄지요. 머리카락은 밝은 색깔인데 잘 길들여져 있고, 이마가 벗겨지지는 않은 듯합니다. 왼손잡이 같으나, 오른손으로 글씨도 쓸 수 있게 훈련되어 있습니다. 여러 가지 형의 무기와 폭발물의 전문가입니다. 호신술과 맨손 격투의 기술도 몇 가지 습득했습니다. 5~6개 국어를 할 수 있는데, 그것도 유창하게 해서 외국인 사투리는 찾아볼 수 없습니다. 피닉스의 배경은 알 수 없으며, 과거는 수수께끼 속에 파묻혀 있습니다. 널리 일반적인 교양을 쌓은 듯하며, 특히 변장술에 뛰어납니다. 백의 얼굴을 가진 사나이라 할 수 있지요. 위조문서를 사용하는데, 일정한 기간이 지나면 그것을 버리고 새로운 것을 입수합니다. 최근에는 주로 미술품이나 골동품 절도나 정계의 인물들을 암살하고 있습니다. 그의 중개자인 마지노의 말에 의하면 피닉스는 두려움을 모르는 망나니랍니다. 그리고 비정한 인간이고요. 그 이탈리아 인은 그를 인간 로보트라고 합니다. 그에게는 한없는 인내와 집요함이 있습니다. 표적으로 된 인물과 그의 배경에 관해 철저히 조사해 보지 않고는 결코 행동으로 옮기지 않는다는 겁니다. 완벽을 기하고 과오를 피합니다. 언제나 모든 일을 이중으로 점검합니다. 그 이탈리아 인도 오랫동안 그와 함께 일을 해왔지만 피닉스가 실수를 범하는 것은 본 적이 없다고 강조하더군요." 골드버그는 말을 마치고 듣고 있는 사람들의 긴장된 얼굴을 바라보았다.

"또 한 가지——" 그는 덧붙여서 말했다. "카미 박사에게 좀 와 달라고 부탁했습니다. 심문서류를 주었습니다. 박사는 내일 우리들에게 무슨 결론을 내려줄 것입니다."

유명한 텔 아비브의 심리분석의사인·라파엘 카미 박사는 지금까지 성격분석면에서 몇 차례나 보안경비국에 협력해 주었다. 박사의 의견은 때때로 날카롭게 사실을 파헤쳤으며, 그 결과 그는 곧잘 의견의 자문을 받게 되었다.

"좋아." 코헨이 말했다. "그 이탈리아 인이 한 설명에 따라 가능하다면 피닉스의 얼굴을 합성해 보고 싶소. 물론 그가 이따금 변장법을 바꾼다는 것도 알고 있지만, 지금은 그 토대가 되는 것을 포착했으니까 인상서를 작성할 수만 있다면 유럽과 미국의 경찰이나 각종 정보기관에도 보낼 수 있습니다. 그리고 이쪽에서도 여러 가지로 변장한 인상서를 작성할 수 있을 것입니다."

라파엘 카미 박사는 이튿날 유리 코헨과 아브샬롬 케드미를 만났을 때 가정이긴 하지만 몇 가지 확실한 인상을 포착하고 있었다.

"우선 첫째로——" 박사가 말했다. "당신들이 상대로 하고 있는 사람은 정신이상자라고 생각합니다. 분명히 고도의 지성을 가진 사람이며, 어떤 복잡한 상황에서도 언제나 분석적으로 행동합니다. 어떤 시점에 가서 그는 자기의 임무와 완전한 일체가 되어버린다고 여겨지는데——자신을 그 일과 분리할 수 없을 정도로 말입니다. 그것은 자기의 삶 그 자체를 위해 투쟁하고 있다고 생각해 버리는 것으로서, 그 때문에 그는 실수할 수 없습니다. 생사의 개념이 아마도 그에게 있어서는 의미가 없거나, 아니면 적어도 우리가 생각하고 있는 것과는 다른 것이겠지요. 내 생각으로는 그에게 있어서 살인은 자기에게 방해되는 문제를 하나 해치운다는 것에 지나지 않을 것 같아요. 그 이상은 아무것도 아닙니다. 자기를 살인자라고도 보지 않습니다. 다만 목적지에 이르는 길목에 있는 방해물을 모두 제거해 갈 뿐이지요. 아까도 말한 바와 같이 지금도 복잡한 과정이 시작되어 그는 자기의 목적과 일체가 되어 있습니다."

"카미 박사님——" 코헨이 물었다. "이 사나이의 약점을 노리고 싶은데, 어떻게 되지 않을까요?"

의사는 파이프에 불을 붙이고 나서 웃는 표정으로 코헨을 바라보았다. 그러나 이내 심각한 표정을 지었다. "피닉스의 확실한 소질 중 하나가 빈틈없는 방법을 구사하는 점이오. 이것은 매우 고도로 발전되어 있는 경향입니다. 꼼꼼한 사람이 미치광이와 종이 한 장 차이라는 것을 여러분도 알고 있을 것입니다. 그는 자기가 맡은 일은 모든 단계에서 완벽하게 하지 않으면 만족하지 못합니다……그러나 인생이란 그런 것이 아니지요. 인생은 가설과 불안전의 연속입니다."

"그렇다면——" 케드미가 갑자기 흥미를 느끼며 앞으로 몸을 내밀었다. "약점이 어디에 있지요?"

박사는 반문하듯이 두 손을 폈다. "케드미, 당신한테 무슨 말을 해야 할지 모르겠군요. 피닉스를 상대로 한 당신의 작전이 어디까지 진척되어 있는지도 모르고. 다만 그의 성격이 완벽을 기하고 있다는 바로 그 점에서, 만일 이상하다고 생각되지 않는 그 무엇이, 그럴 듯하고 결함 하나 없는 그 무엇이, 그리고 전혀 변명의 여지가 없는 그 무엇에 봉착하게 되면 바로 그 점에서 나 같으면 한시름놓고 의심해 보겠습니다."

"좋아." 아논 국장은 카미가 돌아가자 말했다. "모두들 각자의 임무를 알고 있겠지? 이제부터 우리는 다얀 외상을 유럽에서도 미국에서도 한 순간도 한눈 팔지 않고 경비의 포위망으로 둘러싸야 하네. 며칠 안으로 외상의 일정표가 올 걸세. 공적이거나 사적이거나간에 모든 행사를 우리가 면밀히 검사해야 해. 다시 한 번 되풀이하지만 한 순간이든, 아무리 작은 일이든 말이야. 피닉스에 대하여 경계를 게을리해서는 안되며——그쪽이 만일 무슨 실수를 한다면 붙잡을 태세를 취하고 있어야 한단 말일세."

13

프레디 맥나이트와의 거래가 성립된 이튿날 오후 5시에 피닉스는 히드로 공항에서 몬테 카를로로 가는 비행기의 승객 속에 끼어 있었다. 그는 르 몽드의 페이지를 넘기다가 찾고 있던 기사를 발견했다——마담 샤를로트에게 살해당한 미국인 모델의 수사에 관한 짧은 기사다. 형사들도 이제는 이 모델 에이전트의 주인이 자기의 애인을 죽인 것이라고 믿고 있었다. 검시해부 결과 체내에서 정액의 흔적이 발견되었는데, 이것이 수사를 담당한 형사들로 하여금 마담 샤를로트가 질투한 나머지 살인을 범하게 되었다는 생각을 갖게끔 만들었다. 경찰의 설명에 따르면 마담 샤를로트는 일이 있어서 파리 시외로 외출한 사이에 미국인 모델 도로시 브라운이 그

틈을 이용하여 미지의 사나이와 섹스를 즐기고 있었다. 형사들은 마담 샤를로트가 두 사람 앞에 불쑥 나타나자 수수께끼의 사나이는 그 호화 아파트에서 도망쳐 나갔고, 그 뒤 싸움이 벌어져서 흥분된 나머지 흑인 모델을 죽이는 데까지 이르렀다고 믿고 있는 것이다. 마담 샤를로트는 살인에 관해서는 아무것도 아는 바가 없다고 부정을 하고 있지만, 그러면 그럴수록 점점 더 허황된 말로 들리는 것이었다.

젊은 사나이는 신문을 옆에 놓았다. 그는 잠시 동안 매우 기분이 좋았다. 형사들은 그의 계획에 휘말려 들어가고 있었다. 이제 여러 개의 머리를 가진 히드라도 해치워야 할 상대로 남아 있는 머리는 한 개뿐이다. 요르크 깁스코프. 그의 머리를 자를 때도 머지않았다.

이제부터는 자기 존재의 흔적을 파괴해야 한다. 그의 과거와 결부되어 있는 것은 모두 제거해야 한다. 언제든 이스라엘 보안 관계자의 손이 그의 뒷덜미를 붙잡지 못하도록 확실히 손을 써두어야 한다. 이 일이 끝나면 그들은 가령 몇 해가 걸린다 하더라도 추적을 멈추지 않을 것이라고 그는 생각했다. 그래서 자기의 종적을 감추고, 완전히 흔적을 없애야 한다.

이 이스라엘 인 암살을 그의 마지막 일로 할 작정이었다. 세계의 어느 곳에서든 자기가 좋아하는 곳에 가서 생활할 수 있는 풍족한 돈이 들어온다. 그는 편안하게 살고 싶었다. 새로운 사람을 탄생시킨다. 그는 그 분야의 전문가였다. 그렇지만 그때가 오기까지는 지금까지와 마찬가지로 조심성 있게 빈틈없는 행동을 해야 한다.

그는 이번 일을 이스라엘 정보기관이 어느 정도 눈치챘으리라고 생각했다. 예정하고 있는 이탈리아 인과의 접선에서 그 점이 분명해질 것이다. 그가 본초에게 유럽의 경찰과 특무기관의 동정을 살피도록 커넥션을 이용하라고 당부한 데는 그럴 만한 이유가 있었다. 그의 도움이 필요한 동안은 이 이탈리아 인을 해치지 않을 작정이었다. 그를 없애는 것은 일의 마지막 단계에 가서 할일이었다.

그는 리비아 인들을 믿지 않았다. 가령 이스라엘 정보기관이 이 계획을 눈치챘다고 하더라도 리비아 인들은 사태의 중대성을 그에게 전해 주지 않을 것이 분명했다. 그가 꽁무니를 빼지 않을까 해서다. 그러나 그는 그 이탈리아 인은 믿을 수 있었다. 본초야말로 그를 과거와 연결해 주는 마지막으로 남은 고리였다.

자기의 계획이 틀어졌다고 깨달은 것은 그가 몬테 카를로에 도착했을 때였다. 파디아 호가 사라져 버렸다. 어디로 갔는지, 무엇 때문에 사라졌는지도 알 수 없었다. 피닉스도 본초가 때때로 짧은 기간의 여행을 떠난다는 사실을 알고 있었으나, 그럴 때면 언제나 항구 옆에 있는 우체국에 그를 위해 연락의 서신을 남겨놓는 배려는 잊지 않았었다. 보통 언제쯤 돌아오겠다는 연락이었다. 우체국은 이미 시간이 끝나서 그날 밤에는 할 수 없이 호텔에 묵었다. 이튿날 아침에 우체국에 가본 뒤 그의 불안은 더해졌다. 본초는 아무런 연락도 남기지 않았다.

그와 본초와의 관계가 끊어진 것은 이때가 처음이었다——이 사실이 그의 근심거리였다. 확실성이 결여된다는 게 그에게는 신경이 쓰여졌다. 그가 자제력을 잃는 것은 이런 때였다. 본초를 찾아다닐 시간적인 여유가 없다. 무슨 중대한 일이 일어나서 본초가 몬테 카를로에서 연락없이 떠나버린 것이 분명했다. 그의 가슴속에서 분노가 치밀어 올라왔다. 본초의 행방을 알아낼 때까지 당분간은 위험을 느끼면서 살아야 하겠지. 실패에는 보상이 따르는 법이다. 이 거래에서 피에르 드 말랭 같은 녀석을 소개한 실수를 범했을 때 이탈리아 인을 죽여버렸다면 이제 새삼스럽게 성가신 일을 겪지 않아도 될 텐데.

몬테 카를로에서는 그가 할일이 아무것도 없었기 때문에 그는 낮에 파리로 향해 출발했다. 몇 시간 뒤에 그는 드 랑베르 가에 있는 집의 입구에 도착했다. 그는 펜을 꺼내어 우편함의 필립 다스탱이란 이름 아래 윌리 밀러란 이름을 덧붙여 써놓았다. 그리고 그는 자기의 조그마한 방으로 올라가서 이 아파트를 버리고 자기에게 위험을 가져올 두려움이 있는 물건들을 모조리 없애버리는 데 첫날을 보냈다.

이미 쓸모없이 된 의류와 신사복들을 꾸려 고물시장으로 가서 팔았다. 모세 다얀과 관계 있는 문서와 신문, 책들을 찢어서 오랫동안 욕실에서 깨끗이 태우고 재를 변기로 흘려보냈다. 여기저기 감추어두었던 많은 위조서류와 여권을 꺼내어 필요한 것을 골라내고 대부분은 찢어버렸다. 남은 것은 여행가방의 주머니 밑바닥에 감추었다.

4일 뒤에 아파트에는 꼭 필요한 것만이 남았음을 알게 되었다. 그날 낮에 우편함에 뉴욕의 변호사 잭 스톤으로부터 윌리 밀러에게 보낸 편지가 와 있음을 발견했다. 상의한 대로 변호사는 편지를 써서 원본은 스캐스딜 집으로, 사본은 밀러의 주문대로 파리의 거주지로 보낸 것이다. 변호사는 모세 다얀에게 편지를 보냈다고 써놓았다. 그 외상에게서 답장을 받는 즉시로 골동품상 찰스 코트너에게 연락하여 고대 상자의 증명서를 작성하고 다얀에게 보낼 차비를 해달라고 부탁했다는 내용이었다. 그렇게 하면 그도 밀러로 하여금 상자를 골동품 가게에 가지고 갈 수 있게끔 그 시기를 알려줄 수 있으리라고 했다. 다시 말해서, 외상이 골동품 가게를 방문할 예정된 날짜를 보고할 수 있다는 것이다.

피닉스는 그 편지를 읽고 나서 태워버렸다. 앞으로 이틀 동안 파리에 머물다가 프레디 맥나이트와 최후의 거래를 하기 위해 런던으로 가기로 했다. 이 이틀을 이용하여 휴식을 취하며 깊은 생각을 해볼 작정이었다. 그에게는 이 일을 착수한 순간부터 각 단계를 회고해 볼 필요가 있었다. 본초의 수수께끼 같은 실종에는 이스라엘인의 손이 뻗쳐 있음이 틀림없다고 생각했다. 가령 이스라엘이 그 이탈리아 인을 붙잡았다 하더라도 그를 위험으로 몰아넣는 정보를 알아내기는 어려울 것이라고 그는 생각했다. 본초는 대체적인 인상은 말해 줄 수 있겠지만, 그 실마리는 도리어 이스라엘측에 혼란만 더해 줄 뿐이겠지. 본초라 하더라도 정면으로 자기를 알아보지 못할 것이다. 이스라엘측은 아직도 미지의 조건을 탐색하고 있다. 그는 이 문제의 해결법을 생각해 내고 혼자서 미소를 지었다. 이것이 해답이라고 그는 생각했다. 저쪽에서는 살인자를 하나 찾고 있으니 그 녀석을 주리라.

그의 마음속에 저널리스트인 요르크 깁스코프의 모습이 떠올랐다. 8월 19일 금요일 아침, 파리에서 런던으로 가는 비행기 속에서 이 생각이 형상화되기 시작했다. 결심은 되어 있다. 런던의 화학자와의 거래가 끝나는 즉시로 코펜하겐으로 가리라. 그 뒤부터는 올가미에 걸릴 시기가 올 때까지 요르크 깁스코프를 미행한다.

피닉스는 베이즈워터의 프레디 맥나이트의 연구실에 10시에 도착했다. 철문을 노크하고 기다렸다. 문을 연 화학자의 얼굴에는 놀라운 빛이 어려 있었다.

"이봐요, 프레디." 젊은 사나이는 명랑한 목소리로 말했다.

"오기 전에 연락하겠다고 했잖소!"

아일랜드 인은 웃는 표정으로 금발의 수염을 쓰다듬었다. "계획이 변경되었소. 들어가도 괜찮겠죠?"

프레디 맥나이트가 옆으로 비켜서자 사나이는 그의 앞을 지나쳐서 안으로 들어갔다. 손에는 전번과 마찬가지로 그 가방을 들고 있었다.

"맥나이트, 탄환은 되어 있겠죠?"

맥나이트는 주저했다. "곧 되오." 하고 말했다.

"그건 무슨 뜻이죠?"

"다시 말해서 두세 시간 기다려 달라는 거요." 맥나이트가 말했다. "오후에 다시 오면 건네주겠소."

손님은 빙그레 웃었다. 그의 눈길이 실험대 위에 있는 탄환을 보고 맥나이트가 거짓말을 하고 있다는 것을 알았다.

프레디 맥나이트는 이 아일랜드 인이 예고도 없이 나타났기 때문에 정말 놀랐다. 이 며칠 동안 메어리가 귀찮게 굴었기 때문에 더욱 그러했다. 어떻게 해서라도 이 일을 거절하라고 그녀가 말했었다.

"그런 미치광이 같은 아일랜드 인하고는——" 그녀는 눈물을 글썽거리면서 말했다. "당신이나 나나 벨파스트의 그 미치광이들과는 어떤 형태로든 관계를 갖지 않아야 해요." 그녀는 남편이 숨도 못 쉬도록 졸라댔다. 그날 아침에도 그녀는 경찰에 가겠다고 위협까지 했었던 것이다.

맥나이트는 발끈하여 집을 뛰쳐나왔었다. 연구실로 오는 도중에 아내의 말을 머리에서 떨쳐버릴 수가 없었다. 연구실에 들어와서 생각해 보니 메어리의 말이 옳은 것 같았다. 무슨 수를 써서라도 손을 뗄 방법을 생각해 내야만 할 것 같았다. 그는 이 손님을 돌려보내고 시간을 좀 끌고 싶었다. 그 사이에 경찰에 연락도 할 수 있겠지.

지금 아일랜드 인은 탄환을 늘어놓은 실험대 쪽으로 갔다.

"아직 안됐소." 화학자는 당황한 목소리로 말했다.

사나이는 탄환을 자세히 살펴보았다. 익숙하지 않은 사람이라면 발견하지 못하겠지만, 그의 날카로운 눈길은 두꺼운 종이 케이스에 도려낸 자국이 있는 것을 지나쳐 버리지 않았다. 즉, 종이 케이스를 떼어냈다가 다시 붙인 자국을 발견했던 것이다.

"내가, 보기에는 되어 있는 것 같은데." 그는 담담하게 말했다. "아마 한 개는 손을 대지 않은 것도 같지만, 나머지는 다 되어 있어."

"그 정반대요!" 맥나이트는 자신도 모르는 사이에 이 미끼에 걸려들고 말았다.

"한 개는 되어 있소. 하지만 나머지는 아직……방금 말한 바와 같이……액체를 만드는 데 두세 시간 걸릴 것이오……"

"알았소." 아일랜드 인은 웃었다. "맥나이트, 우리들이 하는 방법을 알고 있겠지? 되어 있는 것을 내가 골라낸다면 500파운드를 내야 해. 그럼, 내기합시다."

그는 기민하게 두 손을 놀려 탄환을 만져보았다. 그 긴 손가락이 놀랄 정도로 익숙하게 움직였다. 맥나이트가 보고 있는 앞에서 마치 마술사가 마술을 하듯이 손을 놀리는 것이었다.

"자! 맥나이트, 탄환은 전부 위치가 바뀌었소, 그렇죠?"

맥나이트는 대답을 하지 않았다.

"자, 그럼 어떻게 해서 바로 그 탄환을 찾아내지?" 사나이는 명랑한 목소리로 말했다. 그의 손가락이 탄환을 하나하나 짚어나가다가 한 개를 집어들었다.

"이것이다!"

"바로 그것이오." 맥나이트는 열을 올리며 말했다. "나머지는 아직……"

"그렇다면?" 사나이는 탄환을 다른 곳에 놓으면서 말했다. "이것을 분해해서 속이 어떻게 되어 있는지 봅시다."

화학자가 어떤 반응도 보일 틈도 없이 그는 탄환 한 개를 집어들고 케이스를 떼어내기 시작했다. 프레디 맥나이트는 무서워졌다. 그는 다가서면서 젊은 아일랜드 인의 팔을 붙잡았다.

"조심해!" 하고 그는 외쳤다.

아일랜드 인의 표정에서 웃음이 사라졌다. "맥나이트, 왜 거짓말을 했소?" 그의 목소리는 마치 속삭이는 듯했다. "탄환은 전부 되어 있어. 프레디, 왜 거짓말을 했소?"

맥나이트는 무서웠다. 그는 무의식적으로 한 걸음 뒤로 물러섰다. 그의 심장은 마구 뛰었고 얼굴은 창백해졌다.

"무슨 딴 뜻이 있어서가 아니오……"

"맥나이트, 왜 그랬냐고 묻지 않소?"

아일랜드 인의 얼굴이 갑자기 무표정하게 변했다.

"이 거래를 하기 싫어서 그랬소." 맥나이트는 괴로운 듯이 말했다. "살인을 하는 데 협력하기가 싫었던 거요."

"양심의 가책을 받아서 그런가? 그뿐인가? 눈깜짝할 사이에 말이오?"

"뭐라고 말해도 좋소. 자, 그럼——" 화학자는 공손한 태도를 취했다. "돈은 도로 가지고 가시오." 그는 또 한 걸음 물러섰다. "이봐요." 그는 이제 공포에 질려 있었다. "피차 모든 것을 잊어버립시다. 당신이 여기에 왔었던 것을 잊어버린다면 이쪽도 당신이 이런 곳에 온 것을 잊어버리겠다고 맹세하겠소……"

호랑이 같은 눈길이 맥나이트의 시선을 붙잡고 놓아주지 않았다. "맥나이트, 그러한 꼴로 끝나지 않는다는 것은 알고 있을 텐데."

맥나이트는 몸이 마비되는 듯함을 느꼈다. 이 사나이가 묘하게 부드러운 표정을 짓는 것이 그에게는 무한한 공포를 불러일으켰다.

"알고 있소…… 하지만……"

"맥나이트——" 사나이는 그에게 다가갔다. "이 이상 이야기해 보았자 소용없어."

"자, 돈이라면 여기에 있소!" 맥나이트는 겁에 질린 목소리로 외쳤다. "1,000파운드요……"

맥나이트의 손이 지갑의 돈을 꺼내기 위해서 주머니에 닿기도 전에 아일랜드 인의 일격이 그의 관자놀이에 닿아 그는 정신을 잃고 마룻바닥에 쓰러졌다. 사나이는 구부려서 지갑을 꺼냈다. 지폐를 뽑아내어 자기 주머니에 집어넣었다. 그리고 지갑을 맥나이트의 주머니에 도로 넣고, 실험대 쪽으로 가서 탄환을 모아 서류가방에 넣었다.

프레디 맥나이트는 눈을 감고 무거운 숨을 몰아쉬면서 마룻바닥에 뻗어 있었다. 사나이는 그의 어깨를 잡고 일으켜 실험대 옆에 있는 높은 스툴 위에 옮겨놓았다. 상체를 실험대 위에 엎드리게 해 놓았다. 사나이는 찬장 하나를 열고 가연성 액체가 들어 있는 병을 꺼내더니 마개를 뽑았다. 그리고는 속에 든 액체를 꼼짝하지 않고 있는 남자의 머리와 어깨에 붓고, 빈병을 그 스코틀랜드 인의 머리 옆에 놓아두었다. 프레디의 담배가 실험대 위에 놓여 있었다. 그는 담배 한 개비를 뽑아 실험대에서 멀리 떨어진 뒤, 불을 붙여 몇 모금 빨다가 실험대 위로 던졌다. 삽시간에 실험대의 표면 전체가 불길에 휩싸였다. 화학자의 머리와 어깨를 맹렬한 불꽃이 삼켜 버리고 말았다.

베이즈워터의 불타는 지하실에 소방대가 출동했을 때, 그는 공항으로 향해 가고 있었다. 형사들이 불행한 화학자의 새카맣게 탄 시체를 조사하고 있을 무렵에 피닉스는 코펜하겐행 비행기를 기다리고 있었다. 수사의 결과가 어떻게 나오든간에 그와 프레디 맥나이트 박사의 조그마한 연구실에서 일어난 사고를 결부시켜 생각할 사람은 하나도 없을 것이다. 그는 이미 맥나이트에 대한 일 따위는 생각하고 있지도 않았다. 이제 그의 마음속은 덴마크의 저널리스트 요르크 깁스코프의 일로 가득차 있었다.

1977년 9월

9월 8일 목요일 아침 10시 20분에 요르크 깁스코프는 파리에 있는 리비아 정보관과 연락을 취하고 있었다. 이 두 사람은 몇 주일 전에 처음으로 말을 주고받은 사이였다. 이 무렵에 깁스코프는 트리폴리로부터 빨리 활동하라는 요청을 받고 있었다. 늦어도 여름이 끝나기 전에 해치우라는 것이었다. 그래서 깁스코프가 이번에는 한 가지 요구를 했다.

"그 이스라엘 인의 출국에 관해서는 잘 알고 있소." 깁스코프는 낮은 목소리로 말했다. "15일에 브뤼셀로 가는 직행편으로 떠납니다. 이튿날 그는 프랑스의 어디엔가 갈 거요. 회담이 있는 것 같은데, 거기에 관해 이쪽에서는 아무것도 모르고 있습니다. 그걸 알려주시오."

이 요구가 리비아 인에게는 별로 놀라운 것이 아니었다. 이런 요구가 있었던 것이 두 번째였다. 어제 피닉스란 이름으로만 알려져 있는 사람으로부터 전화가 걸려와서 이번의 파리 방문에 관해서 상세히 알고 싶다고 했다.

"알아보려고 손을 쓰고 있소." 리비아 인이 깁스코프에게 말했다. "현재로서는 아직 어디서 누구를 만나는지 짐작도 할 수 없어요. 그러나 늦어도 16일에는 브뤼셀에서 파리로 가기로 되어 있소. 파리에서 그는 미국으로 가오. 워싱턴에서 최초의 회담은 19일에 하기로 미리부터 정해져 있소."

요르크 깁스코프는 리비아 인과의 전화를 마치고 라틴 구역의 어떤 카페의 테이블로 되돌아갔다. 46살 된 그는 늘씬하게 키가 크고 체격도 좋은 호남자였다. 바이킹처럼 깎아 손질한 구레나룻에 흰 털이 섞여 있지 않았다면 그의 나이도 짐작하기 어려웠을 것이다.

겉보기에는 순수한 스칸디나비아계의 혈통 같았으나 실상 깁스코프는 독일 태생이었다. 제2차 대전 말기에 고아가 된 그는 덴마크의 외조부댁에 몸을 의탁하게 되었다. 전형적인 덴마크 청년이 되려는 모든 노력에도 불구하고 한 가지 점에서 그는 분명히 독일적이었다. 그의 마음속에는 우월 민족이란 신념이 계속 살아 있었으며, 역사가 일시 중단된 아리안 민족의 전진을 재개시켜 줄 날이 다시 오리라고 기다리고 있었던 것이다.

1956년에 그는 프랑스의 외인부대에 들어가서, 그때부터 아프리카 제국의 탄생에 수반되는 피비린내나는 싸움과 쿠데타에 팔려 다녔던 아프리카의 백인 용병으로 경력을 갖게 된 것이 지금의 그가 된 시초였다. 난생 처음으로 깁스코프는 돈의 맛을 알고, 그를 취하게 만드는 향기를 알게 되었다. 그는 암살 전문가가 되었다.

1956년 말에 깁스코프는 유럽으로 돌아왔다. 아프리카에서는 완전히 사회의 동향이 바뀌어 많은 외국인 용병이 체포되어 처형을 받았다. 그는 탈출하여 새로운 생활을 시작할 수 있을 정도로 돈을 모아두었다. 직업군인으로서의 경험 덕택으로 그는 새로운 일을 찾을 수 있었다. 외국인 용병이 어떻게 모집되었으며, 아프리카에서 어떤 활동을 했는지를 원고로 정리했던 것이다. 그도 놀랐지만, 저널리즘에 적합한 재능이 있음을 그가 발견했던 것이다. 국제적인 각종 테러 집단이 일어나게 되자 그는 그것에 관한 일류 해설자로서 이름을 떨치게 되었다.

그러나 저널리스트란 그다지 돈을 벌 수 있는 직업이 아니었으며, 그래서 옛 동지가 나이제리아의 지도자를 없애는 일거리를 가지고 왔을 때 그 돈은 그에게는 뿌리칠 수 없을 정도로 매력적인 것이었다. 처음으로 그는 자신의 저널리스트라는 직업을 죽음을 다루는 일을 위장하기 위하여 사용했다. 이것은 분명히 좋은 결합이라는 것을 알았다. 그는 극히 드물게 그런 일을 맡았다. 자기의 특수한 소질을 사용할 회수가 적으면 적을수록 성공할 확률이 크며, 들어오는 보수도 높아진다는 것을 알고 있었기 때문이다.

아딜 엘 마그라비가 피에르 드 말랭을 통해 접근해 왔을 때도 그 금액이 컸으며, 특히 그의 정치적인 견해로 보더라도 그 일은 거절할 수 없는 도전 비슷한 것이었다.

저널리스트로서 깁스코프는 파리의 여러 신문사와 통신사에 연줄이 있었으며, 이 이틀 동안에 그는 이스라엘이 외상의 스케줄에 관해 일부러 거짓 정보를 퍼뜨리고 있지만 분명히 미국에 가기 전에 파리에 들러서 기자회견을 열 것이라는 걸 탐지해 냈다. 깁스코프는 폭탄을 장치한 테이프레코더를 사용할 수 있도록 준비했다.

그 폭발력은 4.5m 이내의 사람들을 모두 죽일 수 있는 것이었다. 남은 일은 단지 기자회견 때에 그 기계를 외상의 곁에 놓아두고 스위치를 넣는 것뿐이었다. 그것이 폭발했을 때는 그는 이미 폭풍권 밖에 있게 될 것이다.

깁스코프가 라틴 구역에서 빌려쓰고 있는 아파트 가까운 곳의 카페에서 나왔을 때 피닉스가 그 뒤를 미행하고 있는 것을 알지 못했다.

이 미행은 피닉스가 코펜하겐에서부터 시작하여 라틴 구역의 조그마한 그 아파트의 입구에 이르기까지 계속되었던 것이다. 이 일이 피닉스로서는 특별한 힘은 들지 않았다. 빈번하게 변장을 바꾸기만 하면 되었다. 이 저널리스트에게서 몇 m밖에 떨어지지 않은 거리까지 간 적도 한두 번이 아니었지만, 상대방은 미행당하고 있으리라고는 꿈에도 생각지 못했다.

깁스코프를 죽일 기회가 무수히 있었지만 그는 자기가 생각해낸 계획을 고집했다. 이탈리아 인 본초의 묘한 실종에 커다란 영향을 받았기 때문이다. 그의 추측으로는 본초가 이스라엘 인에게 발각되었다고 생각하여 하는 수 없이 도망쳤을 것이라고 여겨졌다. 그렇게 생각하면 생각할수록 이스라엘측이 이 암살계획을 알아차리고 미지의 암살객을 찾으려 하는 것으로 피닉스에게는 믿어졌다. 그 과정에서 그들은 본초를 발견할 수 있었겠지. 그렇지만 아무리 그들의 수사가 진행되어 있다 하더라도 리비아가 같은 목표를 위해 몇 사람의 암살객을 동원할 계획이라고는 조금도 생각지 못할 것이다. 그러므로 그들이 찾고 있는 것은 한 사람뿐이다.

그가 요르크 깁스코프의 운명에 대해 계획을 세운 것은 이러한 가정에 기초를 두었기 때문이다.

이 저널리스트가 파리에 도착한 순간부터 피닉스는 그의 뒤를 꼭 붙어다녔다. 깁스코프의 아파트를 찾아내고서야 그는 만족했다. 그리고 나서 그는 좀 쉴 생각이었다. 이 덴마크 인이 프랑스의 수도를 자기의 무대로 택했음을 그는 확신할 수 있었다. 파리 주재 리비아 정보담당관에게 그 자신이 전화로 이야기한 것도 이 신념을 강조해 주는 것이었다. 또한 깁스코프가 폭탄을 장치한 테이프 레코더를 사용한다는 계획에서 그는 한 가지 명안이 떠올랐다. 이 방법은 저널리스트가 아마도 기자회견 석상에서 기회를 포착할 수는 있으나, 모세 다얀의 바로 곁으로 가지 않으면 안된다는 것을 의미하고 있었다.

프로로서 그는 깁스코프의 계획에 감탄하고 있었다. 성공할 희망이 크다. 그렇지만 그것을 실행하는 사람에게는 위험이 뒤따른다. 가령 잘된다 하더라도 저널리스트는 일련의 심문을 받아야 할 처지에 놓이게 되며, 퇴로를 모두 차단당하게 될 것이다——두 가지의 불필요한 위험이다. 확실히 이 사나이는 남달리 간담이 크다.

피닉스는 36시간 동안 미행해 다녔다. 그 저널리스트가 아파트로 들어간 것을 보고서야 겨우 휴식을 취할 수 있겠다고 생각했다. 몽파르나스의 드 랑베르 가에 있는 아파트로 차를 타고 돌아와서 그는 곧 깊은 잠에 떨어졌다. 그는 15시간 동안 잤다.

잠이 깨었을 때는 완전히 기운이 회복되었다. 그의 최초의 행동은 샤워를 하는 것. 오랫동안 그는 샤워 아래 서서 몸을 씻었다. 그리고는 면도를 하고 옷을 갈아입었다. 포트에 가득찬 커피를 마시고 샌드위치를 만들었다. 공복을 채우고 그는 우편함을 보러 갔다. 윌리 밀러에게 보낸 잭 스톤의 편지가 들어 있는 것을 발견했다. 변호사는 9월 2일에 그 편지를 썼으며, 다얀 외상의 대리로부터 답장이 왔다고 써놓았다. 다얀의 비서는 스톤에게 편지를 보내주어 감사하다는 인사를 하고, 다얀 외상은 그 고대 상자에 특별한 흥미를 보였다고 적어놓았다. 그렇지만 미국에 도착한 뒤가 아니면 코트너의 가게를 방문할 예정일자를 정할 수가 없다고 하는 것이었다. 변호사는 코트너에게 이러한 사정을 이야기했고, 코트너는 이미 기꺼이 이 일을 다루겠노라고 이야기했다고 써놓았다. 스톤은 밀러 씨가 그와 연락이 끊어지지 않도록 하여 다얀이 상자를 가지러 오는 날짜를 알게 되는 즉시로 연락을 취해 주도록 부탁해 두는 편이 좋을 것이라고 했다.

젊은 사나이는 곧 스톤의 편지에 답장을 썼다. 그의 유능함에 감사드리고, 자기도 며칠 내로 미국으로 돌아갈 작정이며, 돌아가자마자 변호사에게 연락하겠다고 적었다. 편지를 다 쓰고는 거미줄 같은 필체로 윌리 밀러라고 서명했다.

2

9월 12일 월요일이 행동을 개시하는 날로 예정되어 있었다.

이처크 골드버그는 파리에 가기로 되어 있었고 아브샬롬 케드미와 이르미 스펙터는 미국으로 가는 비행기를 기다리고 있었다. 외상이 방문길에 오를 최후의 준비는 일요일에 텔 아비브의 미국 대사관에서 열린 유리 코헨과 딕 콜먼의 회담에서 완료되었다. 딕 콜먼은 이미 최근에 발견된 일련의 일들을 알고 있었다. 그는 그 발견한 사실들을 워싱턴에 통보하여 이스라엘과 미국의 합동경비 수단을 재검토하도록 하였다.

피닉스의 합성사진이 수백 부나 미국측의 경비진에 보내졌다. 전국의 공항, 항구, 철도의 역, 버스 정류장의 경비진에게. 수십 명의 수사관이 아랍의 테러리스트 조직과 관계 있는 사람과 암살 계획의 공범이 될 만한 수상한 사람에게는 꼭 미행하라는 명령을 받았다.

같은 작전이 다얀 외상의 방문이 중요하다고 인식하게 된 벨기에와 프랑스에서도 실시되기 시작했다. 양국 정부의 대표가 이스라엘의 경비진에 가능한 한 모든 지원을 아끼지 않겠다고 다짐했다.

다얀 외상의 예정표가 완성되었다. 9월 15일 목요일에 브뤼셀행 비행기 편으로 떠난다. 이튿날에는 파리로 가고, 파리에서 하루를 체재한 뒤에 미국으로 간다. 토요일에는 뉴욕에 묵으면서 국제연합 이스라엘 대표와 이스라엘 영사관 등의 여러 간부와 만난다. 9월 19일 월요일에 외상은 워싱턴에 도착하고, 거기에서 이틀 동안 체재하면서 대통령과 밴스 국무장관, 안보담당보좌관 브레진스키 교수 등과 일련의 회견을 한다. 다얀은 그날 부통령도 만난다. 그날 밤에는 이스라엘의 미국 대사 공관에서 기념 만찬회가 열린다. 워싱턴 방문 이튿쩨에는 외상이 워싱턴 포스트 신문의 간부들과 조찬회를 갖는다. 여기에 일반 기자회견이 잇따른다. 낮에는 상원 외교위원회의 의원들과 만나기로 되어 있다. 밤에는 또 미국 신문계의 주요한 정치기자들과의 회견이 있다. 수요일 아침에 외상은 유태계 의원들을 만남으로써 이 워싱턴 방문을 끝맺고 뉴욕으로 떠난다.

뉴욕에서는 서독, 네덜란드, 덴마크, 스웨덴의 외상들과 미국의 유태인 지도자들을 만날 예정이었다. 다얀 외상이 신문사의 기자 회견과 NBC와 CBS 텔레비전 방송국에 출연할 시간도 결정되어 있었다. 이어서 9월 9일에 미국의 각 도시를 순방한 뒤에 다얀 외상은 몬트리올로 떠나서 그 도시의 유태인 사회를 돌아본다. 그리고 뉴욕으로 다시 돌아와서 이튿날에 이스라엘로 돌아가게 된다.

이것은 경비진이 대비해야 할 최고로 복잡한 여행 일정이었다. 출발하기 며칠 전부터 경비의 각 부서에서 열띤 점검이 실시되었다. 경로와 각종 회합에 대해 수없이 많은 조사가 반복되었다. 우선 유리 코헨의 부하들이 여러 가지 공적인 행사를 검토했다. 이러한 것들은 두 가지 형태로 나뉘어 있었다. 카터 정권의 인사들과 타국의 관료들과의 회담, 그리고 미국의 유태 사회 지도자들과의 회담이었다. 다얀 외상이 개최하기로 되어 있는 일련의 기자회견과 텔레비전에 예정되어 있는 출연은 별도로 다루지 않으면 안되었다. 이쪽에서는 외상에게 조금이라도 접근하려는 인물들은 모조리 주의깊게 조사할 필요가 있었다.

이르미 스펙터는 예루살렘에 있는 시간을 효과적으로 사용했다. 그는 외상의 비서들과 보좌관들로부터 많은 정보를 알아냈다. 이 24시간 동안에 다시 외상의 예정표가 회견 예정으로 꽉 차 있으며, 그 가운데는 경비부의 직원들이 조사하지 않은 것들도 있음을 알아냈다. 그 가운데서 스펙터는 다얀 외상이 매디슨 가에 있는 골동품 가게를 방문하기로 되어 있음을 알았다.

"그 가게라면 나도 알고 있어." 코헨이 말했다. "특별한 문제는 없을 것 같아. 다얀은 전에도 몇 차례 거기에 간 적이 있어——나의 기억이 틀림없다면 코트너란 사람의 가게야."

"그렇습니다." 스펙터가 말했다. "가게 이름은 맞았습니다. 하지만 이번에는 다른 관계자가 또 있습니다."

"다른 관계자라고? 그건 또 무슨 뜻이지?"

스펙터는 서류가방에서 편지의 사본을 꺼내어 코헨에게 주었다. 코헨은 그것을 본 다음에 또 아비틀 아논에게 건네주었다.

"잭 스톤이란 이름도 알고 있어요." 코헨이 말했다. "내가 알고 있는 것이 틀림없다면 유태 운동을 적극적으로 전개하는 사람들 중의 하나요."

"별로 대수롭지 않은 듯한데." 아논 국장은 그렇게 말하면서 잭 스톤의 편지를 스펙터에게 돌려주었다.

"어쨌든 한 번 조사해 봅시다." 케드미가 말했다. "정해져 있는 스케줄이니까 뉴욕에서 조사할 리스트 안에 포함시켜 둡시다."

이 회의에서 유럽과 미국에서의 특별임무가 결정되었다. 이처크 골드버그에게는 다얀의 파리 도착에 특별히 신경을 써달라고 부탁했다. 거기에서의 일들은 완전히 비밀로 해두지 않으면 안되었다.

"다얀이 목요일에 브뤼셀로 간다는 것은 실은 속임수에 지나지 않아." 아논 국장이 설명했다. "물론 그는 외상으로서 벨기에 정치가와 월례적인 회담을 한다고 신문에 발표한 사실을 정당화하기 위하여 여러 인물들을 만나겠지. 그렇지만 주요 임무는 파리에서 극비에 행해지는 어떤 회담으로서, 여기에 관해서는 누구도 아무런 사실도 모르고 있어. 알려진 한에서는 공식적으로는 다얀 외상이 아직 브뤼셀에 있는 것으로 되어 있어."

아논 국장은 부하들을 바라보았다. 일동은 그가 앞으로 무슨 중대한 발언을 할 것이라고 느꼈다.

"지금 이런 말을 하는 것은 여러분들도 이 사실을 알고 있어야만 한다고 믿기 때문이다." 보안경비국 국장이 말했다. "어쩌면 정치 레벨에서 무슨 중대한 일이 진행되고 있는 것 같아. 여러 방면으로 접촉해 온바, 외상의 미국 방문을 이용하여 외상은 파리에서 다른 상대자와 회담을 하기로 결정되어 있어. 상대자는 이집트 대사 하피츠 이스마일이다."

"그거 대단하군." 스펙터가 소리쳤다.

"아직 이야기가 끝나지 않았어." 아논 국장은 몇 초 동안 기다렸다가 말을 이었다. "이집트 대사가 회담의 상대자라고 말했지만, 실상 대사는 주인 역으로 두 사람의 손님을 초청하기로 되어 있어 ——이쪽은 다얀 외상이고, 이집트측은 이집트 부수상 무하마드 하산 엘 투하미야."

"드디어 사다트는 협의할 의사를 진지하게 받아들였군요." 케드미가 말했다.

"그런 것 같아." 국장도 인정했다.

"이러한 움직임을 우리들도 명심해 두어야 한다고 생각했어. 더욱이 이번과 같이 중대한 일에 관계되어 있는 한은." 그는 말을 계속했다. "또한 진전이 있기를 기대해. 이제부터 몇 달 동안 우리들의 어깨에는 무거운 짐이 지워질 테니까. 그러므로 피닉스 사건도 가능한 한 빨리 마무리짓지 않으면 안돼. 이러한 진전으로 보더라도 리비아가 다얀을 습격하려는 동기가 어느 정도 분명해진 셈이야."

"그 회담은 언제 있을 예정입니까?" 골드버그가 물었다.

"금요일 밤이야." 코헨이 그의 어깨에 손을 얹으며 말했다. "이튿날엔 외상이 그대로 뉴욕으로 떠난다. 그 다음에 비로소 파리의 대사관이 외상은 브뤼셀에서 파리에 잠시 들른 뒤에 뉴욕으로 떠났다고 성명을 발표한다. 여기까지 모든 것을 확실히 알았겠지?"

이처크 골드버그는 고개를 끄덕여서 알았음을 표시했다.

"이제 말한 바와 같이, 이처크, 경비진을 움직여 공격을 막을 뿐만 아니라 이상과 같은 일들이 자네의 주요한 임무야." 코헨은 아브샬롬 케드미를 돌아보았다. "자네의 지휘 아래 해야 할 일은 문제가 더욱 복잡해. 그쪽에는 외상의 행동과 관계 있는 인물과 장소의 긴 리스트가 주어진다. 자네는 뉴욕에 도착하자마자 그것을 철저히 조사해 봐야 해. 누구든 무슨 질문이 없는가?"

질문이 몇 가지 있었고 거기에 대한 대답이 주어졌다. 코헨은 자기에게 한 질문 하나하나에 상세하게 대답해 주었다.

"회의를 끝내기 전에 두세 가지 덧붙여 둘 말이 있어." 아논 국장이 말했다. "우리들 쪽에서 본다면 다얀 외상의 여행은 어느 단계에서든 경비상의 위험이 뒤따른다. 만일 어디에서든 무슨 문제가 있다는 것이 확실해졌을 경우에는 때와 장소에 관계 없이 여러분은 경로를 변경할 수 있는 완전한 권한을 부여받았다. 가령 그것이 아무리 중대한 변경이라 할지라도 말이야. 코헨은 여행을 수행하며, 어떤 단계에서든 그 장소에서 떠나지 않아. 우리들은 끊임없이 연락을 취해야 해. 여러분의 행운을 빌겠다. 여러분이 이 작전에 가지고 있는 모든 역량을 경주해 줄 것을 확신한다."

그는 손을 내밀었다. 사나이들은 한 사람씩 일어서서 차례로 그가 내민 손을 잡고 악수를 했다.

이튿날 골드버그는 모티 클레인과 지브 샤하르가 기다리고 있는 브뤼셀을 향해 떠났다. 한 시간 뒤에 엘 아르 여객기가 뉴욕을 향해 떠났는데, 그 승객들 가운데는 케드미와 스펙터가 있었다.

9월 15일 목요일에 엘 아르 항공 1317 특별기가 오전 9시 20분에 벤 그리온 공항을 출발했다. 타고 있는 사람들은 다얀 외상과 보좌관들, 고문들, 그리고 신변경호진용들이다. 행선지는 브뤼셀이었다.

3

이 몇 주일 동안 요르크 깁스코프는 마음 편히 지내고 있었다. 어떤 사실이 그에게 커다란 만족감을 주었던 것이다. 마치 지금까지의 경험이 단련된 결과를 가져온 것 같았으며, 또 젊었을 때와 마찬가지로 유능하다는 사실이었다.

그러나 다얀 외상이 브뤼셀에 도착하기 며칠 전부터 깁스코프는 불안한 전율을 느끼기 시작했다. 지금까지 그는 자기의 능력을 벗어난 일을 맡았다고 생각할 만한 이유를 하나도 발견하지 못했었다. 그렇지만 때가 가까워지자 깁스코프의 불안은 더해졌다. 그는 그러한 것을 무시하려 했으나, 그것이 자기가 지금까지 몰랐던 성질의 불안임을 깨닫게 되었다.

그는 공격을 모세 다얀이 파리로 갈 예정일까지 늦추기로 했다. 그때까지는 충분한 틈을 내서 브뤼셀에서 경비진의 얼굴들을 익혀두기로 했다. 그렇게 되면 그가 다얀 곁으로 죽음의 테이프레코더를 두기 위해 접근했을 때 경비원들의 눈에 띄지 않게끔 주의를 기울일 수 있다.

저널리스트인 그는 많은 정보의 소스를 가지고 있었으며, 그 가운데는 유럽에 있는 신문사도 포함되어 있었다. 그러므로 벨기에의 여러 신문사에서 같은 기자들과 정보교환을 하면서 이스라엘 외상의 여행 일정에 관한 정보를 수집할 수 있었다. 그는 가장 큰 정보의 소스가 브뤼셀에 있는 어떤 큰 신문사임을 알고 있었다. 거기라면 모든 정보가 외상이 그 도시에 도착한 순간부터 편집국으로 흘러들어온다. 그 신문의 사진철에서 외상과 그 일행의 사진들을 살펴보면 이스라엘 경비진의 얼굴들을 용이하게 알아낼 수 있다.

이튿날, 금요일 오후 5시에 기자들이 갑자기 아무런 기사도 보내오지 않게 되었다. 갑자기 다얀 외상의 주위에 검은 막이 쳐지고 말았다. 그가 어디에 있는지 아무도 알지 못했으며, 여러 가지 소문이 떠도는 가운데 비밀의 베일이 내려지고 말았다. 요르크 깁스코프도 여러 가지 이야기를 들었지만, 가장 관심을 끄는 것은 다얀이 브뤼셀에서 파리로 예정보다 빨리 떠났으며, 미국으로 떠날 예정 일자도 앞당겨질지도 모른다고 하는 기자의 말이었다. 아무도 이 말을 귀담아 들으려 하지 않았으나 요르크 깁스코프만은 예외였다. 이스라엘 외상이 토요일에 파리에서 뉴욕으로 떠난다는 말은 그가 이미 입수한 정보와 꼭 맞아떨어진다.

벨기에의 그 신문사 편집국에서 좀더 사태의 추이를 지켜보겠다고 생각한 그의 판단은 옳았다. 기자 한 사람이 깁스코프의 짐작을 뒷받침해 줄 만한 이야기를 가지고 돌아왔다. 그 기자는 브뤼셀과 파리를 연결하는 간선도로로 나오기 전에 다얀의 차를 뒤따를 수 있었다고 했다. 그런데 이스라엘 경비원들을 태운 듯한 한 대의 차가 그를 알아보고 그가 뒤따르는 것을 방해했다고 한다. 외상의 차를 놓쳐버렸기 때문에 그는 이스라엘 인들이 확실히 파리로 향해 떠났는지는 단언할 수 없다고 했다.

집스코프는 공연히 시간을 보내지는 않았다. 한 시간 이내에 공항으로 갔다. 파리행 비행기가 10분 이내에 출발할 예정이었다. 서류검사를 기다리고 있는 동안에 뒤에 있는 승객 가운데 장발을 한 키가 큰 젊은이가 움직이고 있는 것을 눈치채지 못했다. 그 젊은 사나이는 기타를 어깨에 메고, 손에는 조그마한 가방을 들고 있었다. 체크 무늬가 있는 셔츠 자락이 낡은 청바지 위에 드리워져 있었다. 더러운 발에는 해어진 가죽 샌들을 신고 있었다. 그리고 은도금을 한 가는 테에 선글라스를 끼고, 그 선글라스를 통하여 그의 눈은 요르크 집스코프를 줄곧 지켜보고 있었다.

8시에 언제나 켜둔 채로 있는 이집트 대사관 정면을 비쳐주는 조명이 갑자기 꺼졌다. 대사관 안에는 대사인 하피츠 이스마일과 이집트 부수상 무하마드 하산 엘 투하미가 있었다. 이 두 사람과 카이로에서 온 두 고문과 특별경비반이 있었다. 대사관의 정규 직원들은 모두 집으로 돌아가도록 하명되었다.

조명이 꺼지자 곧 모티 클레인과 지브 샤하르를 포함하는 6명의 이스라엘측 경비원이 도착했다. 야키 스필만은 라블레 가(街)에 있는 이스라엘 대사관에 연락요원으로 남아 있었다. 클레인과 샤하르는 이집트 경비반의 지휘자에게 소개되어 함께 모든 수배를 점검했다. 그리고 그들은 거리의 저편에 있는 당당한 드레퓌스 은행 가까이에서 감시하고 있는 두 사람의 이집트 인에게로 가서 합세했다.

10시 조금 전에 보통 번호를 단 두 대의 차가 대사관 앞에 와서 멈췄다. 앞의 차가 멈췄을 때 두 이스라엘 인과 두 이집트 인 경비원은 서둘러서 거리를 가로질러갔다. 그 순간 두 대째의 차가 멈춰섰다. 두 대의 차의 도어가 일제히 열리더니 왼쪽 눈에 검은 안대를 한 보통 키의 사나이가 첫번째 차에서 내렸다. 그는 곧 경비원들에게 둘러싸였다. 그들이 재빨리 대사관 현관을 향해 걸어가고 있는 동안에 외상의 보좌관이 차에서 내려 역시 건물 쪽을 향해 급히 걸어갔다.

마지막으로 차에서 나타난 사람은 경비부장 유리 코헨이었다. 그는 외상이 대사관의 커다란 문 저편으로 모습을 감출 때까지 지켜보고 있었다. 그리고는 뒤차를 타고 와서 내린 이처크 골드버그에게 고개를 끄덕이더니 두 사람 역시 현관 쪽을 향해 걸어갔다.

4

이집트 대사관에서 비밀회담이 진행되고 있는 무렵에 익명의 전화가 DST 본부의 코르데유 경위에게 걸려왔다. 야키 스필만에게서 다얀 외상이 파리에 와 있다는 통지를 받았으므로, 그는 늦게까지 남아서 피닉스의 몽타지 사진을 보고 실마리를 잡았다고 생각하는 여러 보안기관의 직원들로부터 이 24시간 동안에 들어온 보고서를 훑어보고 있는 참이었다. 오늘까지 그러한 정보에서는 아무런 실마리도 찾지 못했다.

익명으로 전화를 건 사람의 최초의 말에 코르데유는 감전이라도 된 것처럼 깜짝 놀랐다.

"여보세요. 경위님, 당신이 어떤 사람을 찾고 있는 것 같은데? 도와주고 싶군요. 바로 그 녀석의 정체를 알고 있으니까요." 낮으면서도 귀에 거슬리는 목소리가 잠시 끊어졌다.

"이봐요, 처음부터 차근차근 말해 보시오." 코르데유가 말했다.

"애꾸눈 사나이를 해치우려는 녀석을 알고 있어요. 그래도 흥미가 없습니까, 코르데유?"

"듣고 있소." 그는 치밀어오르는 흥분을 억제하려고 애써 목소리를 크게 했다.

"당신이 찾고 있는 사나이의 이름은 깁스코프……요르크 깁스코프……라틴 구역의 탕 상페르 가 34……2층에서……오른쪽의 문……거기에 가면 무엇이든 발견하게 될 것이오……"

"이봐요." 경위는 재빨리 말했다. "정보는 많이 들어와 있어요──그러나 모두가 서푼어치의 가치도 없는 것들이오. 이것이 그렇지 않다고 어떻게 장담할 수 있겠소?"

전화를 거는 상대방의 비웃는 듯한 목소리가 들렸다. "코르데유, 거짓말이 아닙니다. 그렇다면 또 한 가지 힌트를 드리지요. 다얀은 현재 파리에 있습니다." 코르데유의 맥박이 빨리 뛰기 시작했다.

이 수수께끼와 같은 밀고자가 전화를 끊기 전에 그는 또 한 가지 결정적인 뒷받침을 얻으려 했다. "이름 하나는 알았으나──그

녀석은 다른 이름으로도 알려져 있소. 그 이름을 말해 보시오."

야릇하게 긴 침묵이 흘렀다. 전화의 목소리가 천천히 말했다.

"어떤 이름 말이오?"

"그것을 알고 있다면 이 정보는 틀림없는 것이라 할 수 있소." 코르데유는 예민하게 추궁했다.

"알고 있다면 어떻게 하지요?"

"이쪽에서 최초의 문자를 말하겠소. 그쪽에서 최후의 문자를 말하시오. 그렇게 하면 되지 않겠소?"

전화가 끊어진 것처럼 말이 없었다.

"아직 듣고 있소?" 코르데유가 큰 목소리로 말했다.

"그렇소." 상대방이 당황한 목소리로 말했다. "좋아요. 이야기를 해봅시다. 최초의 문자를 말하시오."

앙드레 코르데유는 심호흡을 했다. 긴장이 너무 지나쳐 가슴이 아픈 듯한 느낌이 들었다.

"최초의 문자는 P요."

코르데유는 호흡이 막히는 듯함을 느끼면서 그 말을 했다. 그리고는 대답을 기다렸다. 1초의 몇 분의 1이 일년처럼 긴 듯이 생각되었다.

"이름의 마지막은——" 상대방은 겨우 들릴 정도로 속삭이듯이 말했다. "X." 전화가 끊어졌다.

몇 분 뒤에 코르데유는 야키 스필만에게 전화를 걸었다.

"다얀을 우물쭈물하지 말고 빨리 파리에서 데리고 나가시오! 그 회담이 끝나는 즉시로!"

"무슨 일이 있었소?"

"피닉스요……"

"발견했소?" 스필만은 놀란 목소리로 말했다.

"새로운 흔적을 발견했소." 앙드레 코르데유가 말했다. "다얀을 시내에서 데리고 나가서 연막전술을 써야 하오. 만일에 무슨 일이 일어나면 연락하겠소. 이번에는 진짜인 것 같소. 녀석을 찾아낼 작정이오."

코헨이 코르데유의 전갈을 이해하는 데 시간이 걸렸으나 그는 곧 대사관의 신문 담당자에게 연락했다. "곧 대사관의 공식 발표를 해주기 바라오." 그가 말했다. "모든 보도 수단을 통하여 곧 발표해야 하오. 내용은 외상이 파리 방문을 부득이 연기하게 되어 내일 오후에 도착할 것이라고 말이오. 여기에서 몇 차례 회담을 갖게 되며, 저녁때 미국으로 떠나기 전에 공항에서 기자회견을 연다고 하시오."

5

67살의 로지에는 이 9년 동안 상페르 가에 있는 그 집의 관리인이었다. 상이군인인 로지에는 오랫동안 관리인으로 지내왔다. 그와 아내인 마들렌은 별로 욕심이 없었으므로 약간의 급료와 무료주택이 제공되는 것만으로도 만족한 생활을 해왔다.

이 부부는 10시 반에 부엌 옆에 달려 있는 조그마한 침실로 갔다. 로지에는 요즘 잠을 잘 이룰 수 없었으나, 그날 밤은 피로해서 몇 분이 지나면 곧 잠들어버릴 것이라고 생각했다. 마들렌은 이미 잠들어 있었고 그도 막 잠들려는 찰나에 여러 번 초인종이 울렸다. 그는 깜짝 놀라 일어났다. 누구인지는 모르지만 이 방문객을 달갑지 않게 여겨 혀를 차면서 침대에서 내려왔다.

"잠깐 기다려요! 잠시 기다리라니까!" 그는 화난 듯이 소리쳤다. 문을 열고 진짜 욕지거리를 내뱉으려다가 그는 뒤로 주춤 물러섰다. 본 적이 없는 다섯 명의 사나이가 문 앞에 서 있었는데, 그 중 네 사람은 젊고 체격도 좋았다. 그러나 맨 앞에 서 있는 한 사나이는 나이가 55살 정도 되어 보였으며 키가 매우 작았다. 그의 얼굴은 주름투성이가 되어 더욱 작게 오그라든 듯했다. 로지에는 겁이 났다.

"누구요?" 그가 물었다.

"긴장하지 마시오." 작은 사나이는 배지를 보이면서 말했다. "앙드레 코르데유 경위요."

"무슨 일이 일어났소?" 관리인의 목소리는 불안에 떨고 있는 듯했다.

"아무 이상도 없어요." 작은 사나이는 웃으며 말했다. "여기에 집스코프라는 사람이 세들어 있지요? 요르크 집스코프 말이오."

로지에는 한번 심호흡을 했다. "그 덴마크 인 저널리스트 말인가요?" 그는 차츰 침착해졌다.

"맞았소."

"별로 나쁜 짓은 하지 않은 것 같던데."

경위는 이 말을 묵살해 버렸다.

"그 사나이의 방 열쇠를 주시오."

"예, 곧, 경위님, 곧 드리지요."

로지에가 방안으로 들어가자 다섯 명의 사나이도 뒤따라서 안으로 들어갔다. 일행은 그가 열쇠를 가지고 와서 코르데유에게 건네줄 때까지 기다리고 있었다.

"방해를 해서 미안하지만——" 경위는 밝은 표정으로 말했다. "이 방에도 부하를 한 사람 남겨두어야겠소."

로지에는 흥분을 감추지 못했다. 역시 무슨 일이 일어난 모양이다.

"하지만 경위님……" 그는 불평을 늘어놓으려 했다.

"로지에, 너무 떠들지 마시오." 작은 사나이는 부하 세 사람을 데리고 문 앞을 향해 걸어나갔다. 네 사람째의 사나이가 방에 남았다. "침대에 도로 들어가면 되오. 별일 없을 테니까."

목표가 된 아파트는 두 개의 방으로 되어 있었다. 하나는 저널리스트의 침실이었다. 또 하나는 커다란 거실처럼 꾸며져 있었다. 여기에서 늘 살지 않는 것이 분명했다. 옷장 속에는 옷이 몇 벌밖에 없었으며 커다란 서가에도 책이 되는 대로 처박혀 있었다. 경위의 부하들은 이 아파트를 샅샅이 조사했다. 옷장을 열고 안에 든 것을 모두 꺼내어보았다. 매트리스도 뒤집어보고 욕실도 조사해 보았다. 부엌의 찬장에 있는 병에 든 것과 통조림 식료품까지도 하나하나 조사해 보았다.

"이상하군." 앙드레 코르데유는 중얼거렸다. "이상해……"

익명의 밀고자가 제공해 준 정보는 엉뚱하긴 했지만 그에게 정확한 것처럼 들렸다. DST의 전 직원 가운데 코르데유만이 암살자의 암호명 피닉스를 알고 있었다. 그밖에는 그처럼 자세하게 알고 있는 사람이 없었다. 그런데 익명의 밀고자는 그것을 알고 있었다. 경위는 방안을 둘러보았다. 다시 한 번 아파트 안을 돌아다니면서 부하들이 일하는 태도를 조사해 보았다. 그들도 상황을 파악하고 있었다. 그리고 거실로 들어왔을 때 그의 눈은 서가로 향해졌다. 거기는 아직 조사해 보지 못했다.

"책을 꺼내봐." 그가 명령했다. "모두 말이야."

빽빽하게 채워둔 아래쪽 두 단의 책에서는 아무것도 나오지 않았으나 세 단째의 책 뒤에서 중형 테이프레코더가 발견되었다. 그것을 발견한 사나이는 의자 위에 올라서 있었다.

"여기에 무엇이 있는데요." 그가 말했다. "소니 테이프레코더입니다."

"조심해서 내려봐." 경위가 말했다.

의자 위에 올라선 사나이는 시키는 대로 했다. 테이프레코더를 내려서 테이블 위에 올려놓자 앙드레 코르데유가 그것을 조사해 보았다. 다른 테이프레코더와 다른 데가 없었다. 경위는 무게를 달아보려고 그것을 들어올려 보았다.

"경위님, 어디 이상한 데라도 있습니까?" 부하가 물었다.

"응." 코르데유가 중얼거렸다. "이 무게 말이야. 두 배 가까이 더 무겁군."

그는 눈으로 찾아낼 수 없는 것을 손가락으로 찾아내려는 듯이 그것을 만져보았다. 그의 손가락이 테이프 뚜껑을 여는 버튼 위에서 잠깐 머뭇거렸다. 그러나 그는 그 버튼을 눌렀다. 순간 뚜껑이 활짝 열렸다.

"바로 이거야!" 앙드레 코르데유는 속삭이는 듯한 목소리로 말했다.

그의 손가락이 자기(磁氣) 테이프의 오른쪽 릴을 잡았다. 숨을 죽이면서 그는 그것을 회전축에서 떼어내어 기계 옆에 놓았다. 타임 스위치의 바늘이 그의 눈앞에 나타났다. 그 버튼을 한번 누르기만 하면 아무렇지도 않은 테이프레코더가 무서운 폭탄으로 변한다. 그의 모든 의혹이 가셔졌다. 밀고자가 제공한 정보는 정확했다.

남은 일은 단지 그가 돌아오기를 기다리는 것뿐이었다.

6

요르크 깁스코프는 파리에 8시 50분에 도착했다. 그 구질구질한 젊은이는 그의 뒤에서 그다지 멀리 떨어져 있지 않았다. 그 사나이는 이 저널리스트의 뒤를 사냥개처럼 따라다녔다. 우선 깁스코프는 샹페르 가로 가서 10시까지 거기에 있었다. 세수를 하고 수염을 깎은 다음에 옷을 갈아입고 가까이에 있는 카페로 갔다. 젊은 사나이는 거기에도 따라갔다. 저널리스트가 한 테이블에 앉아서 보이에게 주문하는 것을 그는 보고 있었다.

이때야말로 이 젊은 사나이가 고대하고 있던 순간이었다. 그는 코르데유에게 전화를 걸기 위해 가까운 나이트 클럽으로 갔다. 대화는 그가 예상했었던 대로였지만, 거기에서 빈틈없는 경위로부터 자기의 암호명을 듣는 순간 깜짝 놀랐다. 이로써 본초의 기묘한 실종에 대한 수수께끼도 풀렸다. 프랑스 경위가 이름을 알고 있다는 것은 본초를 통하지 않고는 불가능하다고 생각했기 때문이다. 피닉스는 자기의 불안이 근거 있었던 것이라고 이제 확신할 수 있었다. 결론은 하나밖에 없다. 이스라엘이 본초를 붙잡아서 입을 열게 한 것이다. 이스라엘이 그 다음으로 한 일은 외국 정보기관에 협력을 구한 것이다. 분명히 포착한 정보를 모든 기관에 통보했을 것이다. 현재 미국에서도 마찬가지로 열띤 수색이 진행되고 있는지도 모른다.

전화로 말을 한 뒤에 그는 맞은편 바로 가서 좋아하는 것을 주문했다. 비카르디에 코카콜라를 절반쯤 탄 것이었다. 바의 의자에 기대어 앉아서 운두가 높은 글라스에 담긴 액체를 천천히 마시면서 생각은 프랑스 경위와의 대화에 집중시키고 있었다. 본초가 이스라엘 인의 손에 잡혀서 이스라엘에 협력하고 있다는 것이 증명된 셈이다. 그 이탈리아 인의 요트가 흔적도 없이 사라져 버린 것을 기억하고 이스라엘측이 자기의 존재를 알아버렸다고 느꼈을 때, 그의 머릿속에는 앞으로의 계획이 떠올랐다. 유럽과 미국에 그를 잡으라는 경보가 발령되어 있다. 그로서는 자기의 희망을 달성하기 위해서 이스라엘이 바라고 있는 것을 제공해 주는 일밖에는 해결법이 없다. 그들은 피닉스를 잡게 되고, 자신은 일을 하는 데 아무런 방해도 받지 않게 된다. 마지막으로 한 모금 마시고 그는 글라스를 밀어놓은 다음에 어두운 거리로 나갔다.

그때 요르크 깁스코프는 저녁식사를 거의 끝내고 있었다. 카페테리아의 한구석에서 라디오의 노래 프로가 흘러나오고 있었다. 에디트 피아프의 목선 듯한 구슬픈 목소리가 가게 안을 가득 채웠지만 깁스코프는 생각에 열중하느라고 거기에는 신경을 쓰지 않았다. 뉴스를 전하는 아나운서의 목소리를 듣고서야 비로소 그는 몽상에서 깨어났다. 아나운서는 이스라엘 외상의 파리 방문이 연기되어 외상은 내일 낮에 이 수도에 도착하여 몇 시간 동안 이곳에 머물 것이라고 발표했다. 프랑스 외무성 직원들과 기자단을 만나고 나서 오후 늦게 미국으로 향해 떠날 것이라고 했다.

이 뉴스는 요르크 깁스코프를 기쁘게 했다. 이로써 그 이스라엘 인이 언제 기자회견을 할 것인지를 알게 되었다. 그에게는 두 가지 방법이 있었다. 첫째는 다얀과 인터뷰를 하기 위해 만나는 프랑스의 저널리스트 속에 끼여드는 것으로, 그도 그 속에 참여할 수는 있었다. 둘째 방법은 공항에서 기자회견을 하는 동안에 다얀에게 접근하는 것이다. 다얀에게는 기자회견을 피하는 습관이 없었으므로 그 기자회견의 어느 하나도 중지되는 경우는 없을 듯했다.

깁스코프는 카페테리아를 나와서 새벽 1시까지의 몇 시간 동안을 AP 통신과 두 개의 신문사 편집국에서 보냈다. 이스라엘 대사관에서 라디오를 통해 발표했다는 사실은 대사관이 다얀의 파리 체재를 경비하기 위한 이유도 있겠지만, 그보다는 무엇인가를 위장하기 위한 것이라고 그로 하여금 믿게 만들었다. 지금 그는 다얀이 파리에서 미국으로 그대로 떠날 것이 틀림없다는 생각이 들었다. 대사관의 대변인은 외상이 오후 5시에 공항에서 기자회견을 갖는다고 했지만.

요르크 깁스코프는 지쳐 있었다. 아파트로 휴식을 취하러 돌아갈 시간이었다. 내일은 그에게 있어서는 피로한 긴 하루가 될 것이다. 돌아가는 길에 카페에 들러서 찬 맥주를 한 잔 마셨다. 그것이 피로를 약간 덜어주었다. 2시 10분이 지나서 집으로 돌아왔을 때 거리에는 거의 인적이 끊겨 있었다. 어둠이 낡은 건물의 날카로운 각도를 어느 정도 감싸버렸다. 바와 레스토랑의 선전용 네온 등도 거의 꺼져버렸다. 때때로 자가용차가 거리를 지나가거나 어떤 가게에 트럭이 물건을 날라다 줄 뿐이었다. 아파트의 현관에 도착했을 때 그는 열쇠 다발을 꺼내어 현관의 문을 열었다. 집안은 조용했고 사는 사람들도 모두 잠들어 있었다. 천천히 2층으로 가는 계단을 오르자 낡은 목조 계단이 삐걱거리는 소리를 내어 정적을 깨뜨렸다.

자기 방의 문을 열면서 커다랗게 하품을 했으나, 그 하품이 도중에서 얼어붙은 듯 중지되어 버리고 그의 얼굴에 경악의 빛이 가득했다. 그 순간 불이 켜졌기 때문이다. 그의 시선은 재빨리 네 명의 낯선 사나이들에게로 향해졌다. 세 사람이 그의 옆에 서 있었다. 또 한 사람의 다리가 짧고 야윈 사나이는 테이블 옆에 있는 의자에 앉아 있었다. 깁스코프는 미친 듯이 방안을 둘러보며 테이블 중앙에 있는 테이프레코더에 눈길이 멎었다. 처음 몇 초 동안은 그도 멍하게 정신을 차리지 못했다. 자기가 앞으로 어떻게 될지 몰랐으며 몸이 마비되는 듯함을 느꼈다.

"요르크 깁스코프."

그 말을 듣고서야 비로소 그는 제정신으로 돌아온 듯 신경조직이 반응을 일으켰다. "요르크 깁스코프." 이 낯선 사나이가 그의 이름을 부르는 소리가 마치 경보기의 스위치를 넣은 듯한 효과를 발생시켰다. 그의 눈길이 사나이의 주름진 얼굴과 날카로운 눈에 부딪쳤을 때 그에게 일어난 반응은 도망칠 수 없다는 공포 바로 그것이었다.

"요르크 깁스코프!"

그 순간 그는 뒤로 재빨리 물러섰다. 그리고 문 밖으로 뛰어나가서 쾅 하고 문을 닫아버리고는 뛰는 가슴을 억제하며 계단을 뛰어내려가기 시작했다. 이 며칠 동안 그가 억제하려고 애쓰던 가슴 밑바닥에 깔린 불안이 이제야 치솟아 올라와서 그의 다리를 마비시키는 듯했다. 빌어먹을! 뭔가 일이 잘못되었군!

계단을 뛰어내려갈 때 뒤에서 외치는 소리가 들려왔다. 그는 있는 힘을 다해 한달음에 계단을 내려갔다. 숨이 가쁘며 허파가 당장이라도 터질 것 같았다. 1층과 2층 사이에 있는 층계참에서 뒤따라오는 사나이들의 빠른 발걸음 소리가 들렸다.

"놓치지 마라!"

날카로운 목소리로 이 명령을 외친 것은 코르데유 경위였다. 젊은 사나이들은 도망치는 사냥감을 잡으려고 열심히 계단을 뛰어내려갔다. 코르데유 경위는 급히 방안의 창가로 갔다. 쇠살문을 활짝 열고 그는 감시하는 위치에 배치되어 있는 사나이들에게 큰소리로 외쳤다.

"놈이 그쪽으로 뛰어간다! 무기를 가지고 있을지도 몰라!" 하고 그는 소리쳤다.

코르데유 경위는 숨어서 감시하고 있었던 사나이들이 권총을 빼어들고 사방에서 뛰어나오는 모습을 지켜보고 있었다. 그들은 이 외국인이 현관에서 빠져나가기 전에 그곳에 당도하려고 길을 마구 뛰어왔다.

"멈춰서!" 이 고함소리는 요르크 깁스코프가 현관에서 뛰어나가는 순간에 들려왔다. 그는 그 소리에 아랑곳하지 않았다. 그의 전심전력이 한 가지 목표를 위해 집중되어 있었다. 도망쳐야 한다. 목숨을 걸고 뛰어야 한다. 자기와 추적자들과의 거리를 벌려놓지 않으면 안된다. 상대방이 어떤 사람들인지 그는 알 수 없었다. 경찰인지도 모른다.

DST인지도 모르고. 어쩌면 더욱 나쁜 상대인 이스라엘 인인지도 모른다.

"멈춰서! 쏜다!"

그는 이미 보도에 나가 있었다. 1m, 또 1m, 어둠이 그를 구원해 주겠지. 그는 속도를 더했다. 다리가 마치 콘크리트처럼 무겁게 느껴졌으나 그래도 아직은 번개처럼 빨리 움직였다.

코르데유 경위의 부하 한 사람이 총을 쏘았다. 갑작스런 총소리에 집스코프는 깜짝 놀랐다. 그는 몸을 숙이면서 방향을 바꾸었다. 급각도로 방향을 바꾸면서 지그재그를 그리며 보도 밖으로 나갔다 들어왔다 하면서 달려갔다. 차도로 뛰어나갔을 때 그는 갑자기 길모퉁이를 돌아오는 대형 트럭을 미처 보지 못했다. 운전사가 경적을 울렸으나, 브레이크를 밟았을 때는 이미 때가 늦었다. 무거운 트럭의 앞바퀴가 이 덴마크 인을 들이받았다. 요르크 집스코프가 이 세상에서 마지막으로 지른 소리는 어두운 거리의 정적을 뒤흔드는 피마저 얼어붙을 듯한 비명이었다. 여기저기서 창문이 열리고 시끄러운 소리에 잠을 깬 주민들이 무슨 일이 일어났는가 알아보려고 거리를 내려다보았다.

위에서 그 모든 광경을 지켜보고 있던 앙드레 코르데유는 천천히 계단을 내려가서 공포에 질려 있는 트럭 운전사를 둘러싸고 있는 부하들에게로 갔다. 운전사는 트럭을 뒤로 물리려고 엔진을 걸고 있었다.

"보셨겠지요!" 그는 혀를 차면서 호소하는 듯한 목소리로 말했다. 그는 숨을 거칠게 쉬고 땀을 흘리면서 울상을 지었다. "보셨겠지요……제 탓이 아니에요……차 밑으로 뛰어들어왔어요."

앙드레 코르데유는 부하 한 사람에게 트럭 운전사를 내리게 하여 안심시키라고 했다. 다른 사나이가 트럭에 올라가서 엔진을 걸고 후진시켜 트럭을 찌부러진 덴마크 인의 몸에서 떼어놓았다. 사나이는 죽어 있었고 머리는 타이어에 치여 으깨어져 있었다. 코르데유는 숨을 거칠게 쉬며 그 광경에서 눈을 돌렸다.

피닉스는 파멸한 것이다.

7

이집트 대사관 앞에서 모티 클레인은 앞차의 운전석에 뛰어올라탔다. 경비원들에게 둘러싸인 다얀 외상이 그 옆자리에 올라탔다.

보좌관으로 동행한 외무성 직원은 코헨과 나란히 뒷좌석에 올라탔다. 다른 네 명의 경비원들은 이어서 뒤차에 올라타고 문을 쾅 닫았다.

"곧장 브뤼셀로 가." 유리 코헨이 모티에 어깨에 손을 얹으면서 긴장된 목소리로 말했다.

클레인은 고개를 돌려 그의 얼굴을 바라보았다. "그러나……"

"브뤼셀로 가자고 했어……"

"예." 클레인이 재빨리 엔진을 걸자 선두의 차는 속도를 내기 시작했다.

모세 다얀은 코헨이 내린 명령이 귀에 들어오지 않는 듯, 또한 그러한 것은 아무런 의미도 없다는 듯한 표정을 짓고 있었다. 유리 코헨을 그는 몇 년 전부터 알고 있었으며, 그가 외상에 임명되었을 때 경비 수배를 코헨에게 직접 부탁했던 것이다. 이들 두 사람은 강하게 결속되어 있었으며, 다얀은 코헨의 판단력을 절대적으로 신뢰하고 있었다. 예정에 변경이 있다면 분명히 그렇게 할 필요성이 있었을 것이다.

"그런데, 유리——" 외상은 잠시 뒤에 조용한 목소리로 말했다. "미국으로 떠나는 것은 파리에서가 아니라 브뤼셀에서 하려는 심산이군?"

"그렇습니다."

또다시 긴 침묵이 흘렀다. 다얀은 졸고 있는 듯했다. 그러나 이윽고 그는 다시 입을 열었다.

"다시 한 가지 변경을 제안하고 싶군."

"무슨 말씀이신지요?"

"하루만 본국으로 되돌아갈 필요가 있어. 계획을 변경할 일이 생겼단 말이야. 가능하다면 내가 직접 하고 싶군."

"그렇지만……"

"알고 있어. 알고 있다니까. 하지만 내일은 17일이야. 워싱턴 공식방문은 19일부터니까. 그때까지는 일을 끝마칠 수 있을 걸세. 자네가 해야 할 일은 비행기의 새로운 일정을 세우는 것뿐이야."

코헨이 생각해 보니 이 계획변경은 유리한 것 같았다. 이로써 경비문제 한 가지도 해결되는 셈이며, 지금 바뀌어진 상황에 다시 대비하는 데 24시간의 여유가 주어진 셈이다. 그는 앞으로 몸을 내밀었다. "말씀하신 대로 하겠습니다. 그리고 솔직하게 말해서 하나님의 은혜를 받은 몇 시간 동안을 크게 환영합니다."

8

요르크 깁스코프가 차에 치어죽은 장소에서 90m 떨어진 곳의 르노 16 속에 앉아 있는 피닉스는 거리를 내다보고 있었다. 가까이에 있는 집에서 사람들이 몰려나와서 거리에는 혼란과 흥분이 일어났다. 몇 분 뒤에 순찰차와 구급차의 사이렌 소리가 웅성거리는 사람들의 말소리를 삼키며 들려왔다.

피닉스로서는 그 장소에서 떠나갈 수 있는 좋은 시기였다. 2시 50분에는 그의 차가 좁은 드 랑베르 가에 접어들고 있었다. 아파트에서 그리 멀지 않은 곳에서 그는 주차할 장소를 발견했다. 그는 차의 자물쇠를 잠가두고 돌아서서 집으로 들어갔다. 맨 처음으로 한 것은 옷을 벗고 샤워 밑으로 들어간 것이다. 그리하여 그의 습관대로 오랫동안 몸에 물을 끼얹으며 즐겼다. 이윽고 샤워에서 나와서 깨끗한 내의로 갈아입고 자명종을 4시 반에 맞춰두고 침대로 들어갔다. 몇 분 뒤에 그는 잠들어 버렸다.

4시 반 정각에 자명종이 그를 깨웠다. 그는 일어나서 몇 분 동안 열심히 체조를 했다. 그 덕분에 이렇게 잠을 제대로 자지 못했을 때 있을 수 있는 몸의 딱딱함도 풀려 버렸다. 커피를 한 잔 마시고 화장품 그릇과 털이 가는 브러시를 꺼냈다. 이 변장에는 적어도 두 시간은 걸릴 것이다. 뉴욕행 에르 프랑스 여객기는 9시에 출발하기로 되어 있다.

이번에는 그가 전기기사로 변장했다. 스티브 글렌, 43살, 필라델피아 주민이다. 이것은 그가 연출해야 할 최후의 배역이다. 위조서류와 여권을 가진 것도 얼마 남지 않았다. 만일에 필요할 경우를 대비해서 꼭 있어야 할 몇몇 인물의 것밖에 남겨놓지 않았던 것이다.

그는 자신의 험상궂은 얼굴을 부드럽게 하기 위해 상당한 시간을 보냈다. 본초가 입을 연 것은 틀림없는 사실이며, 누군가가 그것을 정리해서 그의 얼굴의 몽타지 사진은 만들었는지도 모른다. 또한 그 몽타지 사진이 유럽과 미국의 공항 경비담당자의 손에 이미 건네졌는지도 모를 일이다. 가령 깁스코프의 죽음이 일시적으로라도 추적에 종지부를 찍어주었다고 하더라도 피닉스는 위험한 짓은 하고 싶지 않았다. 깁스코프가 말 한마디 하지 못하고 영원히 입을 다물어버린 것은 그에게 있어서는 행운을 가져다준 셈이지만 피닉스는 운 같은 것은 믿지 않았다.

그는 또 변장을 하기 시작했다. 먼저 머리카락에 연한 다갈색을 칠했다. 가는 브러시로 정성스럽게 관자놀이에 흰 물감을 칠했다. 면도칼을 사용해서 목덜미에 난 털을 잘랐다. 산뜻하게 모습을 바꾸어 남의 눈에 잘 띄지 않게 하기 위해서다. 연한 눈썹을 시커멓게 칠해 쏘아보는 듯한 눈길의 날카로움을 완화시키고, 플라스틱 물질을 넣어 뺨을 불룩하게 하여 턱의 대담한 각도를 죽였다. 입술 밑을 어둡게 칠하여 턱 끝에 있는 움푹 들어간 곳을 어느 정도 길게 보이게끔 만들었다. 이마에 주름살을 그린 다음에 거울 속의 자기 얼굴을 살펴보았다. 거울에 비친 얼굴은 느릿하고도 안정감을 주는 표정을 가진, 한창 나이에 접어든 실무자의 얼굴 바로 그것이었다.

그는 손을 씻고 마지막으로 화장한 흔적을 없앤 다음 얇은 천으로 된 감색 하복을 입었다. 화장 세트를 작은 여행가방 주머니의 밑바닥에 넣었다. 거기에는 또 사용할 기회가 있을지도 모를 서류 뭉치와 살인 가스 캡슐을 집어넣은 여덟 개의 수렵용 탄환도 들어 있었다. 그는 여행가방의 자물쇠를 잠그고 돌아서서 다시는 되돌아오지 않을 아파트에서 나왔다.

현관의 우편함 옆에서 걸음을 멈추고 필립 다스탱이란 이름과 조그마한 활자체로 윌리 밀러라 덧붙여 써놓은 종이를 우편함에서 떼어냈다. 그는 종이조각을 산산이 찢어서 거리에 내버렸다. 때마침 바람이 그것을 흩날려버렸다.

드 랑베르 가의 아파트와 마지막 이별이었다.

9

야키 스필만은 이스라엘 대사관의 자기 방에서 책상에 기댄 채 자고 있었다. 따뜻한 밤이어서 창문을 열어놓았는데도 바람이라고는 들어오지 않았다. 그는 얼굴과 몸에 땀을 흘리고 있었다. 때때로 눈을 뜨고 강한 불빛에 눈이 부신 듯 껌벅거리다가 또다시 아직도 피로를 가볍게 해주기에는 불충분한 깊은 잠 속으로 떨어졌다. 어깨를 흔드는 사람이 있어서 그는 눈을 떴다. 그는 깜짝 놀라 몸을 일으켰다. 그의 눈에 들어온 것은 비서인 루스의 피로에 지친 얼굴이었다.

"여기에서 무엇을 하고 있지?" 그는 놀란 음성으로 물었다. 목이 타는 듯했다. 그녀에게는 두 시간 전에 돌아가라고 말했던 것이다. 지금이 낮인지 밤인지도 잘 모를 정도로 그는 줄곧 며칠이나 이곳에 남아 있지 않으면 안되었다.

"별로 급한 일은 아닙니다." 그녀는 말하면서 그의 옆에 커다란 커피잔을 놓았다. "드세요. 따끈합니다."

"정신이 나갔어? 당신은 몇 시간 전에 벌써 침대에 들어가서 자야 했는데."

"괜찮아요. 이번 일이 끝나면 그렇게 하죠."

그는 그녀의 얼굴을 한참 동안 바라보았다. 조그마한 체구에 허리가 굵은 그녀는 얼굴에서 지성을 발산하고 있는 여자였다.

"누구에게서 전화라도 왔나?" 그가 물었다.

"예, 앙드레 코르데유에게서요."

순간 그는 피로가 달아나는 듯했다. 갑자기 정신이 번쩍 들었다. "왜 깨워주지 않았어?"

"그럴 필요가 없었어요." 그녀는 설명했다. "그쪽에서 대사관으로 온다고 했어요. 4~5분 뒤에 도착할 겁니다."

마치 서늘한 바람이 스치고 지나간 듯이 스필만은 생기가 돌았다. 그러한 모습이 그녀에게도 역력히 보였다. 그는 커피를 한 모금 마시자 다시 살아난 듯한 기분이 들었다.

"맛이 좋군. 고마워. 앙드레에게서 온 전화는 언제쯤이었어?"

"15분쯤 전이었어요."

그는 커피를 다시 한 모금 마셨다.

"루스, 손님에게도 갓 끓인 커피를 드릴 수 있도록 주전자에 물을 끓여두는 것이 어때?" 그는 팔을 뻗었다. "그 동안에는 나는 세수라도 해야지."

얼굴과 목과 어깨에 찬물을 끼얹는 것이 지금의 그에게는 필요한 일이었다. 깨끗한 셔츠로 갈아입으면서 그는 대사관에서도 늘 빨아서 손질한 내의를 입을 수 있도록 준비해 준 아내에게 마음속으로 감사했다. 며칠이고 계속되는 이 일이 언제 끝날지는 아무도 모른다. 그때까지 그는 처자의 얼굴을 보기 위해 한 시간이라도 자기 집으로 돌아갈 수 없을 것이다.

방으로 돌아오자 코르데유가 책상 앞에 놓여 있는 팔걸이의자에 앉아 있는 모습이 눈에 띄었다. "이보시오, 야키." 그는 말하면서 지친 듯한 표정에 웃음을 띠었다.
"몹시 지친 것 같군요."
앙드레 코르데유는 웃는 표정을 지으려고 애를 썼으나 그의 얼굴은 홀쭉해져 있었다. 분명히 그렇다. 그도 몹시 지쳐 있다.
"그래, 피차가 지쳤소. 하지만, 야키, 이젠 끝났소." 그는 중얼거리듯이 말했다.
"밀고는 정확했나요?"
"상당히 정확했소." 경위는 고개를 끄덕였다. 그는 주머니에서 파이프를 꺼내어 테이블 위에 놓았다. 그리고는 이스라엘 인을 잠시 바라보았다. "놈을 잡았소……피닉스 사건은 일단락되었어."
야키 스필만은 그 자리에 못박힌 듯이 꼼짝할 수 없었다. 앙드레 코르데유가 이 엄청난 정보를 전해 주는 바람에 정신이 나간 듯한 기분이었다.
"그 녀석이 어디에 있습니까?"
"이미 아무데도 있지 않소." 경위는 파이프를 집어들었다. "죽었소, 야키."
"언제?"
"한 시간 전에. 좀더 되었는지도 모르지." 코르데유는 불을 붙이지 않은 파이프를 돌려서 속에 든 담배를 손바닥 위에 털어냈다. "지방에서 온 우유수송 트럭이 거리에서 녀석을 치여죽였소. 그 녀석이 살고 있는 아파트 옆에서 말이오. 아 참, 녀석이 도망치려 했었지……"
방의 문이 열렸다. 루스가 양손에 두 개의 커피잔을 들고 문을 발로 밀어젖히고는 천천히 책상으로 다가와서 커피를 놓았다.
앙드레 코르데유가 웃으며 그녀를 쳐다보았다. "고마워요." 이렇게 말하고 그는 커피의 검은 표면을 바라보았다. 그의 얼굴이 다시 침울해졌다.
스필만은 잠시 기다렸다. 코르데유에게 억지로 말을 시켜서는 안된다고 본능적으로 느꼈다. 이 경위는 줄곧 일을 하며 밤을 새웠고, 앞으로도 할일이 산처럼 많이 남아 있다는 것을 그는 잘 알고 있었다. 침묵을 깨뜨린 것은 코르데유였다. 그는 스필만에게 발견한 일을 상세하게 전하고, 어떻게 해서 그런 일이 일어났는지, 또 피닉스가 도망치려다가 어떻게 죽었는지를 자세히 이야기했다.
"실은 그런 트럭이 오지 않았더라도 그 녀석은 우리 부하에게 사살되었을 것은 틀림없소. 하지만, 야키, 그런 식으로 죽지는 않았을 거요."

"어떻게 죽었는데?"

"말하기가 곤란하군." 경위는 좁은 어깨를 으쓱하면서 말했다. "머리가 으깨어져서 뒤죽박죽이 되어버렸다오. 얼굴도 알아볼 수 없게 되었고." 그는 파이프를 입에 물고 성냥을 그어댔다. 담배에 불이 붙자 성냥개비를 재떨이에 버렸다. 담배 냄새가 방안에 퍼졌다. "일반적인 조건으로는 그 녀석이 그쪽에서 보내온 인상서와 합치되는 점이 있소. 키가 180cm정도이고, 어깨는 넓었소. 체격은 보통이고. 뚱뚱하지도 않았고, 살이 너무 찌지도 않았소. 얼굴에 관해서는——" 코르데유가 씁쓸한 표정을 지으며 입술을 빨았다. "그 녀석은 완전히 으깨어져 버렸다오. 그러나 시체로 보아서 그쪽의 몽타지 사진과 꼭 닮은 데가 있소. 정확하게는 말할 수 없지만 말이오. 나이는 40살 정도였소. 흰 머리카락이 약간 섞여 있는 구레나룻을 짧게 깎았지. 그 수염과 머리카락밖에는 얼굴에 아무것도 남아 있지 않다오."

"또 한 사람에 관해서 알 수 있다면 재미있을 텐데."

"또 한 사람이라니?"

"익명의 밀고자." 스필만이 중얼거렸다. "그처럼 잘 알고 있는 사나이 말이오."

코르데유는 파이프를 입에서 떼었다. 스필만이 던진 이 의문은 그의 마음속에도 몇 차례나 떠올랐던 것이었다.

"거기에는 대답할 말이 없군. 아무튼 나는 늙다리 형사요. 여태까지 무수한 사건을 다루어왔소. 이 얼굴에 생긴 주름살 하나하나가 한잠도 자지 못한 밤의 결과란 말이오." 그는 빙그레 웃었다. "여태까지 여러 차례 정체를 알 수 없는 익명의 밀고자와 대화한 적이 있소. 그렇지만 그 정보는 정확했소. 언제나 나는 그들이 밀고한 동기가 무엇일까 하고 스스로에게 물어보지." 그는 하는 수 없다는 몸짓으로 팔을 펴보았다. "분명히 그들 한 사람 한 사람은 그들 나름대로의 동기를 가지고 있다오. 하지만 그것을 알 방법이 이쪽에는 없지. 그러므로, 밀고자가 누군지를 적어도 지금 단계에서는 조사할 수가 없단 말이오. 그러니까 헛된 시간을 보낸다 하더라도 하는 수 없지. 기다려볼 수밖에. 언젠가는 알게 될지도 모르니까——"

"모르게 될지도 모르지요." 스필만이 비꼬듯이 말했다.
"바로 맞았소. 중요한 것은 그 정보가 정확했다는 사실이오."
"그 녀석이 만든 폭탄이 프로의 솜씨였습니까?"

앙드레 코르데유는 주머니에서 펜을 꺼내어 종이 위에 테이프레코더의 그림을 그렸다. 그는 손을 재빨리 놀렸다. 중앙에 그린 그림 옆에 그는 저널리스트가 그 장치를 만드는 데 사용한 여러 가지 부품을 그렸다.

"야키, 알겠소?" 그는 그림을 이스라엘 인의 앞에 놓았다. "지극히 간단한 원리요. 플라스틱 폭탄에는 나사와 못대가리가 박혀 있더군. 시한장치는 우측 릴 밑에 들어 있소. 2분에다 세트되어 있었소. 그 폭탄을 분해한 사람은 피닉스가 일류의 프로라고 했소. 그것은 세련되어 있을 뿐만 아니라, 틀림없이 죽일 수 있는 폭탄이었던 거요."

"테이프레코더에 폭탄이 장치되어 있다는 사실을 어떻게 알았소?"

"바보 같은 짓을 했지." 그는 고백했다. "테이프레코더를 조사하면서 스타트 버튼을 눌러버렸거든. 우연히 스위치가 눌러졌는지도 모르지. 그런 짓을 해서는 안되겠지만, 어쨌든 그렇게 하고 말았소."

"그래서 어떻게 되었나요?"

"어떻게 되긴?" 그는 조용히 웃었다. "기계에서 이상한 소리가 나면서 릴이 돌지 않았소. 그 이유는 꼭 한 가지뿐이었다고 생각해. 릴 밑에 있는 무엇이 회전을 방해한 거지. 야키, 단지 운이 좋았을 뿐이오."

"위험했었군."

"그렇고말고. 타이머가 스타트 버튼과 접속되어 있었다면——" 그는 파이프를 뻐끔뻐끔 빨았다. "하지만 어쩌면 그 접속은 레코더를 사용하기 직전에 하기로 되어 있는지도 모르지."

앙드레 코르데유가 이야기하고 있는 동안에 야키는 요점을 메모했다. 곧 그는 이 최초의 발견을 브뤼셀과 텔 아비브에 전달하지 않으면 안된다.

"그렇게 된 게요." 코르데유가 일어섰다. 그는 하품을 하면서 창가로 갔다. 하늘 끝이 희미하게 밝아왔다. 밤의 시간이 끝나려 하고 있었다. "이번에는, 야키, 지금까지와는 상황이 달라요. 이 24시간 동안에 내가 한 일은 모두 정치가들의 완전한 지원을 받은 거요." 동이 트자 저편에 있는 빌딩들의 모습이 나타나기 시작했다. 고목들의 잎사귀에 밤이슬이 반짝이고 있었다. "낮까지는 발견한 모든 일들을 정리하여 상세한 보고서를 작정할 수 있을 걸세. 한 부는 공식적으로 이곳에 보내겠소."

그는 창가에서 돌아서서 책상으로 걸어왔다. 그가 손을 내밀자 야키는 손을 잡았다.

"고맙소, 앙드레. 이것저것 모두."

앙드레 코르데유는 야윈 뺨에 더부룩하게 나 있는 수염을 쓰다듬었다. 하룻밤사이에 구레나룻이 더 자란 것 같았다.

"너무 그럴 것 없네, 야키."

그가 나가고 문이 닫혔다. 스필만은 커피를 마지막으로 마시고 브뤼셀에서 올 코헨의 전화를 기다렸다. 그의 계산으로는 외상과 그 일행이 이미 그곳에 가 있을 것 같았다.

10

브뤼셀에서 이스라엘로 가는 공중여행에서 유리 코헨은 눈을 감고 자리에서 떠나지 않았지만 잘 수는 없었다. 그의 소원은 이 일등석 가까운 자리에서 떠들고 있는 사람들의 말소리를 지워버렸으면 하는 것뿐이었다. 몇 차례나 그는 이른 아침에 스필만과 대화한 긴 전화의 내용을 자세한 것까지 되풀이하여 생각해 보았다. 표면적으로는 피닉스의 죽음이 매우 귀찮던 일 하나를 결말지은 셈이 되었다. 그 사나이의 표적으로 되었던 외상은 지금 코헨에게서 몇 m밖에 떨어져 있지 않은 자리에 앉아서 서류 뭉치를 앞에 놓고 때때로 메모를 하면서 이 이틀 동안에 그가 회담했던 내용을 정리하는 일에 몰두하고 있었다.

그러나 코헨은 자기로서는 떨쳐버릴 수 없는 불안감에 휩싸이게 되었다. 이런 묘한 느낌은 그도 여러 차례 경험한 바 있는, 오랫동안에 걸쳐 힘겨운 사명을 완수했을 때의 허탈감 비슷한 것이었다. 마치 몸속의 공기가 다 빠져나가고 그 대신 납이 들어간 것 같은 뭐라고 설명할 수 없는 무력감이었다. 하지만 이번의 경우 이 느낌은 어딘지 다른 점이 있었다. 뭔가가 마음에 걸리는 것이었다. 이것이다 하고 확실히 지적할 수 없는 그 무엇이었다. 스필만에게서 들은 이야기는 완벽했다. 속속들이 견실한 층으로 쌓여 있는 완전 무결한 이야기였다. 그 신빙성에는 의문의 여지가 없었다. 그렇지만 그 이야기의 자세한 내용이 몇 차례나 되풀이하여 그의 마음속에 떠올랐다. 내용은 간단명료한 것이었다. 저널리스트로 변장한 피닉스가 외상의 기자회견 때에 폭탄을 장치한 테이프레코더를 가지고 들어가는 계획이었으나, 그에게 묵은 빚을 갚으려고 적당한 기회를 기다리고 있었던 듯한 익명의 사나이에게 배신당하고 말았다.

이것이 생각해 볼 수 있는 설명의 하나였다. 물론 달리도 생각할 수 있다. 그러나 여러 가지 가능성을 분석할수록 점점 더 불안해졌다. 만일에 트럭이 피닉스의 얼굴을 으깨어 버리지만 않았더라도 그로서는 훨씬 더 명랑해질 수 있었을 것이다. 그렇게 되었다면 얼굴 사진을 찍어 본초에게 보여 확인해 볼 수도 있었을 것이다. 그렇지만 이 점 하나를 제외하고는 달리 바늘구멍만한 빈틈도 없는 이 사건에서 코헨은 하자를 발견할 수 없었다.

사실을 부정할 수는 없다. 차에 깔려죽은 사람은 피닉스였다. 그럼에도 불구하고 코헨은 그대로 믿을 수만은 없었다. 아직도 조사하지 않은 점이 어디에서 갑자기 발견되리라고 그는 믿고 있었으며, 그 점을 잘 조사해 본 이후에야 비로소 그는 실제로 피닉스가 죽었다고 확신할 수 있을 것이었다. 최선의 노력을 쏟았는데도 그는 비행기 안에서는 그러한 점을 파헤칠 수 없었다.

비행기가 벤 그리온 공항에 착륙한 것은 초저녁 무렵이었다. 다얀과 보좌관 일행은 곧 차를 타고 예루살렘으로 갔다. 거기에서는 수상이 관저에서 엘 투하미와의 비밀회담에 관한 상세한 보고를 들으려고 그를 기다리고 있었다.

유리 코헨은 보안경비국에 8시 몇 분 뒤에 도착했다. 어둠이 더 짙어졌다. 커다란 주차장의 등불이 켜져 있었으며, 또 거기에는 몇 대의 차가 멈추어 서 있었다. 그 가운데는 아비틀 아논의 차도 있었다. 아논 국장은 아마 파리에서 전화를 한 스필만의 이야기를 듣기 위해서 이곳으로 나온 듯했다. 코헨은 먼저 자기 방으로 들어갔다. 거기에서는 비서가 웃는 얼굴로 그를 맞이했다.

"어서 오세요." 그녀가 말했다.

"토요일 밤의 시간을 빼앗아서 미안하군." 그는 사과하듯이 말했다.

"그런 데는 이미 익숙해졌어요." 비서가 대답했다. "국장님이 기다리고 계십니다."

"다른 일은 없나?"

"있습니다." 그녀는 봉함한 봉투를 내밀었다. "한 시간 전에 파리에서 특별연락원이 가지고 왔어요. 국장님이 당신을 만나려고 하는 것도 그것 때문인 것 같아요."

"기분은 어때?"

"아주 좋습니다."

그는 봉투를 뜯었다. 스필만이 곧 본부로 보내겠다는 보고서의 사본이 들어 있었다. 타이프로 빽빽하게 친 그 보고서를 급히 훑어보았으나, 이미 알고 있는 사실 이외에는 더 이상 발견할 것이 없었다.

그는 문 앞으로 갔다. "국장에게로 가보겠어."

국장의 방문은 열려 있었다. 국장은 코헨을 보자 반가운 표정을 지으며 일어서서 맞이하러 나왔다.

"고맙게도 이 사건을 끝내주었군." 그는 코헨의 손을 양손으로 잡으면서 말했다. "프랑스 인 경위가 피닉스를 잡은 솜씨에는 놀랐어!"

"동감입니다."

"스필만의 보고서도 잘되었더군. 곧 새로운 명령을 내리고 싶은데."

"어떤 명령 말입니까?"

"메모해 두었어." 아논은 코헨의 어깨를 가볍게 두드리고서 자기 의자로 돌아갔다. 의자에 앉아서 그는 종이 한 장을 손에 들었다. "먼저, 아브샬롬 케드미와 이르미 스펙터에게 이제 안심해도 좋다고 연락한다. 특별작전을 전부 중지하고 통상의 경비로 돌아가도 좋다. 둘째로, 그 이탈리아 인과 그의 요트 승무원들은 내일이라도 출국을 허가해도 좋다. 그리고 또 한 가지——"

"국장님?"

아논 국장은 말을 중지하고 놀란 표정으로 부하를 바라보았다. 그제서야 비로소 그의 음울한 표정을 눈치챌 수 있었다.

"무엇이 문제지?" 그가 물었다.

"나는 그 문제를 풀 수 없습니다."

코헨은 테이블에 양쪽 팔꿈치를 얹었다.

"이 보고서가 어딘지 마음에 걸립니다. 당신이 말한 바와 같이 나도 '이것으로 끝났다'고 보고 싶습니다. 그렇지만 어쩐지 그런 말이 잘 나오지 않는군요."

아논 국장은 빙그레 웃었다. "여전하군." 가벼운 어조로 말했다. "어쨌든간에 그렇게 의심을 많이 하는 사람은 장수할 수 없어. 농담이 아니야! 눈앞에 확실한 사실이 있어. 표적을 쓰러뜨리려고 폭탄을 사용하려던 피닉스의 수법도 알아냈어. 그 폭탄도 찾아냈고. 시체도 있어. 이 이상 또 무엇이 필요해?"

"시체입니다." 코헨이 중얼거렸다. "시체 말입니다."

순간 그는 갑자기 어둠 속에 한 줄기 광명이 비쳐든 듯한 기분이었다. 미리 주위와 뇌 속을 감싸고 돌던 짙은 안개가 걷히기 시작했다.

"그 시체가 진짜 피닉스라고 어떻게 인정합니까?" 그는 갑자기 열띤 어조로 물었다.

아논 국장은 어찌할 바를 몰랐다. "그건 또 무슨 뜻이지?"

"확실히 우리는 시체 하나를 입수했어요. 얼굴이 뒤죽박죽이 된 시체 말입니다." 코헨이 대답했다. "그의 주소도 알아냈지요. 폭탄도 있었고, 도망치던 때의 그의 태도도 전해 들었습니다. 이미 알고 있는 상세한 점과 많은 일치를 보여주는 일반적인 특징도 확인했지요." 코헨은 부정하듯이 고개를 좌우로 흔들었다. "그럴 듯하게 들립니다." 갑자기 등줄기에 소름이라도 끼친 듯이 그는 등을 둥그렇게 움츠렸다. "하지만 표면적으로만 납득할 수 있을 뿐입니다. 문제는 거기에 있습니다. 그 시체가 진짜 피닉스의 시체라고 증명할 방법이 우리들에게는 없습니다. 그러기 위해서는 검시해부의 결과가 나올 때까지 며칠 동안 기다려야 합니다. 그렇지 않습니까?"

"그렇군."

"그리고, 국장님, 우선 첫째로 새로운 명령을 내릴 필요가 없습니다. 내 생각으로는 결과가 분명해질 때까지 지금의 태세를 그대로 유지하는 게 좋을 것 같습니다." 그는 다시 혼란의 안개 속으로 빠져드는 것을 두려워하고 있는 것처럼 당황한 어조로 말했다. "아시겠습니까? 우리가 잡은 것은 다른 사람인지도 모릅니다. 어떤 다른 녀석. 무슨 죄를 범하려던 사람이었다면 도망치지 않겠습니까? 확실히 그 녀석은 도망쳤습니다. 그러한 입장에 있는 사람이라면 누구나 도망칩니다. 내가 무슨 말을 하는지 아시겠지요?"

아논 국장은 코헨의 흥분된 얼굴을 바라보았다.

"알고 있어. 동의는 하지 않지만." 그는 천천히 말했다. "자네가 신경쓰고 있는 것은 그 시체인가?"

"시체의 어느 부분입니다. 막연하게 그런 생각이 들긴 하지만, 아직 확실하게 무엇이라고 지적할 수는 없습니다."

아논 국장은 대답하지 않았다. 이처럼 확실한 결론을 믿지 않는 이 의심 많은 동료가 낸 의문을 덮어놓고 물리치기는 어렵다고 생각했다.

"어때, 한 가지 생각이 있네." 그는 이윽고 입을 열었다. "스필만의 보고서를 꺼내어 함께 하나하나씩 요점을 재음미해 보잔 말이야. 정보분석의 실습을 해보는 거지. 그렇게 하면 무엇을 발견할 수 있을지도 몰라!"

이것은 현실적인 제안이었다. 오랫동안 두 사람은 보고서의 상세한 부분까지 정성스레 조사해 봤지만 결함은 찾아낼 수 없었다. 코헨이 의혹을 자아내는 부분이라고 지적한 요소는 앙드레 크르데유에게 전화를 건 사나이에 관한 것뿐이었다.

"자네가 문제로 삼고 있는 것은 그 부분인지도 몰라." 아논 국장이 웃으면서 말했다. "나도 뭐라고 대답할 수 없군. 피닉스의 이제까지의 배경에 대해서 상세한 사실을 아직 충분히 입수하지는 못했어. 아마 어쩌면 지문이라든가 무엇으로부터 그의 과거에 관해서도 어떤 사실을 파헤치게 되겠지. 아마 밀고자도 피닉스와 어떤 관계가 있어서 그를 함정 속에 빠뜨리려는 무슨 특별한 이유가 있었을 거야."

"아마도 그는……" 코헨은 아랫입술을 잘근잘근 씹었다. 아논 국장은 그의 의혹을 어느 정도 풀어주었다. 앞으로의 수사에서 그 사나이의 정체가 드러날지도 모르며, 그 과정에서 밀고자와 그의 동기도 또한 밝혀질지도 모를 일이라고 했다.

"친구의 충고로 생각하고 들어주게." 아논 국장은 부드럽게 말했다. "돌아가서 목욕이라도 하고 면도를 한 다음에 천천히 쉬게. 내일 아침에 이야기를 마무리짓기 위해 다시 만나세. 그때까지는 피닉스의 검시해부가 끝날 것이며, 명령 변경은 그때까지 연기해 두겠네."

코헨은 천천히 의자에서 몸을 일으켰다. 목욕을 할까 하고 그는 생각했다. 그리고 면도도 하고. 그의 손이 더부룩한 수염을 쓰다듬었다. 그런데 바로 그 순간 그는 수수께끼가 풀렸음을 깨달았다.

그는 한 손으로 의자의 등을 탕 하고 쳤다.
"여태까지 줄곧 마음에 걸렸던 것이 무엇인지를 이제야 알아냈소!" 그는 어처구니없다는 듯이 소리쳤다. "구레나룻입니다!"
"어느 구레나룻 말인가?"
"피닉스의 구레나룻!" 그는 스필만의 보고서를 집어들었다. 그의 시선이 시체의 얼굴을 설명한 문장 위로 옮겨졌다. "바로 이것입니다!" 그는 재빨리 서류를 아논 국장 앞으로 내밀며, 그곳을 가리켰다. "이 사나이에게는 구레나룻이 있어요. 거기에 관해서 상세한 보고는 없지만."
"그렇다면?"
"진짜인지 붙인 수염인지를 알아야 합니다!" 그의 목소리는 들릴락말락할 정도로 약했다. 매우 피로해 있었다. "만일에, 국장님, 이 구레나룻이 풀로 붙인 것이라면 진짜 피닉스일 겁니다. 그렇지만 진짜 수염이라면 피닉스일 수는 없어요. 피닉스는 끊임없이 변장을 합니다——때로는 구레나룻이 있고, 또 때로는 그것이 없습니다. 그러므로 진짜 피닉스는 수염을 깨끗이 깎고 있어야 하지요, 아시겠어요?"
코헨은 그 페이지에서 손을 떼었다. 그의 손은 떨렸다. 아논 국장은 심호흡을 했다. 코헨의 말대로였다. 그는 가짜라고 느꼈으며, 분명히 그럴 것이라고 믿고 있었다. 이제야 그는 그 점을 발견했다.
"대단한 발견이야!" 아논 국장은 큰소리로 말했다. "당장 그 점을 확인하지 않으면 안돼!" 그는 비서에게 지급으로 파리 대사관에 전화를 걸도록 명령했다. "스필만을 불러. 만일 그가 없으면 골드버그야."
이처크 골드버그는 다얀이 이스라엘로 향해 떠나자 곧 브뤼셀에서 파리로 돌아갔었다.
코헨이 그에게 피닉스 사건을 마무리짓기 위해 스필만을 도와주라고 했었던 것이다.
코헨과 아논 국장은 방의 전화벨이 울릴 때까지 긴장 속에서 5분 동안을 기다렸다.
"여보세요."
"골드버그입니다."
"아논이야. 스필만은 어디에 있나?"
"잠깐 휴식하도록 집으로 보냈습니다." 느긋한 대답이었다. "그 동안에 제가 보고서를 쓰고, 벨기에와 프랑스의 보안경비진에 보내야 할 지령서를 작성하는 일을 맡아서 하고 있습니다. 이로써 한 사건은 일단락되지 않았습니까?"

"아직 멀었어. 전부 그대로 유지해야 해."

"무슨 일이 있었습니까?"

"자네와 스필만이 곧 그것을 조사해야만 해." 국장의 목소리가 긴장되어 있음을 골드버그는 알아차릴 수 있었다. "스필만에게 곧 앙드레 코르데유에게 연락을 취하라고 하게. 한 가지 확인해야 할 일이 있어. 그 대답을 기다렸다가 대답이 오면 나한테로 전화해. 피닉스의 구레나룻이 붙인 수염인지 진짜인지를 조사해 봐달라고 하는 거야. 알았어?"

"알겠습니다. 곧 조사해 보겠습니다."

아논 국장은 수화기를 놓고 코헨의 지친 얼굴을 바라보았다.

"곧 우리들의 입장을 알게 될 거야." 그가 말했다.

골드버그로부터 대답이 10시에 왔다. 아논 국장은 돌같이 굳은 표정으로 듣고 있다가 최후에 말했다. "골드버그, 잠깐 그대로 기다리게. 코헨이 와 있어. 우선 그에게 전할 테니, 그에게서 추가의 지시가 있을지도 몰라."

그는 수화기를 테이블 위에 놓았다. 그의 얼굴에는 그늘이 졌다. "구레나룻은 진짜야. 적어도 6개월은 길렀을 것이라고……"

코헨은 깊은 한숨을 쉬었다. "두려워했었던 것이 바로 그것입니다." 그가 말했다. "그는 피닉스가 아닙니다. 그러므로 이쪽은 원점으로 돌아온 셈이며, 프랑스도 나름대로의 문제를 안게 되었습니다. 그렇지만 이쪽의 입장은 그 열 배도 더 곤란한 겁니다. 전화를 이리 주시죠. 골드버그와 이야기하고 싶습니다."

아논 국장이 수화기를 건네주었다. "이봐, 골드버그." 코헨은 신경이 곤두서 있었으므로 목이 쉬는 것을 겨우 억제할 수 있었다. "이제 피닉스가 미국에서 일을 하려는 것이 확실해졌어. 자네가 그리로 가야 해. 곧 뉴욕으로 가서 거기서 나를 기다려. 나는 외상이 탄 비행기를 함께 타고 갈 테니. 아마도 밤에는 도착할 거야. 스필만에게는 죽은 사나이가 누구인지를 알아내라고 하게. 완전하게 조사하라고 해. 어떤 형태로든 관련이 있을지도 모르니까."

"예." 하고 대답했다. "뉴욕에서 만나시지요. 목표가 빗나가서 유감입니다."

"나도 그래. 모두가 같은 기분이야."

코헨은 수화기를 놓았다.

"자네는 뉴욕으로 언제 떠날 셈인가?" 아논이 물었다.

"낮에요. 외상은 예루살렘에서 두세 군데 만날 예정이 있습니다. 거기에서 공항으로 떠납니다." 코헨이 말했다. "우리들은 스위스 항공기편으로 갑니다. 에잇!" 갑자기 그는 주먹으로 테이블을 내리쳤다. "국장님, 나는 이번 일이 무서워졌습니다. 이 해외여행을 중지했으면 합니다."

"그것은 불가능해."

"알고 있습니다. 알고 있지만 말예요──" 그는 일어섰다. "그렇지만 말해 둡니다. 나는 무섭다고 말이오."

"서로가 비례배분의 감각을 잊지 않도록 하게." 아논은 담담하게 말했다. "자네가 두려워하는 것도 알고 있으며, 나도 마찬가지야. 동시에 케드미와 스펙터가 뉴욕에서 아무 일도 하지 않고 잠자코 있다고는 생각되지 않아. 피닉스는 뉴욕이나 워싱턴에서 일을 저지르려는 거야."

아논은 일어서서 책상을 돌아나왔다. "오늘밤엔 이만 돌아가지." 하고 말했다. 코헨은 고개를 끄덕이고 두 사람은 본부에서 함께 나갔다.

코헨이 돌아왔을 때 라마트 하샬론의 그의 집에는 불이 켜져 있었다. 아내인 슐러가 문 앞으로 나왔다.

"우리를 잊어버리지나 않았는가 해서 염려했어요." 그녀는 웃는 얼굴로 맞이하며 남편의 뺨에 키스했다. "다얀이 불의에 귀국했다는 뉴스를 들었어요. 지금까지 어디에 있었죠?"

"아논 국장과 상의하고 있었소." 그는 구두를 벗었다. "그리고 죽도록 피로해."

"뭣 좀 드시겠어요?"

"단지 졸릴 뿐이야." 그는 힘주어 말했다.

아내를 부드럽게 껴안고 그녀의 이마에 입술을 살짝 댄 뒤 그녀를 다시 놓고 침실 쪽으로 갔다. 그는 옷을 벗고 더블베드 옆에 있는 의자에 앉았다. 이윽고 침대에 올라가 누운 뒤 손닿는 것에 있는 수화기를 바라보았다. 이번만은 이 빌어먹을 것이 울지 않았으면 좋으련만 하는 생각을 하며 눈을 감은 순간에 이미 잠에 떨어지고 말았다.

몇 시간 동안 그 작은 집도 완전히 정적에 둘러싸여 있었다. 그러나 이윽고 전화벨이 끈질기게 울려서 코헨의 잠을 깨웠다. 그는 잠에서 깨어나자 벌떡 일어났다.

"여보." 슐러도 깨어났다. "전화가……"

"아, 알고 있어." 그는 목이 타는 듯했다. 수화기를 들고, "누구세요?" 하고 물었다.

"아논이야." 하는 대답이 들려왔다. "본부에서 기다리겠네. 짐을 꾸려나오는 것이 좋겠어. 여기서 바로 공항으로 가게 될 테니까."

"지금 몇 시지요?"

"7시 20분이야." 아논은 대답하고 나서 전화를 끊었다.

코헨은 하품을 하며 천천히 침대에서 내려왔다. 슐러가 바지를 입는 그를 잠자코 바라보고 있었다. 그는 욕실로 가서 서둘러서 면도를 했다. 그 바람에 턱을 베었다. 피가 멈출 때까지 몇 번이고 얼굴에 찬물을 끼얹어야만 했다. 침실로 돌아온 그는 셔츠를 입고 구두를 신은 다음 조그마한 여행가방을 들었다.

슐러가 일어섰다. "아침식사는 어떻게 하죠?"

"사무실에서 아무거나 먹지." 웃는 얼굴로 그는 아내를 안심시켰다. "아무 일도 없어. 뉴욕에서도 전화하겠어."

"여보……"

그는 걸음을 멈추고 돌아보았다. "왜 그래?"

"행운을 빌겠어요."

그의 얼굴에 미소가 번졌다. "나도 그렇게 빌겠어."

본부까지 차를 타고 가는 동안엔 속도를 낼 수가 없었다. 아침의 이 시간에는 차의 행렬이 피크를 이루는 때여서 차를 천천히 운전할 수밖에 없었다. 코헨이 본부 주차장에 차를 세웠을 때는 8시 15분이었다. 여행가방을 남겨둔 채 그는 돌계단이 있는 데까지 서둘러서 걸어갔다. 엘리베이터가 막 다음 층으로 올라갔으므로 그는 기다리지 않고 계단을 뛰어올라갔다. 그는 자기 방으로 들어가지 않고 그냥 지나쳐 갔다.

아논 국장의 방에서는 뜻밖의 일이 벌어져 있었다. 문을 열자 국장이 35살 정도의 조그마한 체구에 얼굴빛이 검은 사나이와 이야기에 열중하고 있는 것이 눈에 띄었다. "안녕하십니까?" 하고 그가 소리를 지를 때까지 두 사람은 그를 알아보지 못했다. 그러나 두 사람은 곧 이야기를 멈추고, 볼은 홀쭉해졌으나 타는 듯한 눈길을 가진 손님이 웃음을 띠며 이쪽을 바라보았다. 검은 콧수염 아래로 흰 이가 반짝였다. 작은 사나이는 일어나서 그에게로 달려왔다. 서로 떨어지기 싫다는 듯이 두 사람은 오랫동안 껴안았다.
"하나니아——" 코헨은 중얼거렸다. 목이 메었다. "잘 돌아왔어."
"이젠 나가지 않아도 되겠지요?" 하고 그는 대답했다.

코헨은 몸을 떼고서 두 손으로 사나이의 건장한 어깨를 잡았다. 이 몇 년 동안에 훨씬 늙어버린 듯한 사나이의 웃는 얼굴을 한참 동안 바라보았다.

"언제 왔지?"

"오늘 아침에." 이틀 전까지 하미드 마샤위란 이름으로 알려져 있었던 사나이가 대답했다. "트리폴리를 그저께 출발했어요. 어젯밤에 암만에 도착해서 오늘 새벽 4시에 알렌비 브리지를 건넜죠. 모국으로, 유리, 드디어 모국으로 돌아왔단 말입니다."

코헨은 어떤 말로도 전달할 수 없는 뜻이 담긴 날카로운 시선을 그에게 보냈다.

"앉게나." 아논 국장이 코헨에게 손짓을 했다. "하나니아가 여러 가지 일을 설명할 수 있는 완전한 이야기를 가지고 있어. 그 가운데는 파리에서 죽은 사나이의 이야기도 포함되어 있어."

코헨은 의자를 하나니아 시아니 쪽으로 끌고가서 가까이에 앉아 그의 얼굴을 지켜보았다.

"헤브라이 어에 좀 익숙해져야겠는데요——" 하나니아 시아니는 좀 난처한 듯이 웃었다. "이 언어가 무서웠습니다. 혹시 사무실에서 피로하여 깜빡 잠이 들었다가 쓸데없는 잠꼬대라도 하지 않을까 해서 늘 걱정했었지요. 물론 언제든지 그런 일쯤은 둘러댈 수 있지만." 그는 얼굴을 붉혔다. "나는 놈들을 위해 일하는 헤브라이 어 전문가였으니까 말입니다."

말을 꺼내기 시작하자 그는 쉬지 않고 이야기했으며, 듣는 쪽도 놀라움을 금치 못했다. 그는 한 걸음 한 걸음 정보를 수집할 수 있는 지위를 차지하는 데 성공한 사정을 이야기했으며, 드디어 전모를 포착했다고 말했다. 모든 일이 일어난 원인은 사다트가 이스라엘과 직접 대화하려 한다는 끈질긴 소문이 카다피의 귀에 들어갔기 때문이라고 그는 강조했다. 우선 이집트 대통령은 아랍 지도자들 앞에서 자기의 은근한 희망을 말했다. 그러나 그는 이스라엘에 강력한 정부가 권력을 잡아야만 비로소 그것이 가능하다고 강조했다.

 맨 처음에 카다피는 사다트 대통령을 살해할 암살객들을 보내려 했다. 그러나 측근들이 그에게 사다트를 습격하면 이집트의 보복적인 리비아 침략을 초래하게 된다고 경고했다. 그들은 사다트의 계획을 무산시킬 파괴공작을 벌이자고 제안했다. 그렇게 하면 사다트의 반대파가 그를 권력의 자리에서 내쫓을 구실을 만들어 줌과 동시에, 그들이 '이스라엘과는 평화도, 승인도, 협상도 하지 않는다'는 방침을 세우고 있는 반 이스라엘파에게 이집트를 넘겨줄 수 있는 가망성도 높아진다는 것이었다.

 한편, 아담 아메드는 돈으로 고용할 살인자를 모으는 특무반의 우두머리로 일을 하고 있었으며, 카다피는 그 암살계획을 중단하지 않고 진행시킬 굳은 결의를 가지고 있었다. 베긴이 거느린 리쿠드 당이 권력을 잡은 이스라엘 정변 이후 모세 다얀이 외상으로 임명되었다는 사실을 알고는 카다피는 무서운 분노를 폭발시켰다. 카다피는 몇 년 전부터 빈틈없는 다얀이라면 아랍 세계의 결속에 쐐기를 박을 수도 있다고 단언해 왔던 것이다. 범아랍 단결에 정말로 위험한 인물이 다얀이라고 그는 보았다. 카다피의 이 견해대로 다얀의 현명한 정책은 아랍과 유태의 협력을 가능케 했으며, 사실 이스라엘과 요르단 사이에 전면적인 결속을 선언하기에 이르렀다. 다얀이 외상으로서 정부에 복귀한 지금 이스라엘과 이집트의 접촉은 단지 시간문제라고 카다피는 확신했다. 그래서 그 이스라엘 인을 없애라는 명령을 그가 내리게 되었다. 다얀을 없애버리면 이스라엘과 이집트 사이의 대화의 싹을 뿌리째 뽑아버릴 수 있다고 그는 믿고 있었다.

 "바로 사흘 전에 나는 여태껏 알지 못했었던 상세한 것을 알아냈습니다." 하나니아는 힘주어 말했다. "그리고, 코헨, 이야기를 들으시면 알겠지만, 내가 왜 귀국해야만 했는지를 말하지요. 나의 계산으로는 시간을 다투는 일이라고 여겨졌던 겁니다. 이번 암살계획의 지혜를 아담 아메드에게 제공한 사람이 누구인지는 모르지만, 그자는 머리가 잘 돌아가는 영리한 녀석입니다."

 "무슨 말을 하려는 거지?" 코헨이 물었다.

 "그 방법 말입니다."

 "피닉스를 고용한 것 말인가?"

 "피닉스와 그 밖의 무리들 입니다."

"다시 말해서 피닉스뿐만이 아니고──" 하고 코헨이 중얼거렸다. "다른 녀석들도……"

"맞았습니다." 하나니아 시아니는 고개를 끄덕였다. "리비아측에서는 이쪽이 어떤 방법으로든 계획을 탐색해 낼 가능성이 있다고 생각했어요. 그들은 그러한 가정 위에서 행동하고 있어요. 만일에 이스라엘이 무엇을 탐색해 내서 암살자 중 한 사람을 잡는다면 긴장을 풀 것이 틀림없지요. 그래서 리비아측은 서로에 대해서는 아무것도 알지 못하는 암살자 세 사람을 보내기로 한 겁니다. 누군가 한 사람은 성공할 테니까요."

하나니아 시아니는 미소를 지었다. "그 세 사람이 누구인지 알아냈습니다. 그래서 돌아온 겁니다. 그 중 하나의 이름은 방금 아논 국장에게서 들은 피닉스. 그의 정체는 이쪽에서도 모르지만 리비아측에서도 모르고 있어요. 나머지 두 사람은 자클린 샤를로트라는 프랑스 여자와 요르크 깁스코프라는 저널리스트입니다. 바로 이 세 사람이지요. 이 프랑스 여자는 살인죄로 기소되어 재판을 기다리고 있으므로 낙오되었다고 알고 있습니다. 미국인 모델을 죽였다고 하는데, 그게 정말인가요?"

"짐작도 못하고 있어." 코헨이 고백했다. "이쪽에서는 아무도 그런 것은 추적하지도 못했어." 그는 국장을 바라보았다. "하나니아의 정보로 거의 모든 일을 설명할 수 있게 되었군요."

"그런 것 같아." 국장도 동의했다.

"어쩌면 피닉스는 경쟁상대자가 두 사람이 있다는 사실을 알아차렸던 것 같아. 그것이 누군지를 알아내서 없애버리기로 한 거야. 방해되는 그 프랑스 여자를 해치우기 위해서 미국인 모델을 그자가 죽였다고 하더라도 크게 놀라운 일은 아니야."

"그렇다면 앙드레 코르데유에게 전화를 한 수수께끼의 밀고자도 그 녀석인 것 같군요." 코헨이 말했다. "왜 그랬을까? 그것이 의문이군요. 왜 두 사람을 파멸시키기 위해서 그런 수고를 하지 않으면 안되었을까요?" 그는 잠자코 앉아 있는 하나니아를 돌아보았다. "자네는 그것을 설명할 수 있겠는가?"

"코헨, 이유를 알고 있어요. 리비아측은 세 사람에게 각각 거래를 했습니다. 각자가 거액의 선금을 받았지만 최후의 보수는 더욱 큰 것이었지요. 그들이 붙인 조건은 살인을 한 뒤에 그것을 주겠다는 겁니다. 표적으로 된 사람이 다른 사람의 손에 의해 어떤 이유로든 죽어버린다면 한푼도 더 받을 수 없게 되어 있습니다. 피닉스는 그 중에서도 가장 위험한 녀석인 것 같습니다. 상금을 확실하게 자기가 타기 위해서 경쟁상대자를 제거해 버리려고 생각한 거지요."

코헨도 퍼즐의 마지막 단편을 짜맞추기 시작했다. "아논 국장님, 중개인 피에르 드 말랭을 기억하고 있습니까?"

"그자가 어떻게 했는데?"

"지금 그자는 피닉스에게 살해되었다고 확신할 수 있습니다. 아딜 엘 마그라비에게 살인자의 이름을 가르쳐 준 사람은 드 말랭입니다. 피닉스는 그에게서 상세한 사정을 듣고 난 뒤에 죽인 것이 분명합니다."

아논 국장은 입술이 타들어가는지 혀로 입술을 축였다. "자네는 목숨을 걸고라도 외상을 지켜야 해." 그는 코헨에게 말했다. "자네가 피닉스를 외상에게 접근하도록 놓아둔다면 놈은 외상을 죽이게 돼."

"바로 어제 놈은 파리에 있었습니다." 코헨은 의자에서 일어났다. "지금 그 녀석이 그곳에 도착하지 않았다면 뉴욕으로 가는 도중일 겁니다! 케드미에게 하나니아의 정보를 곧바로 전달해야 합니다!"

그 순간 시간과의 경주가 점점 더 현실적으로 되어오는 듯했다.

11

9월 17일 토요일, 찬 바람이 뉴욕에 불어대고 있었다. 그것은 대서양에서 불어와서 여름의 종말을 고하고 있었다. 거대한 도시의 상공에 회색 구름이 겹겹이 덮였다. 해변에서는 파도가 으르렁거리며 밀려왔다가는 철썩 부서져서 백사장 위에 흰 거품을 토해내고 다시 물러갔다. 그리고 새로운 파도가 또 밀려왔다가는 부서지고, 갑작스런 추위가 일요일에도 계속되었다. 스캐스딜에서는 높은 나뭇가지 사이로 불어오는 바람 소리가 맨해턴의 거대한 고층빌딩 사이로 불어오는 바람소리보다도 더 귀를 자극했다.

에르 프랑스 기는 토요일 낮에 뉴욕에 도착했다. 피닉스는 그대로 시내에 머물러 있으면서 42번가의 두 편을 동시상영하는 영화관에서 몇 시간을 보냈다. 스캐스딜을 아침 일찍이 떠나와서 어두워져서야 돌아간다는 습관을 바꿀 이유가 없었기 때문이다. 이 일을 끝낼 때까지 가까이에 사는 사람들의 눈을 피할 필요가 있었다.

설령 그들에게는 이웃사람에게 별로 관심을 갖는 경향이 없다고 하더라도 말이다.

회색 포드는 공항의 커다란 주차장에 세워놓았다. 차에 먼지가 묻어서 더러워져 있었다. 영화관에 가기 전에 그는 한 유료주차장으로 가서 세차와 오일을 교환해 달라고 하고서 대금을 지불하고 왔다. 영화관에서 나오니 차는 깨끗이 닦여서 번들번들 윤기가 흐르고 있었다. 집에 도착한 것은 8시 반이었다.

먼저 그는 집 전체를 둘러보고 문과 창을 조사해 보았다. 집안을 살펴보는 것은 2층에서 시작하여 지하실에서 끝났다. 집을 비운 사이에 달라진 것은 없었다. 지하실에 있는 동안에 그는 그 넓이를 재어보았다. 그곳은 둘로 나누어져 있었다. 창고와 $6m^2$ 가량 되는 공작실이었다. 두 개의 방은 두꺼운 판자로 박혀 있었고, 중앙에는 여러 개의 플라스틱을 겹쳐서 만든 회색 문이 있었다. 그는 이곳이 자기에게 꼭 필요한 장소라고 생각했다.

공작실의 도구 가운데는 드릴과 여러 가지 크기로 된 송곳 세트가 있었다. 가장 큰 송곳을 골라서 드릴에 끼웠다. 15분 동안에 걸쳐서 그는 문의 중앙 눈 높이만한 위치에 구멍을 뚫는 작업을 했다. 그리고 모스버그 총을 감추어둔 장소에서 꺼내와 총신의 정확한 직경을 재어보았다. 그는 총신이 들어갈 수 있는지를 확인해 가면서 허리 높이의 위치에 두 번째 구멍을 뚫었다. 몇 번이나 거기에 총을 대어보았다. 마지막으로 줄을 꺼내서 총신이 잘 들어갈 수 있도록 구멍 가장자리를 매끄럽게 다듬었다. 그리고 다시 한 번 총을 대어보고 완전하다는 것을 확인했다. 다음 일은 위쪽의 구멍에 투명한 유리를 대는 것이었다. 그는 투명한 테이프를 사용하여 유리 주위를 문에 붙였다. 그리고는 그것을 들여다보고 시계를 확인한 다음 만족한 표정을 지었다. 커다란 공작실 전체가 들여다보였기 때문이다.

이 일이 끝나자 도구를 치워놓고 침실로 갔다. 그는 옷을 벗고 먼저 욕실로 들어갔다. 언제나와 마찬가지로 쏟아지는 샤워 밑에 서서 천천히 시간을 보냈다. 그는 샤워를 좋아했다. 이 몇 시간 동안에 살갗에 묻었던 때를 깨끗이 씻어버렸다. 잠시 뒤에 부엌으로 가서 냉장고에서 치즈를 꺼내어 가지고 배부르게 먹었다. 이 간단한 식사를 끝낸 뒤 코카콜라를 탄 바카르디 한 잔을 가지고 2층으로 가는 계단을 올라갔다.

크게 한 모금 마시고는 글라스를 침대 옆에 있는 선반 위에 놓았다. 그는 찬장의 위쪽 선반에서 이스라엘과 미국 경비원들의 사진을 꺼내와서 오랫동안 젊은 사나이들의 얼굴을 자세히 들여다보았다. 기억을 새롭게 해두지 않으면 안되었던 것이다. 이렇게 몇 차례나 반복해서 보아두어야만 한다. 한 사람 한 사람의 얼굴을 마음속에 새겨두어야 한다. 자기에게 접근해 올 사람들을 알아두지 않으면 안된다.

새벽 4시 45분에 자명종 소리에 잠을 깼다. 서둘러서 샤워를 하고 부엌으로 내려가서 다시 치즈를 먹었다. 그리고 찬장에서 살라미 소시지를 꺼내어 두껍게 잘라 그것을 종이에 쌌다. 집을 나오자 그는 넓은 언덕 위에 뒤덮여 있는 숲으로 갔다. 1분이나 2분 뒤면 아침 산책을 하라고 주인이 풀어준 훌륭한 독일 셰퍼드가 기운차게 짖어대면서 나올 것이 틀림없다고 그는 생각했다.

오래 기다리지 않아도 되었다. 조금 떨어진 곳에서 개 짖는 소리가 들려왔다. 그는 입술을 오므려서 개들이 귀를 쫑긋 세우며 듣는 그 낮은 휘파람을 불었다. 갑자기 두 마리의 개가 숲속에서 달려왔다. 개들은 귀를 쫑긋 세우고 털이 많이 난 굵은 꼬리를 치켜들며 지그재그를 그리면서 그에게로 다가왔다. 그의 옆까지 와서 개들은 자신없는 듯이 멈추어섰다. 머리를 갸웃거리며 이 친구가 요즘 어디에 갔다왔을까 하는 것처럼 그를 빤히 쳐다보았다. 그는 개들에게 호의적인 소리를 들려주었다. 개들은 낮은 소리로 끙끙거리며, 처음에는 주저했으나 마침내 그를 따랐다. 천천히 그는 들고 있는 봉지에서 소시지를 두 토막 꺼내어 땅바닥에 떨어뜨렸다. 역시 먼저 달려든 것은 암놈이었지만 수놈도 이내 달려들었다. 두 마리의 개는 소시지를 눈깜짝할 사이에 삼켜버렸다. 그는 손을 펴서 개에게로 다가서며 다시 부드러운 소리를 냈다. 애정의 유대가 다시 생겼다. 그 순간 그는 몸을 일으켜서 집 쪽으로 향했다. 개들은 깜짝 놀랐다. 여느 때 같으면 주위에서 뛰어다니는 개들을 데리고 숲속을 돌아다니며 놀아주었는데 이번에는 개를 무시하는 듯했다. 그러다가 갑자기 그는 걸음을 멈추고 다시 소시지를 두 토막 꺼내었으나, 이번에는 손에 든 채로 있었다. 두 마리의 개는 재미있다는 듯이 그의 뒤를 따라가며 그의 손에 있는 소시지를 받아먹었다. 개들은 그제야 알아차렸다. 이 사나이는 새로운 게임을 하고 있으며, 거기에는 포상이 있는 것이었다.

사나이는 부엌문 앞에 이르자 발을 멈추고 문을 크게 열었다. 개들도 멈추어섰으나 주저하는 듯했다. 그는 그 부드러운 휘파람을 불었다. 개들은 앉아서 그 소리에 꼬리를 흔들었으나 문 안으로 들어가려고는 하지 않았다. 그는 웃으면서 소시지를 몇 토막 문 안쪽에 놓아두고 안으로 들어가 버렸다. 개들의 반응에 자신을 가지고 그는 안에서 기다렸다. 살라미 소시지의 냄새가 개들을 유혹했다. 개들이 자신없는 듯이 끙끙거리는 낮은 소리를 그는 들었다. 역시 큰마음 먹고 어슬렁어슬렁 앞장서서 부엌으로 들어온 것은 암놈이었다. 그놈은 소시지의 첫 토막을 집어삼켰다. 언제나와 마찬가지로 숫놈도 뒤따라 들어왔다.

　사나이는 부엌 문을 조심스럽게 닫았다. 테이블에서 더 많은 소시지를 집어들고 맛있는 냄새가 풍기는 먹이를 개들에게 보이면서 그는 지하실로 가는 계단을 내려가기 시작했다. 창고와 공작실을 가로막은 문이 있는 데까지 가자 그는 문을 열고 남은 소시지를 공작실 중앙으로 던져버렸다. 셰퍼드가 그것을 쫓아 뛰어들어가자 그는 급히 문을 닫아버렸다. 문에 드릴로 뚫은 위쪽 구멍에 덮어씌운 유리를 통하여 그는 그 속을 들여다보았다. 두 마리의 개는 소시지 토막을 물어뜯고 있었다. 그는 뒤로 물러섰다. 옆에 있는 테이블 위에는 총과 프레디 맥나이트가 만든 탄환이 두 발 있었다. 그는 모스버그 총에 그 탄환을 재어서 총구를 허리 높이에 뚫어놓은 구멍으로 집어넣었다.

　최초의 한 발은 개들을 놀라게 했다. 탄환이 맞은편 벽에 부딪쳐 신경 가스가 들어 있는 유리 캡슐이 터졌다. 개들이 머리를 치켜들었다. 위험을 느낀 듯이 낮은 소리로 끙끙거리기 시작했다. 개들은 갑자기 몸을 떨기 시작했다. 끙끙거리던 소리는 차츰 간헐적인 비명으로 바뀌었다. 개들은 호흡이 거칠어지고 다리에 힘이 빠졌다. 까칠까칠한 혓바닥 위로 이상한 거품을 뿜어댔다. 두 마리의 개는 마침내 헐떡거리면서 배를 깔고 엎드렸다. 전신에 마비가 퍼진 것이다. 그는 또 한 발 쏘았다. 몇 초 뒤였다. 유리를 통해서 그는 개들이 죽어가는 것을 지켜보았다. 개들은 다리를 뻗고 쓰러져 버렸다. 늘 높이 쳐들고 있었던 머리가 마치 잘라진 것처럼 마룻바닥 위에 떨어졌다. 개들은 등줄기를 벌벌 떨더니 이윽고 두 마리의 개 위에 영원한 침묵이 덮쳐누르고 말았다.

　그는 만족했다. 프레디 맥나이트는 일을 착실히 해주었던 것이다. 이제 한 테스트를 기준으로 한다면 그는 코트너의 가게에 세 발을 쏘아넣어야 한다고 생각했다. 차례차례 쏘는 것이다. 그는 두 발의 강철 탄환이 뚫은 벽을 바라보았다. 두 발 다 강한 충격의 힘으로 벽돌을 깨뜨렸고 커다란 구멍을 남겨놓았다. 이 탄환이라면 가게의 두꺼운 유리도 바늘구멍으로 실이 지나가듯이 거침없이 뚫고 지나갈 것이다.

그는 부엌으로 되돌아와서 물을 끓였다. 물이 끓자 새로운 커피를 넣어서 조용히 마셨다. 한 시간 뒤에 그는 다시 지하실로 내려갔다. 총을 그 구멍에서 빼내어 정성스레 소제하고 기름을 칠했다. 안쪽과 바깥쪽을 천 조각으로 기름을 닦아내고 먼지도 털었다. 그 일이 끝나자 그는 문을 열고 안으로 들어갔다. 그는 방 귀퉁이에 서서 마루 판자를 뜯어냈다. 그는 개의 시체를 묻기 위해 삽으로 구덩이를 파고 개의 시체를 구덩이 속으로 밀어넣고는 그 위에 흙을 덮었다. 그리고 마루 판자를 다시 덮었다. 그 다음에는 나머지 흙을 양동이에 담아서 뜰로 운반하여 나무 밑과 수풀 속에 뿌려버렸다. 그리고 다시 지하실로 되돌아와서 오늘 아침에 이곳에서 일어난 일의 증거가 될 만한 것을 남기지 않기 위해서 마루를 잘 쓸었다.

토요일 아침 7시 15분에 그는 차를 타고 맨해턴으로 갔다. 스캐스딜은 아직 잠들어 있었다. 하이웨이로 나가기까지 거의 다른 차를 보지 못했고 맨해턴에는 8시 조금 전에 도착했다. 토요일의 맨해턴은 평일의 맨해턴과는 전연 달랐다. 도시가 잠에서 깨어나는 것이 평소보다 훨씬 늦었다. 그는 매디슨 가에서 주차할 만한 곳을 발견하여 차를 세우고, 거기에서 천천히 상점이 늘어서 있는 거리로 걸어나왔다. 찰스 코트너의 골동품 가게에 이르렀을 무렵에는 더위가 매우 심해졌다. 전날의 이상하리만큼 서늘하던 기온은 사라져 버렸다.

코트너의 가게 윈도 밖에서 그는 걸음을 멈추고 중앙 카운터 위의 가게 중심에 쏘아넣기 위해서는 어느 각도가 가장 적합한지를 결정하기 위해 가게의 크기를 조사해 보았다. 가스의 확산이 그곳이라면 빠를 것이며 치명적일 것이다. 흡족한 마음으로 그는 돌아서서 열려 있는 다방을 발견할 때까지 걸어가서 그곳에서 아침 식사를 주문했다. 셈을 치르기 전에 그는 안쪽에 있는 공중전화로 갔다. 10시였다. 주말에도 출근해 있으라고 한 그의 명령에 자빌이 복종하고 있는지의 여부를 알아보고 싶었다. 곧 대답이 왔다. 자빌이 수화기를 들었던 것이다.
"누구시죠?"
"나요." 그는 낮은 목소리로 대답했다.
"오래간만입니다……" 리비아 인은 무슨 말을 하려고 했지만 상대방이 말을 가로챘다.
"필요없는 말은 빼시오. 부탁한 일은 알아냈소?"
리비아 인은 3분 동안 다얀 외상의 예정에 관하여 가장 일반적인 것을 이야기했다. 그 이스라엘 인이 뉴욕에 밤중에 도착할 것이라고 그는 말했다. 거기서 워싱턴으로 가는 다른 비행기를 갈아탄다. 수요일까지 그는 미국의 수도에 있다가 뉴욕으로 되돌아온다고 했다.
"목요일에는 호텔에서 나오지 않을 겁니다." 리비아 인이 힘주어 말했다.
"왜?"
"유태인들의 축제입니다. 속죄의 날이죠."
"유태교에 관해 좀 공부를 한 모양이군." 상대방을 놀리듯이 말했다. "말을 계속하시오."
그 이후의 말은 별로 쓸모가 없었다. 일련의 정확한 사실들을 늘어놓았지만, 이 리비아 인은 정확한 시간은 알지 못했다. 이스라엘은 리비아측 정보망이 상호 모순되는 정보의 데이터로 혼란에 빠지도록 워싱턴의 대사관으로부터 사방팔방에서 모순되는 정보를 마구 뿌리고 있는 듯했다.
"그렇다면 그는 뉴욕에서는 어느 호텔에서 묵지?"
"리젠시에서요. 파크 가(街) 600번지——"
"알고 있소, 자빌." 그는 리비아 인의 말을 가로챘다. "그것뿐이오?"
"아직 더 있을지도 모릅니다. 언제 다시 전화해 주시겠어요?"
"필요할 때에."
그는 전화를 끊고 전화 박스에서 나왔다. 카운터로 가서 셈을 치렀다. 그리고는 가게에서 나와서 차를 세워둔 곳까지 매디슨 가를 걸어갔다. 거기에서 그는 차를 타고 한길로 나갔다. 호텔과 가게 사이의 도로를 알아둘 필요가 있었다. 정확하게 그 길의 거리를 파악해 두고 싶었다. 그럴 필요는 없었는지도 모르지만, 정확이 제일이라는 마음으로 자기의 표적에 관계되는 일이라면 아무리 사소한 일이라도 알아두고 싶었던 것이다.

그 거리를 차를 타고 달려와 본 뒤 그는 차를 호텔 옆에 세워두었다. 커다란 호텔의 로비에 들어가서 두 시간 동안 거기서 시간을 보냈다. 그는 이스라엘의 경비담당자들이 이미 호텔 방에 들어 있는지를 알아보려 했다. 그 두 시간 동안 그는 타임지를 손에 들고 팔걸이의자에 편안하게 앉아서 출입하는 사람들의 얼굴을 주의해서 바라보았지만, 낯익은 경비원들의 얼굴은 하나도 그의 눈에 띄지 않았다. 어쩌면 외상은 정말 뉴욕에서 워싱턴으로 곧장 가버리고, 호텔에 도착하는 것은 수요일 낮이 될지도 모를 일이었다.

저녁때 어두워져서야 그는 스캐스딜의 집으로 돌아갔다. 다시 한 번 경비담당자들의 사진을 훑어보았다. 그가 텔레비전의 스위치를 넣고 소란한 스릴러의 컬러 프로를 구경한 것은 밤이 꽤 깊어서였다. 한밤중 가까이 되어서야 그는 자러 갔다.

월요일 아침에 그는 숲속으로 언제나와 마찬가지로 산책을 갔다. 9시 15분에 잭 스톤 법률사무소에 전화를 걸었다. 그는 윌리 밀러 노인의 목소리로 얘기했다. 우선 변호사에게 자기가 뉴욕으로 돌아왔다는 것을 알리고, 그 뒤에 무슨 새로운 사실이 없느냐고 물었다. 잭 스톤은 그의 전화를 기꺼이 받으면서 마침 전화를 기다리고 있는 중이라고 말했다.

"다얀 외상이 가게로 올 예정일자는 바로 그 전날이 아니면 알 수 없다는 것이 거의 확실합니다." 변호사는 힘주어 말했다. "그러므로 곧 당신이 찰스 코트너의 가게로 상자를 가지고 갈 수 있도록 매일 연락을 해주시기 바랍니다."

노인은 그렇게 하겠다고 약속했다.

12

같은 월요일 아침 10시 30분에 두 명의 젊은 사나이가 매디슨 가에 있는 그 골동품 가게로 들어가서 찰스 코트너에게 할 이야기가 있다고 말했다. 두 사람은 가게의 1층과 매우 값진 물건들이 있는 지하실을 잇는 좁은 복도 끝에 있는 조그마한 코트너의 사무실로 안내되었다.

찰스 코트너는 동업자들 사이에서 널리 존경받는 인물이었다. 그는 중동의 고대 출토품 영역에서는 베테랑으로 인정받고 있었으며, 미국 각 대학의 인기 있는 강사로서 여기저기 불려다니고 있었다. 57살인 그는 키가 크며, 보기만 해도 관록이 있어 보였다. 어깨가 구부러져서 가슴 위를 덮고 있는 듯이 보였지만 그래도 건장한 느낌을 주었다. 훌렁 벗겨진 이마 위에 머리카락이 몇 개 정수리를 둘러싸고 있는 평온한 얼굴이었다. 가는 금테 안경을 낀 그의 회색 눈동자는 이야기하는 상대가 누구든간에 똑바로 쏘아보는 버릇이 있었다. 그는 자기가 특별히 좋아하는 골동품들을 발들여놓을 틈도 없이 빽빽하게 진열해 놓은 조그마한 자기 방에서 17세기의 골동품 책상 안쪽에 앉아 있었다. 늘 하던 습관에 따라서 영업부장이 문을 열고 두 명의 사나이에게 들어가라는 시늉을 하자 그도 자리에서 일어섰다.

"코트너 씨, 이 두 분께서 할 말씀이 있다는데요." 가게의 남자가 말했다.

두 사나이에게 시선을 던지면서 코트너는 얼굴에 밝은 미소를 띠었다. 두 사람 가운데서 키가 작은 쪽은 거무스름한 피부와 날카로운 눈을 가지고 있었다. 또 한 사람은 젊은 스포츠맨 타입이었다. 머리카락은 금발이었고, 동료보다 몇 살 젊어 보였다. 연상의 사나이의 얼굴을 찰스 코트너는 본 기억이 있는 듯했다.

"찾아주셔서 영광입니다만, 누구시던가요?" 그는 불의에 찾아온 손님에게 책상 맞은편에 있는 의자를 권하며 말했다.

"이 친구는 이르미 스펙터." 연상의 사나이가 말했다. "그리고 나는 아브샬롬 케드미고요. 코트너 씨, 몇 년 전엔가 만난 적이 있지요? 여기에 다얀 씨와 함께 왔었지요."

찰스 코트너의 눈이 반짝였다.

"맞았어!" 그는 손을 내밀어서 아브샬롬 케드미와 정다운 악수를 했다.

"외상의 경호원 중 한 사람이군요."

"그때는 국방상이었지요." 케드미는 웃으면서 말했다.

"바뀌었다는 건 나도 알고 있습니다." 코트너는 고개를 끄덕이면서 말했다. "나도 다얀 씨의 소식에 주의를 기울이고 있는 사람이니까요. 그분과는 오래 전부터 아는 사이입니다. 당신들이 온 것도 그분이 오실 것에 대비해서 미리 찾아온 것이지요?"

"바로 그것 때문입니다." 케드미가 말했다. "이 동료가——" 그는 스펙터의 어깨에 손을 얹었다. "눈앞에 다가온 이번 일에 관해 좀 알아둘 것이 있다기에. 그러니까, 코트너 씨, 형식적인 예비조사를 하기 위해 방문한 것입니다."

실상 이곳은 두 사람이 보안점검을 하기 위한 마지막 장소였다. 토요일에 이 두 사람은 다얀이 방문할 예정으로 되어 있는 장소를 전부 돌아다니며 조사했었다. 다얀은 다음날 밤 늦게 도착할 예정이었으므로 일요일에는 두 사람이 몇 군데의 미술관을 천천히 찾아다녔다. 저녁때 돌아갔을 때 스펙터가 케드미에게 코트너의 가게는 아직 가보지 않았음을 상기시켜 주었다.

"그곳도 잘 살펴보지 않으면 안돼." 리젠시 호텔의 그들 방에서 침대 위에 벌렁 누웠을 때 그가 말했다. "가보지 않은 곳은 거기뿐이야."

"그다지 특별한 곳은 아니야." 케드미가 하품을 하면서 말했다. "지금까지 몇 번 간 적이 있었고, 또 내일이면 후딱 해치워버릴 수가 있어."

몇 시간 휴식을 한 뒤에 두 사람은 케네디 공항으로 차를 몰았다. 파리에서 오는 이처크 골드버그가 탄 비행기는 외상이 탄 비행기보다 두 시간 일찍 도착했다. 이 두 시간 동안에 골드버그는 이른바 '가공의 피닉스 사건'에 대한 상세한 이야기를 두 사람에게 들려주었다.

"이제야 오늘 아침에 온 전보의 뜻을 이해할 수 있겠군." 케드미가 골드버그에게 전보를 보여주었다. "피닉스가 이곳에 있으리라고 코헨이 믿고 있는 이유가 바로 여기에 있는 듯해."

외상의 비행기가 도착하여 그대로 워싱턴으로 떠나기까지는 약간의 시간이 있었다. 다얀 외상이 귀빈실에 급히 들어가는 동안에 케드미는 코헨에게 스펙터와 둘이서 미국에 온 이래 실시한 작전에 관해 보고했다.

"이 일을 마무리지어야 해." 코헨이 말했다. "이번에도 우리는 순전히 예감에 의해 일을 하고 있는 거고, 예감 같은 게 아무런 가치도 없다고 생각하는 사람이 있다면 그건 빌어먹을 녀석이야!" 케드미도 이제까지와는 다른 결의를 가지고 있는 듯했다. "놈이 여기에 있다는 것은 확실해. 뉴욕에서 공격하려는 것이 틀림없어. 이러한 상황에서는 워싱턴보다도 이곳에 있는 편이 도망칠 찬스를 얻기 쉬우니까. 자네와 스펙터는 뉴욕에 남게. 골드버그와 나는 외상과 함께 워싱턴으로 가서 그곳의 경비를 지휘하겠어. 무슨 확실한 실마리를 잡게 되거든 직접 대사관으로 연락해. 낮에는 나도 몇 차례 나갈 테니까."

지금 스펙터와 나란히 골동품 가게의 주인과 마주앉아 있는 케드미는 정말 코헨에게 보고할 일이 생겨날까 하고 생각하고 있었다. 그의 생각으로는 이제까지 본 바로는 이 가게에는 전연 이상이 없었다. 그러나 부장의 엄한 경고가 그로 하여금 마음을 놓지 못하게 했다. 찰스 코트너는 편지가 가득 들어 있는 서류철을 끌러가지고 변호사인 잭 스톤에게서 온 편지와 사진을 뽑아냈다.

"실은――" 편지와 사진을 나란히 놓으면서 그가 말했다. "이 며칠 동안에 스톤 씨에게 연락하려 했으나, 공교롭게도 나는 뉴욕에 있지 않았어." 그는 마치 변명이라도 하듯이 미소를 지었다. "강의에 꼭 나가야 했거든요. 그래서 오늘에서야 이 진품의 감정서를 쓸 생각이었습니다."

그는 고대 상자의 사진을 집어들고 의심스럽다는 듯이 바라보았다.

"코트너 씨, 무슨 마음에 걸리는 것이라도?" 케드미가 물었다.

"그렇다고도 할 수 있고, 아니라고도 할 수 있소." 그는 사진을 케드미에게 건네주었다. "이것은 좀처럼 볼 수 없는 진품입니다. 나로서는 이러한 상자가 두 개밖에 남아 있지 않다고 알고 있습니다. 그런데 이 상자는 그 중에서도 가장 보존이 잘된 것으로 여겨집니다."

"그렇다면 무엇이 마음에 걸립니까?" 케드미가 물었다.

"솔직히 말해서 이것이 그처럼 진귀한 물건이기 때문입니다." 코트너는 끈기있게 설명했다. "나도 이러한 물건을 친구의 콜렉션, 어떤 유명한 골동품상의 콜렉션 속에서 한번 본 기억이 납니다. 실은 그것이 틀림없다고 생각했습니다. 당신들이 오기 전에 그에게 전화까지 걸었었지요. 그런데 내 짐작이 틀렸던 것 같습니다. 그는 그러한 물건을 갖고 있지 않다고 하는군요. 그래서 아무런 문제도 없다고 생각하게 되었지요. 다얀 씨가 부럽습니다." 그는 웃으며 말했다. "대단히 귀중한 물건입니다."

스펙터는 몸을 앞으로 내밀어 책상에서 사진을 집어들었다.

"코트너 씨." 그는 상자의 사진과 골동품상의 얼굴을 번갈아 바라보며 말했다. "이 상자가 도난당한 것이 아닌가 하고 생각한 모양이군요?"

코트너의 얼굴이 약간 붉어졌다. "왜요?"
"친구의 물건이 아닌가 해서 전화를 걸었으니까요."
"확실히 그런 생각도 했었습니다만——그렇습니다. 정말 너무도 진귀한 물건이니까요."
스펙터와 케드미가 서로를 마주 바라보았다.
"코트너 씨." 스펙터가 다시 골동품상을 바라보았다. "그 사진을 좀 빌려줄 수 없겠습니까? 그리고 그 친구라는, 그것을 전에 가지고 있었다고 당신이 생각했었다는 골동품상 가게의 번지를 가르쳐 줄 수 없겠습니까?"
"가르쳐 드리지요." 그는 대답했지만 놀란 듯했다. "그렇지만 무엇 때문에 또?"
"우리들에게는 묘한 습관이 있어서요." 스펙터가 웃으면서 말했다. "무엇이든 이중으로 조사해 보고 싶습니다. 무엇보다도 고약한 습관이라는 것은 알고 있습니다만, 어떤 직업에서든 묘한 버릇이 있긴 마련이지요."
코트너는 웃었다.
"스펙터 씨, 정말 그렇습니다." 그는 그의 주소를 적었다. "그 사람의 이름은 알렉스 크래스킨이고 가게는 15번가에 있습니다. 이것을 손에 넣고 싶어서 나한테 이야기를 듣고 왔다고 말하면 될 겁니다. 이것을 가지고 있는 사람이 누군지 알고 있느냐고 물어보십시오. 알겠습니까?"
"그건 그렇고——" 케드미가 말했다. "우리가 이곳에 찾아왔다는 말을 아무에게도 하지 마십시오."
"케드미 씨, 그건 안심하십시오."
가게에서 나오자 곧 두 사람은 택시를 불러타고 15번가의 번지를 말해 주었다. 차 속에서는 두 사람이 잠자코 있었다. 말할 필요가 없었기 때문이다.
케드미가 찰스 코트너의 이름을 대자 알렉스 크래스킨의 비서는 두 사람을 특별고객 취급을 했다. "코트너 씨가 보내서 왔다면 크래스킨 씨도 틀림없이 곧 만나주실 겁니다." 비서는 웃으며 말했다.
몇 분 뒤에 두 사람은 값진 장식을 한 사무실의 입구로 안내되었다. 알렉스 크래스킨은 일어서서 두 사람을 맞이했다. 그는 미소를 띠고 있었지만 두 사람을 바라보는 눈길은 차가웠으며 탐색하는 듯했다.

"여러분, 친구인 찰스의 소개로 왔다고요?" 젊은 두 사람의 얼굴을 그는 평가라도 하듯이 자세히 바라보았다. 자기에게 있는 물건은 어느것이나 한 밑천이 될 만한 가치가 있는 것들뿐인데, 이 초라한 모습을 한 친구들이 도대체 무엇을 살 수 있을까 하고 생각을 했다.

스펙터가 코트너에게서 빌려온 사진을 꺼냈다.

"크래스킨 씨, 이 물건을 사고 싶은데요. 전에는 당신 것이었다고 들었습니다만. 정말 그렇습니까? 만일에 그렇다면 이것을 누구에게 팔았는지 좀 말씀해 주시지 않겠습니까?"

크래스킨은 사진을 흘끗 바라보았다.

"아니오." 그는 냉랭한 목소리로 내뱉듯이 말했다. "이런 물건은 손에 넣은 적도 없고 본 기억도 없어요." 그는 차가운 시선으로 두 사람을 쏘아보았다. "이 밖에 다른 용무라도?"

스펙터는 명랑하게 웃었다. "우리에게 정보를 제공해 준 사람은 이것이 당신의 물건이 틀림없다고 하던데요?"

알렉스 크래스킨은 신경질이 났다. 그 수수께끼의 사나이가 찾아왔을 때의 그 쓰라린 생각이 아직도 그의 마음속에 그대로 남아 있었다. 그리고 검은 지팡이의 은으로 된 손잡이로 얻어맞은 타격도 잊혀지지 않았다.

"이 이상 더 이야기하고 싶지 않소!" 그는 스스로를 억제할 수 없다는 듯이 당돌하게 외쳤다. "코트너에게도 이미 말했어요! 그런데도 당신들 두 사람이 이런 어리석은 질문을 하러 여기까지 왔소?"

알렉스 크래스킨은 찰스 코트너의 소개를 받고 왔다는 두 사람이 어떤 사람들인지는 짐작할 수도 없었지만, 전번의 그 수수께끼와 같은 방문자가 자기 목숨까지 관계가 있을 만큼 위험한 상대자라는 것은 알고 있었다. 크래스킨은 눈앞에 있는 사나이들도 마찬가지로 위험한 작자들이라고 느꼈다. 그 상자에 대해서는 관계를 갖지 않는 것이 좋아. 그런 물건과의 관계를 모두 단절해 버려야만 한다. 그는 깊은 한숨을 내쉬며 불룩한 얼굴을 붉게 물들였다. 움푹 들어간 작은 눈이 분노로 이글이글 타고 있었다.

"폐를 끼쳐서 죄송합니다." 스펙터가 태연하게 말했다. "당신을 화나게 하거나, 걱정시켜 드릴 생각은 없었습니다."

그와 케드미가 돌아가려고 일어섰을 때 골동품상의 혀꼬부라진 소리가 들려왔다.

"코트너에게 나는 그런 물건과는 한 번도 관련이 없었다고 전해 주시오!"

"저자는 무엇인가를 알고 있어." 엘리베이터를 타고 내려오면서 스펙터가 말했다.

"응, 그건 확실해."

"이제 어떻게 하지?"

"변호사한테로 당장 가자. 이름이 뭐였지?"

"잭 스톤."

"좋아. 그 사람이 이 사건에 관해 무엇을 알고 있는지 정확한 사실을 조사해야겠어." 케드미가 스펙터를 바라보았다. "자네는 그 전부터 외상이 코트너의 가게를 방문하는 것을 탐탁지 않게 여기는 것 같았어, 왜지?"

"너무도 이야기가 빈틈없었으니까." 젊은 사나이는 솔직하게 대답했다. "아무데도 문제가 없는 듯한데, 그것이 도리어 이상스럽게 여겨진단 말야. 모든 것이 너무도 잘 정돈되어 있어. 그것뿐이야. 너무도 이야기에 빈틈이 없어."

15번가에서 나오자 택시를 잡아타고 운전사에게 잭 스톤의 주소지로 가자고 했다. 변호사는 안쪽에 있는 자기 방에서 두 사람을 맞이했다.

"무슨 일로 오셨지요?"

"미시간 주의 플린트에 사는 데이비드 허쉬코비츠의 유언장에 관계되는 일로 찾아왔습니다."

케드미가 설명했다.

"아! 그 고대 상자──다얀 씨에게 줄 선물 말이군요?" 그는 놀라운 빛을 보였다. "하지만 그 물건은 고인의 유지에 따라서 코트너의 가게로 보내진다고 통지했습니다만……"

"우리의 관심을 갖고 있는 것은 그러한 절차가 아닙니다." 케드미가 말했다. "다얀의 내방에 관계된 여러 가지 일을 조사하고 있습니다. 우리가 묻고 싶은 것은 당신이 그 유품에 관하여 상세하고 철저히 조사했는가 하는 것입니다."

"그건 또 무슨 뜻이죠?" 변호사는 멈칫멈칫하며 물었다. "무슨 일로 그러시는지?"

"이를테면 허쉬코비츠의 유족이 어떻게 해서 당신에게 연락을 취해 왔는가 하는 거죠?"

잭 스톤은 소탈하게 말했다. "아주 간단해요." 그는 설명했다. "돌아가신 허쉬코비츠 씨의 사촌이란 분이 여기에 찾아왔었습니다. 꽤 이상한 노인이더군요. 이름은 윌리 밀러라 했고요. 유언집행인으로서 고대 상자에 관한 처리 일체를 나한테 부탁한다고 했습니다."

스펙터는 잠시 변호사의 얼굴을 바라보았다. "스톤 씨, 물론 그러했겠지만, 두서너 가지 더 물어볼 게 있습니다. 우리를 믿어주십시오. 여기에는 그럴 만한 이유가 있습니다."

"대답할 수 있는 일이라면 무엇이든 기꺼이 대답하지요."

"그 노인의 신분을 확인했습니까? 이름을 한 번 더 말해 주시지요."

"윌리 밀러." 변호사는 진지해졌다. "아니, 실은 확인하지 않았습니다. 그럴 이유가 없었지요. 노인은 기꺼이 수수료를 현금으로 치러주었으니까요. 게다가 우리도 그 일에 관계되는 것을 기뻐했고요. 특히 모세 다얀 외상이 상대이니까요."

변호사는 두 이스라엘 인이 흘끗 서로 얼굴을 마주 대하는 것을 볼 수 있었다.

"무슨 잘못된 일이라도?" 그가 물었다.

"그 대답을 하기 전에 또 한 가지 물어볼 게 있습니다." 케드미가 말했다. "밀러 씨의 정체를 조사하지 않았다고 하는데, 분명히 조사할 이유는 없었던 것 같습니다. 하지만 이 물건이 데이비드 허쉬코비츠의 콜렉션에 있었다고 증명한 변호사에게는 확인해 보았습니까?"

잭 스톤은 갑자기 어찌 할 바를 몰랐다. 이 날카로운 질문에 그는 당황하지 않을 수 없었다. 특히 자기가 같은 입장에 있다 하더라도 당연히 질문할 일이기 때문이었다.

"아뇨, 조사해 보지 않았습니다." 그는 난처한 듯이 고백했다.

"지금 플린트의 변호사에게 전화를 걸어 이 사실을 확인해 주시겠습니까?"

"좋습니다."

스톤은 비서에게 윌리 밀러의 서류를 가져오라고 했다. 그는 플린트에 있는 변호사의 전화번호를 찾아서 비서에게 그 사무실로 전화를 걸라고 했다.

2분 뒤에 비서가 다시 문 안으로 얼굴을 내밀었다. 그 변호사는 월말까지 휴가를 갔다고 했다.

"이제 할일은 단 한 가지뿐이군요." 스톤은 중얼거렸다. "허쉬코비츠 부인에게 연락해 보는 것입니다."

두 사람은 전화가 끝날 때까지 기다리면서 스톤이 나이든 미망인과 대화하는 것을 듣고 있었다.

"여보세요. 허쉬코비츠 부인, 나는 잭 스톤입니다. 뉴욕에 있는 변호사인데 물어볼 말이 있습니다. 당신에게 물어보면 알 것이라고 생각됩니다만, 돌아가신 주인에게 윌리 밀러라는 사촌이 있었습니까?"

그녀는 그 이름을 잘 알아듣지 못했다. 하는 수 없이 스톤은 그 이름을 다시 반복했다. 그녀의 대답을 듣고 있는 동안에 변호사의 표정은 어두워졌다.

"감사합니다, 부인." 그가 말했다.

"우리가 착오를 일으킨 것 같습니다. 하여튼 감사합니다. 그런데 댁의 주인은 골동품 수집가였지요?" 그는 대답을 들으려고 귀를 기울였다.

"괜찮으시다면 한 가지 더 물어볼 것이 있는데요." 그는 조용히 말했다. "주인의 수집품 가운데서 최근에 귀중한 상자를 누구에게 판 적이 있습니까?"

긴 대화가 계속되는 동안에 케드미와 스펙터는 긴장해 있었다. 질문하는 말을 단편적으로 듣긴 했지만, 어떻게 된 것인지를 확실히 알 수 있었다. 두 사람은 급히 서로의 얼굴을 마주 쳐다보았다. 스펙터는 손이 하얗게 될 정도로 양쪽 손을 힘껏 마주잡고 있었다.

잭 스톤이 전화를 놓았을 때 사무실은 시원했는데도 그의 얼굴은 땀에 젖어 있었다. "유감스럽게도, 바보 같은 짓을 하고 말았습니다." 그는 낮은 목소리로 말했다. "허쉬코비츠 부인은 죽은 남편과 43년 동안 결혼생활을 했지만 윌리 밀러라는 사촌이 있다는 말은 듣지 못했다고 합니다."

"나의 짐작이 틀림없다면——" 케드미가 조용히 말했다. "그녀는 BC 13세기의 진귀한 상자를 판 적도 없습니다, 그렇죠?"

변호사는 고개를 떨구었다. "그렇습니다. 몇 주일 전에 그녀는 콜렉션 중 몇 개를 팔긴 했지만, 그녀의 말로는 값나가는 물건은 이미 몇 달 전에 다 팔았다고 합니다. 최근에 판 물건 가운데는 기원전의 것은 한 개도 없었다는군요. 그녀는 콜렉션에서 판 물건은 무엇이든 확실하게 기억하고 있답니다. 전부 자세하게 기록해 두었다고 합니다."

그 순간 아무도 말을 하지 않았지만, 이윽고 케드미가 입을 열었다. "그 윌리 밀러라는 노인이 어떤 인물인지 생각해 낼 수 있겠습니까?"

"예. 하지만 도대체 무슨 일입니까?"

케드미는 주저했다. "스톤 씨, 이것은 보안경비상의 최고의 기밀에 속하는 문제입니다." 그는 심호흡을 한번 하고 말을 이었다. "우리들을 전폭적으로 믿으시고 부디 사실대로 말씀해 주십시오."

"당신들을 믿지 않을 이유도 없지요." 변호사가 말했다. "더욱이 지금 이러한 사실을 안 이상, 도대체 당신들은 무엇을 알고 싶습니까?"

"윌리 밀러에 관한 이야기 모두입니다. 여기서 그가 무엇을 했는지, 무엇을 원했는지, 어떤 어조로 말했으며, 어떤 모습을 하고 있었는지. 한마디로 말해서 그에 대해 당신이 기억하고 있는 것 모두입니다."

다행히도 잭 스톤은 날카로운 기억력을 가진 사람이었다. 노인에 대해 사소한 일까지도 다 생각해 낼 수 있었다. 그의 태도, 말투, 행동, 그리고 변호사의 비용을 현금으로 치르던 모습 등의 이야기가 나오자 마지막 의혹의 그림자도 사라져 버렸다.

윌리 밀러는 피닉스였다.

"스톤 씨——" 케드미는 가슴속에 끓어오르는 내면적인 혼란을 억제하려고 애썼다. "윌리 밀러에게 보내는 편지를 두 개의 주소로 보냈다고 말씀하셨는데?"

"예."

"하나는 파리이고, 하나는 이곳 뉴욕 근교지요? 그렇지 않습니까?"

"스캐스딜입니다."

"이곳 주소에 흥미가 있는데요."

"그렇다면 적어 드리죠."

잭 스톤은 스캐스딜의 번지를 적어서 케드미에게 건네주었다.

"고급 주택지입니다." 그는 설명했다. "주민들은 주로 부자들입니다. 그 주위에는 유태인이 얼마 없습니다. 그러므로 나는 윌리 밀러가 그러한 곳에 살 만한 계층에 속하는 사람이라고 생각해 버렸습니다. 그 밖에 내가 할 수 있는 일은?"

케드미가 대답하기 전에 한숨 돌리고 나서 메모한 것을 훑어보았다. "당신은 다시 그 노인과 연락하기로 되어 있습니다. 그쪽은 다얀 씨가 언제 코트너의 가게로 가는지 그것을 당신이 알려줄 것을 기다리고 있어요, 그렇지 않습니까?" 그는 물었다.

"예, 그런 약속을 했습니다." 변호사는 대답했다. "다얀 씨가 방문할 날짜를 알게 되는 즉시 그쪽은 가게에 그 상자를 가지고 가기로 되어 있습니다."

케드미는 목이 긴장되어 뻣뻣해지는 것 같았다.

이 살인자의 계획은 완벽하고도 매우 교묘했다. 분명히 이러한 계획에는 뛰어난 사나이이며, 표적으로 될 사람의 인품을 연구한 뒤에야 비로소 위험한 함정을 파놓았던 것이다. 피닉스가 어떤 방법을 택했든간에 나무랄 데 없는 함정을 파놓은 것은 사실이다. 아마 결함이 너무 없었는지도 모르지만, 거기에 그의 약점이 있었던 것이다.

"다얀 외상의 계획에 관해서는 어떤 방법으로 당신이 그에게 알려주기로 되어 있지요?"

"전화를 하기로 되어 있습니다. 매일 비서에게 전화를 걸어보라고 말해 두었습니다. 만일에 무슨 일이 있으면 그녀가 나에게로 연결해 줍니다. 틀림없이 내일 아침에도 전화를 걸어올 겁니다."

"우리들에게는 당신의 협력이 필요합니다." 케드미가 힘주어 말했다.

"알았습니다. 협력하지요. 나더러 어떻게 하라는 겁니까?"

"내일 윌리 밀러에게 전화가 오거든 워싱턴의 우리 쪽 대사관에서 전화가 왔는데, 다얀 씨가 모레 그 가게로 간다고 하더라고 말해 주지요."

"수요일에 말입니까?"

"그렇습니다. 1시 반에 간다고."

"그것뿐이오?"

"그 녀석이 납득할 수 있도록 이야기를 잘 해주셔야 합니다." 케드미가 강조했다. "이상한 데가 있다고 눈치채지 않게 말입니다. 아시겠지요? 그에 대한 태도는 지금까지와 조금도 다른 데가 없어야 합니다."

"염려마십시오." 변호사는 승낙했다. "그러나 한 가지만 물어봅시다. 윌리 밀러란 도대체 어떤 사람입니까?"

"가능하면 나도 그걸 알고 싶습니다." 케드미가 말했다. "그것을 알고만 있다면 말입니다."

13

아브샬롬 케드미는 워싱턴의 유리 코헨과 연락을 취하려 했으나 되지 않았다. 부장이 이스라엘 대사관에 있지 않았으며, 언제 돌아올지 아무도 모른다는 것이었다. 그래서 이르미 스펙터와 잠시 상의한 뒤에 케드미는 행동을 취하기로 했다. 아직 마무리되지 않은 점들을 정리하고, 또한 중요한 계획을 세우는 케드미에게는 오후시간은 눈깜짝할 사이에 지나가 버렸다.

그날 밤 9시 그는 다시 리젠시 호텔의 자기 방에서 코헨에게 연락을 해보았다. 부장은 대사관에 10시 이후라야 나올 것이라고 해서 10시 반에 케드미가 연락을 취할 수 있었다.

"그 사나이가 틀림없는가?"

"예."

"그에 관하여 더 무슨 할말은?"

"지금은 없습니다." 케드미는 설명했다. "상세한 이야기는 부장님이 뉴욕에 왔을 때 하겠습니다. 아니, 그전이라도 무슨 일이 일어나면 그때 그때 말씀드리지요."

잠시 동안 침묵이 흘렀다. 그 동안에 코헨은 케드미가 준 힌트를 정리해 보는 듯했다. 부하들이 뉴욕에서 행동을 취하려는 것을 그도 분명히 알 수 있었다. 그렇지만 이 대화를 누가 엿듣기라도 한다면 어떤 결과가 발생할지 모를 일이다.

"지금 내가 그쪽으로 갈 필요는 정말 없는가?" 이윽고 코헨이 입을 열었다.

"계획에는 어떠한 변경도 피하는 것이 최선의 방법입니다." 케드미가 대답했다.

"현장에는 파트너도 투입시키는가?" 마지막으로 그가 물었다. 코헨이 말하는 것은 미국측 경비진의 사람들을 가리키는 것이다.

"아니오."

"왜지?"

"당신에게 움직이지 말아 달라고 하는 것과 같은 이유입니다."
"알았어."

케드미는 자기 나라 사람들만을 쓸 작정이었다. 만일 도움이 필요하다면 뉴욕의 이스라엘 영사관에 있는 경비원들이나 엘 아르 항공사로부터도 인원을 차출해 올 수 있을 것이다.

"좋아." 이야기는 결정되었다. "무슨 보고할 일이 생긴다면 전화해 주게." 코헨은 잠시 망설이다가 덧붙여 말했다. "아브샬롬 케드미……"

"예?"

"자네를 믿고 있네. 스펙터에게도 잘 말해 주게."

케드미는 천천히 수화기를 놓았다. 스펙터가 테이블 옆에 서서 그를 흥미 깊은 눈으로 바라보고 있었다. 이 이야기는 스릴이 있는 것이었다.

"알았지?" 스펙터가 물었다.

"응, 부장님이 허락했어. 자유롭게 행동해도 좋아." 케드미는 낮은 목소리로 말했다. "이 일은 전부 우리에게 맡겨졌어."

그는 창문 쪽을 바라보았다. 그 순간 그는 비로소 정말로 책임의 중대함을 느꼈다. 출장지의 특무기관으로서 임무를 수행하기 위해 파견된 사람들에게 엄습해 오는 갑작스런 고독감에는 이미 익숙해져 있지만, 이번에는 위험하고도 중대한 작전에 결정을 내리고 동료들을 지휘해야만 한다. 그의 눈은 금속성을 내며 파크 가(街)를 달려가는 차들의 헤드라이트로 향해졌다. 여기는 별세계, 이질적인 세계에 그는 와 있는 것이다.

"모든 준비는 되었나?" 그는 스펙터에게 물었다.

"모두들 대기하고 있어. 차들도."

"언제 출발하지? 그들에게 이야기했나?"

"응, 오전 3시에. 케드미, 거기에는 몇 사람이 가지?"

"일곱 사람. 자네와 나, 그리고 영사관의 슈커 레비와 그의 부하 네 사람이야."

케드미의 입가에 도는 멍한 웃음은 전적으로 피로에서 온 것이었다. 등산을 하여 정상 가까이까지 갔으나, 목표에 이르기 전에 갑자기 쉬고 싶어서 바위 위에 누워서 손발을 뻗고 휴식을 취하고 싶은 간절한 소망이라고나 할까——목전의 거리는 짧으나 가장 위험한 고비가 있는 최후의 단계에 대비하여 기운을 되찾고 싶은 느낌이었다.
"이봐, 스펙터." 그는 창가에서 되돌아보았다. "위스키를 주게." 그는 동료의 얼굴에 번진 경악의 빛을 보고 웃었다. "알고 있어. 내가 술 마시는 것을 별로 본 적이 없어서 그러는 거지? 정말 한 모금밖에 마시지 않겠어."

케드미는 스펙터가 내민 글라스를 받아들었다. 입에 조금 대보고 그는 얼굴을 찡그렸다. 언제나와 마찬가지로 쓴 맛이 있었기 때문이다.

"이봐, 스펙터." 그가 말했다. "카미 박사의 말 그대로였어. 피닉스는 완벽을 추구하는 정열 때문에 자신을 망쳤어. 알겠어?"

스펙터는 글라스를 들고 무슨 생각에 잠기면서 케드미를 바라보았다. "이렇게 된 것도 찰스 코트너의 가게를 점검했기 때문이야." 그가 말했다.

"확실히 그 말대로야." 케드미도 인정했다. 그는 다시 글라스에 입을 댔다. 위스키는 약간 불타는 듯한 느낌을 주며 목으로 넘어갔다. "그 녀석의 완전주의가 그를 좌절시켜 버렸어. 그처럼 진귀한 골동품을——가치는 있더라도 다른 곳에서도 더러 찾아볼 수 있는 것을 택했더라면 우리들도 그 녀석을 발견할 수 없었을 텐데. 하지만 놈은 다얀에게 손을 넣을 수 있는 최고의 먹이를 던졌다는 확신을 갖지 않고는 못 배겼던 거야. 그래서 진귀한 것을, 전문가들도 흥미를 느낄 것이라고 보증할 수 있는 물건을 찾아낸 거지."

"아직 그 녀석을 잡은 게 아니야." 스펙터가 어이없다는 듯이 말했다. "아직……"

"지금 그를 잡는 도중에 있으며, 조만간 목표에 도달할 거야." 케드미는 조용하게 자신 있는 어조로 말했다.

두 사람은 그로부터 몇 시간 동안 침대 위에서 뒹굴면서 휴식을 취했다. 둘 다 깊은 생각에 빠져들어가고 있었으며, 똑같이 잠을 이루지 못했다.

새벽 1시 반에 케드미가 일어나서 침대에서 나왔다.

"스펙터."

"준비는 다 되었어."

2시 조금 전에 영사관 1층의 뒤편에 있는 슈커 레비의 방에서 명령이 전달되었다. 레비와 네 명의 부하는 케드미와 스펙터가 도착했을 때는 이미 모여 있었다.

"이 임무에 관해서는 레비가 여러분에게 일반적인 의미의 설명을 했을 줄로 아오." 케드미가 조용히 말했다. "이게 도대체 어찌 된 일이냐고 여러분들도 의문을 품고 있을 줄 압니다. 하지만 공교롭게도 우리는 상세한 이야기를 해줄 수가 없소. 3시에 우리는 그 집을 감시할 수 있는 위치에 배치됩니다. 우리들의 상대는 고도로 능숙한 프로요. 불필요한 행동 하나, 실수 하나로 모든 임무가 허물어지고 말며, 무서운 결과를 초래하게 됩니다. 알겠소?"

그는 눈앞에 있는 젊은 사나이들의 얼굴을 뚫어지게 바라보았다. "또 한 가지, 이 사건이 끝나면 여러분은 각자가 무슨 일이 있었는지를 잊어버리는 것이 제일 좋습니다. 아무도 이 사건에 관계가 없었던 것으로 생각해야 합니다. 여러분은 누구 한 사람도 이 모임에 얼굴을 내밀지 않았으며, 손도 쓰지 않은 것으로 해야 한단 말입니다. 만일 누군가가 이번 일에 대해 여러분에게 질문을 한다면──오늘이나 내일이나, 지금부터 1년 뒤라 하더라도 여러분은 아무것도 모른다고 대답해야 하는 겁니다."

"무슨 질문은?" 케드미는 한숨 돌렸다. "없다면 이만 그치겠소. 출동할 시간이오."

14

언덕 위의 커다란 집에 사는 사나이는 그날 아침에도 창밖에서 나뭇가지 사이로 폴폴 날아다니면서 지저귀는 새들의 소리에 언제나와 마찬가지로 5시경에 잠에서 깼다. 그는 얼른 침대에서 빠져나와 기지개를 켜고, 다시 잠시 동안 체조를 한 다음에 샤워 밑에 들어가서 오랫동안 몸을 씻었다.

5시 반에 부엌문으로 나가서 언덕 위로 산책을 갔다. 숲속을 거닐면서 앞으로의 일을 생각하고 있노라니 무거운 가을 구름을 헤치고 아침 해가 어느새 비치기 시작했다. 그는 매우 기분이 좋았다. 그의 판단으로는 일이 며칠 이내로 끝날 것이며, 그는 모습을 감추게 된다. 살인에 잇따른 소동을 생각해 보니 그는 저절로 웃음이 나왔다. 세계적으로 알려진 지도자 한 사람이 뉴욕에서 수수께끼의 암살객 손에 살해된다. 사건은 온 세계에 충격의 물결을 던지겠지. 자기는 다만 잠자코 숨어서 여러 가지 일들이 되어가는 꼴을 흥미를 가지고 지켜보기만 하면 된다. 그러기 위해서는 시간이 얼마라도 있다. 그 여파가 진정되기까지는 며칠, 혹은 몇 주일이 걸릴지 모르지만, 그 동안을 그는 이 커다란 집에서 기다리지 않으면 안된다. 그 동안에 그의 은행구좌에는 250만 달러가 더 늘어난다. 막대한 금액이다. 그에게 있어서는 그것이 인생의 새로운 장을 의미하고 있다. 정착하기 위해서 택하는 세계의 어느 한구석에서라도 넉넉한 생활을 해나갈 수 있다. 그가 마음속으로 추구하는 쾌락의 모든 것을 맛볼 수 있는 생활이다.

부엌으로 돌아와서 그는 커피를 한 잔 끓여서 아침식사와 함께 천천히 마셨다. 아침식사가 끝나자 부엌의 싱크대에서 접시를 깨끗이 씻고 침실로 돌아갔다. 그는 침대에 걸터앉아 눈앞에 이스라엘 경비원들의 사진을 펼쳐놓고 바라보았다. 코트너의 가게로 갈 때 다얀 외상을 따라올 자가 이 중에서 어떤 녀석일까 하고 그는 생각해 보았다.

9시 조금 지나서 그는 잭 스톤의 법률사무소에 전화를 걸었다. 비서인 메이벨 프리드먼이 전화를 받았다.

"여보세요. 프리드먼 양이지요?" 그는 기침을 했다. "이쪽은 윌리 밀러요. 오늘 아침에는 스톤 씨가 어떻게 지내고 있습니까?"

"여전히 건강하게 지내고 있습니다, 밀러 씨." 그녀는 그의 말을 받아서 대답했다. "아마 당신에게 알려줄 일이 있는 것 같아요. 괜찮으시다면 잠깐 기다려 주십시오. 연결해 드리겠습니다."

그녀는 스톤의 방에 버저로 알리고, 밀러에게서 전화가 왔다고 전했다. 잭 스톤은 재빨리 수화기를 들었다.

"안녕하십니까, 밀러 씨?"

"안녕하시오. 오늘은 무슨 알려줄 일이 있다고요?"

"그렇습니다, 밀러 씨." 부드러운 그 목소리에서는 잭 스톤이 침대 위에서 뒤척이며 밤새껏 잠을 자지 못했다는 사실을 상상도 못했으리라. "밀러 씨, 될 수 있다면 코트너 씨에게로 상자를 오늘 가지고 가도록 하십시오. 다얀 씨가 내일 워싱턴에서 뉴욕으로 옵니다. 코트너 씨에게는 공항에서 호텔로 가는 도중, 1시 반경에 들릅니다."

"허허, 그건 분명히 큰 뉴스로군." 노인은 즐거운 듯한 어조로 말했다. "정말입니다, 스톤 씨. 사촌 데이비드의 마지막 부탁을 이제야 들어줄 수 있어 나는 기분이 매우 좋습니다. 코트너 씨에게는 오늘 상자를 가지고 가겠다고 전화해 주시오."

"기꺼이 그렇게 하겠습니다."

"그리고, 스톤 씨, 또 한 가지."

"뭐지요?"

"만일에 특별히 경비가 더 필요하게 되면 기꺼이 그 몫을 채워 드리겠습니다."

"그럴 필요는 없습니다." 변호사는 웃었다. 그는 자기가 긴장 상태에 있으면서도 웃음이 나온다는 것을 기쁘게 생각했다. "아직 200달러가 남아 있다는 것을 잊지 마시기 바랍니다. 약속한 대로 유태인 운동에 기부하겠습니다."

"물론 그러시겠죠." 그가 말했다. "아무튼 일을 해준 데 대해 다시 한 번 감사드립니다."

수화기를 놓고 피닉스는 잠시 침대에 걸터앉은 채 눈에는 보이지 않는 그 무엇을 잔뜩 응시하고 있었다. 모든 준비가 갖추어지고 계획은 완료되었다. 함정의 뚜껑이 이제 막 닫히려 하고 있다. 토대는 튼튼히 잡혀 있다. 내일 중으로 모든 일이 끝난다. 아직 28시간이 남아 있으며, 지금부터는 기대에 차서 기다리는 시간일 뿐이다.

그는 침실에서 나와서 부엌으로 내려갔다. 냉동고를 열고 여러 가지 식료품 봉지를 꺼낸 다음 마지막으로 가장 안쪽에 있는 조그마한 물건을 집었다. 그것을 꺼내어 재빨리 비닐 봉지를 벗기고 싸두었던 타월을 끌렀다. 고대 상자가 좀처럼 찾아볼 수 없는 아름다움을 드러냈다. 그는 그것을 테이블 위에 놓고 냉동고에다 부지런히 식료품을 다시 넣었다. 그리고 다시 2층으로 가서 한 시간 동안 변장을 하기 위한 화장을 했다. 다시 윌리 밀러가 탄생했다. 다만 이 노인의 최후의 몇 시간이 되는 것이었다.

10시 반에 그 집의 현관문이 열렸다. 나이든 유태인이 은으로 된 손잡이가 달린 검은 지팡이를 짚고 문 앞에 나타났다. 왼쪽 겨드랑이 밑에는 포장된 조그마한 물건을 끼고 있었다. 그는 회색 차의 문을 열고 그 포장한 물건을 옆에 놓았다. 그리고는 차에 올라타서 차를 몰고 나갔다.

15

9월 20일 화요일의 해도 지려 하고 있었다. 회색의 구름층이 덮여오고 있는 하늘에 바람이 아직 다 몰아가지 않고 남아 있는 조각 구름 사이로 불꽃이 어른거리듯 새빨간 노을이 새어나왔다.

황혼이 석양의 마지막 빛을 삼켜버렸을 무렵에 맨해턴에서 스캐스딜로 가는 차의 행렬 속에 회색 포드가 있었다. 시속 77km의 보통 속도를 내고 있는, 핸들 앞에 앉은 나이든 남자는 즐거운 하루를 보내고 오는 길이다. 11시 반에 그 골동품 가게를 방문하여 찰스 코트너의 호의적인 영접을 받았던 것이다. 골동품상은 고대의 그 상자를 보더니, 그것을 손에 넣을 다얀에 대한 선망의 빛을 감추려고도 하지 않을 정도로 놀라움을 나타냈다.

몇 시간 뒤, 맨해턴의 중심가에서 즐겁게 점심을 먹은 뒤에 밀려는 워싱턴의 리비아 대사관에 전화를 걸었다. 잭 스톤에게서 입수한 정보가 정확한지의 여부를 확인하고 싶었던 것이다. 전화의 내용은 그가 이미 알고 있는 사실들을 뒷받침해 주었다. 자빌은 내일 워싱턴에서 모세 다얀이 타고 올 비행기의 번호까지 일러주었다.

피닉스는 그날 밤은 일찍 잠자리에 들 작정이었다. 그는 휴식을 충분히 취해서 기민한 동작을 할 수 있게 몸의 컨디션을 조절해 둘 필요가 있었다. 또한 포드를 코트너의 가게 앞에 주차시킬 장소를 차지하기 위해 내일은 빨리 나가지 않으면 안된다. 스캐스딜을 출발점으로 하여 매디슨 가의 북쪽 변두리에서 끝나는 여정의 드라이브도 마지막이 되는 셈이다.

포드가 불이 꺼진 집의 현관 정면에 있는 카포트에 미끄러져 들어간 7시 15분에는 이미 날이 어두워져 있었다. 그는 차에서 나와 가벼운 걸음걸이로 돌계단을 올라갔다. 이런 노인이 이처럼 기운차게 계단을 오르는 모습을 모르는 사람이 보았다면 깜짝 놀랐을 것이다. 그는 열쇠구멍에 열쇠를 넣고 두 번 돌려 문을 열고는 안으로 들어가 문을 닫았다. 전등의 스위치를 찾으려고 손으로 벽을 더듬었다. 전등이 켜졌을 때 그는 뭔가 엄청나게 잘못된 일이 일어났음을 깨달았다. 그를 마주 바라보면서 몇 m 떨어진 곳에 두 명의 사나이가 서 있었다. 한 사람은 게슴츠레한 눈에 얼굴빛이 검은 사나이이고, 또 한 사람은 키가 크고 피부 색깔이 희고 젊은 사나이였다. 두 사람은 다같이 손에 기관총을 들고 있었다.

그는 그 자리에 얼어붙은 듯이 서 있었다. 이스라엘 인이라고 그는 생각했다.

그의 숨결은 오랫동안 달려왔을 때처럼 거칠어졌으나 그는 근육 한 개도 움직이지 않았다. 이들을 해치우려 해도 소용없다. 방아쇠를 당기기만 하면 그를 벌집으로 만들어놓을 수 있다. 또한 이 집은 이들 일당이 포위하고 있을 것이다.
 그는 몸을 폈다. 등이 굽었던 노인의 모습이 사라졌다.
 "안녕하시오." 그는 싸늘한 목소리로 말했다.
 "안녕하시오, 밀러 씨. 아니면, 피닉스라고 불러줄까?"
 심장의 고동이 빨라졌다. 관자놀이의 맥이 빨리 뛰었다. 눈앞에 있는 낯선 사나이, 피부 색깔이 검은 쪽은 싸늘한 표정을 짓고 있었다.
 "그렇게 되었던가?" 그가 말했다.
 "그렇다." 하고 대답했다. "그리고 필요없는 행동은 일체 하지 말고……정신을 바짝 차리고 옷을 벗어……먼저 윗도리를……그리고 구두……바지도 벗어."
 상대방도 프로였다. 허점을 찔릴 행동은 하지 않았다. 그는 자기가 파놓은 함정을 생각해 보았다. 함정이 너무 빨리 닫힌 것이다. 게다가 상대도 달라졌다. 함정에 걸린 것은 자기 자신이었다. 그는 어디에서 실수를 했을까 하고 생각해 보았다. 자기의 과오를 알아내지 않고는 견딜 수 없었다.
 두 사나이는 잠자코 그가 천천히 움직이는 모습을 지켜보고 있었다. 그는 검은 지팡이를 옆으로 내던져버리고 외투를 벗고 구두를 한 짝씩 차례로 벗었다. 그리고 벨트의 버클을 끌르고 바지를 벗은 다음에 앞으로 나섰다. 두 사나이는 조심스레 그를 바라보았다. 이로써 위험은 줄어들었다. 그의 손에는 무기가 없었다. 그는 몸을 펴고 방 구석으로 눈길을 보냈다. 거기에 모스버그 총이 벽에 기대어 세워져 있었다.
 두 사람은 그의 시선을 따랐다. "쓸데없는 짓이야." 나이든 쪽이 말했다. "탄환을 빼내어 놓았어. 여섯 발 모두."
 그는 내의만 입고 두 사람 앞에 서 있었다. 몸이 떨렸다. 여태까지 경험해 보지 못했던 묘한 전율이었다. 그들은 그에게 예상도 하지 않았던 후한 대접을 해주었다. 위협하지도 않았고 죽이려고도 하지 않았다. 그러면서도 그 침묵이 그를 공포에 떨게 했다. 이젠 끝장이다. 오랫동안 고생하며 걸어왔는데 결국 아무도 이르지 못했다. 마지막이라는 느낌이 점점 강해지며 그것이 그의 인생에 있어서 일종의 정착지로 되어오는 듯했다. 왜냐하면 그의 옷을 벗김으로써 그들은 그에게 굴욕을 안겨주고 있는 것이다. 그들은 그의 껍데기를 벗겨버린 것이다. 그는 불쌍하고 바보 같은 존재가 되어 있었다. 노인으로 변장한 얼굴에 몸은 건장한 젊은이의 것이었다.

"내가 어디에서 실수를 범했소?"

"완전을 추구한 정열이 꽁무니를 잡히고 말았어." 이스라엘 인이 대답했다. 그 목소리는 싸늘했다. 그들이 어떻게 할 것인지는 이미 알고 있었다.

"나를 어떻게 할 것인지는 알 수 없지만——" 화가 날 정도로 떨리는 목소리를 애써 억제하면서 그가 말했다.

"마지막 부탁이 있소."

"듣고 있어."

그는 깊은 한숨을 내쉬었다.

"자살하고 싶소."

붙잡힌 뒤 처음으로 그는 이스라엘 인이 반응을 나타냈음을 알 수 있었다. 검고 큰 눈동자가 순간 번쩍이는 것을 볼 수 있었다. 이 사나이는 같은 세대이며 그와 같은 프로인 것이다.

"개들과 같은 신세가 되고 싶은가?"

"그것도 찾아냈군."

"이 집을 1cm 간격으로 샅샅이 뒤졌어." 이스라엘 인은 마치 그를 꿰뚫어보기라도 하려는 듯이 날카로운 시선으로 쏘아보았다. "그 제안이야말로 명안이라고 생각되는군. 적어도 우리들의 불유쾌한 일을 덜어주게 되니까."

그 이상 더 말이 필요없었다. 이스라엘 인은 휘황하게 불이 밝혀져 있는 지하실로 가는 계단 쪽을 가리켰다. 피닉스는 천천히 걸어갔다. 금발을 한 말없는 젊은 사나이가 기관총을 두 손으로 단단히 잡고 뒤따라갔다. 그의 손이 방아쇠에 걸려 있었지만 쏠 생각은 없었다.

피닉스는 자기의 최후를 맞이할 연기를 하려는 것이다. 그것이 남아 있는 유일한 소망이었다. 불꽃이 몸에 닿았을 때 전갈이 마비되는 독을 자기 몸에 찔러넣어 별다른 고통을 느끼지 않고 죽는 것과 마찬가지로, 그도 자기의 아픈 실패에 대하여 자기 스스로에게 벌을 가하려는 것이었다.

그는 지하실을 둘로 나눈 문을 빠져나갔다. 두 사나이는 그 앞에 멈춰섰다. 키가 작은 이스라엘 인이 프레디 맥나이트가 만든 탄환 두 발을 방의 중앙에 던졌다.

"그만한 양이면 충분할 거야." 이스라엘 인은 이렇게 말하고 문을 닫았다. 그는 손수건을 꺼내어서 라이플의 총구를 집어넣기 위해 뚫어놓은 구멍을 막았다. 그리고 몸을 일으켜서 들여다보기 위해 뚫어놓은 유리를 댄 구멍을 통해 안에서 일어나는 일을 지켜보았다.

피닉스는 몸을 구부렸다. 그는 두 개의 탄환을 집어들고 몇 초 동안 그것을 바라보았다. 그리고 두꺼운 종이 케이스를 뜯어내고, 조그마한 로켓 형으로 된 두 발의 탄환을 꺼냈다. 그는 또 강철로 된 탄두를 빼내고 신경 가스가 든 두 개의 캡슐을 끄집어냈다. 그는 다시 한 번 몸을 굽혀서 유리병을 깨어지지 않게 주의라도 하듯 조심스럽게 발 앞에 나란히 놓았다. 몸을 일으키고 그는 심호흡을 했다. 그리고 나서 발을 들었다가 빠른 동작으로 내리면서 두 개의 조그마한 유리병을 깨뜨렸다. 유리의 파편이 발바닥을 찌른 것도 그는 느끼지 못했다. 사방팔방에서 날름거리는 불꽃에 휩싸이듯이 그는 갑자기 묘하게 타는 듯한 느낌을 맛보았을 뿐이다.

피닉스는 그곳에서 몇 m 떨어진 마루 밑에 시체가 되어 묻혀 있는 그 개들이 그랬던 것처럼 온몸을 뒤틀면서 마룻바닥에 쓰러졌다.

에필로그

　10월 10일 월요일, 모세 다얀 외상의 긴 미국 방문이 끝났다. 이튿날 그는 엘 아르 항공의 여객기를 타고 이스라엘에 도착했다. 그리고 두 시간 뒤에 그는 메나헴 베긴 수상과 회담을 했다. 11월 첫째주, 이집트의 사다트 대통령은, "평화에 접근하는 협정을 가져오는 것이라면 땅의 끝까지라도, 예루살렘에라도 갈 용의가 있다." 하고 발표했다. 그 순간부터 사태는 급변해 갔다. 11월 19일 토요일 밤, 이집트 공화국의 문장과 01이란 숫자가 쓰여 이는 보잉 707기가 벤 그리온 공항에 착륙했다. 비행기의 승강구에 재빨리 트랩이 걸쳐지고서 사다트 대통령이 내려왔다. 트랩 밑에는 이스라엘 대통령 에프렘 카치르와 이스라엘 수상 메나헴 베긴이 이집트 대통령을 기다리고 있었다. 세 사람은 군악대가 먼저 이집트 국가, 이어서 이스라엘의 '하티크바'를 연주하는 동안에 가만히 서 있었다. 길게 깔아놓은 붉은 융단을 따라서 이스라엘의 정치가, 신구 정부의 각료, 그 밖의 명사들이 서 있었다. 그 가운데 모세 다얀 외상도 있었다. 일동이 차례로 이집트 대통령에게 소개되고, 사다트도 그들에게 인사를 했으며, 외상한테로 오자 그는 마치 옛 친구라도 만난 듯이 반가운 표정을 지었다. "모세." 굳은 악수를 나눈 뒤에 대통령은 정답게 불렀다. 마치 이 두 사람은 특별한 관계라고 있는 듯했다. 조금 떨어진 곳에 사나이들이 조그마한 무리를 이루고 모여 서 있었다―이스라엘 비밀정보기관의 간부들이었다. 지금이야말로 그들에게 있어서는 기다리고 기다리던 순간이었다―이 순간을 위해서 지금까지 몇 달 동안 온 힘을 집중해 왔던 것이다. 이 회담에서 일어나는 감동의 절정에서 그들 가운데는 지금 자기들이 목격하고 있는 것이 단지 하나의 행사에 지나지 않는 것인가, 아니면 평화에 이르는 길의 시작인가 하는 초조한 생각으로 가슴을 태우고 있는 사람들도 있었다. 그 순간 수만 명에 달하는 예루살렘 시민들이 도시의 입구 쪽으로 몰려가고 있었다. 밤의 추위는 아랑곳하지도 않았다. 그들은 이집트 대통령의 도착을 기다리고 있었다. 21발의 예포의 여운도 사라졌다. 이집트와 이스라엘 국기가 미풍에 나부끼며 긴 차의 행렬이 유태의 언덕을 빠져나가는 구불구불한 길을 오를 때에 깃발의 끝이 차에 스쳤다.　　〈끝〉

작가와 작품에 대하여

　1970년대의 최대의 위협으로 세계가 숨을 죽이고 지켜보고 있었던 중동의 위기가 이집트 사다트 대통령의 예루살렘 방문으로 일단 위험한 고비를 넘기게 되었다. 그렇지만 그 1977년 11월 19일 토요일까지의 반 년 동안에 그들의 평화협정을 저지하려는 세력과 그 세력권에서 보낸 암살객으로부터 요인을 지키려는 경비진 사이에 격렬한 사투가 있었다는 사실은 알려져 있지 않다.
　기타를 멘 20대의 히피에서부터 인생에서 은퇴하려는 70세 가까운 늙은 유태인으로 되기까지 천의 얼굴을 가지고, 천의 이름을 가진 자신의 발자취를 누구에게도 붙잡혀 본 적이 없는 사나이 피닉스가 바로 그 암살객이었던 것이다. 바카르디에 코카콜라를 탄 음료수와 샤워를 즐기며, 피아노와 주먹의 명수로 최후까지 국적도 이름도 밝히지 않은 그는 5개 국어와 그 각 지방의 사투리까지도 완벽하게 구사하는 슈퍼맨이었다. 리비아 카다피의 비밀정보부에 300만 달러의 보수로 고용된 이 암살객이 노리는 것은 중동평화의 중심인물로 일컬어지는 이스라엘의 다얀 외상이었다. 반 년 동안의 준비기간에 경쟁 상대자를 없애가면서 완벽하고 용의주도하게 흔적을 남기지 않고 표적에 접근해 가는 이 암살객에게 어둠 속에서도 전력을 다하여 경비진이 손을 뻗은 것은 암살 예정일 바로 전날이었다. 실마리는 이 암살객의 완벽주의, 실수라고는 전혀 하지 않는다는 그 실수뿐이었다.
　파리, 몬테 카를로, 취리히, 런던, 뉴욕으로 암살객은 여러 사람으로 변장하고 돌아다니고, 텔 아비브, 트리폴리의 보안정보기관의 눈부신 활동이 만화경처럼 전개되는 이 작품은 공상 스파이 스릴러치고는 너무도 리얼한 것이다. 하기야 그럴 만도 한 것이, 작가 중 한 사람인 에이모스 어리처는 최근까지 세계에서도 이름높은 이스라엘 경찰기구에서 경무관에 해당하는 요직에서 활약했었던 인물이며, 일라이 랜도는 이스라엘 정보부의 눈부신 대성공이라 일컬어지는 '우라늄 선(船) 작전'의 다큐멘터리를 공저의 형식으로 발표한 작가 중 한 사람이다.
　어리처와 랜도는 모세 다얀이 '하이윰 하제' 지의 편집주간으로 있을 때 함께 편집차장으로 일한 적이 있으며, 그때의 경험과 다얀과의 우정에서 다얀에 관계된 이 소설에 날카로운 리얼리티를 부여할 수 있었다 할 것이다.

로스앤젤레스 타임스는 이 작품을 '세 암살객의 날'이라 평하여 3배로 즐길 수 있음을 암시했고, 엄한 서평으로 알려진 뉴욕 타임스에서는, '피닉스는 슈퍼맨이지만 이스라엘 비밀경찰은 전원이 슈퍼맨이다' 라고 코멘트를 했다.

유감스러운 것은 변장의 명수이며 뛰어난 체력과 지혜를 가진 슈퍼맨 암살객 피닉스가 마지막에 죽어버린 것인데, 이 완전한 밀실에서 이스라엘 인이 지켜보는 가운데 스스로 생명을 끊은 피닉스가 다시 죽음의 재 속에서 날개를 퍼덕거리며 여러 개의 얼굴을 가진 괴인처럼 새로운 활약을 하는 밀실 트릭을 누가 생각해 내주지는 않을는지?

1979년 6월에 뉴 아메리칸 라이브러리로 출판된 이 작품은 그 달 중에 300만 부가 팔린 초베스트셀러이다.

피 닉 스

2002년 1월 20일 중쇄 인쇄
2004년 8월 25일 중쇄 발행

지은이 에이모스 어리처 & 일라이 랜도
옮긴이 김 성 종
펴낸이 이 경 선
펴낸곳 해문출판사
주 소 서울시 마포구 합정동 392-2 써니힐빌딩 101호
전 화 325-4721,2
팩 스 325-4725
등 록 1978. 1. 28 제 3-82호

값 5,000원

ISBN 89-382-0307-7 04890
ISBN 89-382-0290-9 (세트)

※잘못 만들어진 책은 교환해 드립니다.